Los Hijos de Andalón - Libro Uno

El Legado Andalón

T. B. PHILLIPS

El legado Andalón
Los hijos de Andalón, Libro Uno

Publicado por Andalon Press
Copyright © 2023 por T. B. Phillips

Diseño de cubierta por Lynnette Bonner de Indie Cover Design, imágenes ©
depositphotos.com, File: # 39270889
depositphotos.com, File: # 58942251
depositphotos.com, File: # 61370153
depositphotos.com, File: # 71958319
depositphotos.com, File: # 77111675
depositphotos.com, File: # 101144436
depositphotos.com, File: # 166767036
depositphotos.com, File: # 545892330
Diseño del interior del libro por Steward Design, https://StewartDesign.studio
Traducción del inglés por Jeffrey Oxford

ISBN 978-1-961674-01-1

Parte 1
El verano decimoséptimo

CAPÍTULO UNO

Robert yacía sobre el pasto suave, tomando el sol y mirando las nubes pesadas que pasaban lentamente por encima. Escuchaba mientras el viento veraniego silbaba por las ramas superiores de los pinos, un recordatorio de su fuerza. El crujir mientras se mecían le informaba al viento del determinación de los árboles, resueltos a doblarse tanto como fuera posible antes de rendirse. Muy por encima de uno de los pinos, unas alas amplias se desplegaron y lentamente recogían ese viento veraniego mientras llevaban una sola águila hacia arriba. El chico se maravilló de la gracia con que volaba, anhelando unirse al viaje y dejar atrás el valle y las montañas.

Él no hacía caso del chapoteo del agua y los gritos de alegría de unos adolescentes jugando en el río no muy lejos de su pradera. Eran sonidos felices, pero Robert se sentía casi demasiado un adulto para disfrutarlos, pensando de nuevo en el águila y cómo ella también no hacía caso de los que estaban condenados a solo poder pisar la tierra. Era el destino de él, atado a la tierra del planeta y condenado a vivir para siempre sobre ella. Si solo el chico pudiera planear como un ave...

Aunque su corazón anhelaba viajar, él nunca saldría del hogar de su madre hasta que estuviera listo para independizarse. Esa era la razón por la preocupación y por qué este día él se aferraba a la niñez. Su corazón rebosaba de ganas de viajar, pero su mente se llenaba de lógica. Este era su verano decimoséptimo, lo que anunciaba la madurez y el presagio de la libertad de poder emprender caminos nuevos. Su lado lógico ganó la batalla breve contra el niño de adentro, y él pensó de nuevo en cómo su salida de casa afectaría a su madre.

Eusari no era, en realidad, su madre, pero ese hecho nunca le había importado al niño. Robert la amaba mucho y llevaba su apellido: Thorinson. Poco después de que los padres de él se murieron durante la Guerra de los Hermanos ella lo reclamó como suyo. Ella lo amaba y lo criaba, aun después de dar a luz a dos hijos medio año más tarde. Esos gemelos que estaban chapoteando en el río eran sus hermanos menores, nacidos demasiado tarde en la estación para poder reclamar este verano como el decimoséptimo de su existencia. Pero casi eran hombres, por tamaño si no por madurez. Su alegría servía para atraerle a una niñez momentánea, llevándolo a brincar y juguetear en el agua.

Los desconocidos nunca podían distinguir entre los gemelos; los dos eran altos, anchos de hombros, con músculos grandes para su edad, barbillas fuertes y una melena amarilla y suelta. Sus ojos brillaban en rostros radiantes como zafiros ardiendo con una luz interna. Ellos, a diferencia de Robert, quien prefería permanecer bien afeitado, llevaban con orgullo un vello facial desigual, cada chico empeñado en dejarse crecer una barba completa antes que el otro.

"¡Vamos!", gritó Franque. "Deja de soñar con Tara y dame un reto. ¡Ya he tirado a Krist tantas veces que tengo miedo de que él se ahogue si se hunde en el agua otra vez!"

Robert sonrió mientras las palabras del gemelo mayor enojaron al menor y él se dio la vuelta para mirarlos pelear.

Aunque habían nacido dentro de unos pocos minutos y eran iguales en todo lo demás, no había duda de la confianza superior de Franque. Los gemelos eran toda una cabeza más altos que Robert, y parecía que crecerían aun más mientras iba avanzando el verano. La anchura de sus hombros siempre se notaba, pero durante la primavera pasada también se notaba que se iban engrosando. Pronto los chicos serían hombres gigantes ambos en estatura y resolución. Él dudaba que ninguno de los dos se quedara para cuidar la granja, escogiendo, en cambio, la vida de soldado o quizás de alguacil.

Krist arremetió contra Franque, quien fácilmente lo apartó ya que a ese se le había olvidado colocarse firmemente los pies. Esto enojó al chico, quien se revolcaba y escupía agua mientras intentaba enderezarse para tratarlo de nuevo.

"¿De veras estabas soñando conmigo?", una voz dulce preguntó detrás de él.

Robert giró para ver a una chica pescari parada de pie a unos metros de distancia; sus mocasines habían amortiguado cualquier ruido de su acercamiento. Él le sonrió, una vista hermosa en las pieles de ciervo tradicionales que llevaba su gente. Los flecos y las borlas se mecían con la brisa, y su cabello parecía coquetear con él mientras ondeaba alrededor de su cabeza.

"¿O mirabas fijamente a Felicima", ella le preguntó secamente, indicando el sol en lo alto, "dejándole fomentar la locura en tu mente mientras querías vincularte a esa águila y volar lejos de la ciudad?" Luego ella añadió mientras se ponía de rodillas a su lado: "Creo que quieres escaparte y unirte a los Soñadores".

"Nunca abandonaría a ninguno de ustedes", él respondió. "Mamá necesita ayuda con la granja, y le prometí ayudar un verano más antes de irme. No quiero que ella tenga que emplear a otros hasta después de que Franque y Krist decidan qué van a hacer. Además, sabes qué piensa ella de los Soñadores. Ella no quiere que ninguno de nosotros nos acerquemos a ellos cuando están por estos lares".

"No esperes a tus hermanos", protestó la chica mientras se limpiaba los mechones de color negro azabache de su cara, lo cual reveló unos ojos preocupados y un ceño fruncido. Algo le molestaba tremendamente. "Son mocosos mimados y egoístas la mayor parte del tiempo, nada como tú. En cuanto a los Soñadores, es tu vida para vivir ahora como un hombre; no es de Eusari gobernarte".

Solo entonces vio Robert el enrojecimiento alrededor de los ojos de la chica, sin duda debido a unas lágrimas. "¿Qué te pasa?", él le preguntó. "¿Pelearon otra vez tú y Flaya?"

Ella asintió. Últimamente parecía que la chica y su madre estaban en desacuerdo sobre lo todo. Sus voces elevadas a veces llegaban en los vientos nocturnos por la ventana de él.

"Ella amenazó con apartarme durante todo mi decimoséptimo año", Tara admitió, "para que yo experimentara mi ritual entre mi propia gente".

Robert se sentó súbitamente, su pulso acelerándose ante la idea de que su mejor amiga se alejara aunque fuera por solo un año. Esa posibilidad le trajo dolores de pérdida como si ya se hubiera ido. "¿Pero no quieres hacerlo?", Robert preguntó.

"No. No soy como mi gente y no soy como ella. Quizá soy yo pescari pero solo por sangre". Ella tiró incómodamente de las pieles de ciervo.

"Estas, en particular, han llegado a ser insoportables. No sirven para nada excepto llamar la atención no-deseada en el pueblo".

"Pero tu padre era shappan. ¿No quieres honrarlo?" El padre de ella también se había muerto en la Guerra de los Hermanos. Robert tenía envidia de los detalles que ella sabía acerca de su padre, el cacique del clan pescari.

"No creo en las tradiciones de mi padre ya que no son las mías. Incluso nunca he conocido a otro pescari, con la excepción de los que le traen noticias a mi madre. No puedo honrar su memoria".

Estas palabras chocaron a Robert. Pronunciadas durante el día eran equivalentes a la blasfemia. Él señaló el sol y dijo: "Dices estas cosas bajo la mirada de Felicima. ¿Rechazas a ella también?"

Tara tiró de sus pieles de ciervo otra vez. "No creo que Felicima sea nada más que una bola de fuego, como dijo el maestro principal".

Robert se calló. Hace solo unos cuantos días su maestro había despotricado contra las creencias de la gente de ella, señalando a Tara como un ejemplo de la necesidad de elevar la ciencia sobre la religión. El chico se había preguntado por qué ella se había quedado callada en vez de defender su cultura, y por fin lo entendió. Ella era más proclive a estar de acuerdo con él. En voz baja él dijo: "No escuches a ese hombre. Es un patán, y también lo es la mayoría de la clase".

"Especialmente esa chica que acaba de llegar de Fjorik", Tara accedió.

"¿Greta?"

"Sí, ella. Ella ha hecho que muchas de las chicas se apartaran de mí, incluso las que yo pensaba que eran mis amigas".

"Pues, ella es una patana también. Quizás debemos decírselo a Franque y Krist y dejar que ellos golpeen unas cabezas para enviar un mensaje".

"¡No!", Tara respondió bruscamente. "Nada de violencia. Estoy enojada con ellas pero no lo suficiente como para involucrar a los gemelos".

Otro chapoteo del agua hizo que los dos giraran. Esta vez Krist había descubierto una manera de darle la vuelta a su hermano, y Franque se tambaleaba sobre su espalda. El menor de los dos flexionó sus brazos triunfalmente hasta que una pierna chocó contra una de las de él y lo derribó en el río también. La resultante oleada de puñetazos le informó a Robert que el jugueteo había terminado. Los dos tendrían los ojos morados si él no interviniera.

"Tengo que irme", dijo, apresurándose a tirar de quienquiera que tuviera la ventaja antes de que uno de ellos se ahogara. Para cuando él había separado a Franque de su hermano, Tara había salido de la pradera tan silenciosamente como había llegado. Robert escudriñó la línea de árboles para un último vistazo de ella pero no lo consiguió. "Vamos", les dijo a los gemelos descamisados. "Regresemos a la granja. Tenemos escuela mañana".

"Tú tienes escuela", Krist dijo con desprecio. "Eres el único a quien le gusta".

"Sí, me gusta la escuela", Robert accedió. "Es mi billete a una vida mejor".

"No necesito yo la escuela para mejorarme", Franque dijo, tocándose cautelosamente el labio partido. "Voy a navegar lejos de aquí algún día. No necesito las matemáticas o la ciencia para trabajar en un barco".

"En realidad, sí las necesitas", Robert explicó. "Todos los navegantes conocen las estrellas, y los mejores pueden navegar por ellas. Pueden calcular la longitud y latitud y la gama también, y necesitarás las matemáticas para eso".

"Sí, idiota", Krist le dijo a su gemelo mientras iba poniéndose la camisa. "Eres demasiado estúpido para ser navegante, así que debes aprender a arar mejor una línea más recta".

Franque esperó hasta que la camisa cubrió los ojos de su hermano y entonces le pegó en la boca, haciendo que los labios de los dos parecieran iguales. Con un gruñido y un bramido el gemelo menor arrojó la camisa al suelo, sus ojos ardiendo de furia. Franque se rió y salió corriendo a toda velocidad hacia la granja con un Krist enfurecido pisándole los talones.

Robert sacudió la cabeza, mirándolos partir. Echó otro vistazo hacia la pradera, deseando pasar unos cuantos momentos más con Tara. Después de suspirar profundamente, caminó lentamente detrás de sus hermanos. En algún lugar, muy por encima, un águila chilló triunfalmente al espiar su presa en el suelo, pero el joven ni la miró. Sabía mejor que querer volar sobre los vientos. Si en realidad iba a hacerse hombre, tenía que apartarse de los deseos de la niñez.

CAPÍTULO DOS

Robert Thorinson rascó tiza contra la pizarra, garabateando su respuesta y entonces la levantó con entusiasmo. El maestro principal levantó su vista del fuego calentando su tetera e hizo una inclinación de cabeza con aprobación antes de volver a avivar el fuego. Complacido con la velocidad de su propio ingenio, el chico sonrió con orgullo. El problema había sido uno difícil, requiriendo varios cálculos antes de poder llegar a una conclusión correcta. Los gemidos de los otros chicos le dejó saber que no todos disfrutaran su victoria, pero él no hizo caso de sus protestas. Casi siempre él era el primero en terminar la tarea.

Un par de borradores de fieltro chocaron contra la parte posterior de su cabeza, y él se giró en su silla, mirando alrededor de la sala y viendo las muecas de sus hermanos los gemelos. Los dos sacudieron la cabeza, molestados por haber sido ganados, especialmente en un día cuando el ganador de la competición tendría una tarde sin tarea. Mientras él les daba la espalda, un pedazo de tiza le golpeó la oreja. Dándose la vuelta otra vez, miró fijamente a Krist, quien articuló una amenaza sin emitir sonido. A su lado Franque silenciosamente golpeó un puño en su palma como si le explicara a Robert los problemas que tendría este al regresar a la granja.

Robert no hizo caso de sus mofas. Sabía que solo estaban burlándose; así eran. Miró mientras los dos se levantaron de sus sillas, aprovechándose de que el maestro principal estaba mirando a otra parte y sacando un libro de texto de debajo de un pupitre. Robert les dijo con los labios que se sentaran pero solo le sonrieron y saludaron con la mano antes de escabullirse por la puerta. Sin duda iban al río para una tarde de diversión.

Tara se inclinó cerca del oído de él. "Debemos irnos con ellos", ella susurró. "No quiero quedarme".

Él negó con la cabeza. Nunca saltaba clase o compartía las travesuras de sus hermanos; así no era él. Incluso hablar durante la hora de clase era algo que negaba hacer.

"Vamos", ella instó, una melena larga de cabello oscuro se colgaba de la cara, haciéndola de alguna manera aun más bonita de lo que ya era.

Le molestaba a él que la encontrara tan atractiva. Ella era, después de todo, como una hermana a él y a los gemelos. Además, quizá pronto ella se iría.

"No puedo", por fin dijo. "Tengo que reunirme con el Sr. Yurik más tarde y ayudarle con su proyecto nuevo. Se acerca a otro avance".

"¡Señor Thorinson! Tú y la señorita Tara pueden dejar de parlotear ahora", el maestro principal exigió. Mirando alrededor de la sala y dándose cuenta de la ausencia de Franque y Krist, preguntó en una manera acusatoria: "¿Dónde están tus hermanos?"

"No sé", Robert respondió. "Hace un momento estaban aquí".

"Dijeron que iban a pintar grafiti en el establo de usted", Tara mintió, "y dejar un cubo de estiércol en llamas a la puerta de su casa. Si usted se apura, puede alcanzarlos".

"Por supuesto que tú lo sabrías; tu gente por lo general es la fuente de tales travesuras". El hombre se convirtió en una ráfaga de túnicas oscuras mientras salió corriendo por la puerta, dándose la vuelta solo para recordarles a los en la sala de clase de que tenían tarea—todos menos Robert, quien había ganado la competición. "Y puedes sacar la basura, señorita Tara, ya que un poco de polvo no dañará a tus pieles de ciervo sucias". Entonces corrió en la dirección opuesta a la que habían tomado los chicos, apresurándose hacia su finca.

"Allí tienes tu respuesta", Tara dijo con un enojo súbito, agarrándole a Robert por la mano y arrastrándolo hacia la puerta. "Quiero salir ahora".

La voz de una chica congeló a la pareja antes de que salieran al exterior. "El Sr. Genio quizá no tiene tarea, pero tú sí, pescari. Véte a sacar la basura, Tara, y tira adentro tus pieles de ciervo malolientes mientras la saques".

Los otros chicos se rieron, especialmente Sam Rawlins, el hijo del carnicero, y Peta Grenwich, cuyo padre era el herrero.

Robert sintió cómo la mano de Tara apretó aun más la suya de manera enojada. "No lo hagas", él le dijo a ella. "No le hagas caso".

"No puedo no hacerle caso", ella susurró. "Hace semanas que la oigo cotorrear sin parar. El maestro principal le deja hacerlo y ¡estoy harta de los dos!" Ella se dio la vuelta para enfrentar a Greta Greenbriar, cuya familia recientemente se había mudado río arriba desde Fjorik vía Logan City. "¿Tienes problemas con mi legado?", exigió.

"No tengo problema con tu legado", Greta dijo, levantándose de su silla. Era bastante más alta y pesaba más que Tara, signos de su sangre del norte. "Tengo un problema con tu presencia asquerosa en nuestra escuela y en nuestro pueblo".

"¿Tu pueblo?", Tara contraatacó. "He vivido aquí toda mi vida y ¡no recuerdo haberte invitado a vivir en él!"

Mientras Greta se acercaba, Robert instó a su amiga que reculara. "No lo hagas", rogó. "No terminará bien por ti. Sabes cómo se pone Flaya, especialmente en cuanto a la violencia".

"Me da igual lo que piensa mi madre", ella dijo, "y olvídate de lo que dije ayer. He estado escuchando a esta hablar a mis espaldas desde que llegó, y basta".

"Sí, lo hago", Greta dijo con una sonrisa de superioridad. "Siempre estoy quejándome del olor de tus pieles de ciervo y de tu cabello grasoso de pescari".

Tara se puso más alta, alisando la ropa de su gente. "El único olor aquí", respondió, recogiéndose el cabello con un collar de cuentas de pescari, "viene del viento que ha pasado por entre tus piernas".

Greta se abalanzó contra ella con furia, y Robert se movió para ponerse entre las dos chicas. Unas manos fuertes lo agarraron mientras dos chicos intervinieron. Sam y Peta se pusieron de pie a cada lado, cada uno reteniendo un brazo y riéndose mientras la chica más grande tiró a Tara al suelo. El resultante frenesí de tirones de pelo y rasguños de uñas estalló con gritos, y Robert luchaba para librarse para poder separarlas.

"Déjalas luchar, genio", Peta gruñó. "Todos los pescari merecen una paliza por lo menos una vez en su vida".

"Sí", Sam accedió con una sonrisa diabólica, "incluso las chicas pescari".

Robert hervía por dentro, ardiendo con una ira ante la forma de tratar a su amiga. Entonces recordó las palabras de Old Cedric cuando les enseñaba a los chicos la autodefensa. Peleen sucio y aniquilen el más grande primero, él había dicho. Robert se tensó la mandíbula y levantó un pie muy alto, pisando fuerte contra la parte exterior de la rodilla de Peta. Se rompió torpemente, y el chico se cayó, gritando en agonía. Ahora con su brazo derecho libre, Robert le dio un puñetazo en la nariz de Sam, rompiéndola limpiamente mientras la sangre le corría por la barbilla.

Para entonces, Tara llevaba la ventaja, su propia cara ensangrentada, pero determinada, mientras le pegaba a la chica acurrucada debajo de ella.

"¡Llámame sucia otra vez!", ella exigió, pero Greta solo lloró.

Robert se estremeció por el frío repentino en la sala. Agarró a Tara por la cintura y la levantó, arrastrando a su amiga hacia la puerta mientras los otros chicos miraban, estupefactos por la ferocidad repentina con la que habían luchado. Al girar, se encontraron con la mirada y los ojos muy abiertos del maestro principal mirándolos fijamente desde la puerta.

"Ambos son expulsados", él dijo directamente. "¡Y diles a tus hermanos inútiles que no son bienvenidos tampoco! ¡Le informaré al alguacil todo esto!" El hombre dirigió su atención a la estufa calentadora. "Sam, enciende ese fuego mientras atiendo a Peta".

Tara pasó por el maestro principal, deteniéndose solo un momento para proporcionarle una patada en la rodilla. "¡Informe eso!", ella gruñó. Entonces arrastró a Robert a toda velocidad por el camino hacia el río. Nunca pararon hasta alcanzar sus orillas. Allí, se cayeron jadeando y riéndose sobre el pasto.

Después de algún tiempo, Robert admitió: "Ella lo merecía. Todos lo merecían, pero no debías de haberle dado una patada al maestro principal".

"Por supuesto que yo no debía de haberlo hecho", Tara accedió, "pero se sintió bien. ¿Qué hacemos ahora? No podemos ir al río o tus hermanos verán mi cara ensangrentada e irán por todos ellos".

"Sí", él accedió, levantándose, "el río está fuera de discusión". Él se extendió la mano, y ella la tomó, dejándole abrazarla cálidamente. Algo dentro de ella cambió en ese momento, y ella colapsó en los brazos de él y dejó que todas las emociones embotelladas dentro de ella se fueran. Él la abrazó por un rato, dejándole sollozar hasta que toda la ira se había derramado. Por fin todo que se quedaba era una chica exhausta. "Vamos a ver al Sr. Yurik", él comentó. "Está cerca y se suponía que yo lo ayudaría hoy. Además, él sabe de medicina y puede tratar tus heridas".

Ella asintió, sus lágrimas manchando la camisa de él antes de que ella tomara su mano para ser levantada y llevada. De repente ella se paralizó, y Robert giró.

Vio un par de jinetes, unos desconocidos sentados a caballo con túnicas de color azul cielo y vistiendo capas que les cubrían la cabeza y la mayoría de su cara. El blasón en las túnicas de cada uno, sin embargo, se reconocía fácilmente desde la distancia. Los dos eran emotantes del otoño.

"¿Qué hacen los Soñadores aquí?", Tara preguntó en voz baja.

"No lo sé", él admitió, estremeciéndose mientras un escalofrío corrió por su columna vertebral ante los ojos vigilantes. "Vámonos", él instó, y la guió por un camino hacia el taller de Sippen. De vez en cuando echaba un vistazo por encima del hombro para ver si los jinetes los seguían. Por suerte, los Soñadores no los seguían, pero él contuvo la respiración hasta que él y Tara habían doblado la curva.

Sippen Yurik era un amigo de la madre de Robert de hace mucho tiempo y había sido entre sus compañeros de viaje cuando ella y Flaya colonizaron el área. Pero a diferencia de Old Cedric y Sebastian, Sippen había optado por vivir apartado de los demás, construyendo su taller al lado del río. No había un pueblo en aquel entonces, solo unas cuantas fincas y un puesto de intercambio comercial, y él había trabajado muchos años como lo más parecido a un herrero. Pero el hombre pequeño parecía envejecerse diferente a los otros hombres y el martillar se volvía demasiado difícil para que él sostuviera su carrera. Ahora solo cacharreaba, vendiendo lámparas y cosas útiles en el mercado de la plaza.

Era un hombre pequeño, de la altura de poco más que un niño de diez años y con una cabeza demasiado grande para sus hombros. Su columna vertebral torcida ayudaba a que su apariencia pareciera envejecida prematuramente y su piel estaba profundamente marcada con líneas. Los pocos mechones de cabello que colgaban de su cabeza eran completamente blancos. Lo que le faltaba en estatura claramente lo compensaba en intelecto, sin embargo, y era un inventor muy listo. Pero sin el cristal grueso de sus gafas era casi ciego y dependía de Robert para el trabajo de detalle más fino del taller.

Estaba inclinado sobre una lupa cuando los jóvenes entraron. Sin mirarlos, dijo con su tartamudeo habitual: "E... estás aquí te... temprano, Robert. ¿Qué... qué pasa?"

"Nos metimos en una pelea, Sr. Yurik, en la escuela".

"T... tú peleaste? ¿O... o Krist y F... Franque pelearon?"

"Tara y yo", Robert admitió en voz baja.

Esto hizo que el hombre pequeño levantara la vista de su trabajo y se ajustara las gafas para ver mejor a la chica y al chico de pie en su taller. Frunció el ceño ante la sangre en la cara de Tara. "E... eso me s... sorprende. Di... dime m... más".

Y Robert lo hizo. Le contó cómo Greta y los otros se habían burlado de Tara, menospreciándola por ser pescari y cómo incluso el maestro principal había echado leña al fuego. Sippen escuchó sin decir nada, absorbiendo cada detalle sin moverse pero asintió con la cabeza pesada de vez en cuando.

"A... así que Krist y F... Franque no estaban involucrados?"

"No, señor".

"Entonces s... se puede remediar. A... aquí. T... tomen asiento en estos taburetes".

"¿Qué está fabricando?", Tara preguntó, levantando un tubo largo de cobre pulido al punto de brillar.

Robert miró a Sippen y el hombre mayor asintió, dejándole explicar. "Es un motor", dijo.

"¿Qué es un motor", Tara preguntó.

"Algo que crea la energía cinética para realizar el trabajo".

El rostro de Tara delataba la confusión mientras exigía: "Habla en andalón, Robert, no como genio".

"Mueve las cosas... en cualquier dirección que quieras y hace el trabajo por ti".

"Es... este es pa... para un ca... carruaje", Sippen añadió, sonriéndose con orgullo.

"¿En vez de caballos?"

"¡Exactamente!", Robert exclamó. "Después de que resolvamos unos asuntos, este motor de vapor utilizará el agua para mover el carruaje en vez de caballos. El agua es más barata que el heno y no pierde una herradura ni se rompe la pierna".

La mirada en el rostro de Tara era de incredulidad, como si ellos estuvieran describiendo algo demasiado bueno para ser verdad, así que Robert se lo demostró. Él levantó un barquito de juguete pequeño con tubos de cobre enrollados y una vela, metiéndolo en una tina de agua. Prendió un fósforo; encendió la vela; dio un paso atrás y esperó.

"¿Qué debería pasar?", ella preguntó.

"Espera", él dijo con una sonrisa.

Pronto el navío pequeño empezó a escupir y girar; entonces se movió en el agua, aumentando su velocidad más y más alrededor del borde de la tina.

Los ojos de Tara se agrandaron. "¿Cómo funciona?", preguntó.

"La vela es la fuente del calor, y el cobre calentado sube el agua al serpentín donde se calienta aún más y sale por la parte de atrás—el agua caliente se mueve más rápido que la fría. Simplemente continúa subiéndola y tirándola hacia atrás. ¡Así de fácil! El motor que instalamos en el carruaje es parecido, pero diferente. Mantiene el agua sellada dentro del motor y la utiliza para impulsar los pistones hacia arriba y hacia abajo, creando la energía y haciendo girar las ruedas". Él retrocedió para dejar que ella empuje y juguetee con el juguete pequeño, asombrada por su simplicidad y poder.

"Robert", ella dijo, "de veras eres genio".

Él se sonrojó. "No lo soy; el Sr. Sippen lo es. De veras es muy buen maestro".

"T... tú lo eres ta... también, Robert. Tan listo co... como tu madre y padre".

Robert sintió que le temblaban las piernas, y la cabeza se le nublaba un poco. Sippen nunca antes había mencionado haber conocido a sus padres. "Hábleme de ellos", de repente exigió. "Por favor".

"Lo s... siento. No debía de haberlo dicho. E... esa es la responsabilidad d... de Eusari".

"Ella no lo hará", Robert se quejó. "Siempre dice que aprenderé más cuando cumpla más años, como si estuviera evitando decirme un secreto horrible".

Sippen se acercó a un sillón bien acolchonado cerca de la chimenea y se derrumbó cansadamente en ella. "P... pues, sí, t... tienes más años pero e... eso todavía sigue siendo su his... historia que contar".

"Si no le molestara a usted", Tara dijo, poniendo una mano en el brazo del hombre mayor y cansado, "le significaría mucho a Robert".

"B... bien pero n... no lo todo. Al... algunas cosas dejo p... para Eusari".

"De acuerdo", dijo Robert, acercando sillas para ambos él y Tara.

Los padres, resultó, habían tenido solo unos cuantos años más que él cuando nació Robert. Su padre había luchado en la Guerra de los Hermanos, como Eusari le había comentado, pero con una pequeña variación: él había sido oficial que mandaba hombres a pesar de sufrir una dificultad de aprendizaje que afectaba su habilidad de leer. Las letras se le torcían y cambiaban de lugar en la hoja cuando él intentaba leer; así que dependía de su esposa para que lo ayudara a estudiar tácticas y maniobras. Así es cómo se hicieron amigos, y esa amistad creció al amor.

"¿Entonces ella era inteligente y él, no?"

"¡N... no! De n... ninguna manera. Los dos e... eran inteligentes. Ella l... lo ayudaba a solucionar eso de la lectura p... pero la m... mente de él era a... aguda". Los ojos del hombre mayor se entrecerraron como si recordara algo oscuro de los padres del chico. "Y su c... corazón era b... bueno. A B... Braen le caía bien, incluso si no e... eran amigos".

Robert lo detuvo. "¿Quién era Braen?"

"¿Eh?", Sippen parecía estar sorprendido por la pregunta. "¿Q... qué d... dije?" Los ojos del hombre pequeño de repente se llenaron de una tristeza profunda, como si habían recordado algo mejor olvidado.

"Usted dijo: 'A Brien le caía bien, incluso si no eran amigos'. ¿Quién es Braen?"

"N... nadie. S... solo un viejo amigo". Sippen de repente se animó. "¡M... muéstrale a ella el carruaje de vapor!"

"¡Oh, sí!" Por poco Robert se había olvidado de la razón por haber traído a Tara. La tomó de la mano y la condujo afuera, al establo. "¡Te va a gustar esto!"

Y sí le gustaba. Se maravillaba de las curvas suaves de los tubos y la estufa de cobre en el medio para hervir agua y crear vapor. Era menos invención que obra de arte, pero era innovador de todas formas.

"¿Puedes llevarme a dar un paseo?", ella preguntó.

"Todavía no", Robert admitió, "pero pronto. Necesitamos poner el eje motriz".

"¿P... por qué n... no ayudas, Tara?", Sippen instó desde la puerta. "N... no me siento b... bien y necesito a... acostarme".

De repente olvidándose de sus preocupaciones y la pelea en la escuela, Tara sonrió ampliamente. "Sí, Robert. Déjame ayudar. No estoy lista para ir a casa".

"Bien", él dijo, sacando una pieza cilíndrica de metal de un estante. "Agarra el otro extremo y ayúdame a deslizarla por debajo".

"¿De quién piensas que hablaba él antes?", Robert preguntó, sosteniendo el eje en su lugar mientras Tara colocaba los pasadores. "No conozco a ningún Braen menos Braen Braston. ¿Seguramente no estaba hablando de él?"

"Recuerdo haber oído al maestro principal hablar de él con Greta. Era pirata de Fjorik, ¿no?" Ella colocó el último pasador en su lugar, pero los dos se quedaron bajo el carruaje con las cabezas muy cerca. El cabello de ella rozó la mejilla de él.

Él se quedó perfectamente quieto. Si ella sabía el efecto que su cercanía tenía en él, no lo revelaba. Él esperó que ese momento nunca se acabara. "Él no era simplemente un pirata", explicó. "Era el príncipe de Fjorik exiliado y revolucionario. Fundó los Soñadores, y ellos y su ejército intentaron derrocar el Imperio Esterling".

"Sí, es correcto", Tara se acordó, yaciendo tan quieto como él. "Braston hacía cosas terribles en cada ciudad que conquistó. Se enloqueció también, ¿verdad?"

"Así dicen. Se enloqueció tanto que lo llamaban el Demonio del Norte. Era horrible e hizo que los Soñadores lucharan a pesar de ser solo niños".

"No lo entiendo. Si los Soñadores lucharon a su lado, entonces ¿por qué sirven al Rey Esterling ahora?"

"Este rey no es el mismo. Había dos príncipes que lucharon una guerra. Se destruyeron el uno al otro, pero un tercer hijo del Rey Charles salió de su escondite y salvó la ciudad del ejército de Braston. Fue un tiro del rifle de él que mató al demonio al final. Después de eso, el líder de los Soñadores acordó una tregua, y ahora sirven al rey".

"Escuché a nuestras madres hablar", Tara susurró, su mejilla acercándose aún más a la de Robert. "Ellas dijeron que los Soñadores son tan malos como los Halconeros de ataño".

"Los Haconeros no existen", Robert respondió en una voz igual de silenciosa. Apenas podía respirar con la boca de ella tan cerca. Lo único en que podía pensar era tocar los labios de ella con los suyos. Pero eso acabaría con nuestra amistad, su mente racional advirtió. "Ellos desaparecieron durante la guerra".

"Hay rumores", ella dijo, con tan poco aliento como él, "que han regresado".

"Según las historias que mamá ha contado, espero que eso no..." Las palabras de Robert fueron cortadas de repente por la boca suave de Tara contra la de él. Aunque estaba sorprendido al principio, se rindió y giró su cuerpo lo más que pudo mientras yacía bajo el carruaje. Él la besó ligeramente, temeroso y emocionado a la vez, pero ella respondió con un movimiento apasionado de su lengua que rozó contra la de él.

"¿Dónde está Sippen?", una voz ronca preguntó de repente de la puerta. Retumbó en el establo y asombró a ambos Robert y Tara. Cada uno intentó sentarse, repentinamente avergonzados por el estado en que se los había pillado, pero se golpearon la frente contra el acero duro del bastidor del carruaje. "¡Robert! ¿Eres tú allí abajo?", la voz exigió.

El chico se salió de debajo del vehículo y levantó la vista a un hombre con muchos más años que Eusari y Sippen. Robert alguna vez había pensado que tenía más o menos cincuenta y cinco veranos, pero era difícil saber con las libras extras que llevaba en la cintura y el cuello. Él apoyaba su peso sobre una pata de palo atada a la parte superior del muslo. Le faltaban al hombre los dos dedos del corazón, como solía recordarles a los vecinos cuando levantaba los puños.

"Soy yo, Cedric", el chico respondió, se sonrojó con un rojo intensamente rojo mientras Tara se unía a él y miraba al capataz de Eusari.

"¿Qué hacían los dos de ustedes bajo ese carruaje?", el hombre exigió, mirándolos con recelo, pero se dio la vuelta antes de que pudieran contestar.

"¿Dónde está Sippen? Necesito llevar a los tres de regreso a la granja". Tan rápido como había hablado, el hombre se fue, dándose prisa para llegar al taller lo más rápido que pudo tambaleándose encima de la pata de palo. "¡Sippen! ¡Ven acá! ¡Eusari lo exige!"

Robert y Tara intercambiaron una mirada y luego se echaron a reír. Antes de que ninguno de los dos pudiera decir nada, la chica lo tiró cerca de ella, y se besaron otra vez.

"Me gustó", ella dijo, un poco sin aliento mientras se apartaba.

"También yo", él respondió con sinceridad.

"Entonces no esperes tanto antes de la siguiente vez y deja de fantasear de irte volando", ella exigió, saltándose a los pies justo cuando Sippen entró en el establo con Cedric Krull.

"T... tenemos que ir... irnos", tartamudeó. "Hay p... problemas".

"¡Un montón!", Cedric accedió. "¡Y es toda la culpa de ustedes los tortolitos! Estaba yo en el pueblo y oí a los agentes de policía decir que iban a cabalgar a la granja y detener a los dos de ustedes. Dijeron algo de ¿atacar a su maestro y a unos estudiantes?"

Robert tragó saliva. "Voy por los caballos", dijo con la preocupación subiéndose en el corazón.

"No hay t... tiempo. ¡T... tomamos el carruaje!"

"Seguro que esa cosa maldita me vuela la otra pierna", Cedric protestó.

"No t... te procupes. Es s... seguro", su viejo amigo prometió. "S... sube".

Los adultos se subieron al asiento delantero, y Robert ayudó a Tara a subir al trasero; entonces corrió al frente para encender la lámpara piloto. Con un giro de un mango, la olla de cobre empezó a silbar, acumulando presión como una tetera. Observó a Sippen tocar un indicador antes de asentir y tirar hacia sí de una palanca grande. Súbitamente las ruedas empezaron a girar lentamente hacia las puertas del establo, las cuales el chico abrió de par en par. Una vez que el carruaje había salido, él cerró las puertas y saltó a bordo, deslizándose al lado de Tara. Ella instantáneamente lo tomó por el brazo y lo abrazó fuerte. Él susurró tiernamente: "Todo saldrá bien".

Pero mientras viajaban por el pueblo y hacia el sol poniente, él vio a dos figuras encapuchadas a caballo. Sus cabezas giraron cuando Sippen pasó; se inclinaron muy cerca el uno del otro en una conversación privada, pero tenían su mirada clavada en Robert. Él pudo distinguir más claramente a esta distancia los símbolos en las túnicas de color azul cielo y miró con asombro el blasón. La mujer susurró algo, y el hombre asintió con la cabeza, pero otra vez se contuvieron y no los siguieron.

CAPÍTULO TRES

Eusari estaba sentada frente a Flaya, partiendo las habichuelas. Era una tarea fácil, con la excepción de que sus manos le palpitaban de dolor por sus cincuenta veranos. Aunque se sentía joven por dentro, una vida difícil le había envejecido el cuerpo. A veces le dolían las manos, pero otras veces sus caderas y rodillas le gritaban con crujidos y estallidos, recordándole que debía moverse más lentamente. Miró a su amiga cumpliendo el mismo deber, aunque con más destreza y menos dolor. Era un rasgo de los pescari, parecía, que disfrutaban una longevidad libre de dolores.

Flaya todavía siempre llevaba su pelo largo en una trenza larga aunque lo que una vez había sido un negro azabache hace mucho se había vuelto plateado. Eusari se acarició el pelo, que no llegaba más allá de sus hombros, solo lo suficiente largo como para permitirle atarlo durante el verano, como ahora estaba. Tenía algunas canas en su pelo de color negro oscuro, por lo cual parecía menos regia que su amiga. Las dos estaban acercándose a la tercera edad, y esta era su vida por propia elección.

Flaya dejó escapar un suspiro profundo y levantó la vista de su trabajo.

"¿Qué pasa?", Eusari le preguntó secamente.

"Estoy preocupada por nuestros hijos", ella dijo fríamente. Parecía que de alguna manera ella nunca había perdido su acento de pescari.

"No hay por qué preocuparte", Eusari insistió. "Estoy segura que pronto estarán en casa. Robert normalmente pasa por la casa de Sippen después de la escuela, y estoy segura que ella fue con él. O está con Franque y Krist".

"Mi andalón no es muy bueno", Flaya le corrigió, "pero no dije que yo estaba preocupada. Sin embargo, sí estoy preocupada que ella esté con los chicos".

"Los chicos le son como hermanos. Estoy segura que todo sigue siendo inocente".

"Ella casi es mujer, y ya es hora que la lleve para buscar a un esposo pescari. Hermanos o no, al final los chicos se convierten en hombres y notan la mujer a mano".

Eusari se rió, aunque era sin querer. "No hay nada incorrecto en cuanto a tu andalón, Flaya; así que puedes dejar de decir que sí hay. Te entiendo".

Collette se rió dentro de la cocina mientras revolvía la olla de estofada. Parecía que siempre había una estofada, una manera fácil de darles de comer a tantos hombres adultos de la casa.

"Dedícate a lo tuyo", Eusari le dijo a la criada, pero de inmediato lamentó haberlo dicho. La mujer había sido parte de su casa tanto tiempo como los demás y se había probado ser bastante útil.

"Podría usted cocinarla usted misma si prefiriera, señora", la mujer respondió con una sonrisa. Ella sabía que la señora de la casa odiaba el cocinar más que cualquier otra tarea.

"Lo haces bien".

Collette golpeteó la cuchara contra el caldero con satisfacción, contenta de haber ganado el combate verbal.

Eusari le permitió esta única victoria y se dirigió a Flaya. "¿Estás segura que llevarla a Nuevo Weston es lo correcto? Se ha hecho menos pescari cada año y parece estar más en casa aquí".

"Exactamente por eso tengo que llevarla a Nuevo Weston. Los pescari allí viven de la manera que siempre habíamos esperado—bajo la mirada de Felicima y con respeto por la tradición".

"Tara es una chica animada y no se acostumbrará bien a la tradición, especialmente en una cultura en la cual las mujeres son serviles".

"Ella aprenderá a obedecer".

"Ella tiene dieciséis veranos y si todavía no ha aprendido la obediencia, nunca la aprenderá".

"Tú lo debes saber", Flaya espetó en voz alta, indicando que había terminado de hablar de su hija.

Pero Eusari siguió. "Si la llevas ahora a Nuevo Weston, la perderás para siempre dentro de otro año. Toma más tiempo y piensa si esto es verdaderamente para ella, o para ti".

Flaya gruñó y bajó su mirada al cuenco de habichuelas en su regazo. "Veo el fuego en los ojos, Eusari, uno inextinguible que he visto antes".

Ante esto, la andalona se detuvo. Ella y su amiga eran parecidas en muchas maneras, y ellas se habían puesto de acuerdo hace muchos años de ayudarse la una a la otra a criar a sus hijos. Este deseo repentino de sumergir a Tara en la cultura de ellas sí había surgido de una preocupación más profunda. Eusari se abría la boca para hablar cuando la puerta principal se abrió de par en par. Sebastian entró corriendo, sin aliento como si hubiera venido corriendo desde los campos más lejanos.

"¡Hay agentes de policía viniendo a caballo para hablar con usted, señora!"

"¿Agentes de policía? ¿No un solo agente del orden público sino más de uno?", ella preguntó, y Sebastian asintió.

"Finn Olsen trae consigo unos forasteros como ayudantes", él dijo con ojos grandes llenos de preocupación. En tiempos como estos, él se portaba como el niño asustado que ella había acogido hace tantos años. Era un chico simpático que creció a ser todo un hombre, pero uno con una mente herida que nunca se curó por completo.

Eusari intercambió una mirada con Flaya y se levantó, poniendo su cuenco a un lado para terminar más tarde con las habichuelas. "¿Dónde está Cedric", ella le preguntó al trabajador del campo.

"Fue al pueblo a caballo hace unas horas para buscar más trabajadores", respondió. "Dijo que no seríamos capaces de arar correctamente sin trabajadores adicionales".

Ella asintió con la cabeza. Aunque el capataz nunca le consultó, ella se confiaba totalmente en sus decisiones. "Quédate aquí, Flaya. Estoy segura que esto tiene que ver solo con Krist y Franque y nada que ver con los otros".

"En realidad", Sebastian dijo con los ojos abatidos, "el agente Olsen dijo que esto tiene que ver con Robert y Tara".

Flaya se puso de pie súbitamente, poniendo su cuenco de habichuelas en la silla. En un instante ella se había abierto camino empujando a los dos y salió corriendo para hacer frente a los oficiales.

Eusari la siguió de cerca. Al salir, notó de inmediato que el agente Olsen y los otros se habían bajado de sus caballos. Así que esto va muy en serio, ella se dijo; no era como las visitas anteriores. Normalmente él regresaba con los chicos, tirando de ellos por sus orejas.

"¿Qué te trae a mi granja, Finn? ¿Nuestros hijos han molestado a su gente?"

"Si fuera así de simple, señora Thorinson", él respondió con el sombrero en su mano.

Ella observó su lenguaje corporal y el de los otros. Ella no conocía a estos hombres, pero el hecho de que los había traído significaba que esta vez él regresaría a su oficina con más que simplemente haberles dado un aviso. Alguien sería detenido antes de que cayera el sol.

Flaya miró ansiosamente a Felicima acercándose al horizonte, deseando que ella se cayera. Las mujeres pescari no retendrían la ira una vez que el sol se desapareciera.

"¿Por qué no puede ser simple, Finn?", Eusari exigió. "Son chicos, todavía no mayores de edad para ser responsables. ¿De qué delito los acusas?"

Un movimiento cerca del establo les llamó la atención a ella y a los agentes. Todos giraron para mirar mientras Franque y Krist se acercaban. Todos los policías se calmaron cuando se dieron cuenta de que no eran los dos chicos a quienes buscaban.

"Robert casi es mayor de edad, señora Thorinson, y lo será para cuando llegue el juicio".

"Pero todavía no lo es, ¿verdad?", ella exigió, su voz de repente tan feroz que hizo que los otros hombres saltaran. "¡Y yo no te voy a permitir detenerlo hasta que lo sea!"

"Agresión, señora. Él le dislocó la rodilla al hijo del herrero, Peta Grenwich, y le rompió la nariz a Sam Rawlins".

Krist se rió a carcajadas ante esto, y todos los ojos le lanzaron una mirada para que se callara. Pero él no se fijó. "¿Oyes eso, Franque? Robert tiene agallas después de todo. Ahora lamento un poco haber faltado a clase; ¿tú no?"

Eusari le cortó secamente. "¿Faltar a clase? Me ocuparé de ti más tarde. ¡Entren en la casa!" Dirigiéndose al agente Olsen, ella añadió: "Dos contra uno parece más una pelea justa que la agresión. ¿Quién es el testigo?"

"Todos sus compañeros de clase y el maestro principal, pero él basta ya que es adulto y dice haber presenciado todo el suceso".

Felicima por fin se había desaparecido dentro de un resplandor suave.

"¿Qué de Tara?", Flaya preguntó súbitamente. "¿Qué papel desempeñó ella?"

"Su hija ensangrentó bastante mal a Greta Greenbriar y atacó al maestro principal. Él alega que ella le dio una patada en la ingle".

Franque y Krist, quienes todavía no habían obedecido al mandato de su madre, se rieron al unísono.

Sin volver la cabeza, ella se dirigió a ellos. "¡Entren en la casa ahora!" El tono de su voz les hizo entrar corriendo.

"Eso no suena a mi Tara", Flaya dijo, negando con la cabeza. "Ella es pescari, y nuestra gente evita la violencia a menos que sea provocada. Estoy segura que hay gato encerrado".

Uno de los agentes-forasteros saltó una risa de regaño y dijo: "Señora, estaba yo allí en Viejo Weston cuando su gente lo destruyó. No repita sus mentiras de la no-violencia cerca de mí. No hay pescari vivo que no alzara una espada o un arco por ira".

Flaya dio un paso adelante para discutir, pero Eusari se interpuso entre ellos. "Usted no me ha contestado la pregunta, Finn Olsen. Son menores de edad, así que, ¿por qué estás aquí con tus ayudantes?"

"Hay un montón de testigos en esa escuela, y cada uno está dispuesto a declarar ante el magistrado que sus hijos lo empezaron. Tengo que detenerlos".

"No puede detener a Tara", Flaya insistió. "¡Ella es pescari, y nosotros juzgamos a los nuestros bajo la ley de Felicima! ¡El rey de ustedes así lo decretó!"

Eusari la secundó. "¡Tiene razón! La ley establece claramente que en los delitos contra la persona un ciudadano pescari solo puede ser juzgado ante un jurado de sus pares. Un jurado tribal de sus pares".

"Por estos lares eso no es posible", el agente Olsen argumentó, "y la ley establece que en ausencia de un jurado tribal, el magistrado puede tomar jurisdicción".

"Por eso regresamos a Weston", Flaya bruscamente respondió. "Su ritual se acerca, y yo la llevo a nuestra gente mañana por la mañana".

"Temo que eso sea demasiado tarde. Necesitarán salir esta misma noche", el agente Olsen dijo con un susurro. "Si ella sigue en esta provincia al amanecer, el padre de la chica buscará venganza. ¡Y sabes lo enojados que pueden ser esos norteños!"

"No tenemos miedo", Eusari gruñó. "Que venga él".

"Son refugiados de Fjorik, señora Thorinson, y son toda una manada. Quemarán este pueblo y entonces irán a hacer lo mismo en otro si no se imparte justicia".

"¿Y al desterrar a una chica pensarán que se habrá impartido justicia?", Eusari exigió.

El agente de Weston respondió con desprecio: "Al desterrar a cualquier pescari pensarán que se habrá impartido justicia".

"Entonces ya está decidido", Flaya dijo. "Salimos esta noche".

De repente se oyó un ruido sordo en el camino, un sonido como un cruce entre el de una tetera hirviendo y un gato silbando. Todos se dirigieron hacia el ruido.

"¿Qué diablos es eso?", preguntó el agente Olsen.

"Es un carruaje sin caballos", uno de los otros respondió con asombro.

"Allí están Robert y Tara," Eusari señaló. También ella pudo distinguir a Cedric y Sippen en el asiento delantero y los chicos justo detrás de ellos en la parte trasera del vehículo. "Dejaremos que ellos mismos respondan a esta tontería".

"¿Por qué hay que tener cuatro policías para hablar con solo dos chicos?", Cedric exigió mientras conducían por el camino. Entonces, en vez de esperar una respuesta él se puso de pie en el carruaje y en voz alta les hizo la misma pregunta a los agentes. Agitando los puños y los dedos del corazón imaginarios añadió: "¡Vengan a llevarlos!"

"¡Cállate, Cedric!", Eusari gritó, y el hombre de una sola pierna se sentó súbitamente.

"Reconozco esa voz", dijo, sonriéndoles a los otros en el carruaje. "¡La vieja Eusari reaparece!" Su comentario hizo que ambos él y Sippen se rieran.

Robert y Tara intercambiaron una mirada confundida. Ellos solo conocían a la Eusari calmada y consentidora, lenta para la ira y nunca cruel. Lo que le molestaba ahora, sea lo que fuera, había siseado con enojo a Cedric.

Una vez que Sippen se detuvo y apagó el motor, los agentes dieron un paso adelante y rodearon el vehículo.

Otra vez Eusari mostró un lado más oscuro y asertivo y desafió a los cuatro hombres. El timbre agudo de su voz hizo que Robert se encogiera. Nunca había visto a su madre tan enojada.

"Soy su tutora", ella gruñó, "¡y yo haré las preguntas!"

Los hombres dieron un paso atrás, y ella se acercó al carruaje.

"¿Qué pasó en la escuela hoy, Robert?", ella le preguntó con un tono más calmado, la madre amorosa y solidaria habiendo regresado. Incluso su rostro parecía más sereno y en control, mientras que antes ella había parecido ser casi rabiosa.

"Una de las chicas atacó a Tara, y dos chicos me impidieron acabar con la pelea."

"¿Así que era autodefensa?", Eusari preguntó. "¿Para los dos de ustedes?"

Él asintió con la cabeza, y oyó a Tara murmurar a su lado: "Sí".

"¿Y el maestro principal? ¿Por qué él dice otra cosa?"

"Ese intolerante flaco ni estuvo allí", Tara dijo entre dientes. "¡Es mentiroso y llegó solo después de que había terminado la pelea!"

"Él dice que lo pegaste", Eusari le preguntó suavemente. "¿Le diste una patada al hombre?"

"Sí, lo hice", Tara respondió sin remordimiento, "y lo haría otra vez".

"Allí la tienes, una admisión de culpabilidad", el agente Olsen dijo, dando un paso adelante. "Solo el magistrado puede establecer la autodefensa; así que temo que yo tenga que detener a los dos a menos que Flaya cumpla su palabra. Llévela, y salgan esta noche", el agente Olsen exigió. "Si hay rastro de las dos de ustedes por la mañana, la detendremos al verla".

Dos agentes agarraron a Robert de los brazos mientras el agente Olsen sacaba un par de grilletes de hierro.

"¿Qué es esto?", exigió Robert. "No cumplo mi decimoséptimo verano hasta dentro de unas semanas. ¿Seguro que no me juzgarán como adulto para la autodefensa?"

"No", Eusari exclamó en voz alta y definitivamente. "No lo harán".

"Tenemos que hacerlo, señora Thorinson".

"No, me detendrán a mí como su tutora. Tomaré el estrado contra estos cargos".

"Eso no es posible", Finn argumentó.

"Sí, es posible", ella insistió. "Lo dijiste tú mismo. Tendrán dieciocho veranos cuando el magistrado escuche el caso, pero no tiene los suficientes como para ser acusado hoy. No, si quieres que se haga justicia, tendrás que hacerla contra mí".

Olsen volvió la cabeza hacia los otros, quienes se encogieron de hombros con indiferencia. Como él había dicho, alguien iba a ser detenido esta noche, y él solo quería el asunto resuelto y cerrado. Él se puso detrás de la mujer, cerrando ligeramente los grilletes alrededor de sus muñecas.

Eusari acató de buena gana a pesar de que su rostro gritaba el desafío.

"La llevamos a Loganshire para el juicio; así que se le permite unos cuantos artículos personales para el viaje".

"Sippen", ella dijo sin emoción.

"S... sí, señora", el hombre pequeño tartamudeó.

"Hazme una maleta con algunas cosas que necesitaré".

"Puedo hacer eso, señora", Sebastian ofreció.

"¡No! Sippen sabe lo que necesitaré. También incluye la carta de Amash Horslei. Quizá la voy a necesitar después de todo, parece".

"¿Está s... segura, Eusari?", Sippen le preguntó. "E... eso lo ca... cambia todo. Él s... se enterará y lo hará presentarse".

"No tengo otra opción, Sr. Yurik", ella dijo con tristeza. "Da igual lo que hacemos o no hacemos, es demasiado tarde para parar el cambio porque será diferente pronto. Para todos nosotros".

El hombre pequeño asintió con la cabeza y entró en la casa. Para cuando llegó con la bolsa de viaje, los agentes ya habían subido a Eusari al caballo. Registraron la bolsa en busca de contrabando y armas. Sin encontrar ninguno, la ataron a la silla de montar.

"Sippen", ella dijo, "no dejes que Cedric o los chicos interfieran. Regreso a casa dentro de unos días o un par de semanas".

El agente Olsen espoleó al caballo hacia adelante, llevando lejos a Eusari y a los otros agentes.

Cuando giraron hacia el camino principal, Franque y Krist salieron de la casa y se pusieron de pie al lado de Robert.

"Bien, chicos", Cedric dijo animadamente, "sabemos donde la van a custodiar esta noche y qué camino van a tomar por la mañana. Digo yo que los sorprendamos mientras la lleven fuera del pueblo, la liberemos y nos vayamos hacia el sur por las Estepas de Cinder. Para cuando alcancemos Nuevo Weston, la gente de Flaya nos concederán asilo".

"No", Sippen dijo sin tartamudear. "No vamos a hacer tal cosa".

Robert giró para mirar mientras Flaya subió a Tara a su caballo. "Favor de no llevarla", él le rogó a la mujer.

Ella miró al chico a punto de convertirse en hombre como si él no existiera, espoleando a su caballo al galope hacia su casa para hacer las maletas.

Robert esperó, mirando a ver si Tara le dirigiera una sola mirada rápida, pero ella o tenía demasiado miedo para hacerlo o no estaba dispuesta a hacerlo. Dentro de nada desaparecieron en el bosque.

"¿Qué hacemos, Sippen?", le preguntó al hombre pequeño.

"Es... esperamos para q... que tu madre re... regrese", dijo; entonces llevó a Cedric y a los chicos adentro.

CAPÍTULO CUATRO

A Robert le despertó el golpe de las persianas. Una tempestad rugía fuera de su ventana abierta, amenazando con destrozar la casa o derrumbarla sobre sus cimientos. Se apresuró a cerrarlas, pero el feroz aleteo le magulló varios de los nudillos. Mientras se masajeaba suavemente la mano herida, dos figuras encachupadas le llamaron la atención. De pie al borde del pasto, ellos se agitaban las manos ante una orquesta invisible, dirigiendo una vorágine de violencia con su viento.

"¡No!", él murmuró. "¡Ellos deben de estar siguiéndome!" Quitando los ojos de ellas, él corrió a la habitación de al lado. Los gemelos también se habían levantado de la cama.

"¿Qué pasa?", Franque preguntó.

"Soñadores", Robert explicó.

"¿Por qué atacarían los Soñadores a nosotros?", Krist exigió. "¡No somos una amenaza a la corona!"

"Tiene razón", Franque respondió, su comportamiento jovial de costumbre reemplazado por un lado serio. "Los Soñadores no nos atacarían a menos que hubiéramos estado tramando algo contra el rey o el imperio. No se preocupan por las granjas como la nuestra. Eso es el trabajo de los alguaciles".

Esto le hizo a Robert reflexionar.

"Los oficiales llevaron a mamá y están en camino a Logan".

"No necesitaban a cuatro hombres para encargarse de mamá", Franque dijo con una sobriedad acerada.

Robert dejó que la sabiduría de su hermano asimilara, sorprendido por ambas su serenidad y sabiduría. La última vez que había visto esto era cuando Krist se cayó a través del hielo y Robert por poco se zambulló en el estanque para salvarlo. Fue el gemelo mayor cuya tranquilidad triunfó en la situación, previniendo la muerte de los dos. Él rápidamente encontró una rama caída y pescó a su hermano. Este era el hombre que podría ser, el con un potencial sin límite si por fin decidiera madurar.

"¡Chicos!", Cedric gritó desde la sala de estar, haciéndoles correr escaleras abajo a su lado. Ambos él y Sippen portaban largas armas negras. Los chicos patinaron hasta detenerse, sorprendidos de ver rifles dentro de la casa.

"¡Esos son prohibidos!", Robert comentó.

"Ta... también lo es el usar la e... emotancia, pero e... ellos lo hacen", Sippen dijo mientras señalaba hacia las figuras al otro lado de la ventana.

"¿De dónde conseguiste estos?", el chico insistió.

"¡No ahora!", Sippen gritó, y el chico se calló, intercambiando una mirada de preocupación con Franque.

Cedric se arrodilló junto a una ventana cerrada, abriendo una persiana pequeña dentro de la más grande. Mientras entraba el aire, él apuntó su rifle. "Están demasiado lejos para mí", dijo, dando un paso atrás y dirigiéndose a Sippen. "Eres el mejor tirador".

El hombre pequeño asintió, limpió las gafas y se arrodilló, metiendo la boca del rifle por la escotilla y respirando hondo. Mientras dejaba escapar el aliento, se detuvo y la sala pareció quedarse en un silencio inquietante mientras Robert miraba. En el siguiente instante, el dedo de Sippen se movió muy ligeramente, y una explosión de conmoción resonó.

"L... le tengo", el hombre pequeño dijo con una sonrisa.

"¡Muy buen tiro, amigo!", Cedric dijo con una sonrisa amplia cubriéndole el rostro. "¡Se siente otra vez como aquellos buenos tiempos!"

"Er... casi", Sippen accedió.

"¿Qué está pasando?", Robert exigió. "¿Por qué tienen armas, y qué quieren decir con aquellos buenos tiempos?"

Antes de que se pudiera responder, Franque gritó desde la siguiente ventana, donde había estado mirando a los Soñadores. "¡Lo dio, Sr. Sippen!" Pero en ese momento, la casa sacudió mientras soplaron los vientos.

"¡Te... tenemos que correr!", Sippen les mandó, pero antes de que nadie pudiera moverse, las puertas principales se abrieron de par en par. Ambos

Cedric y Sippen levantaron sus rifles, apuntándolos a la figura oscura en la puerta.

"¡No me disparen!", Sebastian gritó, y las bocas de los rifles se bajaron hacia el suelo.

"¡Qué diablos estás haciendo, irrumpiendo y asustándonos!", Cedric exigió.

"Oí el tiro y vine para ayudar".

"¿Qué estabas haciendo antes?", exigió Cedric, y él y Sippen intercambiaron una mirada comprensiva. Todos sabían que Sebastian tenía la costumbre de estremecerse ante el peligro.

"Buscaba en la barraca dormitorio".

"Seguro que sí", Cedric murmuró. Era un tipo raro, este trabajador del campo, y Robert y sus hermanos nunca habían entendido el porqué.

"¿Dónde está Collette?", de repente Sebastian exigió, mirando alrededor de la sala.

"N... no sé. N... no estaba aquí cuando m... me desperté".

"Por eso buscaba yo en la barraca dormitorio", Sebastian explicó. "La buscaba, pero ella no estaba allí. Pensaba que los Halconeros estaban derrotados. ¿Por qué atacan?", el más joven preguntó.

"Esos son Soñadores", Robert le corrigió, y todos los ojos se dirigieron a él.

"No puede ser", Cedric insistió.

"No lo harían Soñadores", Sebastian dijo secamente, negando con la cabeza pero mirando fijamente hacia la ventana con los ojos preocupados.

"N... no. Esos son Ha... Halconeros", Sippen corrigió. "L... lo sé porque t... tiré a uno. Y los S... Soñadores no atacarían a n... a nosotros".

"No hay tal cosa como Halconeros", Krist dijo con un temblor en su voz. "¿Qué está pasando?"

"Sí hay tales cosas", Cedric explicó, de repente muy serio. "Y he visto mucho peor. Pero fuera todavía queda un Halconero, ¡y todos nosotros, con la ayuda de Sebastian, lo podemos derribar!"

"O la", dijo el trabajador del campo con un temblor, viviendo de nuevo algún recuerdo lejano.

Sippen posó una mano sobre el hombro de Sebastian, hablando claro y sin su tartamudeo de costumbre. "Olvídate del pasado por un momento, Sebastian. Krill tiene razón, y necesitamos un velo".

"¿Quién es Krill?", Krist preguntó, y los otros chicos encogieron los hombros.

"No puedo", el joven protestó, "¡y lo sabes!"

"¿Hace cuánto que lo intentaste, hijo?", Cedric le preguntó. "¿Hace cuánto que no te aventuraste?"

"No desde Braen... No desde entonces".

"N... necesitamos que c... construyas uno a... ahora", Sippen enfatizó. Metió su mano dentro de una caja polvorienta en el suelo y sacó otra arma, más corta que las otras y con dos cañones. Se la arrojó a Robert.

"¿Qué es esto?", Robert preguntó, de repente temeroso y muy confundido. No tenía sentido nada: ni el ataque, ni la presencia de los Halconeros, pero en particular no este comportamiento extraño de hombres a quienes había conocido toda su vida.

"Se llama una escopeta", Cedric dijo, dirigiéndole un guiño. "¡Sirve dentro de espacios reducidos cuando uno quiere destrozar a otra persona!" Metió la mano en una bolsa y sacó varios cartuchos con guata en un extremo. Les mostró a los chicos cómo cargar y preparar el arma.

"Pero las armas de fuego son ilegales", Krist protestó. "Si lo ven con ellas..."

"Sí, sí", Cedric dijo con una risa. "El rey envía a un policía a encarcelarte". Volviéndose serio, añadió: "Pero el Rey Esterling no está aquí, y lo que no sabe no le hará daño".

"¿Cómo consiguió estas?", Robert exigió. "Pensaba que eran prohibidas para uso civil después de la guerra".

"Las c... construí", Sippen admitió. "L... las inventé hace m... mucho. N... no te preocupes; t... tengo una licencia", dijo con un guiño y les arrojaba dos más a Franque y Krist. "Quédense muy cerca detrás del ve... velo de Sebastian y t... tiren cuando Cedric se lo d... diga".

"¿Dónde estará usted?", Robert preguntó.

"Ha... haciendo de francotirador", respondió con una sonrisa.

"Por aquí, chicos", Cedric exigió, guiándolos hacia el vendaval.

Franque miró al hombre pequeño apuntando el rifle. "Pero casi es ciego, ¿no?"

"Confíen en mí", Cedric dijo con una sonrisa. "Sippen puede dispararle los testículos a un mosquito a cien pasos".

Una vez reunidos, Sebastian se cerró los ojos y se agitó las manos. De repente los vientos hicieron un patrón circular y rodearon al hombre y a los chicos. Se encontraron de pie dentro de una burbuja resplandeciente de aire.

Franque giró hacia Robert, haciéndole una pregunta con los labios sin pronunciar una palabra, usando vocabulario que habría resultado en que Eusari le hubiera pegado las orejas.

Krist tocó el contorno firme de la burbuja, y Cedric soltó una risa.

"¡Todavía lo tienes, chico!", dijo, dándole una palmada en la espalda. "¡Por aquí!", gritó. "¡Quédense cerca mientras le atendamos una emboscada! Una vez que empiece yo a disparar, muchachos, estén atentos a su pájaro".

Todos salieron corriendo, apurándose hacia la figura solitaria de pie en el borde de la granja.

"¡Esto es una locura!", Robert le gritó a Cedric, quien estaba haciendo todo lo posible para seguir el paso a pesar de su pierna de madera.

Un poco sin aliento, el hombre mayor respondió: "¡Lo sé! Es fantástico, ¿no? ¡La primera noche con tu mamá fuera, y ya es cómo en aquellos buenos tiempos! Sí, señor, ¡muy parecido a aquellos buenos tiempos!"

"¿Qué diablos está pasando?", Robert insistió, todavía atónito por el arma en sus manos.

"¡Estamos embistiendo a un Halconero!", Cedric dijo como si lo todo era muy obvio. Jadeó, disminuyendo un poco la velocidad, pero jadeó una bocanada profunda de aire y corrió hacia adelante.

La figura encapuchada estaba cerca ahora, al aparecer inconsciente de su llegada y concentrado en su objetivo de derrumbar la casa con su vendaval.

"¡Algo está mal, Krill!", Sebastian comentó. "¡No está bien! Normalmente no se quedan en un lugar de pie esperándonos!"

Robert miró de un lado al otro pero siguió el ritmo que mantenían dentro de la burbuja. Por fin decidió que no pudo aguantar más el misterio de la noche. "¿Qué quieres decir, normalmente? ¿Ustedes han hecho esto antes? ¿Y por qué siguen llamándolo Krill?"

"¡Agáchense!", Sebastian gritó de repente, y el grupo se frenó bruscamente, agachándose al suelo mientras dos halcones grandes atacaban la burbuja. Sus garras grandes arañaron la capa de aire mientras chillaban y graznaban.

Cedric se puso de pie, claramente mostrando su fastidio y lanzándole una mirada cáustica. "¿Por qué nos agachamos si no pueden entrar?"

"Porque", el hombre tímido explico, "hay dos de ellos y solo un Halconero".

"Dos..." Cedric giró lentamente, mirando al Halconero parado solo al borde de la granja. "¡Falla de Cinder!", maldijo en voz alta. "¡Nos han engatusado! ¡Baja el velo!" De repente el velo alrededor de ellos disipó, y las aves bombardearon en picado. Cedric apretó el gatillo, y la explosión de plumas esparció por todos lados.

"¡Cuidado!", Sebastian gritó.

Cedric giró, pero un hilo sólido de aire le arrancó el arma de sus manos. El rifle se tambaleó dentro de la noche, volando lejos rápidamente como si una mano invisible lo hubiera agarrado y arrojado.

Franque fue el primero de los chicos en entender. "¿Él era el cebo?", le preguntó a Sebastian, quien asintió con la cabeza.

"Tenemos que encontrar al otro", el capataz dijo mientras se formaba una burbuja nueva a su alrededor. "Dame tu arma", le dijo a Krist. Se la entregó de buena gana, el miedo en sus ojos coincidiendo con el sentimiento en las entrañas de Robert.

"No podemos quedarnos dentro de esta burbuja toda la noche", Robert sugirió. "¿Por qué no nos dispersamos?"

"Porque", Sebastian explicó en voz baja, con el miedo entrando incómodamente en su voz, "los Halconeros pueden dividir su mente cinco veces, lo cual significa que nos superan en número de dos a uno—más si hay un tercero escondiéndose cerca".

"O un Jaguar para resucitar al muerto", Cedric añadió con una sonrisa.

"¿Qué es un Jaguar?", Krist exigió.

"Algo que no quieres ver resucitando al muerto", Cedric dijo. "Ahora estamos atrapados aquí hasta que se haga visible".

Robert pensó en la trampa del Halconero, atrayéndolos cerca y distrayéndolos con aves. "Nos están probando", razonó.

"Sí", Cedric accedió. "Deben haber estado probándonos a ver si alguno de nosotros era emotante".

"Y nos lo tragamos", Sebastian susurró. "Krill, sabes por qué no me gusta utilizarlo, y ahora saben que puedo. Regresarán".

Robert miró fijamente al hombre con una nueva admiración. Nunca en su vida habría imaginado que el trabajador del campo tenía poder sobre el viento. "¿Por qué usted no es un Soñador?"

"Porque es cobarde", la voz de una mujer dijo de detrás de ellos.

Robert la reconoció al instante. "¡Una Soñadora!", exclamó. "¡Una de la pareja que vi en el pueblo!"

"Hola, Caroline", Sebastian dijo. "¿Quién más está aquí?"

"Bearnard", una voz profunda retumbó desde su lado izquierdo, y un hombre grande vestido con túnicas de Soñador salió de la oscuridad. Él asintió con la cabeza hacia Caroline, y la pareja emitió varios hilos de aire, fabricando un largo látigo reluciente. Con un chasquido tan fuerte como un trueno arremetió contra el Halconero, enviándolo volando hacia detrás. El vendaval paró al instante, siendo reemplazado por una calma inquietante.

"Relájate, Sebastian", la mujer le dijo al trabajador del campo. "No te estaban buscando; estaban probando al niño".

Robert sintió que su vientre se tensaba en nudos. De alguna manera sabía que estaban hablando de él. La pareja se acercó al lugar donde el Halconero había estado, y los otros los siguieron. Aunque todavía estaba protegido por la burbuja de aire de Sebastian, Robert sintió que la noche se enfriaba con preocupaciones infinitas. Este día rápidamente se había convertido en el más extraño y preocupante de su vida—con Tara desaparecida y Eusari bajo la custodia de los oficiales.

Los cuerpos de ambos Halconeros habían desaparecido.

"Necesitas dejar este lugar", Bearnard le dijo a Robert, su voz profunda retumbando.

"N... no. ¡Ustedes necesitan irse!", Sippen dijo desde detrás de ellos, su rifle acunado en un brazo delgado. "C... Cuyler nos prometió r... retiro. ¡D... déjennos en paz!"

"¿Dónde está Eusari?", Caroline exigió, no prestándole atención al hombre pequeño.

"Los agentes la llevaron", Robert dijo. "Ella va a estar juzgado por algo que hice yo".

"Nada que tú hiciste", Bearnard dijo con una risa. "Pero sí tú vas a venir con nosotros".

"¡Por encima de mi cadáver!", Cedric gruñó, poniéndose entre él y Robert.

"No lo pueden llevar", Franque dijo con una actitud desafiante, poniéndose en frente de Cedric. "Él es la mejor esperanza de un hijo que tiene mamá. ¡Es listo, destinado a la grandeza! ¡Llévenme en su lugar!"

"O a mí", Krist exigió, dando un paso para estar al lado de su hermano. Los gemelos hicieron su mejor demostración de fuerza contra los Soñadores, de pie hombro al hombro.

Caroline se rió. "Cada uno tienes algo de tu padre dentro de ti, lo cual podría significar algo si fueras la mitad de hombre que era él". Con un movimiento ligero de su muñeca unos hilos de aire agarraron a los dos chicos por los brazos y los arrojaron a un lado. "Pero el rey quiere a Robert, no a ustedes. Estamos obligados a traer a tu hermano a Eston".

"Es... esperen", Sippen rogó. "I... irá, pero primero n... necesito hablarle. Para explicar".

"Rápido", Caroline dijo. "Tenemos órdenes estrictas. Ha sido llamado y tiene que presentarse ante el rey".

"S... Sebastian, ven conmigo a la casa. Él n... necesitará tu ayudar para ha... hacer la maleta".

El trabajador del campo asintió y siguió mientras Sippen Yurik conducía a Robert.

Una vez que estuvieron fuera del alcance del oído, Robert exigió: "¿Adónde me llevan?"

"N... no te preocupes. N... no te llevan. En... entra en la c... casa con Sebastian; entonces s... sal por detrás. Jue... juega a escondite", le dijo el trabajador del campo con un guiño.

Sebastian le dio una sonrisa cómplice, entendiendo lo necesario.

"¿Pero por qué", Robert preguntó otra vez. "¿Qué tengo de especial?"

"N... no es mi lugar d... decirlo. Vé a tu... Eusari y d... dile que ella t... te lo explique. Ya es hora".

"¿Por qué no vienes tú?"

"P... porque soy v... viejo, y un viaje así m... me mataría. Y t... tengo que quedarme con los gemelos". Sippen mantuvo la puerta de la casa abierta y metió un trozo de pergamino doblado en la bolsilla de Robert. "D... deja la escopeta aquí".

"Necesito un arma".

"T... tienes una", el hombre pequeño respondió. "Hay una b... bolsa de suministros al lado de la p... puerta. Llévala contigo". Cerró la puerta detrás de ellos con un clic, dejando a los dos solos en la casa.

"¿Qué quería decir que tengo un arma?", Robert le preguntó a Sebastian. "¿Estaba hablando de ti?"

El trabajador del campo se encogió de hombros y dijo: "Quizá. Vamos a ver". Con un movimiento de su mano el aire alrededor de los dos se resplandeció. "Apúrate; salgamos por detrás como dijo".

"¿Qué hiciste?"

"Somos invisibles a todo el mundo ahora, incluso a los Soñadores".

"¿Cómo?"

"Ese es mi poder más fuerte—la habilidad de esconderme del peligro. ¡Vamos!"

CAPÍTULO CINCO

Franque los miraba perplejo mientras Sippen Yurik llevaba a Robert y a Sebastian hacia la casa. La noche se había hecho una grata sorpresa para el joven, llena de acción inesperada y la promesa de aventuras. El hombre dentro de él peleaba con el chico gritando la cautela.

Mira a Cedric, esa voz responsable dentro de Franque avisó, y presta mucha atención. ¡Haz lo que diga!

Los Soñadores habían terminado de recorrer el área en busca de amenazas y decidieron que los Halconeros se habían ido. Ellos, como el chico, dirigieron su atención al capataz con una pierna.

"Hace mucho que no veo a uno de ustedes", Cedric dijo con una sonrisa, completamente sin miedo y sin poner importancia en el hecho de que eran agentes particulares del rey.

"Ha pasado mucho tiempo desde que pensamos que otra vez veríamos a ustedes los piratas", Caroline respondió con una nariz respingona. "¿Dónde está Eusari?"

¿Piratas? Franque intercambió una mirada con su hermano, quien también lo había oído, y los dos miraron a Cedric y esperaron su respuesta.

"Ella te amaba como si fueras su hija", Cedric dijo, ahora sin sonrisa y con un rostro que delataba unos pensamientos apenados.

"Había un tiempo cuando la amaba yo como una madre", Caroline respondió sin emoción, "pero ella nos abandonó; se fue sin avisar o despedirse. ¿Dónde está?"

"¿Qué quieres de ella?", Sippen preguntó de detrás de ellos, entrando al grupo desapercibido.

"¿Dónde están el cobarde y el chico?", exigió Bearnard, de repente molesto y cambiando de postura como si estuviera listo para combatir.

"Sebastian y R... Robert vienen", prometió el hombre pequeño. "¿Qué quieres de tu... Eusari y su hijo?", preguntó otra vez.

"¿Así que todavía se llama Robert? Amash no estaba seguro que no lo hubieran cambiado. ¿Ya se han despertado dentro de él unas habilidades? ¿Es emotante como su padre?", Caroline preguntó con una leve sonrisa.

Franque sintió que su mente se aturdía mientras escuchaba las palabras de ella. ¿Un emotante? ¿Cómo su padre?

"¿Quién era su padre?", Kriste exigió. "Eusari nunca nos lo dijo".

"Un hombre muerto", Caroline respondió. "¿Dónde están, Sippen? No me hagas terminar la tarea que empezaron los Halconeros. Derribaré esta granja de madera y piedra si lo tengo que hacer. ¿Por qué desafías al rey?"

"P... porque Amash n... nos hizo una promesa a todos. ¿Ha... ha cambiado de idea? ¿P... piensa dañar al chico?"

"Solo estamos encargados de encontrarlo y llevarlo a él", Bearnard explicó. De repente unos hilos de aire se formaron mientras el hombre daba un paso adelante, unos hilos tejidos para ser tan fuertes como cuerdas. Se envolvieron fuertemente alrededor de Sippen y lo levantaron hacia el cielo. "Pero él no dijo nada en cuanto a lo que podemos hacer contigo".

"¿Dónde está Eusari?", Caroline exigió mientras Bearnard apretaba aun más fuerte los hilos.

"Ll... llevada por a... agentes esta tarde".

"¿Adónde?"

"A L... Logan".

"¿Y el chico? ¿Adónde lo lleva Sebastian?"

Una explosión de conmoción llenó la noche, y Franque bajó la mirada hacia el arma humeante en sus manos. No había esperado tal culatazo, y el dolor de hombro atenuó el enojo que sentía antes—no, no era enojo sino una necesidad de proteger a este hombre a quien yo estimo como uno de los mejores amigos de mi mamá. Había pensado que el Soñador se caería, pero en lugar de eso una burbuja de aire reluciente se había formado alrededor de él, atrapando las pequeñas balas en pleno vuelo. Flotaban en el aire, apenas unos centímetros de la piel de él.

Antes de que Franque pudiera disparar una segunda vez, Krist se había lanzado adelante. Al ver la manera en que Bearnard paró el disparo, sacó una navaja y hundió la hoja en la burbuja con el propósito de matar al Soñador. Pero antes de que la hoja tocara la carne Caroline envolvió a los dos chicos y a Cedric con hilos, atándolos tan fuerte como estaba atado Sippen.

Una mezcla de ira y miedo llenó el corazón de Franque, reemplazando su confianza juvenil con la ansiedad. Obligado por el odio ardiente, rugió de rabia en la noche. Luchó contra sus ataduras, solo logrando retorcerse como un gusano ganchudo a punto de sumergirse en el río. El aire se sentía mal contra su piel; se haba convertido en una sustancia extraña que olía de arrogancia. Desesperadamente él buscó una manera de liberarse a sí mismo y a los otros.

"Tenía razón antes cuando dije que tienes tu padre dentro de ti", Caroline susurró en su oído, "pero parece que he subestimado cuán ardientemente quema la locura en su descendencia".

"¿Quién era mi padre?", Franque exigió con los dientes apretados.

Caroline se rió y miró a Sippen. "Ella no le ha dicho nada a ninguno de ellos, ¿verdad? Eusari creía que esta batalla había terminado y pensaba que podía criar a los tres chicos, ¿protegiéndolos mejor que nos había protegido a nosotros?"

"L... los Soñadores n... no eran sus hijos", el hombre pequeño respondió. "U... ustedes no le e... eran importantes".

"Quizá eso acaba de venir a mi mente ahora mismo", Caroline dijo apenada. Dirigiéndose a Franque, añadió: "Convierte esa rabia en algo productivo y labra la tierra, hijo de Braston. Nos vamos, pero ni siquiera piensen en perseguirnos. No somos la maldad esparciéndose por Andalón. Esos Halconeros, vueltos del olvido, son su enemigo. Ellos y lo que los impulse. Estoy segura que Robert buscará a Eusari. Cuando lo haga, los llevaremos al rey, como nos exigió, y dejaremos que él decida su destino". En un instante los hilos de aire vaporizaron, dejando caer al suelo a los hombres y a los chicos. Mientras los Soñadores se daban la vuelta para irse, Caroline se dirigió a ellos una vez más y añadió: "Solo oren para que ustedes, gemelos, se salven de la locura de su padre. Esa locura casi mató a su madre y los dos de ustedes dentro de su vientre".

"Eusari n... no permitirá que ustedes lle... lleven a Robert", Sippen advirtió.

"Ella ya no tiene opción", Caroline dijo, y ella y Bearnard desaparecieron en la noche.

Franque esperó hasta que los Soñadores habían desaparecido. "Sippen", preguntó, el enojo dentro de él disminuyéndose en gran medida. "¿Quién fue nuestro padre? ¿Fue el pirata Braen Braston?"

Sippen asintió con lágrimas cayéndose por las mejillas. Con el dorso de su mano las limpió y resopló ligeramente. "Hace dieciocho años que lo perdimos. Cedric y yo perdimos a nuestro mejor amigo, un campeón para los débiles y los incomprendidos. Tu madre perdió más que eso; ella perdió al único hombre que merecía su amor".

"Recuerdo al maestro principal hablar de él", Krist dijo en voz baja. "Es de mala fama, ¡aún más que Diablo Jacque! Cometió todo tipo de atrocidades durante la Guerra de los Hermanos y arrasó muchos pueblos costeros y las ciudades del sur".

"Eso no era Braen", Cedric murmuró. "Era otra persona. Se llamaba la Guerra de los Hermanos por varias razones, pero Andalón nunca aceptará que la guerra fue librada por nadie excepto los Esterling. Tu padre luchó contra su propio hermano Skander".

"Nunca he oído de él", Franque dijo. Krist se encogió los hombros; tampoco él había escuchado ese nombre. "Entonces, lo que dijo ella, de que Braen se enloqueció e intentó matarnos y a mamá. ¿No es cierto?"

"Caroline n... no estaba allí; n... no sabe la verdad", fue la única respuesta de Sippen.

"¿Pero los dos de ustedes estaban allí?"

"Yo t... tenía otras c... cosas que hacer e... ese día", admitió el hombre pequeño. "Es... estaba cerca pero n... no allí cuando o... ocurrió".

Los gemelos se dirigieron a Cedric.

"No me miren", dijo. "Estaba yo ocupado en otro lugar en las murallas y ... eh... estaba mirando en otra dirección".

"¿Así que ninguno de ustedes saben? ¿Quién estuvo allí? ¿Quién lo vio morirse?", Franque exigió.

"Eusari y Flaya estaban allí y también una chica que se llamaba Marita, una de los Soñadores de aquel entonces, pero ella se fue de Andalón justo después de la guerra", Cedric dijo.

"N... no te olvides de Amash", Sippen lo recordó, limpiando otra lágrima. "Él a... apretó el gatillo y d... disparó el tiro mortal".

Franque sintió subir la rabia, retumbando como un rugido justo al entrar en su garganta. Lo encontró difícil mantenerlo dentro de sí. Cuando por fin habló, por poco pudo controlar el gruñido. "¿Dónde puedo encontrar a este Amash ahora? ¿Quién es él?"

"Amash no es el enemigo", Cedric advirtió. "Tu madre insistió en que él tenía sus motivos".

"Era aliado, y nadie excepto Eusari y Flaya sabe por qué hizo lo que hizo", Sippen accedió sin tartamudear. "Eusari lo perdonó, y también nosotros".

"No pregunté acerca de lo que él no es", Franque por fin gritó, haciendo que incluso su propio hermano se encogiera de miedo. "Pregunté quién es él".

"El r... rey de... eh... Estonia", Sippen tartamudeó.

"El rey..." Franque no podía creer lo que escuchaba. El rey de Estonia había asesinado a su padre. "¿Y ahora intenta matar a Robert? ¿Por qué enviará a Soñadores a realizar la tarea?"

"D... de veras n... no lo sé".

"¿Por qué envió usted a Robert a otro lugar si no confía en ellos?", Krist exigió.

"L... lo envié a tu... Eusari para que e... ella pueda decirle la verdad y d... decidir. Si A... Amash lo quiere, podría s... ser por varias razones".

"Pues", Franque dijo enojado. "Ya lo he decidido yo. ¡Voy a matar al rey!"

"N... no seas tonto", Sippen rogó.

"¡No sea usted cobarde!", Franque gritó en la noche, por fin dejando al lado al chico y abrazando al hombre de adentro. En ese momento prometió aprender todo que pudo de su padre y encarnar la parte de él que estos hombres admiraban y que otros temían.

En todos sus veranos Krist nunca había estado en la habitación de su madre sin ella. Más importante, él nunca había rebuscado sus cosas como un ladrón en una misión para respuestas. Pero tenía un montón de preguntas después del encuentro con los Soñadores. La principal era el hecho de que Braen Braston, la lacra de Andalón y una vez líder de la Ensenada de los Piratas, era su padre. Nunca se lo habría imaginado. Hasta el momento, su búsqueda solo había resultado en evidencia de la vida de su madre como agricultora.

Estaba al punto de darse por vencido cuando vio un baúl viejo en la esquina lejana de una guardarropa olvidada. Una inspección más cuidadosa reveló que era el de un marinero. En su tapa había una sola marca grabada que tenía la forma de la cabeza de un lobo. Odiaba abrirlo por la fuerza, pero para cuando regresara su madre, él y Franque ya se habrían salido en búsqueda del asesino de su padre. Metió la hoja de su navaja en la cerradura y empujó con toda su fuerza, rompiendo ambas la cerradura y su navaja en un solo empujón. A Krist le había encantado esa navaja, y ojalá que perderla valga el sacrificio.

La tapa se abrió con un crujido. De repente temeroso de que él hubiera despertado a Sippen y a Cedric con el ruido, rápidamente salió de puntillas de la habitación para revisar. Los encontró profundamente dormidos sobre la mesa de la cocina—sus cabezas apoyadas en la parte interior del codo y las manos sujetando una copa de vino. Una sola botella estaba entre ellos, cubierta de polvo excepto el lugar donde alguien había limpiado los números en la etiqueta. Estos era 754. Él se encogió de hombros. No debía de haber sido una buena cosecha por la rapidez con que los hombres lo habían bebido.

Regresó a la habitación de su madre y al baúl que lo esperaba. Dentro había un tesoro de sus recuerdos—escondidos de la luz del día como si estuvieran enterrados en una tumba. Por supuesto que ella escondería su pasado; había estado huyendo de él y se esforzaba mucho por ocultar la verdad a cada uno de sus hijos. ¿Pero él y Franque eran los hijos del legendario Braen Braston? Él se preguntó: ¿ella era de verdad su madre o era una ladrona que secuestraba a los hijos más importantes de su generación? Sea como sea, ella los había estado escondiendo como esta caja vieja polvorienta. Él estaba feliz de que estuvieran a punto de escabullirse. Pero primero quería encontrar algo que era de su padre.

Lo encontró muy pronto—aun si no lo había reconocido al principio—envuelto en una chaqueta de cuero negro. Arrojó el jubón a un lado, lo cual aterrizó con un golpe fuerte. Confundido por su peso, lo levantó de nuevo y lo volteó en sus manos. Más que una chaqueta, él había encontrado una armadura ajustada de cuero, llena de docenas de fundas para ocultar todo tipo de cuchillos. Sacó uno de estos, sustituyéndolo por él que se le había roto al abrir el baúl. Él puso los otros a un lado en una pila.

Empujó también a un lado un manto de piel, sonriendo a lo que quedaba abajo. Había descubierto una espada norteña forjada. La sostuvo hacia la luz de la luna que inundaba la habitación por la única ventana, maravillándose de la artesanía y los patrones arremolinados en el acero. En la empuñadura descubrió un gato sable del norte devorando a un lobo. La abrazó a su pecho. Krist Thorinson por fin tenía en sus manos algo que una vez era de su padre.

"¿Qué haces?", Franque exigió desde la puerta.

Krist saltó, su entusiasmo reemplazando cualquier culpa por haber rebuscado dentro de las cosas personales de su madre.

"Era de él", dijo, levantando la espada. "Estoy seguro".

Franque se acercó, agachándose para mirar dentro del baúl. La luz de la luna brillaba en algo más dentro, y se metió una mano. Sacó dos cosas: el hacha de un guerrero del norte tallada tan intrincadamente como la espada en las manos de Krist. Metió esta dentro de su cinturón. La segunda cosa que encontró fue un alfanje desgastado por la batalla, envejecido y obviamente bien usado. Este metió de nuevo dentro del baúl.

"Vamos", Franque dijo. "Se despertarán pronto, y quiero estar muy lejos de aquí cuando ocurra". Tan pronto como había entrado dejó solo a su hermano.

Krist se detuvo. Con la culpabilidad pesando mucho sobre él, cerró el baúl y comparó las marcas en la tapa y en la empuñadura en sus manos. Los símbolos de su madre y padre chocaron violentamente con lo que sabía de la historia. La gente de Braen Braston de Fjorik había construido su vida apoderándose de la vida de las de Loganshire, igual que el gato sable de Braen parecía estar devorando al lobo de su madre.

Con razón, se dio cuenta, ella mantenía secreto de sus hijos y de la gente de esta región su amor.

Eusari Thorinson era traidora que una vez había amado a un pirata del norte.

CAPÍTULO SEIS

El rey Esterling era fornido pero no de baja forma para su edad. Culpaba a las comidas ricas y la falta de ejercicio que son gajes del oficio. En general, debería haberse sentido saludable, incluso si sus rodillas se sintieran tan viejas como sentían. Al pensar en la vida activa que había vivido antes, una vida llena de aventuras y emoción, le molestaban el dolor y los kilos de más. Se tambaleó cuando una pierna se le dobló, estallando en protesta por su deseo de moverse rápidamente y acabar con este día de tortura y deberes.

"¿Su majestadad?", el canciller preguntó, dándose un paso adelante, temeroso de que el rey se cayera. "¿Está enfermo, señor? ¿Voy por su médico?"

"No, Percy", Amash respondió, pero mintió. La enfermedad acechaba en cada sombra, burlándose de su juventud anterior. Recientemente los dolores de cabeza se habían empeorado, molestándole hasta el punto de que apenas podía soportar el zumbido. Aprovechó este momento para frotar el músculo de su muslo solo para distraer sus manos. Anhelaban borrar el dolor mayor que palpitaba entre sus sienes.

Nunca eras mentiroso, la voz dijo, pero la política te ha hecho uno. Estoy decepcionado de ti. La diversión parecía filtrarse en las palabras, y el rey detectó un atisbo de una risa.

Cállate, el rey exigió, y déjame en paz.

La primera vez que oyó la voz, la había encontrado familiar, un recuerdo de una persona a quien había conocido hace muchos años. Amigo, como la voz lo llamaba, no era la palabra que escogería él para describir a este maestro del engaño.

Miró a su alrededor a su séquito. Cada par de ojos deliberadamente evitaba encontrarse con los de él. Era indigno ver a su gobernante sufrir. Aún peor, Percy Roan le ofreció un hombro en el cual apoyarse. El rey le hizo señas para que se fuera, andando cautelosamente el resto del camino. Su habitación no estaba mucho adelante por el largo pasillo, justo pasando unos arcos pintados y un sinfín de jarrones con rosas cortadas. Estas eran el símbolo de su familia, y docenas de ellas llenaban el palacio. Había llegado a despreciar el olor. Le recordaba la soledad y el deber—nada del hogar y la familia.

Llegaron a la puerta de su habitación, dorada y reflejando la luz del sol de las ventanas abiertas en la parte superior de las paredes. Aunque espléndidamente tallada con enredaderas retorcidas y rosas en ciernes, él se había cansado de la belleza de todo este lugar.

Derrochadora y exagerada, pensaba, una muestra de extravagancia de una época en que nuestra gente se moría de hambre.

Nadie se muere de hambre ahora porque lo has hecho bien, la voz le animó. Gracias al líder que has resultado ser.

No soy líder, el rey Esterling argumentó. No como lo era Braen. Nunca seré tan grande como Braston.

Percy empujó la puerta para abrirla.

El rey suspiró. Dentro, varios asistentes de cámara esperaban, cada uno listo para quitarle las túnicas y ponerle su ropa de dormir.

Dormir.

¿Cómo había encontrado el tiempo para dormir durante su reinado de diecisiete años? Había habido tanto que hacer al reconstruir el reinado desde la nada del imperio caído. La Guerra de los Hermanos había acabado con un montón de la gente de Eston. Esta ciudad permanecía de pie, pero muchas otras se habían arruinado. Lamentaba en particular el destino de su propio Viejo Weston—enterrado para siempre bajo la roca volcánica y la cuenca seca de un lago. Los esfuerzos de reconstrucción habían desangrado sus cofres, haciendo que pasara el costo a su gente. Aún ahora, gruñían su nombre porque él había entregado la ciudad a los pescari.

"Tenemos que hablar del tema de la sucesión, Mi Señor", el canciller dijo sin vacilar. Él había presionaba para que se resolviera este asunto varias veces durante los diecisiete años pasados, pero el rey nunca permitió que se lo resolviera.

"El asunto está cerrado, Percy. Tengo un testamento, y lo abrirás cuando me muera".

Ese momento está más cerca de lo que crees, advirtió la voz.

"Pero el witan, Mi Señor, quizá no esté de acuerdo con su selección. Usted debe declararlo ahora. Dígame, e investigaré su pasado y facilitaré la transición".

"Facilitar su... ¿Quieres decir sobornar al witan para que obedezcan? No, Percy, no lo permitiré".

Es lo que habría hecho yo, la voz instó. Este político tiene razón—hay que hacer tratos de trastienda para asegurar la transición.

El rey no le prestó atención ni al hombre ni a la voz, extendiendo sus brazos mientras los sirvientes le quitaron la ropa exterior y luego las capas de seda por debajo. Se estremeció al girar, como si entrara en una capa de aire más frío. Si no hubiera estado en un estado de desnudez, nunca lo habría sentido. Molesto por la corriente de indignidad, el rey esperó con paciencia hasta que los asistentes habían terminado y otra vez él estaba vestido.

"¿Deseará otra cosa esta noche, Su Alteza?", su canciller le preguntó.

"No, Percy, eso será todo".

"Muy bien, Mi Señor. Le saludo de nuevo por la mañana". El hombre se inclinó al despedirse, sosteniendo sus gafas contra su cara. Solo después de que él había salido pudo suspirar aliviado el rey.

Se dirigió a una silla cerca de la chimenea y habló a sus cojines vacíos.

"Sé que estás allí. Siento tu aura. Muéstrate", exigió. "Quiero un informe completo".

La imagen de un hombre lentamente se hacía visible, solidificándose como si naciera de las moléculas de aire brumoso en las cuales se había escondido. Parecía tener unos treinta años y se sentaba en la silla con las piernas cruzadas y sus manos descansando pacientemente sobre su regazo. Sus túnicas eran de un azul ricamente teñido, y el blasón en su centro lo identificaba como un Soñador. El borde dorado alrededor de los flecos revelaba que era Cuyler, el líder de su secta. A la voz le caía bien este hombre, y también al rey le caía bien.

"Mis disculpas por haber llegado en secreto", Cuyler dijo. "Pero yo había seguido muy de cerca al canciller y tenía que mantener la conexión hasta que después de que salió. De otro modo, él se habría dado cuenta".

"Magnífico", el rey murmuró. "¿Qué hay de eso? ¿Estoy en lo correcto con mis preocupaciones?"

"No lo sé todavía. Él le ha servido a usted tanto como cualquiera de nosotros, pero es muy difícil leer su mente. Todas sus conversaciones parecen correctas y relacionadas con el mejor interés de usted. Creo que sí es leal al puesto, por los menos mientras siga usted vivo".

El rey gruñó. "¿Pero quizá puede ponerse en contra de mis deseos después de que me haya ido?"

"Quizá", Cuyler accedió, "pero lo que exige usted no les caerá bien a muchos. Su selección de heredero no se entenderá muy fácilmente por su reino, pero especialmente no entre los nobles".

"Creo que entenderán, con el tiempo".

"Incluso los Soñadores no entenderán. Para los que pelearon en ella, esto les recordará a la Guerra de los Hermanos—tiempos mejores olvidados".

"Quizá, pero deben recordar a aquellos que trajeron esta paz a Andalón, y que su padre era una parte de eso", el rey respondió solemnemente. Esos eran los mejores días de su vida, cuando tenía un propósito y una dirección clara. El rey se detuvo; entonces preguntó: "¿Qué han profetizado los videntes entre ustedes?"

"Se acerca otra guerra, y comienza con y depende de él".

"No podemos permitir otra guerra", el rey declaró. "¿La causa él? ¿O es una guerra civil librada por aquellos que se le oponen?"

"No lo hemos determinado", Cuyler admitió. "Pero seguro es que tiene que ver con los Halconeros y los fjoriqueños".

El rey se detuvo. "¿Qué hay de los Halconeros", preguntó.

Esos espectros bestiales habían sido destruidos durante la Guerra de los Hermanos, su mente de colmena cortada y sus cuerpos enviados a un descanso eterno.

"Algunos debían de haber sobrevivido la guerra, y varios Soñadores han informado de peleas en cada ciudad", el Soñador explicó. "Solo podemos suponer que cultivan a latentes como en tiempos pasados".

Si los Halconeros han regresado, la voz sugirió, son guiados por una sola mente, no una colmena. Busca la fuente y destrúyela.

"Hay una fuente", el rey dijo. "Una sola mente que los controla. Búscala y corta su conexión".

El líder de los Soñadores asintió, pero su rostro sugería más noticias preocupantes.

"¿Hay más?"

"Tiene que ver con el chico", Cuyler explicó. "Fue atacado por unos Halconeros. Caroline y Bearnard los corrió pero tenían que revelar su presencia".

"Su madre y yo tenemos un acuerdo", el rey dijo. "¿Ella se lo entregó? Él sería más seguro si lo hiciera".

"No lo explicaron, solo informaron que él huyó y se escondió".

Eso es inaceptable, la voz advirtió.

"Búscalo y tráelo ante mí". El dolor entre sus sienes latía con preocupación. ¿Y si nadie en Andalón entendiera su decisión? "Tiene que ser encontrado, y pronto".

"No fallaremos", el líder de los Soñadores prometió; entonces se vistió en una túnica reluciente de aire—invisible excepto por una vibración contra la pared lejana.

La puerta a su habitación se abrió y se cerró, y el rey Esterling dejó escapar el aliento sostenido.

"¿Soy loco?", le preguntó a la habitación vacía.

Todavía no, gracias a Dios. Y es bueno que la locura no haya empezado ya a asentarse, dijo la voz, o nunca podríamos tener éxito con lo que viene.

"Hablas como si conocieras íntimamente la locura", el rey dijo con una risa. Seguro que la locura en su habitación era de él mismo ya que hablaba con voces.

La conozco y lucho contra ella todos los días. Pero sé con certeza que no eres loco, rey Esterling.

"¿Qué querías decir más temprano al sugerir que mi muerte está más cerca que yo sé?", el rey Esterling preguntó. "¿Cuánto tiempo tengo si de veras estoy muriéndome?"

No dije que estás muriéndote, rey Esterling. Pero se acaba mi propio tiempo, y así, el tuyo.

"No entiendo", el rey admitió.

Él esperó, pero la voz se había callado. Subió a la cama y se cerró los ojos, no prestando atención a los asuntos del estado que pesaban sobre su mente. Después de unos momentos, Amash Esterling cayó en un sueño profundo.

CAPÍTULO SIETE

La calesa rebotaba a lo largo del camino, liberándola del miedo que la atenazaba, controlando su noche. Todo había sucedido muy rápido; ella se había aferrado a su madre sin protestar, dejándose ser llevada lejos. Ellas se habían ido sin ni siquiera despedirse, dos mujeres solas en la noche. Sus ojos captaban la luz espeluznante de la luna y las sombras a lo largo del camino. Cualquiera, o todas, podrían ocultar problemas, incluso de los peores, que les esperaban en el viaje. Era una tontería viajar en la oscuridad.

Ella anhelaba que Robert las protegiera, cabalgando a su lado, sabiendo que su presencia le aliviara los miedos. Incluso en su juventud ella lo encontraba fuerte, sabiendo que sería más fuerte en la edad adulta. Lo amaba, quizá, pero ella estaba demasiado perdida dentro de su propia juventud para saberlo con certeza. Pero la realidad aleccionadora revelaba que Robert se había ido de su vida.

Su beso.

Ella se había reunido el valor durante años para dar el primer paso, siempre sabiendo que era ella quien debería darlo. Pero los eventos de la tarde le habían robado una despedida adecuada, quizá algo más que simplemente un beso, y ella se preguntaba si él la extrañaba tanto como ella a él. Ella deseaba que nunca se hubieran separado.

Tara anhelaba saltar para liberarse del carruaje y correr hacia la seguridad caliente de los brazos de él.

Rompiendo el silencio, Flaya dijo: "Gracias por salir sin cuestionar. Sé que esta salida no es fácil, pero la mujer pescari dentro de ti se quedó calmada".

"La mujer andalona dentro de mí anhela regresar", Tara dijo secamente.

"Ese sentimiento es la petulancia, encontrada solo en niños", su madre explicó. "Las mujeres pescari obedecen, como hiciste esta noche".

"No quiero obedecer. Quiero que las cosas sean como eran".

"Los pescari estamos plagados de cambios. Nuestras únicas constantes son el despertar de Felicima, su viaje a través del cielo y el descanso eventual de nuestra diosa después de descender a la caldera occidental".

"¿Por eso huimos hacia los peligros de la noche?", Tara exigió, la ira empezando a arder mientras crecía la emoción. Ella apenas pudo contener sus sentimientos verdaderos, y el decoro significaba quemarse por dentro. "Cualquier cosa nos podría ocurrir a solas en este camino. Un destino peor nos podría esperar en Weston, pero huimos como cobardes de la única vida que he conocido".

"Tuvimos que salir, y lo sabes", Flaya explicó pacientemente. "Te habrían detenido y juzgado según sus leyes. Esta era nuestra única opción".

"No tengo miedo de comparecer ante un magistrado. No hice nada malo".

"En los ojos de los andalones, hiciste lo todo mal. Peor, mostraste violencia bajo los ojos de Felicima. No hay justicia para los pescari en Andalón, y pertenecemos a Nuevo Weston con los nuestros".

"Soy pescari solo por nacimiento", Tara respondió en voz baja. "Son tu gente, no la mía".

"¡No conoces a la tuya!", Flaya gritó, su voz sobresaltando la noche. Cerca, unas alas batieron y unos pies diminutos se escurrieron entre la maleza. Solo los animales más grandes y más valientes se acercarían ahora al camino, depredadores buscando una comida u hombres esperando darse un festín con el miedo de una mujer.

Tara miró fijamente a su madre, observando el terror oculto bajo la superficie normalmente tranquila de su madre. Ella estremeció, algo que la chica nunca había pensado que vería hacer a su madre.

"Tú tienes miedo", Tara dijo, dándose cuenta ahora de por qué habían huido. "¿Pero, de qué? No era del magistrado o de los policías. Eran simplemente tu excusa para salir. ¿Qué es lo que temes de habernos quedado?"

"Tengo miedo de que nunca conozcas a tu padre, y esa ignorancia quizá haga más daño en el futuro".

"¿Cómo, madre?", Tara exigió. "¿Cómo voy a conocer a un hombre que se ha ido? ¿Qué sabiduría pueden proporcionarles los muertos a los vivos?"

Pero Flaya había acabado de hablar y se quedaba callada con las riendas en sus manos. Se enfrentaron a un viaje largo, y cambiarle de opinión en el camino sería imposible.

Tara echó una mirada furtiva hacia el oeste, en la dirección de casa. Ella sí encontraría una manera de regresar algún día y si no a casa, entonces a él. Su Robert era como un águila que anhelaba desplegarse las alas. Él sabría donde buscar, si es que su corazón deseara el de ella.

El viento enfriaba la noche, y el crujir de las hojas bajo los pies hacía que Robert se preocupara. ¿Los Soñadores los seguían? ¿Los delatarían sus pasos? ¿Adónde habían ido los Halconeros? Cada ruido que hiciera él y Sebastian podría atraer a ellos o a todas las amenazas hacia su bosque. Las muchas sombras ocultaban peligros, y cada paso podría ser un peligro.

La noche, la cual hasta el momento había sido todo borrosa, lentamente se aclaraba como si la niebla se hubiera desvanecido. Él iba en la dirección equivocada.

"Necesito ir por ella", Robert de repente insistió. Él se había quedado de brazos cruzados cuando Flaya se la llevó sin darle la oportunidad de despedirse.

"No, necesitas llegar a Eusari", Sebastian corrigió. "Es importante que la veas primero. Tara puede esperar".

Robert una vez más se encontró dividido entre aferrarse a su niñez y convertirse en un hombre. ¿O perseguiría a Tara y se enfrentaría a la madre de ella, insistiendo en que entregara a su hija para que pudieran empezar una vida juntos, o buscaría la explicación de su propia madre?

Eusari ofrecía repuestas.

"¿Qué me dirá?", le exigió al trabajador del campo. "Conocías a esos Soñadores, y ellos conocían a Eusari. Eso significa que tú conocías a mis padres. ¿Quiénes eran?"

Él había dicho demasiado, aterrorizando al trabajador del campo. Sebastian bajó la mirada a sus manos temblorosas. De inmediato Robert sintió pena por él. Este hombre era bueno, con un corazón de oro. Pero la Soñadora tenía razón, su cobardía era conocida por todos. No era un luchador y evitaba todo conflicto con una destreza perfecta.

"Lamento haber gritado", Robert dijo en voz baja. "No mereces mi ira. ¡Pero sí necesito saber por qué los Halconeros atacaron a la granja y por qué los Soñadores exigen que me presente ante el rey! ¿Por qué él se interesa en mí?"

"Yo conocía a Amash… no tanto como los otros, pero lo conocía. Es un buen hombre. Me confío en él porque Braen lo hacía".

"Braen", Robert dijo en manera pensativa. "Son dos veces hoy que oigo ese nombre. Háblame de él".

"Braen Braston era mi capitán. Yo navegaba bajo él de niño".

"¡Braen Braston era pirata! ¿Me estás diciendo que navegabas con piratas?"

Sebastian asintió. "Él también era el príncipe de Fjorik, un hombre amable, aun si tenía un temperamento horrible. Estuve con él el día cuando conquistó la Ensenada de los Piratas, y él lamentaba ese día el resto de su vida… igual que yo. Fue lo más horrible que nunca he visto y…" El trabajador del campo se calló, sin decir más. Las lágrimas que llenaban sus ojos sugerían que había terminado de hablar pero no de recordar.

"¿Sippen también? ¿Y Cedric?", Robert preguntó. "¿Formaban parte de la tripulación?"

Sebastian asintió.

"¿Qué tiene que ver él con mi madre?"

"Él amaba a Eusari, y ella lo amaba".

"¿Entonces los gemelos?"

"Son hijos de él".

Robert sintió que el suelo debajo de él se tambaleaba mientras su mente captaba la significación de todo eso. "¿Qué tiene que ver él con los Soñadores?"

"Él nos rescató".

"¿Nosotros? ¿Entonces tú eras uno de ellos?"

"Nunca completamente. Supongo que nunca encajé", Sebastian dijo tristemente.

"Yo diría que no. Esos dos eran horribles, malos incluso".

"No creo que te quisieran hacerte daño. Caroline y Bearnard no son malos, pero siempre han sido algo abusones. Creo que debes presentarte ante el rey, pero Sippen tiene razón. Necesitas hablar con Eusari antes de hacerlo".

"Háblame de mis padres", Robert exigió.

"No los conocía. Lo único que sé es que apenas eras recién nacido cuando llegó Eusari a Logan después de la guerra. Collette era tu nodriza en aquel entonces. Tenía que averiguar quienes eran tus padres porque nunca se hablaba de eso abiertamente. Eusari me dio una opción: ir con los Soñadores a Eston o con ella, Sippen y Cedric. Nos llevó al oeste e hizo que todos prometiéramos que nunca les hablaríamos a ustedes los niños de los días anteriores. Tu madre quería una vida nueva para todos nosotros".

"Iré a ver a mi madre", Robert decidió. "Escucharé lo que diga y encontraré a Tara después".

"De veras es tu mejor opción", el trabajador del campo accedió.

Las afueras de la ciudad se sentían extrañas a la pareja, y los dos se movían lentamente a pesar de su capa de aire reluciente. Sebastian había explicado que había Soñadores que podían ver a través del velo, pero ni Caroline ni Bearnard tenía esa habilidad cuando eran más jóvenes. Se detuvieron no muy lejos de la cárcel, mirando a los guardias que deambulaban alrededor de la puerta.

"¿Qué hacemos?", Robert preguntó. "¿Entramos a pie y la encontramos?"

"No sé", Sebastian admitió. Él no había considerado los últimos pasos del plan. "Pero supongo que necesitamos acercarnos más".

Después de mirar en ambas direcciones, la pareja avanzó poco a poco hacia las puertas principales.

"La llevó ya, eso sí", uno de los guardias dijo.

"¿Durante la noche?", el otro preguntó. "¿Por qué el apuro?"

"Olsen dijo que no confiaba en que los otros no intentaran una fuga. El pequeño es listo, y el gordo es impredecible. Juntos serían lo bastante estúpidos como para intentarlo".

"Tiene sentido", dijo el segundo. "¿Qué hay con los Soñadores? ¿Por qué dijeron que estuviéramos aquí vigilando como si ella estuviera aquí? No tiene ningún sentido, ni un poco, ¡no, señor!"

Robert se congeló, agarrándole el hombro a Sebastian. "Es una trampa", pronunció con los labios sin decir nada, y los ojos de Sebastian se agrandaron con miedo. El trabajador del campo asintió con la cabeza, y la pareja se dieron la vuelta para salir.

"Él dijo que su juicio se adelantará. El magistrado de Logan presidirá el caso antes del fin de semana", el primer guardia dijo.

"Lástima por esa mujer, entonces. Eso significa que la agente Thorinson tiene jurisdicción. ¡Esa mujer no tiene nada de misericordia!", el segundo respondió.

¿Thorinson? El nombre desconcertó la mente de Robert, y tenía que escuchar más. Haciendo señas a Sebastian, él se arrastró hacia el centro de la calle.

De repente, el aire arremolinado que los escondía de la vista comenzó a levantar polvo de la calle. Las partículas finas fueron atrapadas por la corriente y se subieron en círculos. Al principio la pareja se confundió. La tierra normal no debía de haber sido levantada tan fácilmente, y esta resina era de color blanquecino.

Robert olfateó. Tiza. Alguien había cubierto la calle alrededor de la cárcel con una capa fina de tiza blanca. El sonido de látigos restallando lo congeló en el lugar mientras unos hilos de aire se acercaron rápidamente por el camino. La cubierta había fallado.

El trabajador del campo se empujó delante de Robert, dejando caer su invisibilidad y levantando un escudo más sólido. Los hilos se desviaron, pero eran simplemente la diversión. Una explosión de conmoción hizo que tanto el hombre como el chico se cayeran hacia atrás sobre los adoquines. Seis hilos más se extendieron. Dos le agarraron a Sebastian a los brazos y lo tiraron hacia delante, lo pusieron de pie y entonces lo tiraron de cara al suelo contra el pavimento. Se aterrizó con un ¡plaf!, y Robert se encogió.

Miró los cuatro hilos que se quedaban, tejidos como sogas, y que encontraron sus tobillos. Los sintió tirar, arrastrándolo por los pies hacia dos figuras vagas detrás de la botica. Incluso con las capas encapuchadas cubriéndoles la cara, reconoció a los dos Soñadores. Mantuvo la cabeza erguida mientras lo arrastraban, los ojos fijos en las ataduras relucientes alrededor de sus piernas. Aún en la oscuridad Robert pudo distinguir su patrón, trenzados como el cuero crudo que usaban en la granja. Cedric había dedicado muchas horas a enseñarles a hacer nudos a los chicos, y este entrelazado parecía a las cuerdas de marinero que habían aprendido.

La noche de repente se sumió en un frío invernal a pesar de ser verano. El viento soplaba con un frío estremecedor, y Robert vio su aliento empañarse frente a él. De repente temía, no por él mismo sino por su madre y por Tara. Tenía que liberarse. Tanto la mujer como la chica dependían de su éxito. Su aliento glacial rozó las ataduras relucientes antes de unirse a las corrientes de aire como si fuera incapaz de escaparse.

Madre, pensó, te he fallado. Debía de haber anticipado una trampa, y ahora no tengo manera de salvarte. Me tienen, se preocupó, ¡y no tengo manera de luchar contra ellos!

Robert se estremeció, y los hilos de aire que tocaban directamente su piel vibraron y cayeron de su cuerpo mientras él temblaba. Luego se movieron hacia sus ataduras, pero él extendió una mano, agarrando justo el aire suficiente como para tirarlo hacia él como un alfarero haría con la arcilla. Con la otra mano recogió más y más aire hasta que tenía una pelota de el. Los ojos del chico se agrandaban con sorpresa mientras elaboraba el aire a su alrededor.

Esta debe ser otra trampa, se preocupó, pero parecía fluir como un río que solo él controlaba. Nudos marineros, de repente se dio cuenta. Una vez navegaban con piratas y conocen los nudos tan bien como yo. Obró el aire, entonces, atando y haciendo nudos en la manera que Cedric siempre había odiado—indiscriminadamente y sin razón.

"Nunca desatarás ese fácilmente cuando más lo necesites hacer", el capataz le había corregido. "Cuando cada segundo cuenta, tienes que confiar en tus manos y en el nudo atado por otro. Hazlo correctamente; atamos nudos fácilmente desatados para poder usar la cuerda otra vez más tarde".

La red que tejió Robert era una de su propia creación, y la lanzó en la forma en que le habían enseñado. Tan pronto como salió de sus manos, sus ojos volvieron a las trenzas alrededor de sus tobillos. Estos se deshicieron tan fácilmente como había esperado. Libre de sus ataduras, se puso de pie de un salto, mirando brevemente para asegurarse de que la red tenía atrapados a los Soñadores. No lo haría por mucho tiempo. Corrió hacia Sebastian, quien también se había puesto de pie. Agarrándole del brazo, Robert lo arrastró por un callejón y, con suerte, hacia la libertad.

Después de varias curvas se encontraron con un hombre mayor que estaba cargando una última caja en su carreta. Se deslizaron hasta detenerse frente a él, tan sorprendidos como él ante el choque inminente que habían evitado por poco. Muy por encima, un halcón chilló; entonces empezó a descender hacia el hombre.

Robert de repente se preocupó de que hubieran encontrado a un enemigo mucho peor que los Soñadores. "¡Halconero!", gritó y rápidamente le dio la espalda para huir.

"Espera", Sebastian instó. "Mírale los ojos".

"¿Qué hay de ellos?", preguntó, girándose salvajemente y mirando fijamente al hombre mayor. Los ojos que le devolvieron la sonrisa eran joviales y cálidos.

"Los ojos de los Halconeros son diferentes porque están muertos por dentro".

Un halcón grande se desplegó las alas, ralentizando su descenso y posándose en el brazo del hombre con un batir estable contra el aire.

"Cálmate, Reaver", el hombre dijo de manera tranquilizadora. "Estos parecen ser amigos".

"Estaríamos en deuda, señor, si nos pudiera llevar fuera de la ciudad".

"Mmm", el hombre lo consideró. "Me pregunto qué tipo de problema tienen al estar corriendo por las calles durante la noche... huyendo de la oficina del alguacil".

"Nos atacaron, señor", Robert rogó, "y los Soñadores nos confundieron con los matones", mintió. "Favor de ayudarnos a salir de la ciudad".

"Pues", el hombre dijo, acomodando a Reaver en una percha cerca del banco del conductor. "Yo voy para Logan. ¿Están seguros que estos agresores todavía no los persiguen?"

Mirando a su alrededor, Robert no vio a nadie. Deben de estar atrapados todavía en su red. Mi red... de aire. ¿Qué había hecho él? Con voz temblorosa dijo: "Creo que sí... pero no estoy seguro".

"Entonces mejor que suban, pero manténganse bajos. Hay un compartimento oculto detrás de los sacos de harina. Los dos de ustedes estarán apretados, pero deberían caber".

Robert y Sebastian no perdieron ni un momento en subir trepando. Las palabras del hombre resultaron correctas. Apenas cabían pero de cualquier forma estaban agradecidos por el escondite. Pronto las ruedas debajo de ellos rodaban contra los adoquines, y ellos empezaron su viaje hacia Logan.

CAPÍTULO OCHO

Anne Thorinson despreciaba el crimen de cualquier tipo y creía que los delincuentes, por menor que fuera el delito, merecían cualquier paliza que habían ganado. El chico a quien ella miraba en la plaza del mercado de Logan no era excepción, uno de la Pandilla de la Manada de Lobos. Era mayor que la mayoría de ellos, algo como doce veranos, y les servía de distracción. Entablando una discusión de voz alta con un vendedor de fruta, su tarea era crear un escándalo, y varios clientes, ricos y pobres, se habían reunido para ver el espectáculo.

Todos los ojos estaban puestos en el chico, excepto los de ella. Ella examinaba la multitud, en busca de movimiento.

"¡Yo no robaba!", el chico gritó. "¡Usted me va a echar encima a los alguaciles por nada!", su voz gutural culpó.

"¡Te conozco!", gritó el vendedor. "¡Me has robado antes!"

"¡Nunca!", el chico protestó, levantando su puño.

El hombre lo agarró de inmediato, un error porque entonces el chico creó una verdadera distracción por patear y retorcerse salvajemente. Su pierna dio contra la de la mesa, volcándola y enviando una cascada de varias frutas hacia la multitud. Justo en ese momento, unos gamines aparecieron, recogiendo todo que podían llevar en sus camisas antes de escaparse por la Calle Principal. Cuando alcanzaron la primera intersección, salieron en desbandada en todas direcciones y desaparecieron de inmediato.

Toque moderno en un truco viejo, la agente asintió, admirando su ingenio. Con los ojos en la multitud, ella buscaba la verdadera amenaza.

"¡Déjeme ir!", el chico gritó otra vez.

"¡Agente!", el vendedor llamó por encima de la risa de la multitud. "¡Agente! ¡Venga rápido; me han robado!"

El chico por fin se retorció justo lo suficiente como para que se le desgarrara la camisa. Una parodia teatral, Anne se dio cuenta mientras el chico corrió diez pasos hacia su libertad.

Podría haber continuado corriendo, pero en vez de eso tomó una última oportunidad por girar y hacer un gesto con la mano. "¡Tu madre!", le gritó al vendedor, y entonces se fue corriendo.

Anne por fin vio a su presa. Una chica delgada, de unos diez años, cortó hábilmente un bolso de un caballero decoroso que miraba el alboroto. Tan pronto como la chica se movió la mano, el bolso cayó en su canasta de flores marchitas, cada una a la venta por un centavo. Tan pronto como aterrizó, ella lo enterró debajo del follaje en lo que la agente supuso ser un compartimento oculto.

La chica estaba cerca, y Anne reaccionó rápido. Su mano agarró el brazo que sostenía la canasta, y ella golpeó el espacio entre sus omóplatos con la otra mano. Mientras la chica jadeaba, la agente la tiró al suelo y le puso los grilletes antes de que hubiera recuperado el aliento.

"¡No se pase con esa niña!", el hombre engreído amonestó.

Anne empujó a un lado las flores y sacó el bolso del hombre, arrojándolo contra su pecho. "No hay necesidad de presentar cargos", ella le informó. "Vi al pequeño demonio quitárselo, así que mi palabra es suficiente para el magistrado".

"¡Solo es una niña!", argumentó el hombre, mirando estupefacto su bolso y palpitando las ataduras de cuero cortadas que colgaban de su cinturón.

"¡Ella es una criminal!", Anne dijo, levantando a la chica y arrastrándola lejos, "y los criminales merecen castigo". Medio arrastró a la chica a la estación de policía. Si ella se apurara, todavía podría llegar a la guardia de la Manada de Lobos y pillar a los líderes de la pandilla revisando la fruta robada.

El hedor de las dársenas de Logan pudría el aire, mezclando olores que nunca se deberían combinar. Tripas y cadáveres yacían desechados aquí y allá a lo largo de la pesquería, y estiércol de varias fuentes—incluso las humanas—ardía en rincones oscuros entre todos los edificios. Detrás de cada puerta había barriles apilados, llenos de comida podrida y desechos; los peores estaban detrás de una taberna. El Perro Sarnoso, según un letrero en la puerta principal, y su interior apestaba peor que los barriles afuera.

Sobre sus escalones estaba sentado un hombre mayor, una mezcla de orina y ron, frotándose la parte de su pierna expuesta bajo las correas de cuero. Unido a un muñón magullado e infectado llevaba una pata de palo de madera, el mejor remanente de su triste vida y la única parte de él que valía un centavo. Nada de Pete valía nada de cobre, plata ni oro.

"¿Me puede dar un centavo por una caña, compañero?", le pidió a un marinero que estaba pasando. El hombre miró en otra dirección y fingió no haberlo escuchado.

"¿Ustedes, queridas?", le pidió a un grupo de prostitutas que apresuraron sus pasos. "¿Tienen un centavo de sobra?" Incluso la escoria de la sentina de Logan se consideraba mejor que este hombre.

Su vida no siempre había sido tan desdichada. Había navegado todos los mares de Andalón; subió para servir como primer oficial bajo el mejor capitán que el océano había producido. Ese era su momento más orgulloso, justo antes de la caída. Aún no estaba seguro de que el abismo en el que había caído ofreciera un fondo.

Eres cobarde, lo acusó su mente. Un cobarde y un traidor, indigno de recordar tiempos mejores.

Buscó a tientas una botella que no estaba completamente vacía. Una gotita callaría a su acusadora.

Por supuesto, esa voz pertenecía a lo poco que se quedaba de lo que antes era su consciencia. Peter Longshanks, una vez un hombre piadoso y recto, lentamente había ido afeitando esa moralidad, reemplazándola cada vez más con el dolor y la pérdida con cada decisión que iba tomando.

Nunca la merecías en tu vida, esa acusadora susurró. Como todas las mujeres a quienes amabas y tratabas de honrar, ellas pusieron su fe en el hombre equivocado. El mar debería haberte llevado, lamentó, o incluso una espada.

Al final, o quizás al comienzo, al ver el descenso en espiral de su vida, la boca de un mosquete literalmente lo había llevado al extremo.

Había huido como cobarde ante el motín, perdiendo su capitanía y barco a otra persona.

No encontrando nada de alcohol, se levantó sobre una muleta blanqueada por la sal. Se rompería bajo su peso algún día y, con suerte, lo arrojaría de cara a un charco. Entonces por fin se ahogaría como el desgraciado lamentable que era.

"Bueno", una voz dijo burlonamente. "¡Si no es Pete, pata de palo!"

Volvió la cabeza para encontrar a dos marineros mirándole desde el porche de al lado.

"Díganle que no", Pete dijo desafiante. "No me comprará con ninguna moneda de plata".

"¿Plata?", los hombres se rieron. "Lo que él quiere de ti te ganará el mejor oro del continente del sur".

"No lo haré", Pete prometió, pero se le rugió con fuerza el estómago, y su cabeza daba vueltas mientras miraba a la pareja. El oro significaría comida y un baño, musitó.

Pero gastarías la mayoría en ron, su acusadora notó.

Con suerte lo suficiente como para ahogarme para siempre, oró.

Uno de los hombres le arrojó un bolso pequeño a los pies. "Lávate y dale de comer a ese estómago", el marinero exigió. "Empiezas a trabajar esta noche".

Si le hubiera quedado a Pete un vestigio de dignidad, o incluso de autoestima, se habría marchado y dejado la moneda en el suelo. Al agacharse para recogerla, él se cayó. Los marineros se rieron a carcajadas mientras le ganaba el anhelo de ron y de la muerte. Peter Longshanks era, a fin de cuentas, una sombra del hombre que alguna vez tenía la oportunidad de ser. Las lágrimas le mojaron las mejillas mientras se daba cuenta de que él se había destruido el cuerpo con el ron pero que había vendido su alma por oro.

Después de que se habían ido los marineros, la voz de una mujer preguntó desde las sombras: "¿Qué tienes allí, Peter Longshanks?"

Pete se apresuró a sentarse, palmeando el bolso y deslizándolo debajo de sus harapos. "Nada", mintió.

"La mendicidad pública es un delito, Pete. ¿No hemos hablado de eso?"

Él sacó su mano, sosteniendo el bolso para que la mujer pudiera verlo. "No estaba mendigando... pues, sí, rogaba, pero esto es pago por un trabajo. ¡Tengo un trabajo que hacer, agente!"

Anne se acercó al mendigo, arrodillándose a su lado casualmente. Ella extendió su mano y esperó. Después de algunas respiraciones, Pete colocó el bolso en su palma. Ella lo pesó por agitarlo.

"Son muchas monedas para un hombre como tú, señor Longshanks. ¿Qué es lo que esos hombres quieren que hagas?"

"Que me lave y me dé de comer, ellos dijeron".

"¿Y?"

"Y que los ayude a encontrar una tripulación".

"¿Qué tipo de tripulación, Pete?"

Él se agitó; el corazón se le aceleró y empezó a latir rápidamente. No pudo mentirle a esta agente, y ella nunca aceptaría una parte para hacer la vista gorda. Estaba encima de cualquier reproche, y todo Logan lo sabía.

"Pescadores", mintió.

Anne negó tristemente con la cabeza. "Reconozco a esos hombres de los carteles de más buscados, Pete. Son piratas conocidos y parte de la tripulación de Diablo Jacque". Inclinándose aun más cerca, ella susurró: "Odio a los piratas, y no tendré ninguno de su tipo alrededor de mis muelles".

"¡Juro!", mintió otra vez. "¡No lo sabía!" Señaló el bolso. "¡Si es el caso, tome el oro!" Él se bañaría en el lago Norton si fuera necesario, y la comida podría encontrar con el tiempo. "No lo quiero, ni siquiera quiero nada que ver con un hombre como Diablo Jacque".

"Guárdatelo, Pete", ella dijo, golpeando el dinero en su palma. "Pero trabajas para mí ahora".

"¡No... no puedo! ¡Su tripulación me matará si lo entrego!"

Ella sonrió con picardía y señaló a sus alrededores. Sus ojos verdes y cabello rojo parecían bailar a la luz del sol mientras preguntó: "¿Y esto? ¿Dices que esto es vivir, señor Longshanks?"

Se le cayó el estómago mientras una parte pequeña de su consciencia olvidada reapareció. "¿Qué quiere usted que yo haga, agente?"

"Tiéndele una trampa. Quiero derribarlo y quemar ese barco maldito suyo. Enviaré el barco, al hombre y a su tripulación entera al fondo del lago antes de permitir que un hombre como él camine libremente por Andalón. Acércate a él y luego dime dónde encontrarlo".

De nuevo el bolso pesaba mucho en su mano mientras sus dedos mugrientos se cerraban alrededor de la suma dentro. Vio a la mujer irse; nunca se quitó los ojos de su espalda hasta que ella desapareció por la calle.

Pero no la ayudarás, apuntó en su mente la acusadora.

"No, tengo más miedo de él". Por primera vez en dieciocho años Pete dijo la verdad.

CAPÍTULO NUEVE

Los músculos de Robert habían ido más allá de los calambres, y sus dedos de pie y de mano hormigueaban por la falta de movimiento. El compartimento del contrabandista ofrecía poco alivio excepto el de cambiar de posición de boca arriba a el de recostarse parcialmente sobre un costado u otro. Robert respiraba lentamente; se aliviaba un poco la ansiedad pero muy poco la preocupación; en realidad, esta iba subiéndose junto con la humedad rancia de la noche. Si el viejo conduciendo la carreta no parara pronto para la noche, se preocupaba de que la carreta se convirtiera en su ataúd.

"Sebastian", por fin susurró, más que nada para asegurarse de que el trabajador del campo seguía vivo.

"¿Qué?", murmuró el hombre, dejando escapar un gemido mientras él también cambió de postura.

"Quizá esta no fue una selección sabia de transporte".

El trabajador del campo ahogó una risa.

"Allí", Robert añadió, por fin listo para enfrentar los eventos de la tarde, "lo hice. No estoy seguro de lo que era, pero lo hice. El aire... ¡obedeció mi mente!"

"Shh...", Sebastian advirtió. "No debemos hablar de eso abiertamente".

"Necesito hacerlo", el joven admitió. "Tengo miedo. ¿Eso significa que soy Soñador? ¡No sé si confío en ellos lo suficiente como para ser uno!"

"¡Dije que te callaras!", Sebastian espetó.

"Necesito saberlo ahora. No tenemos idea de lo que nos espera después de que el hombre viejo nos libere. Quiero estar listo".

El trabajador del campo no contestó de inmediato; así que Robert esperó. Por fin, después de varias respiraciones profundas para calmarse los nervios, Sebastian ofreció una solución.

"Hay una manera", dijo, "en la cual podemos hablar abiertamente. No... no me gusta hacerlo y no lo he hecho durante mucho tiempo —desde antes de que nacieras".

"¿Cómo?", Robert exigió.

"Ciérrate los ojos y enfócate en la oscuridad. No prestes atención al patrón de las estrellas que vas a ver; mira entre ellas y más allá".

Robert dijo lo que le había mandado, encontrando que el ejercicio le calmaba tanto el corazón acelerado como sus preocupaciones anteriores. Era difícil ver más allá de las motas diminutas de luz y por poco se abrió la boca para exigir más claridad. Pero entonces vio más allá.

Una vez concentrado, las luces se precipitaron hacia el frente de su visión. La sensación hizo que se le cayera el estómago, el movimiento siendo ambos inesperado y vertiginoso.

Bien, la voz de Sebastian de repente habló en su mente. Te puedo ver conmigo ahora, y te guiaré en tu viaje. Encuentra el cúmulo en la parte superior derecha. Bien. Ahora, céntrate en la quinta estrella hacia abajo.

Todo era como prometió, exactamente donde Sebastian había dicho que estaría. La quinta estrella hacia abajo, aprendió más tarde, no era la dirección de su destino sino simplemente un punto de enfoque que los dos podían compartir. Lo absorbió su mente con prisa, y Robert viajó como si estuviera volando. La sensación, se maravilló, sintió exactamente como él había anticipado.

Quizás veas formas y caras, Sebastian advirtió. No les prestes atención. No son reales; son meras distracciones evocadas por tu mente. Ella anhela quedarse unida a tu cuerpo.

Robert se estremeció de miedo. "¿No salgo de mi cuerpo?", preguntó en voz alta.

No completamente, pero una parte de ti se desprende cada vez que entras en el éter. Se queda allí, grabada hasta que regreses. Ahora mismo hay una versión de mí, un chico joven, aterrorizado y temeroso dentro de este mundo de ensueños, y tendré que enfrentar esos miedos cuando nos reunamos.

Están equivocados en cuanto a ti, Sebastian, Robert dijo. No eres cobarde. Creo que algo te ocurrió cuando eras niño, pero no te portas de manera cobarde. Más temprano esta noche me protegiste y durante el ataque de los Halconeros corriste para proteger a Collette. Incluso ahora estás superando tus miedos para cuidarme a mí. Gracias.

Sebastian no respondió, pero Robert sintió que Sebastian todavía guiaba el viaje por su mente. Se acercaba el final, y el pasar de las estrellas se ralentizaba. Pronto un mundo apareció ante ellos.

¿Es como el nuestro?, Robert preguntó, fascinado por la forma esférica y las nubes que arremolinaban sobre unos océanos azules y masas verdosas de tierra.

No sé, admitió Sebastian, pero en mi corazón siempre siento como si fuera así. Los guió hacia abajo, hacia un continente. Si hubiera sido el mundo de ellos, habría habido una grieta grande extendiéndose desde una caldera en llamas. No había tal cosa, solo unas montañas majestuosas en su lugar. Era así cuando lo encontramos, Sebastian explicó, aunque no todo estaba acabado. Los Soñadores han estado ocupados desde la última vez que visité, y casi está acabado. Después de que un destello brillante de luz obligó a los dos a cubrirse la cara, él dijo: "Estamos aquí. Mira a tu alrededor".

Robert se abrió los ojos. El Mundo de los Ensueños era más hermoso que su hogar.

Estaban de pie en un prado rodeado por todos lados por un bosque denso. A su alrededor las flores altas y los pastos se ondeaban en una brisa suave. La temperatura era perfecta, ni demasiado caliente ni demasiado fría por el viento. Sus narices se llenaban de aromas agradables de rosa, lavanda y madreselva. Este mundo era un ensueño en que uno podía tocar e interactuar.

"Es una maravilla", exclamó Robert.

"¡Espera! ¡Se pone mejor!", Sebastian dijo con una sonrisa. Lo que había temido antes se había ido, y parecía sentir un poco de frenesí para explorar.

A lo lejos se alzaba una colina grande coronada por un castillo de piedra gris. El foso que rodeaba su base reflejaba un azul intenso que contrastaba con los tonos perfectos de verde por todas partes. Incluso el cielo parecía menos pálido que en casa mientras unas nubes blancas pasaban lentamente.

"Ese es de los Soñadores", Sebastian explicó la estructura, "y es donde se reúnen para hablar en privado". Condujo a Robert en otra dirección, dentro del bosque para encontrar un lugar privado para su propia conversación. Puso una mano encima de un hongo extraño. Estaba fuera de lugar, y la manera en que él lo miraba parecía desolada y llena de tristeza.

"Caroline se sentaba aquí mismo cuando éramos amigos. Éramos buenos amigos en aquel entonces, todos nosotros. Incluso Marita no estaba intimidada, y no la habían echado".

Las hojas crujían cerca, y una salamandra luminiscente apareció. Al principio, Robert saltó, pero se dio cuenta de inmediato que la criatura no les haría daño a ninguno de los dos.

Sebastian se rió y le frotó la cabeza como un viejo amigo. Se cerró los ojos y se acomodó para una siesta a los pies de Sebastian.

"¿La creaste?", Robert preguntó acerca de la criatura.

"Sí, aunque resultó ser más perezosa que había anticipado de niño. Verla aquí me da..." Se detuvo, frunciendo el ceño, buscando las palabras correctas. "No sé lo que me da, pero quiero decir 'esperanza'. Quizá por regresar puedo por fin llegar a superar algunos de los terrores que experimentaba de niño".

"Así, ¿soy como tú?", Robert preguntó suavemente. "¿Soy Soñador?"

Sebastian negó con la cabeza. "No, los Soñadores escogen a quien incluir, como un club exclusivo; uno tiene que saber su contraseña para meterse dentro. Pero sí tú eres emotante. Muy temprano descubrí que tienes latencia, lo cual tenía sentido teniendo en cuenta quién era tu padre".

Robert dio un paso atrás. "¿Me mentiste?"

"Sí. Siempre he sabido quiénes eran tus padres, incluso si Eusari y los otros nunca me lo dijeron directamente. Tu madre, casi a punto de dar a luz, estuvo con ellos cuando entraron en Eston, pero ellos regresaron solo contigo".

"¿Así que ella se murió al dar a luz?"

"Sería más fácil pensarlo de esa manera", Sebastian dijo tristemente. "Su padre ya se había muerto, y tú estabas destinado a nacer solo en el mundo. Después de la batalla, Eusari te tomó como su propio hijo. Collette era tu nodriza. Es cómo la conocí, traída por Eusari cuando regresó a Logan".

"Sebastian", Robert exigió, "¿quiénes eran mis padres? ¿Por qué mamá se esfuerza tanto para mantenerme en secreto?"

"Para protegerte, pero decírtelo ahora hará más en cuanto a esto".

"¿Quién soy? ¿Por qué necesito protección?"

"Eres Robert Esterling, hijo del príncipe Robert y la dama Sarai Horslei".

Los ojos de Robert se agrandaron, las noticias atascándole la garganta y ahogando cualquier respuesta. Esto es demasiado, pensó. ¿Primero estos poderes? ¿Luego mis padres? El mundo a su alrededor se movía, y él se tambaleó como si fuera a caerse. Con la visión nublada, extendió una mano atrás y tocó algo suave, pero de apoyo. Se dio la vuelta y miró mientras un hongo se extendió para soportar su peso.

"Gracias", le murmuró a Sebastian, el trabajador del campo. No... ya no un mero trabajador del campo sino un héroe de la Guerra de los Hermanos. El ex Soñador y amigo de piratas le devolvió una sonrisa. "Para lo todo, gracias. Por traerme aquí y por decirme la verdad. Te lo agradezco, Sebastian".

"No hay de que. Eusari debería haber sido quien te lo dijera, pero creo que ella entenderá".

"¿Así el rey sabe que estoy vivo? ¿Él quiere matarme antes de que yo entable una demanda contra él?"

"No lo creo. Conozco a Amash muy bien, y es un hombre simpático. Eusari dijo que te cuidaría hasta que fueras mayor de edad. Pienso que él quiere proclamarte rey, como su heredero".

"¿Entonces los Soñadores? ¿No están intentando matarme?"

"No", Sebastian negó con la cabeza. "No lo creo; están simplemente centrados en hacer su tarea de llevarte a Amash. Pero como dijo Sippen, era importante que supieras tu ascendencia. Solo quisiera yo que hubiera sido Eusari quien te lo dijera en vez de yo".

"Entonces debo ir y enfrentar... comparecer ante el rey".

"No, Logan está en el camino. Debes ir a ver a Eusari como decidimos. Que ella conteste cualquier pregunta que tengas primero".

Robert asintió, mirando la salamandra a los pies de su amigo y absorbiendo lo todo.

De repente Sebastian se puso erguido. "Tenemos que irnos", dijo. "La carreta se detuvo, y el conductor bajó. Nos liberará pronto, y debemos estar totalmente despiertos".

Sin previo aviso, Robert sintió que su mente se acercaba a las nubes, volviendo en el viaje oscuro a casa.

Robert se despertó con un soplido; el corazón le latía con fuerza y los oídos le zumbaban mientras la luz inundó su compartimento secreto. Intentó levantarse, pero tenía calambres. Una mano arrugada se estiró para tomar la suya, liberándolo de su encarcelamiento. Sebastian ya estaba sentado.

"Siento que tuvieran que quedarse escondidos tanto tiempo", el hombre mayor les dijo a los dos. "Quería avanzar algo por la calle principal antes de dar la vuelta para asegurarme de que no nos seguían. Lo que sea que ustedes dos estén huyendo no se encuentra en ningún lugar, pero creía que era mejor que nos quedáramos fuera de la calle principal el resto del camino".

Robert miró a su alrededor. Estaban en un lugar bien escondido del bosque, protegidos arriba por una copa densa de árboles. Si los Soñadores hubieran establecido vínculos con aves, ninguno los encontraría fácilmente.

"Creo que sería mejor que solo tengamos un pequeño fuego para no llamar la atención, ¿no?", el hombre mayor preguntó.

Robert asintió. "Sí", dijo lentamente, como si estuviera despertándose de un sueño. Lo único es que la neblina del ensueño que le nublaba la mente acababa de oscurecer sus pensamientos. Príncipe. Emotante.

"Gracias", Sebastian dijo, "pero mi amigo y yo debemos irnos. Lamentamos haberlo metido en esto y debemos irnos ahora para viajar solos".

"Tonterías". Los ojos del hombre mayor sonreían. Eran simpáticos, como se esperaría de un abuelo cariñoso. "Han conocido a Reaver", dijo, señalando al Halcón. El ave estaba sentada encapuchada en silencio en su percha. "No nos hemos presentado", el hombre dijo. "Me llamo Campton, pero mis amigos me llaman Camp. Pueden llamarme eso también". Se inclinó profundamente ante los dos. "Soy hojalatero de oficio, amigo de comerciantes y trabajador de herramientas más finas".

"Soy Robert, y este es Sebastian", Robert dijo, no haciendo caso de la mirada de amonestación de su amigo. Tomó la mano de Camp y la estrechó firmemente. "Un fuego pequeño es sabio, ¿pero tiene algo de comida? Estamos muertos de hambre después de una noche difícil".

Los ojos de Camp se iluminaron de nuevo. "¡Sí, señor! ¡Traje la sopa perpetua!"

Ambos levantaron las cejas. Ni el uno ni el otro había oído de tal cosa.

Camp se acercó al banco del conductor y señaló una olla de cobre que colgaba de un gancho. En su base había un pequeño compartimento que humeaba con brasas ardientes.

"El truco es mantenerla caliente, cambiando las brasas cuando prendes un fuego. Se hierve a fuego lento todo el día, y uno le agrega cosas mientras viaja. La caza menor va mejor, también raíces y verduras que se encuentran a lo largo del camino. ¡Solo hay que mantenerla caliente y nunca se echa a perder!"

Robert dio unos pasos más cerca para examinar el aparato, sonriendo mucho y queriendo que Sippen pudiera verlo también. Este era el tipo de invento que le encantaba al hombre pequeño, y Robert no podía esperar para contárselo. Lo único es que no lo iba a ver durante mucho tiempo, quizá nunca más. La tristeza lo superó, y dio un paso atrás con una sonrisa fingida. "Gracias", dijo. "Huele de maravilla".

Sebastian atendió el fuego mientras Camp sirvió la sopa. Sabía a gloria, y los dos hombres menores se rieron en voz baja de los cuentos de Camp. Había viajado mucho, parecía, y dijo haber visitado todas partes de Andalón.

"¿Incluso la Ensenada de los Piratas?", Robert preguntó con asombro.

"Incluso la Ensenada", Camp se jactó. Bostezó. "Se hace tarde, y soy un hombre mayor. Creo que debo acostarme". Se estiró y se puso de pie para entrar en el bosque. "Pero tengo asuntos de la naturaleza que atender primero. Uno no puede aguantar tanto tiempo a mi edad", dijo con una risa.

Los hombres más jóvenes esperaron hasta que él se había ido, mirándole entrar en los árboles más densos en busca de privacidad.

Robert miró a Reaver, todavía encapuchada y posada tranquilamente en su percha. El halcón solo se había movido cuando Camp le había dado de comer un ratón más temprano. Guardaba algunos en una bolsa alrededor de su cintura.

"Creo que podemos confiar en él", Robert dijo. "Es un tipo simpático, e ir a Logan en carreta sería más rápido que a pie. Podríamos llegar en un día o dos".

Sebastian echó un vistazo tímido hacia el bosque. "No lo sé. Todavía es un desconocido, y no sabemos qué o a quién vendería por qué precio. Eso incluye la información acerca de dos hombres jóvenes viajando esta noche hacia Logan".

Robert encontró el discutir sin sentido; su amigo tenía razón. "Hablamos por la mañana. Estoy agotado y pienso que debemos descansar".

Sebastian se puso de acuerdo, pero ni el uno ni el otro se movió. No podían apagar el fuego hasta que Camp regresara. Quizá necesitara la luz para guiarlo de regreso. Los dos hombres cambiaron de postura incómodamente.

"Tarda mucho", Robert comentó.

Sebastian encogió los hombros y sonrió. "Pues", dijo, señalando con su dedo pulgar la dirección en que había ido el hombre mayor, "¡es viejo! ¡Cedric siempre se queja de que tarda más cuanto más viejo se pone!"

Robert sonrió. "Cedric tarda más porque lo ha metido en muchos sitios asquerosos a lo largo de los años. ¡Debes escuchar las cosas de que se jacta haber hecho!"

"Oh, lo he escuchado. Conozco a ese hombre desde que yo era un niño; así, créame, ¡sé que no tiene vergüenza!"

Los dos rieron a carcajadas por eso, pero fueron interrumpidos por un chillido repentino en lo alto.

Sebastian se movió rápidamente, apagando el fuego por patear tierra sobre él y luego lo pisoteó hasta que fuera oscuro.

Robert intentó aguzar la vista, pero los halcones en lo alto estaban escondidos por las ramas y las hojas. "¿Halconeros?", le preguntó a Sebastian, quien asintió de manera violenta. Un rugido desde atrás le hizo saltar, y se giró justo a tiempo para ver que dos gatos silvestres grandes habían aparecido. En la carreta, Reaver graznó; entonces se elevó en el aire, su capucha todavía cubriéndole los ojos. Los ojos de Robert seguían clavados en los animales, y quería que todavía ardiera el fuego. Levantó una rama que humeaba inútilmente y la agitó, esperando que el calor fuera suficiente.

"Jaguares", susurró Sebastian, sus ojos estaban muy agrandados y delataban mucho miedo.

"¿Qué son?", exigió Robert.

"¡Peores que los Halconeros!"

Los gatos grandes arremetieron contra ellos justo cuando varios halcones se lanzaron desde arriba.

Sebastian se movió rápidamente, poniéndose entre Robert y los gatos, y una cúpula de aire reluciente se formó alrededor de él. Los Halconeros chillaron mientras sus garras arañaban la superficie, y los jaguares rebotaban inofensivamente, caminando de un lado a otro y dando vueltas a su presa atrapada dentro.

Robert observó de cerca a los animales, estremeciéndose mientras sus ojos reflejaban una paciencia fría.

"De veras es mejor si no resisten", la voz de Camp dijo desde la línea de árboles. Detrás de él había cuatro espectros de pie.

"¿Contra cuántos puedes luchar?", Robert le preguntó a Sebastian.

Pero la valentía instintiva del trabajador del campo había desvanecido, reemplazada por un miedo que le sujetaba. Su fuerza se derrumbó, y él se deslizó de rodillas. Junto con su compostura, el escudo reluciente se cayó. Hilos de aire envolvieron los dos cuerpos de forma segura, unas cuerdas extrañamente trenzadas cuyo patrón Robert nunca había visto antes. Alrededor de sus pies unas raíces culebrearon como víboras saliendo de la tierra y enroscándose alrededor de sus piernas.

"Sí", dijo Camp, "es mejor que vengan sin luchar". Él extendió una mano arrugada que sostenía cuatro orugas retorciéndose. Poniéndolas cerca de las orejas de Sebastian, las larvas desaparecieron dentro de sus oídos mientras lloraba de temor. Entonces Camp trajo dos hacia Robert. Las criaturas sisearon mientras se deslizaron en sus oídos, silenciando el mundo a su alrededor.

Robert luchó, tratando desesperadamente de desatar sus ataduras. Cada vez que se conectaba con los hilos de aire, las orugas chillaban con horror y la conexión falló. Entonces él se desmayó.

74

Sippen gimió; era demasiado mayor para beber como lo hacía antes y culpó a Cedric, como de costumbre, por el latido rítmico entre los oídos. La botella había sido la última, encerrada para un momento especial o, como en el caso actual, un recordatorio breve de aquellos buenos tiempos. La llegada de los Halconeros y los Soñadores durante la misma noche proporcionó motivos más que suficientes para emborracharse, y lloraron a Braen y a sus cuerpos más jóvenes durante toda la noche. Él gimió otra vez.

Se abrió los ojos a la voz de Cedric.

"¡Collette! ¡Collette!", el hombre corpulento llamó. "¡Necesitamos el almuerzo!"

"¿Dónde está ella?", Sippen gimió, su voz apenas audible. "No la he visto durante toda la noche".

"¡Pezones diabólicos!", gritó Cedric. "Se me olvidó que ella se había ido y desaparecido antes de que ellos llegaran".

"Pro... probablemente todavía es... está escondiéndose", Sippen argumentó. Ella era una chica inteligente, lo suficiente sabia como para quedarse escondida hasta que pasara el peligro.

"Huele a pescado más que un burdel en un miércoles", Cedric murmuró. Él se había encerrado cada vez más en su antiguo yo desde el encuentro de la noche anterior, y su vocabulario era casi igual de obsceno. "¡Creo que ella tenía algo que ver con eso!", le acusó. "¡Franque!", llamó. "¡Krist! ¡Chicos, bajen aquí!"

Ninguno de los dos contestó.

Sippen miró el reloj sobre la repisa de la chimenea. Era tarde en la mañana, y seguro que ellos se habrían levantado ya para hacer las tareas. "Estoy se... seguro que están fuera", insistió.

"¡Chicos!", Cedric llamó de nuevo. "¡Por la Falla de Cinder!", maldijo; entonces se puso de pie y subió hecho una furia las escaleras con pasos exagerados para anunciar su llegada pendiente.

Sippen pensó en la noche anterior, orándoles a los dioses de Fjorik que Robert tuviera una reunión rápida y segura con Eusari. Entonces, solo para asegurarse de que sus oraciones fueran escuchadas, añadió una petición rápida al padre e hijo de Eston, y a Felicima, diosa de los pescari. Nunca se puede estar demasiado seguro en asuntos como estos, especialmente cuando la seguridad de Robert era de suma importancia. Todo dependía de si Amash cumpliría su palabra a Eusari o si buscaría elevar a su propio heredero. Aunque era verdad que era un buen hombre, dieciocho años pueden cambiar a una persona.

"¡La Falla de Cinder!", Cedric gritó desde arriba, siguiéndolo con: "¡Pezones diabólicos!" Luego añadió: "¡Ratas de sentina en mi harina de maíz, Sippen! ¡Los buscadores de mierda salieron durante la maldita noche!" Entonces se oyó pum, paso, pum, paso mientras se apresuró a bajar las escaleras sobre su pata de palo. "¡Despierta a tus pisa-hierbas cobardes! ¡Tenemos que irnos!" Sin esperar, añadió: "¡Pelotas de Kraken, primer oficial! ¿Me oíste o no?"

Sippen lo miró fijamente y parpadeó. "¡Puta madre!", dijo. "¡Cre... creo que el sar... sargento Krill ha vuelto!"

"Nunca se fue, compañero. ¡Solo es que no lo necesitábamos! ¡Ahora, dáte un empujón, y aprovechemos el momento mientras los chicos todavía están cerca!"

Los dos hombres explotaron en una ráfaga de preparaciones, yéndose de aquí para allá y rápidamente volviéndose más serios. Dentro de todo el pánico, Sippen subió corriendo hasta la habitación de Eusari. Había ciertas cosas que ella necesitaría, especialmente si algo les pasara a los chicos. Metió lo todo en un bolso, frunciendo el ceño ante el traje de cuero tirado en el suelo; entonces se apresuró a salir hacia afuera justo a tiempo para ver a Krill arrojando rifles y municiones en el asiento trasero.

"¡Apúrate, compañero! ¡Perdemos el hilo si no nos largamos ahora mismo!"

Sippen paseaba casualmente, tirando el bolso por encima de las armas. Encendió la luz piloto; entonces abrió la puerta y subió lentamente al asiento del conductor. Sin arrancar el motor puso ambas manos sobre el aparato para cambiar de dirección y dijo rotundamente: "¡Se te ol... olvidó tu parche, sargento Krill!"

"¡Perdición, incendios y arrecifes, compañero!" En un instante salió disparado hacia la casa.

Sippen le sonrió. De algún modo sabía que los chicos serían seguros. Tenían, después de todo, casi diecisiete veranos. Entonces otra idea entró en su mente enorme, y frunció el ceño. Eran los hijos de Braen Braston, y eso significaba que se dirigían a un montón de problemas.

"¡Apú... apúrate el culo li... lisiado, Krill!", gritó. Necesitarían conducir rápido para llegar a tiempo a Logan.

La ciudad de Logan se asomaba por delante, y Franque sonrió ampliamente con anticipación. Él y Krist habían pensado en lo todo, sentados sobre caballos cargados con todos los suministros que necesitarían. Sus bolsas de comida colgaban de sus sillas de montar, rebosantes de carnes secas, frutas frescas y una mezcla de nueces y frutas secas para alimentarles en el viaje. Habían cargado sacos de dormir, ollas y sartenes de hojalata e incluso un encendedor para facilitar sus esfuerzos—este había sido otra invención de Sippen. A los hermanos no se les había olvidado nada.

Franque golpeó su cinturón, dándole unos golpecitos a un bolso rebosante de suficiente oro y plata para pagar un viaje en barco a Eston. Lo restante aseguraría que durmieran en camas calientes con los estómagos llenos una vez que llegaran a la ciudad. El hacha hecha en Fjorik colgaba de su costado, y Krist llevaba la espada de su padre en la espalda. Con las armas de Braen Braston nadie se interpondría en su camino. La mano de Franque acariciá lo más importante de todo lo que había traído, escondido de forma segura a la vista dentro de su saco de dormir. Un solo tiro del rifle de Sippen derribaría al rey.

"Allí está", le dijo a Krist. "¡La ciudad de Logan!"

"Es sucia", su hermano comentó, "igual como mamá la describía".

"Es bonita", Franque argumentó. Más allá de los edificios altos, observó unos mástiles altos ya que docenas de barcos se alineaban en el puerto. Aunque nunca los había visto excepto en los libros, reconoció bricbarcas y galeones, buques mercantes de todos los tamaños. En un solo muelle lejos de los demás incluso vio un par de lanchas de remos de Fjorik. Cansado de la tierra firme, el chico anhelaba montar las olas del lago Norton y, pronto después, de los vastos océanos. Encontraba atractiva la amplitud del azul que se extendía más allá de la ciudad como si fuera a continuar para siempre.

"Vamos primero a los muelles", le informó a su hermano. "Contrataremos un barco de inmediato y con suerte saldremos incluso antes de que Sippen y Cedric sepan que hemos salido".

"Esos dos probablemente acaban de despertarse", Krist dijo con una risa. "Estaban bien emborrachados cuando nos fuimos".

"Conociéndolos, están en camino. Y el carro de vapor de Sippen será tan rápido como montar a caballo".

"¿Por qué lo hizo, según tú, Franque?"

"¿Quién? ¿Hizo qué?"

"El rey. ¿Por qué mató a papá?"

"Probablemente por celos. Me he preguntado lo mismo, y estoy seguro que era traición. Sippen dijo que eran amigos que trabajaban juntos en la Guerra de los Hermanos, pero yo apostaría todo mi bolso de oro que él temía que Braen impugnara su derecho al trono. ¿Un príncipe de Fjorik encabezando a todos de la Ensenada de Piratas? Seguro que quería Estonia también. Esterling quería acabar con su desafío antes de que se realizara".

"Sí, probablemente tienes razón", Krist accedió.

Cabalgaron por un rato en silencio, contemplando el paisaje mientras pasaban por las puertas de la ciudad. Todo el lugar bullía de actividad como nunca habían visto antes. Tan pronto como entraron en Logan los sonidos de los mercaderes llegaron a sus oídos, seguidos por los sonidos de risas, júbilo y regateo.

"Siempre me molestaba que ella nunca nos trajera aquí", Krist dijo por fin. "¿Qué temía ella? ¿Que nos secuestraran y llevaran? Por no llevarnos a ningún lugar excepto a casa ella solo lo hacía parecer más atractivo".

"Nunca he vista nada parecido", Franque coincidió. "Creo que ella sabía que no encajábamos en casa. ¿Quién quiere ser agricultor", preguntó, "cuando el mar abierto y la aventura llaman?" Tiró con fuerza de las riendas. Más adelante, un grupo grande se había reunido. "¡So!", dijo, calmando a su caballo.

"¿Qué es?", Krist exigió, poniéndose de pie en los estribos para ver mejor.

"No puedo decir con seguridad", dijo, "pero parecen peregrinos".

Cuatro agentes de policía se abrieron paso entre la multitud, haciendo que se dividiera. En el centro había cinco monjes con túnicas de una blancura pura.

"¡Regresen a Fjorik!", alguien gritó.

"No queremos aquí a los como ustedes", otro ciudadano gritó mientras un pedazo de fruta podrida golpeó a uno de los sacerdotes. Sus vestiduras, una vez de una blancura reluciente, goteaba con el residuo pegajoso, pero él nunca se estremeció.

"Pueden maldecirnos y condenarnos", anunció, "¡pero solo nos juzgará el Padre Supremo!"

"¿Qué es un Padre Supremo?", Krist le preguntó a su hermano.

"Ni idea. Sippen me enseñó de la hueste celestial de Fjorik pero no dijo nada acerca de ningún dios en particular".

"Quizá no son norteños", Krist sugirió, no haciendo caso de la multitud creciente que se estaba agrupando alrededor de ellos.

"No lo sé; mira sus barbas trenzadas". Se rascó su propio vello irregular. Ese, como el de su hermano, luchaba por crecer. Él tampoco había notado las veintenas de personas que se apiñaban para mirar el espectáculo.

"Déjenles predicar", uno de los agentes exigió por encima de los abucheos de la multitud. "¡El rey proclamó todo Andalón refugio para cualquier religión!"

"¡La suya es blasfemia!", un sacerdote del lugar argumentó. "¡Es peor que la suciedad pescari que aguantamos!"

"La nuestra es pacífica", uno de los monjes vestidos de blanco argumentó. "¡Para nada como tus dioses paganos de la naturaleza!"

"¿Dioses paganos?", el sacerdote de Logan exigió. "¡Vas en contra de tus propios dioses paganos por elevar a ese... ese monstruo por encima de ellos!"

"¡El Padre Supremo juzgará a todos ustedes cuando regrese!", el monje gritó. "¡Él observa ahora, listo para renacer y venir con una espada en su mano para dirigir a todo Andalón hacia un rumbo en común!"

"¿Ahora amenazas con que él regresará?", el sacerdote dijo de modo acusador. "Agente, ¿ve usted nuestro problema? Ellos predican la destrucción y van en contra de la misma paz para la cual el rey ha trabajado. ¡Seguro que amenazar más violencia es un crimen!"

"¡El Padre Supremo es misericordioso!", el monje argumentó. "¡Pero solo a ellos que se entregan y prometen su vida a su santidad!"

"¡Él es un demonio!", gritó el sacerdote. "¡El Demonio del norte! ¡Pero nuestros dioses favorecieron al rey Esterling, y él triunfó al final!"

"Basta ya", por fin exigió uno de los agentes. "¡Que se dispersen!" Él y los otros entraron en la multitud a empujones. "¡Cada uno a su oficio!"

Los chicos esperaron a que se despejara la calle, sin apartar nuncar la vista de los monjes del norte. Uno de ellos giró. La mancha en su túnica todavía no se había secado, pero él no hizo ningún esfuerzo por limpiarla. Sus ojos se encontraron momentáneamente con los de Franque y luego bajaron hacia el hacha en su costado. Después de un instante también miró a Krist.

"Vamos", Franque dijo mientras un escalofrío le recorrió la espalda. "No me caen bien estos radicales, ni lo que predican". Espoleó a su caballo, y los chicos se dirigieron hacia los muelles.

El paseo marítimo perdió su belleza casi tan pronto como ellos lo alcanzaron. El agua azul, antes seductora y prometiendo una aventura, se había desteñido en un marrón turbio cerca de la ciudad. En lugar de fresca y purificadora, la encontraron asquerosa y desgarradora. Por todos lados flotaban peces muertos o entrañas evisceradas donde se los habían arrojado, incluso en el muelle. Casi inmediatamente Franque se arrepintió de su deseo juvenil de ser marinero, y de repente la vida de la granja resultaba atractiva.

"Es asqueroso", dijo en voz alta.

"¡Me encanta!", Krist dijo con los brazos extendidos, respirando la humedad cálida. "¡Nunca me he sentido tan vigorizado como ahora! Piénsalo; ¿he estado encerrado sobre la tierra toda mi vida mientras existía esta belleza?"

Franque miró a su hermano con recelo. ¿Se está burlando de mí por siempre haber querido esto?, se preguntó. Pero Krist realmente tenía una chispa nueva nunca antes vista. ¡De veras esto le encanta!

"Voy a hablar con el supervisor de puerto", Franque dijo. "Necesitamos contratar a un barco. Debes quedarte con los caballos".

Krist encogió los hombros. Estaba más interesado en mirar a un grupo de marinos trenzar cuerdas. Empleaban la misma técnica que Cedric les había enseñado a los hermanos en la granja.

"Muy bien, entonces", Franque dijo. "Vuelvo pronto".

Krist no le había mentido a su hermano. La euforia que sintió al llegar al agua no se parecía a nada que hubiera sentido antes. Su mente se sentía más clara, incluso más aguda, que nunca antes había experimentado.

Se siente... ¿cómo qué? Lo meditó, entonces entendió. Se siente como si por fin yo estuviera vivo. Los sonidos del agua salpicando el muelle y de los barcos golpeando su parte más alta llenaron a Krist de un deseo de zambullirse y nadar en él. Lo seducía... le pedía al chico que se pusiera en marcha y que se metiera. Dio unos pasos hasta el borde del muelle y miró por el costado. Un banco de piscardos se lanzaba de un lado a otro en su persecución interminable.

Krist se dirigió a los marineros trenzando cuerdas.

"¿Podría yo intentar a ayuntar una?", les preguntó.

Los hombres gruñeron y luego se rieron. "¿Por qué trabajar, Boats?" uno de ellos dijo, "cuando él ofrece hacernos la tarea?"

"¿Sabes hacerlo?", el contramaestre preguntó.

"¿Quiere usted un empalme de ojo o un empalme hacia atrás?"

"Es para atar un amortiguador a una cadena del ancla", el contramaestre contestó con una sonrisa.

"Un grillete suave, entonces. Eso sí es más difícil", Krist admitió, "pero lo recuerdo". Se puso en cuclillas en una bita y tomó la línea de los hombres. Frunció el ceño ante la trenza, tejiéndola y retorciéndola hasta que se convirtió en un ojal enrollado sobre sí mismo y asegurado con un nudo del puño del mono en el extremo. Triunfante, lo sostuvo para que los otros lo vieran. "¡Lo tengo!", dijo con una sonrisa.

El contramaestre veterano lo tomó y escudriñó el trabajo. "No está mal", por fin dijo. "¿Buscas trabajo, chico?"

"No, señor. Mi hermano y yo estamos aquí para contratar un barco a Eston. Solo estamos de paso".

"¡Qué lástima! Tienes talento, y es difícil enseñar nudos así a los marineros de agua dulce".

"Yo tenía un buen maestro", Krist dijo sonriendo.

"¡Krist!", una voz ansiosa llamó desde el muelle. "¡Krist!"

Se puso de pie, girando para ver a Franque corriendo hacia él. "¿Qué es?", preguntó, corriendo para unirse a él a mitad de camino. La mirada en el rostro de su hermano gritó la preocupación.

"¡Se ha ido!"

"¿Qué ha ido?"

Franque giró, mostrándole dos correas de cuero cortadas colgando de su cinturón. "¡El oro, Krist! ¡Se ha ido! ¡Alguien en la multitud debería de haberlo llevado!" Los dos se dieron la vuelta, mirando abatidos hacia la ciudad. La carterista se habría ido hace mucho, saboreando su premio sin miedo de detención. Luego Franque frunció el ceño aún más. "Krist", preguntó, "¿dónde están los caballos?"

"¡Allí mismo!", señaló, pero los animales ya no estaban atados donde los había dejado.

"Todo que teníamos estaba a sus lomos", Franque dijo con la ira aumentándose. "¿Qué estabas haciendo? ¡Te dije que los vigilaras!"

"¡Lo hice!", Krist dijo pero se dio cuenta de que les había dado la espalda durante algún tiempo. Miró hacia donde estaban los marineros, a punto de preguntarles si habían visto a alguien, pero ellos también se habían ido.

"Estamos jodidos, Krist", Franque declaró. "¡Todo se ha ido!"

CAPÍTULO ONCE

Eusari esperaba con paciencia mientras los agentes hablaban de su destino. Se había sorprendido por la rapidez con que la habían llevado a Logan ya que en vez de eso había anticipado tener que esperar varios días en su propia aldea. No perdieron el tiempo, sin embargo, y el viaje lleno de baches casi le quitó la vida. Sin amortiguadores ni comodidades, le dolían todas sus articulaciones. Incluso casi se le habían arrancado los dientes.

El suelo de su celda de prisión no era mucho mejor, con solo una piedra en que sentarse. En la esquina alguien había arrojado una pila de mantas, pero todavía no estaba Eusari lo suficiente desesperada como para arriesgar las pulgas y cualquier enfermedad de piel que ofrecían. También ignoró la ventana pequeña colocada en la parte superior, con rejas muy juntas impidiendo cualquier escape. No, Eusari estaba segura que pronto se la liberaría.

Después de lo que parecía ser horas, pero que debían de haber sido solo minutos, unas pisadas se acercaron.

"Ya es hora, Finn Olsen. Por poco estaba a punto de perder mi fe en ti", dijo con una sonrisa ligera. Pero cuando levantó la vista, la cara dura que le miraba no era la del agente Olsen.

Eusari la reconoció al instante, a pesar de los muchos años que habían pasado desde su último encuentro. El cabello de la mujer joven se mantenía cerca de su pericráneo; era de un rojo ardiente y cortado como el de un hombre. Las pecas anaranjadas una vez salpicaban sus mejillas, pero ahora se habían juntado para cubrir su nariz. Estaba vestida como un alguacil, incluso llevaba puestos unos pantalones como lo hacían ellos. En su pecho estaba la insignia de su puesto.

"Debía de haberlo sabido yo, que te harías una agente de la ley", Eusari dijo.

"¿Entonces me reconoces?", la alguacilesa preguntó.

"Por supuesto. Eres la imagen viva de Maury, y tus ojos tienen el mismo fuego de Thorinson que los dioses les dieron a mis hermanos".

"He esperado toda mi carrera para verte tras las rejas", Anne dijo triunfante. "Desde ese día sabía yo que estábamos destinados a vernos otra vez. Lo único es que pensaba que yo sería la persona que te esposara".

"No habrías podido hacerlo", Eusari dijo con desdén.

"Estás aquí ahora", Anne observó. "Y muy fácilmente, según el agente Olsen".

"Dejé que Finn me encarcelara. Pero no te preocupes; no estaré aquí mucho tiempo. Dentro de mis cosas hay una carta del rey Esterling, concediéndome inmunidad e indulto por cualquier delito pasado, presente o futuro".

"Ah, sí", Anne dijo, sacando una hoja de papel doblada del bolsillo trasero. "Firmada curiosamente por un tal Amash Horslei, sea quien sea".

"Ese es el rey Amash; ¡su nombre ante de la coronación! Envíale un mensaje de que estoy aquí, y recibirás una orden para mi liberación".

"No, no creo que lo vaya a hacer. Ves, la firma de su nombre anterior significa o una falsificación o, como dijiste tú, prueba de que fue escrita antes de su coronación. Y eso significa o una estafa o que él no tenía el poder en aquel momento de conceder tu liberación".

Eusari se congeló. Ni ella ni Amash habían considerado esa cuestión técnica cuando él había escrito muy rápidamente esa conciliación.

Anna sonrió mientras rompió el papel a la mitad; entonces juntó las dos mitades y las rompió otra vez. Repitió esa acción hasta que solo quedaron unos trozos pequeños, los cuales ella casualmente sostuvo cerca de la vela en la pared. Una vez que el fuego se había apoderado, ella arrojó los trozos al aire, dejándolos arder mientras caían suavemente sobre las piedras.

Eusari miraba mientras toda esperanza para su liberación—y la absolución para Robert—desaparecían en el humo.

"No deberías de haber hecho eso", dijo con voz calma. "El rey no va a estar feliz cuando se entere".

"No se enterará. Ves, te encarcelaron por un delito contra el municipio". Se arrugó la cara y preguntó: "¿Cómo se llama tu aldea pequeña?" Antes de que Eusari pudiera contestar, Anne añadió: "Ah, sí. No está incorporada y está ubicada justo fuera del territorio organizado. Así que—además del hecho que te trajeron acá—la alta sede de Loganshire preside. Nadie, ni el rey, puede interferir en la impartición de justicia por delitos cometidos fuera del territorio".

"Entonces, ¿así es?", Eusari se rió. "No me puedes acusar de crímenes que crees que he hecho, ¿así que me detienes por un mero asalto menor?"

"Tres cargos, mi tía más querida. Tres cargos suman un delito grave, y eso permite que el magistrado considere tus delitos anteriores al sentenciarte. Nunca vas a ver la luz del día otra vez, y nadie puede hacer desaparecer todo eso". Se dio la vuelta para salir y entonces sonrió por encima del hombro. "Entonces voy a hallar a ese hijo que estás encubriendo y vigilarlo hasta que cumpla oficialmente su verano diecisiete. En aquel momento me aseguraré de que él pase el mismo tiempo, o más, tras las mismas rejas que tú".

"¿Por qué?", exigió Eusari. "¿Por qué me odias tanto?"

"No eres solo tú, tía. Es el mero pensamiento de ti. Recuerdo cuando se murieron mis padres. Yo era joven, pero sus destinos se quedan conmigo incluso hoy en día. Mi padre infringió una ley y lo pagó con su vida. Era criminal como tú—estaba en su sangre. Pero seguías viviendo; te burlabas del mundo mientras te escondías como cobarde".

"No tienes idea de lo que yo sufría. Tu abuelo era alguacil pero entendía la compasión y cuando hacer la vista gorda. Si solo supieras la mitad de las razones porque hacía yo lo que hacía, harías lo mismo".

"Pues. Parece que el abuelito era criminal también. ¿No lo entiendes? Él, papá y tú, todos son cortados por la misma tijera. Estuve allí cuando mamá se quitó la vida. Fui yo quien la encontré. Ella se mató por el dolor de esconder a mi hermano menor de la ley".

"Esa ley era antinatural—una abominación a todos, y ella tenía razón al esconderlo".

"No se debe pasar por alto ninguna ley".

"Rompiste la carta del rey", Eusari comentó.

"Rompí lo que era o una falsificación o un contrato ilegal".

"Era mi propiedad, de todas formas".

"Estás bajo mi custodia, y no posees ninguna propiedad dentro de estas paredes. Está bien dentro de los derechos de mi oficina destruir cualquier moneda ilegal y los contratos por los cuales se cometen delitos". Anne se dio la vuelta para salir, pero se detuvo antes de cerrar las puertas de la celda. "He tardado tu juicio una semana, solo para darte algún tiempo para la reflexión". Señaló la manta sucia en la esquina de la celda. "Espero que decidas acomodarte".

Eusari se estremeció mientras la puerta se cerró con firmeza; luego examinó las piedras ásperas que recubrían las paredes y el suelo. Podría salir de este lugar, mandarles a las piedras que se aplastaran, pero ¿luego, qué? ¿Huir a Eston y hacerle una petición a Amash? Ella no sabía si todavía podía confiar en él.

Braen confiaba en él, ella pensó, eran amigos íntimos.

Pero Braen no estaba. Durante diecisiete años ella había vivido sin él, aun si ella nunca lo había olvidado ni se había recuperado.

"¡Capitana!", una voz llamó desde la ventana a lo alto. "Capitana Eusari, ¿está allí dentro?"

"Estoy aquí, Cedric", ella respondió.

"¡Soy Krill, señora! El viejo Cedric está ausente por el momento, ¡y el sargento de artillería está a su disposición!"

"¿Quién más está?", ella exigió. "¿Quién está cuidando a los chicos?" Había una pausa. Ella lo odiaba cuando Cedric vacilaba ya que siempre significaba que había un problema. "¡Cedric!", gritó. "¿Quién está protegiendo a los chicos?"

"Se... señora", la voz de Sippen repondió. "Mmm... tenemos un pro... problema a... acerca de eso".

"Suéltalo", ella gruñó.

"Bas... basta decir que es... estamos trabajando en eso".

Ella se puso de pie, dando un paso hacia la pared que estaba entre ellos. Se quitó los guantes, dejando al descubierto unas manos profundamente marcadas con cientos de cortes pequeños, cada uno escondiendo una historia de su vida. Con las palmas tocando la piedra, ella respiró profundamente.

Caliza, ella pensó, llena de los restos de la vida. Ella se cerró los ojos y se concentró en los esqueletos diminutos—criaturas diminutas ahora enterradas dentro de la piedra. Sippen una vez había explicado que lo que antes vivía deja atrás el carbono, la base de toda la vida. Mientras su mente y cuerpo se conectaban con ese elemento, la pared empezó a temblar. Con un empujón, un solo ladrillo se aplastó bajo sus manos y se cayó al suelo como polvo. Dos ojos muy asombrados y culpables la miraron fijamente.

"¿Por qué no la pared entera, capitana?", Krill preguntó. "¿Por qué solo un ladrillo?"

"Porque tengo asuntos familiares que tratar aquí", ella dijo secamente. "¿Dónde están los chicos?"

Krill contó la historia de cómo los Halconeros habían atacado; luego vinieron los Soñadores exigiendo que Robert fuera con ellos. Él contó cómo Sebastian ayudó al chico a escaparse y explicó que quizá llegaran en cualquier minuto. Dejando de lado eso de la celebración nocturna de borrachera por aquellos buenos tiempos, le contó cómo se despertaron con dos caballos perdidos, una buena porción de oro perdido y dos príncipes fjoriqueños empeñados en la venganza.

"Encuéntrenlos", ella gruñó por el agujero en la pared.

Los hombres asintieron vigorosamente con la cabeza.

"¡Ahora!", ella añadió, enviándolos corriendo.

"Alguacilesa Thorinson", ella gritó y esperó.

Después de varios minutos, la mujer joven abrió la puerta y se paró frente a la celda, mirando sospechosamente el ladrillo que faltaba y la luz que entraba inundando la celda.

"Da igual si los cargos contra mí provienen de fuera del territorio o no, soy ciudadana registrada de Brentway, Loganshire. Tú, como alguacilesa, sabes que eso es la verdad; así que negarme un juicio rápido es una violación a mi derecho constitucional. Exijo comparecer ante el magistrado sin demora".

Anne observaba la pared sin mirar a su tía. "Él se ha ido por el día; así que lo mejor que puedo ofrecerte es mañana".

Eusari asintió secamente. "Parece que hay un problema estructural dentro de mi celda", añadió, "y arruinó mi manta".

Anne dirigió su atención al polvo blanco que cubría la tela.

"Supongo que va a hacer mucho frío dentro de mi celda, y exijo un reemplazo nuevo.

Anne asintió distraídamente. "¿Acabas de intentar escaparte?"

"Nunco intento nada. Ahora, ve a por mi maldita manta".

CAPÍTULO DOCE

"Estamos jodidos", Franque dijo de nuevo, mirando su jarra de sidra. Él y Krist habían decidido organizar sus pensamientos y escogieron una taberna pequeña cerca del litoral. El cartel de enfrente decía: El Perro Sarnoso. Y hasta el momento estuvo a la altura de su nombre. Se le erizaba la piel como si ya tuviera pulgas.

"Tengo un poco de oro aquí", Krist dijo, dándole unos golpecitos a su bolso ahora seguro en el bolsillo del pecho.

"¿Y a qué distancia podemos llegar con eso", Franque preguntó. "¿Un viaje alrededor del muelle y de regreso? No, vamos a tener que trabajar para alcanzar Eston, e incluso si llegamos, ¿qué haremos? ¿Cómo podemos esperar conseguir otro rifle?"

"En el mercado negro", Krist ofreció.

"Oh, ¿sí? ¿Y a quién conoces con contactos así? ¿Eh? ¡Piénsalo otra vez, Krist! Debías de haber cuidado a los caballos".

"¡Pues tú debías de haber mejor guardado nuestro bolso! ¡Se te perdió una fortuna! Solo se me perdió un poco de comida y un rifle".

"¡Nosotros necesitábamos ese rifle!" Franque estaba listo para derribarlo. De haber sido su bebida más fuerte que la sidra, es posible que ya hubiera golpeado a su hermano.

"¡Nosotros necesitábamos ese oro para llegar a Eston!" Por lo que parecía, Krist también quería luchar.

"¡Disculpen, caballeros!", un marinero viejo les interrumpió. Su piel era curtida por el sol y tenía el cabello tan blanco como la nieve. Aunque recién afeitado, habían faltado en cortarle unas barbas debajo de la nariz y en el cuello. Quienquiera que afeitó a este hombre no tenía mano firme. "¿Les oí decir que buscan pasaje a Eston?"

"Sí", respondió Krist.

"No", insistió Franque, fulminándole a su hermano con la mirada.

"Pues, quizá tengo yo unos contactos que les pueden proporcionar el pasaje por un poco de trabajo".

"No buscamos trabajo", Franque dijo secamente. "Gracias, pero no gracias".

"Pues, qué malo", el hombre dijo, asentándose en una silla en su mesa. Dejó caer una bolsa pequeña de oro sobre la mesa.

"¿Qué es eso?", Franque le preguntó, mirándolo con recelo.

"Habría sido el pago por adelantado", el hombre dijo, "para hombres fuertes dispuestos a unirse a la tripulación".

"¿Qué clase de trabajo?", Krist le preguntó, sus ojos fijos en la bolsa y codiciando las monedas.

"Este barco necesita marineros, pero no expertos, solo unos hombres dispuestos a aprender".

"¿Es trabajo duro?", Franque preguntó.

"Sí, trabajar en el mar es sangrar por él y muchas veces alimentarlo con el contenido de tu estómago", dijo con una risa. Su mano se movió rápidamente para un anciano mientras guardaba el oro tan rápido como se lo había presentado. "Pero ni el uno ni el otro de ustedes está interesado". Se puso de pie para irse.

"Espere", Franque dijo, poniendo una mano en el antebrazo del hombre. "¿Cuánto dura un contrato?"

"Seis meses".

"¿Eso es todo?", Krist preguntó con sorpresa. "¡Anticipaba yo un año o más!"

"¿Adónde iríamos?", Franque preguntó.

"Eston, por seguro, entonces río abajo a Diaph y más allá. Pueden anticipar un círculo alrededor de Andalón, haciendo paradas en Middleton, Soston y Eskera. Entonces río arriba en el río Misting a Weston y de regreso aquí".

Franque lo contempló. "¿Cuánto tiempo sería nuestra parada en Eston? ¿Tendríamos licencia para ver la ciudad?"

"¡Sí, y un salario para disfrutarla!", el viejo prometió.

"¿Cómo se llama usted?", Franque preguntó.

"Peter Longshanks. ¿Y a quiénes tengo el placer de conocer?"

"Soy Franque, Franque Thorinson, y este es mi hermano Krist".

"¡Pues, entonces, Franque y Krist! ¿Se apuntan con la tripulación?"

"Yo... No sabemos", Franque dijo con sinceridad. "Seis meses es mucho tiempo, y tenemos que hablarlo, pero creo que estamos abiertos a la posibilidad".

"¡Bien! ¡Brindemos la expectativa de una vida en el mar!"

Krist levantó su propia bolsa pequeña, sacudiendo las dos monedas que quedaban por dentro. Con una mirada rápida hacia su hermano, negó con la cabeza y frunció el ceño.

"¿Qué es esto?", Peter preguntó. "¡Yo no ofrecería un brindis sin pagarlo yo mismo! ¡Camarera!", gritó. "¡Traiga otra ronda de cerveza para mis nuevos amigos y para mí!" Él se detuvo, entonces añadió: "Pero no la cerveza de Eston; sabe al agua del muelle. ¡Traiga la más fuerte que tengan!"

Ambos chicos sonrieron. Ninguno de los dos había probado una cerveza fuerte, solo el vino molido y la sidra.

Peter esperó hasta que los chicos se habían emborrachado lo suficiente como para no poder concentrarse en la cara de él. Esto era lo que odiaba más. Las promesas vacías y mentiras que echaba eran soportables, por lo menos ya que no tenía conciencia ahora, pero esto le condenaría el alma a cualquiera de los muchos infiernos que esperaban a los como él. Eran chicos grandes, de Fjorik según parecía, y la cerveza tardó en trabajar. Con un guiño al cantinero él señaló que había terminado, fingiendo beber pero quedándose con la misma jarra el resto de la noche. No tenía estómago para lo que el cantinero agregaba a las jarras de los muchachos. Afortunadamente la droga funcionó rápidamente.

Eres una persona horrible, Peter Longshanks. El peor de los peores, su acusador le amonestó.

Hay otros peores que yo, el viejo se dijo a sí mismo. Buscó a tientas, encontrando el cierre detrás del banco y se dio cuenta de que sus dedos trabajaban más lentamente cada vez que condenaba a los jóvenes a su destino. Por alguna razón, esta vez se sentía peor que en todas las otras.

Tragó, entonces miró a los dos lados para asegurarse de que nadie miraba. Sus dedos dejaron de temblar el tiempo suficiente para abrir el pestillo, y la parte trasera de la cabina se apartó. Con un empujón Franque se cayó en el compartimento.

"¿Qué pasó?", Krist exigió. "¿Dónde está Franque?"

Sin contestar, Pete condenó luego a Krist, agarrando la bolsa del chico mientras se caía.

Peter no los miró entrar en el conducto—nunca hizo eso. No tenía estómago para lo que venía después. En la mayoría se quedaban sin daños excepto unos golpes y moretones, y estarían bien después de una caída breve a un sótano escondido debajo de la taberna. Pronto la tripulación de Jacque los recogería, y después de eso le daba igual a Peter lo que pasaba. Los chicos ahora pertenecían a Diablo Jacque, comprados y vendidos en un contrato de dos años. Franque y Krist estaban en camino a la Ensenada de los Piratas.

"¡Perdonen!", una voz alta gritó desde la entrada de la taberna. "Buscamos a dos chicos así de alto", un hombre corpulento dijo mientras se ponía de puntillas sobre una pata de palo con un brazo extendido en alto. "Son anchos", se extendió los brazos a los lados, "y con cabello rubio y largo. Son adolescentes que parecen a hombres; ¡eso sí!"

Los ojos de Peter se agrandaron y se estremeció su cuerpo. Por fin su pasado lo había atrapado.

"E... ellos no co... conocen es... este lugar", un segundo hombre añadió. Era pequeño, incluso enfermizo, y los años no le habían envejecido suavemente. Se subió las gafas por la nariz con nerviosismo. "Hay una re... recompensa si son seguros".

Longshanks cerró rápidamente la trampilla y se puso delante de ella, escondiendo el pestillo con su cuerpo. Bajó la vista a su jarra de cerveza, mirando la subida de las burbujas y orándoles a los dioses que se fueran estos hombres.

¿Así que sí te queda algo de remordimiento?, su acusador dijo.

Peter se encogió en su abrigo, esperando que no lo reconocieran.

"¡A ver! ¡Si no es Peter Longshanks!", Krill exclamó. "¿Dónde has estado durante todos estos años, Petey?"

"Lo siento", el viejo dijo. "¿Lo conozco?"

Los dos se acercaron a él rápidamente, y Krill se sentó en la cabina a su lado. "¡Sí, eres tú! ¡Maldito sea, a ver que los años no han sido buenos para ninguno de nosotros!"

Pete hizo un espectáculo de estudiar a los hombres; entonces fingió una sorpresa feliz. "¿Sargento de artillería Krill? ¿Sippen Yurik? ¡Benditos los ojos que los ven!"

"No... nosotros buscamos a d... dos chicos, Peter", Sippen tartamudeó.

"No veo mucho de nada hoy en día, pero haré lo que pueda".

"¡Son chicos grandes, Pete!", Krill añadió. "No te los puedes perder. ¡Son grandes y corpulentos y rubios y todavía en pañales!"

"¿Quiénes son? Estos chicos a quienes han perdido. ¿Son tripulantes?" Peter se estremeció ante lo que dirían.

"¿Tripulantes?", Krill preguntó con una risa. "No, no navegamos ya. Son los hijos de Eusari. Huyeron, y ella nos encargó que los trajéramos".

Peter sintió que se le helaba la sangre. Eusari, pensó, Thorinson. Entonces recordó la presentación de Franque. Se abrió la boca para hablar y se la cerró de inmediato. ¿Qué podría decir? Seguro que era demasiado tarde. De todos los arrecifes contra los que podría haber encallado, el de Eusari era el menos deseado.

Su acusador se rió. Por fin, entonces, dijo, es hora de enfrentar la ira de ella.

Bebió los restos de su jarra de un solo trago, encontrando suficiente valentía para calmar su voz. "Eusari... Dios mío. ¿Ella está aquí, entonces? ¿En Logan?"

"Sí, pero no está por el litoral".

Pete dejó escapar el aliento contenido sin un suspiro. "Qué lástima", mintió. Estaba encantado que no se enfrentaran todavía. Tenía tiempo para salir de la ciudad, quizá tomar un barco a Eston y escaparse. "No he visto a sus hijos", mintió otra vez, "¡pero seguro que estaré alerta por ellos!"

"¡Gr... gracias, Pete!", Sippen dijo con una sonrisa. Siempre era buen hombre. Los dos lo eran.

Pero el verlos le trajo recuerdos dolorosos a Pete que apenas podía aguantar.

Quizá ahora tienes la valentía para hacerlo, el acusador sugirió, y las razones también.

¿Hacer qué?, Peter se exigió a sí mismo.

¡Acabar con tu vida mala, desleal, traicionera y cobarde!

"Me gustaría verla", Peter dijo, callando a su acusador y sorprendiéndose a sí mismo.

"Eso n... no es posible", Sippen dijo con un aire de tristeza.

"¿Por qué no? ¿Oyó ella de mi traición? ¿Ella me odia como merezco?"

Krill y Sippen intercambiaron una mirada. No, eso no fue el caso en absoluto.

"Eusari está encarcelada", Krill por fin explicó. "Está detenida falsamente y tiene que comparecer ante el magistrado".

"¿Falsamente? ¿Así que no comparece por crímenes pasados?", Peter preguntó con sorpresa. Hacía tanto que huía de su pasado que él pensaba que lo hacía ella también—de otro modo quizá ella habría venido buscando venganza antes.

"No", Krill contestó inmediatamente. "Se le perdonaron hace mucho. Este es un asunto diferente, incluso uno menor, pero uno que ella tiene la intención de enfrentar".

"Siempre ha sido su costumbre", Peter admitió. Eusari era una mujer resuelta. "Lo siento", dijo súbitamente. "Tengo algo que necesito hacer. Favor de disculparme". Para su propio asombro, tanto como para los demás, Peter se levantó. Sacó cuatro monedas de su propio bolsillo, con cuidado para no sacar las que había tomado de Krist, y las puso encima de la mesa. "Tengan una ronda por mi cuenta", dijo; entonces salió apresuradamente de la taberna.

¿Qué haces?, su acusador exigió.

Pero él se ignoró a sí mismo.

Peter se apresuró a la vuelta de la esquina y alrededor del edificio, casi corriendo por una pendiente empinada que conducía al litoral. La puerta del sótano estaba cerrada, y él tiró su cuerpo contra ella, balanceando el roble pesado hacia adentro. Se congeló. Los chicos se habían ido. Girando lentamente, miró las aguas del lago Norton. En la distancia, recortada por la luz de la luna, distinguió una pequeña embarcación. Las velas y la quilla eran tan negras como la noche, pero fácilmente pudo distinguir la forma del bauprés que se extendía desde la boca gruñona de un lobo.

La Loba, se llamaba el barco, la embarcación infame de Diablo Jacque. Peter Longshanks se cayó de rodillas y lloró. Le había fallado a ella no solo una vez sino varias veces. Otra vez él había traicionado a la mujer a quien amaba como una hija, y por la culpa de él los hijos de ella se habían ido para siempre.

Eres un fracaso, su acusador dijo con una risa.

"No," él argumentó. "Corregiré esto de alguna manera".

CAPÍTULO TRECE

Tara estaba de pie bajo la cubierta de sotavento. Su viaje por el río Misting había sido una tormenta de emociones, y los relámpagos de afuera coincidían con su estado de ánimo. Su madre había ganado, y ella se sometió. El mundo pescari esperaba.

La ciudad de Nuevo Weston era la más joven del imperio por años. Flaya había contado la historia, que su padre había destruido los muros y las casas de aquellos que vivían aquí antes, pero ella nunca describió el cómo. Tara imaginaba que todavía habría escombros o rastros de la ciudad vieja, algo que mezclaba las dos culturas. Al navegar más allá del centro del lago Weston, se dio cuenta de que la ciudad vieja se había desaparecido por completo.

"¿Dónde están las ruinas de la ciudad vieja?", por fin preguntó.

"Debajo de nosotras", Flaya explicó, "ahora mismo".

"¿Bajo el lago?" Tara trató de mirar por el costado, pero la lluvia agitaba las aguas oscuras en una espuma. "Es tan... el agua es muy negra".

"La ciudad vieja yace debajo de la roca, incendiada negra por el enojo de Felicima".

¿Realmente él ejercía el poder de Felicima? Tara había dudado durante mucho tiempo esa parte de las historias de su madre. ¿Pero de qué otro modo podría haber destruido los muros altos de tal forma que la naturaleza los enterrara por completo?

Ella dejó de intentar imaginar, dirigiendo su atención a la costa occidental del puerto natural. Mientras los relámpagos brillaban arriba, un reflejo espeluznante los reflejaba en la tierra.

Ella se inclinó hacia adelante, mirando a través de la lluvia, y esperó. El siguiente relámpago iluminó los edificios altos, cada uno tan liso como el vidrio y completamente negro. Sus ojos siguieron una imagen reflejada por el rayo, recorriendo los lados y la parte superior de los edificios mientras también el rayo marcaba las nubes arriba.

Tara se maravilló. "¿Qué es?", le preguntó a su madre. "¿Qué material utilizan?"

Flaya se puso de pie al lado de su hija, mirando fijamente con la misma confusión. "No lo sé", admitió. "Todo esto se hizo después de que salí de Eston con Eusari, pero las cartas de tu tío abuelo hablaban de una reconstrucción que aprovechaba el poder de Felicima".

Tara miró fijamente mientras dos rayos más iluminaron la ciudad y sus filas espléndidas de edificios negros y lisos. Cada uno era de una altura de más de cinco casas de campo. La vista hizo que ella reconsiderara a Felicima porque seguro era que tales maravillas solo provendrían de una diosa. Llena de anticipación, no podía esperar el amanecer, después de que la tormenta hubiera espirado su último aliento.

"¿Cómo funciona el poder?", preguntó.

"Felicima llena a sus agentes con poder, y ellos canalizan su enojo".

"¿Así que nuestra diosa solo destruye?"

"Mira alrededor; ella también crea".

"¿Quién ejerce el poder de ella ahora?", Tara preguntó.

"Tu tío abuelo es mago, pero sé que ella ha bendecido a más que él".

"¿Cómo están escogidos los magos?"

"Pues... no sé eso exactamente. Pero sí sé que ella favorece a unos más que a otros".

"Eso no es justo".

"No", Flaya accedió, "pero lo justo no equivale la igualdad, y a los dioses les dan igual la riqueza y el privilegio. Solo les importa la fidelidad".

"Especialmente la diosa nuestra", Tara dijo, "con la excepción de cuando mostramos la fuerza".

"Especialmente en aquel momento".

"No me casaré con un pescari", Tara de repente escupió.

"¿Por qué dices esto tan audazmente y con tanta confianza, hija?"

"¿No es por eso que me has arrastrado río abajo? Sabes que quiero a Robert, pero intentas hacerme casarme con alguien de nuestra gente".

"Eusari y sus hijos son nuestra gente. No son pescari y no comparten nuestras costumbres, pero están unidos a nosotros como familia. Eusari es como una hermana para mí, y no me molestaría que te casaras con uno de sus hijos con tal de que continúes honrando a Felicima".

"¿Entonces por qué estoy aquí?"

"Hay cosas que necesitas aprender de ti misma, y solo las aprenderás al vivir entre los pescari. Después de que estés lista puedes volver a él como una mujer".

Tara funció el ceño. Ella no había anticipado opciones. "¿Un año?"

"Un año", su madre prometió.

Un destello brillante volvió los ojos de ambas mujeres, y todos se agrandaron de preocupación. El rayó cayó sobre un establo, o algo igual de combustible, y un inferno se unió a las nubes en un instante.

Tara dio un grito ahogado, pero Flaya solo dejó salir un simple "mmm".

"¡La ciudad se va a quemar!", la chica exclamó.

"No. No mientras esté Teot".

Ellas se pararon allí, mirando fijamente el calor pulsante que palpitaba una advertencia de la ira de Felicima. Entonces desapareció, arrastrado por un ciclón que parecía encogerse en un instante. Tara dio otro grito ahogado, forzando la vista para ver una figura solitaria en lo alto de la estructura más alta. Él parecía absorber el calor.

"¿Ese es él?"

Flaya gruñó, pero cuando su hija giró, vio que su madre sonreía. Una cosa simple, pero algo que hacía mucho tiempo faltaba en el rostro de la mujer. "Es él, pero no lo conocerás esta noche. Dejamos que pase la tormenta, y él querrá su descanso, obviamente".

El amanecer no desilusionó. Mientras Felicima se levantaba sobre su gente, su imagen se reflejaba tranquilamente en los edificios negros de abajo. Eran tan lisos como el vidrio pero no tan frágiles. Tara sintió que se le flaqueaba el equilibrio. Con un aleteo de su corazón y un latido interrumpido, temía caerse por la borda. El río había parecido tan... un lugar muy equivocado para estar, y ella había soportado su hospitalidad demasiado tiempo. Ella se apuró, casi corrió, a través de los últimos pasos por la plancha de desembarco, finalmente respirando una vez en tierra firme.

Los hombres que se acercaban eran duros, vestidos de cuero, pero no la piel de ciervo que ella había anticipado. Estas pieles que llevaban puestas eran planchadas, en capas, y gruesas como una armadura. Ella se detuvo de repente y los miró.

"Estamos aquí por invitación del shappan", les dijo Flaya.

Ellos intercambiaron una mirada; entonces uno de ellos sonrió.

Tara miró mientras su madre dio un paso adelante.

"Soy Flaya, viuda de Shappan Taros y sobrina de Teot. Llévennos a él".

"¿Viuda?", uno de los guerreros preguntó. "Vete a casa y no te interpongas en nuestro camino".

Sin previo aviso Flaya respondió a su insolencia con una bofetada en la cara. El hecho de que lo hizo bajo la mirada de Felicima no pasó desapercibido para Tara.

"Soy la conquistadora de Eston; no te interpongas sino obedece. Deja que el shappan decida mi destino".

Tara parpadeó, no reconociendo a la mujer que hablaba así en su entrada a la ciudad. Su madre demostraba una furia que nunca antes había visto y una confianza tan caliente que quemaba como Felicima. Miró el cielo. La diosa brillaba con desagrado.

Los hombres se rieron de nuevo. Sin avisar, Flaya sacó una daga con una empuñadura de hueso, acercándola a la garganta más cerca.

"No me fuercen ni me obliguen a impugnarles en shapalote. Soy reina y les exijo que nos lleven al shappan. Él, y no ustedes, decide nuestro destino".

El guardián más cercano le miró a los ojos del otro, un tinte de rojo manchándole el cuello. Habría asentido con la cabeza pero la mantuvo perfectamente quieta por miedo.

"Obedece", él instó. "Que decida el shappan".

El otro gruñó; entonces las condujo desde los muelles.

"Eso fue audaz", Tara le susurró a su madre.

"Felicima entiende", Flaya respondió con un guiño.

Después de eso, ellas siguieron en silencio hasta una plaza de la ciudad. Estaba abandonada, excepto por un hombre solitario de pie en el medio.

Sus hombros se caían por el cansancio; él estaba parado frente a una fila de edificios. Estos eran diferentes a los demás que Tara había visto, con hileras apiladas de roca y mortero de arena que perfilaban esqueletos de acero.

Acero. Ella solo reconoció el material debido a Sippen Yurik. Él y Robert una vez habían demostrado su fuerza superior al hierro, fortalecido por el calor—templado, habían explicado. ¿Qué hace eso aquí, en una ciudad pescari? Las vigas estaban perfectamente forjadas, pero el revestimiento simple.

El hombre entró en un baile de llamas mientras el fuego brotaba de su cuerpo. Incluso sus ojos brillaban como brasas doradas. Tara dio un grito ahogado mientras veía cómo el calor arremolinado se formaba en fuentes concentradas, derritiendo tanto la roca como la arena. Dentro de poco tiempo los componentes simples de los edificios se fusionaron contra el acero, y la fila de edificios ennegrecidos brillaba al rojo vivo.

"¿La ira de Felicima?", una chica asombrada le preguntó a su madre.

"Su regalo", Flaya corrigió.

Agotado, el hombre giró para mirar a la mujer y a la chica. Teot era mayor y más arrugado que Tara había imaginado, por cierto más un anciano que un shappan. Si ella no hubiera presenciado su ejercer del poder de la diosa, habría pensado que un hombre más joven lo podría haber desafiado mucho antes. Era de los pescari seguir la fuerza.

Cuando Teot habló, sus palabras retumbaron profundamente. "¿Has vuelto, Flaya? ¿Por qué has venido? ¿Es que la señorita ya no necesita tu consejo?"

"Te traigo a la hija de Taros, una chica que todavía no entiende su nombre pero que vive como si lo entendiera".

El hombre frunció el ceño. "¿No la has entrenado en nuestras costumbres? Ella ha estado apartada de nuestra gente toda su vida. ¿Por qué no debería yo condenar a ambas de ustedes a la hoguera de Felicima?"

Tara dio un paso adelante, llena de indignación. "Sí, soy bien educada, y usted no dejaría a ninguna de nosotras a la hoguera. No tenemos vergüenza—ni la nuestra ni la de mi padre".

Teot se rió, una reacción extraña de un pescari. "No. Tu padre no te ganó un rechazo, todo lo contrario. Ven, hija de Taros. Déjame presentarme como debido".

Tara dio un paso adelante, encerrando los brazos en los de él como su madre le había enseñado. Sus brazos se sentían sorprendentemente más fríos de lo esperado, sin rastro alguno del calor que habían ejercido recientemente.

"Eres bienvenida en nuestra ciudad, y puedes andar libremente aquí bajo la mirada de Felicima".

"¿Qué estaba haciendo usted ahora mismo?", Tara preguntó, mirando fijamente los edificios ardientes detrás de Teot.

Él le soltó las manos y giró. Mientras lo hacía, el calor dejaba la roca fundida y se arremolinaba en un patrón alrededor de su cuerpo. Tara lo sintió pasar por entre ellos y se estremeció otra vez contra su toque abrasador mientras el aire se calentaba rápidamente. Los edificios ahora eran iguales al resto de la ciudad, su piel exterior incrustada por la misma roca lisa. A esta proximidad, ella se dio cuenta de que parecía vidrio.

"Obsidiana", Teot explicó. "Esconde nuestra ciudad de Felicima mientras ella pasa por encima, reflejando su mirada y escondiendo nuestra fuerza".

"¿Y el acero?", preguntó. "Le permite construir más alto, pero ¿de dónde viene? ¿Lo forja usted también?"

El shappan viejo se levantó una ceja ante su pregunta pero no contestó. "Ven", exigió; "ponte cómoda en Nuevo Weston. Te quedarás conmigo, en mi palacio".

"¿Palacio?", Flaya preguntó, confundida. "¡Tal extravagancia no es de los pescari!"

Teot sonrió cálidamente. "Flaya, nieta de Daska y viuda de Taros, has estado en otras partes tanto tiempo que también conoces pocas de nuestras costumbres. Ya no somos nómadas obligados a vagar por las Estepas de Cinder. Somos bendecidos por Felicima, dotados de más riquezas de las que jamás soñamos".

Tara vio el asombro llenarle el rostro a su madre; entonces tomó la mano de ella para seguir al shappan. Su propio resentimiento se había desvanecido, y ahora sentía que la anticipación crecía en su interior. Sus pensamientos acerca de Robert tendrían que esperar mientras aprendía todo lo posible de su propia gente y sus costumbres.

CAPÍTULO CATORCE

Robert yacía sobre su costado, envuelto firmemente en ataduras de enredaderas y aire, mirando mientras se alejaban la carreta y su conductor malvado. Él y Sebastian se habían portado de manera tonta al confiar en él, un desconocido y, según parecía, un amigo de los Halconeros. Los espectros emplumados se quedaban de pie sobre los dos mientras sus compañeros de la selva se arrodillaban sobre el suelo y se mecían al unísono.

¿Cómo los había llamado Sebastian? Se esforzó para recordar, pero incluso el respirar le era difícil al estar tan fuertemente atado.

Uno de los gatos silvestres salió del bosque y hacía círculos alrededor de los amos de todos, encabezando el baile rítmico.

Jaguares. Eso es lo que él había dicho.

Robert se cerró los ojos e intentó concentrarse en la forma que se le había enseñado para viajar al Mundo de los Ensueños y hablar con su amigo allí. Pero su esfuerzo resultó inútil; se sentía aislado de alguna manera del poder. Cada vez que lo intentó, las orugas dentro de sus oídos chillaron.

El suelo de repente tembló, volteándolo a su otro lado. Sus ojos se agrandaron mientras la pared de roca frente a él se abrió como una puerta.

¡Ellos mandan las rocas!, él se maravilló.

Los Halconeros agitaron sus manos, y él subió flotando como si lo hubieran puesto encima de un trineo invisible. Un momento después, oyó gruñir a Sebastian; entonces lo miró deslizarse en una corriente reluciente. Él también estaba envuelto desde el cuello a los pies en aire y enredaderas, los cuales se arrastraban sobre su piel como serpientes retorciéndose en un intento de aparearse. Por un momento breve sus ojos se encontraron.

Robert nunca antes había visto tanto terror tan profundamente arraigado en el rostro de un hombre. Dentro de nada siguió a Sebastian, flotando unos metros por encima del suelo, tirado por los Halconeros que indicaron el camino. Lo bajaron, dejándolo en una posición donde apenas podía ver a los Jaguares y sus bestias entrar en la caverna detrás de él; otra vez se arrodillaron para bailar su oscilación coreografiada. Las peñas temblaron; después se pusieron de nuevo en su lugar, dejando lo todo sumido en la oscuridad.

De repente una luz inundó el pasillo largo, brillando desde tubos de luz alineados en el techo. Parpadeaban, ganando fuerza hasta que brillaban intensamente. Robert se entrecerró los ojos ante su brillo antinatural. Más adelante, un Halconero abrió una puerta a empujones y tiró a Sebastian.

"¿Qué van a hacer con nosotros?", Robert le preguntó al espectro que tiraba de él.

El Halconero no le contestó.

Robert, en un esfuerzo de no concentrarse en la luz de arriba, observó la extrañeza del ser que era algo semejante a un hombre bajo la capucha emplumada. ¿Qué dijo Cedric acerca de ellos? Algo de un Jaguar que daba vida a un muerto. Al ver por fin a uno muy de cerca y bien iluminado, él se dio cuenta del propósito de las capuchas. El Halconero lo miró.

"Estás muerto, ¿verdad?", Robert le preguntó. "O lo estabas, alguna vez. Lo veo en tus ojos. Era lo mismo cuando maté a mi primer ciervo. Aunque sus ojos estaban abiertos, había un vacío en su mirada".

El espectro miró al lado y no contestó. Miró el pasillo por delante, de manera obvia evitando mirar a los ojos de Robert.

El salón en el cual entraron era grande, lleno de losas de mármol. Sobre algunas yacían cuerpos desnudos, descubiertos y totalmente expuestos. Unos tubos extraños, parecidos a los dispositivos de cobre de Sippen, salían de cada orificio de los sujetos. Mientras pasaba Robert por una mujer mayor, se dio cuenta de que ella y los otros sí vivían, respirando profundamente pero totalmente dormidos. De su espalda uno de estos tubos goteaba un líquido pálido en una botella de recolección.

Sea lo que sea, Robert pensó, ese líquido es la razón por la cual estamos aquí.

Él gruñó mientras el aire que sostenía a su cuerpo flotante lo soltó, haciéndole caer en una de las losas. Cerca oyó a Sebastian aterrizar en la suya.

El Halconero sacó una aguja extraña, empujándola directamente en la vena. Lo sacudió más de lo que debía, y Robert se estremeció por el pinchazo inesperado. Su cuerpo se entumeció lentamente. Unos pocos minutos después, las ataduras de enredaderas e hilos de aire se cayeron. Ahora no eran necesarias ya que las propias extremidades de Robert no le pertenecían. Estaba a la merced de estos espectros.

La somnolencia lo superó, y él ansiaba dormir.

No, se instó a la mente, resistir. Pero lo llamaba el sueño.

Sintió el primer tubo entrar en su nariz, deslizándose profundamente en la garganta. Un segundo, una rareza mucho más grande, entró en su boca y se deslizó profundamente en el torso.

Igual que con los otros; Robert se preocupó e intentó luchar. Su cuerpo ya no era suyo para controlar.

El Halconero de pie sobre él sostenía otro tubo destinado para las partes más sensibles. Se detuvo súbitamente, levantándose la cabeza y hablando al unísono con su compañero. "Unos intrusos han encontrado la entrada", dijeron.

En algún lugar de la cueva se oyó una explosión.

Robert, sin poder moverse o reaccionar, solo pudo escuchar su entorno.

Cerca de la entrada, los gatos silvestres rugieron; entonces gritaron de miedo cuando entró un enemigo más feroz. Todo el lugar retumbó como si la tierra quisiera escupir su contenido. Siguió otra ráfaga de viento; luego pasaron por encima unas volutas de aire.

¿Soñadores?, Robert se preguntó, de repente agradecido por su llegada.

El espectro que le atendía había recuperado sus pies, concentrándose en Robert. Se agitó las manos, y las volutas de aire salieron disparadas. En algún lugar del salón una mujer se rió—no, soltó una risita. Los ojos del Halconero se agrandaron de miedo, una reacción extraña para un muerto. Mientras Robert lo miraba, el espectro se aplastó con violencia contra su compañero. Ambas capuchas emplumadas se estrellaron la una contra la otra con un ruido sordo; entonces los dos se cayeron al suelo.

"¡Ooooooh! ¡Extrañé esto!", la voz de una mujer exclamó.

"¡Cuidado!", otra mujer avisó.

Un ruido sordo contra la roca hizo que Robert se estremeciera.

"¡Lo tengo!", gritó la primera mujer.

"¡Agáchate!", gritó la otra.

Otro ruido sordo resonó.

Robert se sintió enfermo.

En algún lugar un animal rugió, y una mujer gritó.

"¡Utiliza la trampa!", exigió la segunda mujer con voz aguda.

"¡Estoy intentándolo!", respondió la otra. "¿La tendiste?"

"¡Qué demonios! ¡Mátalo ya!"

Una ráfaga de viento casi hizo que Robert se cayera de la mesa e hizo mover su cuerpo lo suficiente como para poder ver lo que pasaba.

Dos mujeres luchaban contra los Halconeros en un baile raro de movimientos de brazos. Robert se centró en sus manos; entonces empezó a entender. Podía ver los tejidos y nudos mientras iban formando látigos y redes para lanzar contra sus enemigos. De vez en cuando un lado o el otro intentó desequilibrarle al otro. Una mujer de cabello castaño llevaba la delantera en esta lucha, y se le iluminaba el rostro como si lo disfrutara.

Más adelante, en la entrada de la cueva, dos Jaguares yacían sin moverse. Un hombre de color oscuro, se suponía del Continente del Sur por su vestido de muchos colores, estaba de pie al lado de los animales muertos. Él no portaba arma, pero miraba fijamente a los Halconeros como si estuviera esperando hacerlos jirones.

"¡Parumba!", una de las mujeres gritó. "¡Necesitamos los gatitos!"

El hombre se giró inmediatamente, arrodillándose y balanceándose en la misma manera en que Robert había visto a los Jaguares hacerlo. Estos por fin se pusieron de pie y se sacudieron, quitándose de sí mismos la muerte; entonces rugieron al unísono, de manera inquietantemente parecido al estado de ánimo de Parumba. Se lanzaron sobre los espectros encapuchados, saltándose al aire y hundiendo sus dientes largos en las gargantas delicadas. Las cuatro figuras, hombres y animales, se desplomaron sin vida en una pila.

"¡Sebastian!", la mujer de cabello castaño gritó, corriendo para ponerse de pie a su lado en la losa de mármol. Ella lo miró de arriba abajo, dándose cuenta de manera obvia de que estaba desnudo. "Pues, Sebastian", la mujer dijo con aprobación, "parece que has crecido mucho en diecisiete años".

Con voz atontada, como en un sueño y aturdido, el hombre respondió: "Hola, Marita", dijo; entonces se desmayó.

Robert, demasiado agotado para luchar contra el cansancio por más tiempo, se unió a él en el sueño.

El mundo resplandecía y luego se enfocó, y Robert parpadeó ante el brillo del sol en lo alto. Yacía en un jardín, cuidado y adornado con árboles frutales por todos lados. La belleza de tal le calmó su miedo mientras se volteó, gimiendo mientras se despertaba cada músculo. Llevaba puesta ropa, cosida de tela simple de lino hilado a mano. La encontró sorprendentemente suave y cómoda.

Dos figuras estaban sentadas sobre unos bancos cercanos de piedra. Una de ellas, una mujer con ojos amables pero evaluadores, lo observaba intensamente.

"Buenos días, Robert", ella dijo suavemente.

La otra figura giró. Era un hombre de la misma edad de la mujer y con rasgos tan parecidos que podrían ser hermanos. "Puedes estar desorientado por algún tiempo más", él explicó, "mientras las drogas administradas por los Halconeros se desvanecen. Lo siento, pero no hay mucho más que podemos hacer para ti excepto la ilusión de ropa que tiene puesta".

"¿Dónde estoy?"

"Físicamente estás en la guarida de los Jaguares en Andalón. Pero tu mente de alguna manera encontró su camino aquí", dijo la mujer.

"¿Dónde está aquí?"

"El mismo mundo al cual tu amigo Sebastian te trajo a visitar", el hombre respondió, "pero cómo encontraste nuestro hogar desconocemos".

"¿Quiénes son ustedes?"

"Soy Adán, y esta es Eva. Éramos los primeros en encontrar y crear el Mundo de los Ensueños, y somos los recuerdos existentes de más edad que siguen atrapados dentro de los límites de este mundo".

"No entiendo".

"No", Eva accedió. "Los visitantes rara vez lo entienden".

"¿Por qué estoy aquí?"

"La pregunta es cómo, y la respuesta es que no lo sabemos", Adán respondió. "De alguna manera pasaste por alto todas nuestras capas protectoras".

"Lo siento", dijo e intentó ponerse de pie. Sus pies aguantaron, aunque se tambaleó ligeramente. "Me iré".

"No es necesario", Eva dijo. "En realidad disfrutamos mucho de tener un visitante digno por una vez". Ella señaló un banco vacío: "Favor de acompañarnos".

Robert se sentó. "Dijiste que eran los primeros en encontrar el Mundo de los Ensueños. ¿Lo construyeron?"

"Sentamos las bases de lo que los Soñadores han construido aunque ellos nunca se han dado cuenta de que estamos aquí. Agradeceríamos que ese secreto fuera uno que guardaras", Adán insistió.

"Entonces, ¿reciben visitas?"

"No. Otros encuentran el mundo al azar; nunca entienden que es real después de que se despiertan. Su conexión es menos tangible y no deja huella".

"¿Huella?"

Eva interrumpió. "Cuando llegaste con Sebastian, él reemplazó la versión de sí mismo atado al éter. Su residuo ahora tiene recuerdos actualizados y, si los que lo conocen interactúan con ese residuo, refleja más fielmente su verdadera forma".

"Entonces, ¿cuando uno visita el Mundo de los Ensueños, deja atrás un pedazo de sí mismo?"

"No", ella corrigió, "una copia de ti existe en ambos mundos".

"¿Es así cómo encontré mi camino aquí solo?"

"Quizá, pero no explica cómo te aventuraste tan profundamente dentro de nuestro jardín", Adán dijo. Ambos el hombre y la mujer se detuvieron, ladeándose extrañamente la cabeza; entonces dirigieron su atención a Robert. "Debes regresar pronto. Sebastian también está despierto, y es hora de que conozcas a tus rescatadores".

"¿Entonces eso era real?", Robert preguntó.

Eva asintió con la cabeza.

"¿Y cuando utilicé la magia?"

"Artesanía", ella corrigió. "Ninguna de nuestras habilidades es mágica. Son el resultado de los intentos de un loco para convertirse en un dios".

"¿Puedo regresar?"

"Por supuesto", Adán accedió. "Con tal que guardes como secreto nuestra existencia de los Soñadores".

Robert llevaba puesta su propia ropa cuando se despertó. Sebastian y los otros estaban sentados casualmente alrededor de una fogata, y otro incendio más grande ardía en la distancia. Por el olor él se dio cuenta de que quemaba algo horrible.

"¡Está despierto!", una de las mujeres exclamó. Era bonita, con una cara llena de pecas oscuras que hacían juego con el color de su cabello. Debería de tener casi treinta años, casi la misma edad que Sebastian.

Robert recordó que Sebastian la llamó Marita. "Hola", dijo. "¿Son Soñadores?"

Marita se arrugó la cara. "Diablos, no. Soy Marita Pogue, y mi hermana aquí se llama Charleigh". La joven asintió y luego volvió a jugar con un dispositivo. "Y este hombre", señaló a Parumba, "es el gran guerrero del Continente del Sur, el temible Parumba, matador de Jaguares".

El hombre de tez oscura sonrió, revelando unos dientes de una blancura pura y pareciendo de repente menos temible. "¡No mientas acerca de mí, Marita de Cargia! Has matado muchos más que yo". Su voz retumbó cuando habló. Volviéndose hacia Robert, le tendió una mano. "Acabo de llegar a tu país, pero Marita me enseñó que un fuerte apretón de manos es el saludo apropiado".

Robert tomó su mano y le sonrió. "Ella tiene razón; eso es lo que me enseñó Cedric".

"Me cae mejor como Krill", dijo Marita. "Él es mucho más divertido así".

Robert miró a Sebastian. "¿Ellos conocen a Cedric? ¿Cómo?", preguntó.

Sebastian se abrió la boca para hablar, pero Marita le cortó. "Hacíamos de pirata juntos, en aquellos tiempos". Con una voz falsa de pirata añadió: "¡Arr! ¡Éramos los azotes de corazón negro del mar!"

Sebastian se rió ante esto, y los dos se sonrieron ampliamente el uno al otro. Robert no pudo evitar notar la forma en que sus ojos se encontraron brevemente.

"¿Es la razón por qué no eres Soñadora?", Robert preguntó. "¿Porque a ellos no les caen bien los piratas?"

"No soy Soñadora", Marita explicó, "porque no soy una perra engreída como Caroline, o un sabelotodo como Cuyler. Estoy mucho más feliz viviendo en el Continente del Sur y resolviendo problemas allí".

"¿Por qué estás aquí entonces?", Sebastian preguntó. "¿Qué te hizo volver?"

Marita señaló con su pulgar la hoguera detrás de ellos. "Seguimos a esos Jaguares todo el camino desde el puerto de Cargia. Estaban tramando algo, y Charleigh quería encontrar su guarida. Una vez que nos acercamos lo suficiente, me percaté del patrón de ensueño de Sebastian y me di cuenta de que él estaba preso. Simplemente mirábamos y esperábamos hasta que trajeron a ustedes acá".

"¿Cómo te percaste de mi patrón", Sebastian preguntó, atónito.

"Porque, tonto, nos relacionábamos más que los otros en aquellos tiempos, y tú y yo soñábamos juntos muchas veces". Señaló a Robert. "¿Recuerdas cuando encontramos a su padre? Tú y yo, trabajábamos juntos. Tiempos divertidos, esos".

Robert vio que Marita se sonrojaba un poco más mientras rememoraba a Sebastian. "Espera", dijo. "¿Conociste a mi padre?"

"¡Sí! ¡Era casi tan divertido pasar tiempo con el príncipe Robert y Sara que con Alec y Amash! Él era tan simpático e inteligente, y ella era tan… ¡hermosa!" Ella entrecerró sus ojos, examinando a Robert de arriba abajo. "Al pensarlo, estuve allí cuando naciste. Exigían que yo te llevara durante toda la batalla, pero por fin te di a otra persona".

"¿Por qué no me llevó mi madre?"

Marita se detuvo, perdiendo su sonrisa y dándose cuenta de que ella lo estaba entristeciendo. "Tu madre no sobrevivió para verte vivo. Ojalá que hubiera sobrevivido porque la habrías amado, pero no lo hizo".

Robert anheló escuchar más de sus padres, pero Parumba se puso de pie y empezó a apagar el fuego.

"Necesitamos irnos", él dijo. "Estos son destruidos, y los otros buscarán venganza".

"Que vengan", Marita dijo con una sonrisa.

"No", Charleigh argumentó. "Estos dos no están para luchar". Ella metió el dispositivo en un bolso y se puso de pie. "Además, necesito ir a un taller". Ella dio un golpecito al bolso. "Tengo mucho trabajo que hacer".

"¿Y las otras personas?", Sebastian exigió. "¿Aquellas que los Halconeros tienen en su granja?"

"Le diré a Cuyler dónde encontrarlas. No tenemos tiempo para el proceso de despertarlas; es demasiado pesado", Marita respondió.

"Necesitamos ir a Loganshire", Robert dijo. "¿Nos pueden acompañar allí?"

"¿Qué hay allí, además de los olores de pescado y los gamines?", Marita preguntó.

"Eusari. Robert necesita verla", Sebastian explicó. "Amash lo llamó, pero necesita verla primero".

Marita encogió los hombros. "¿Por qué no?"

El grupo levantó el campamento y se aventuraron en la noche. Marita los condujo, al frente y charlando con Sebastian como si no tuviera absolutamente ninguna preocupación. Robert se quedaba con Parumba y Charleigh, haciendo docenas de preguntas acerca del Continente del Sur. Le caía bien este grupo aunque no podía explicar el por qué; pensaba que tenía mucho que ver con la manera en que Sebastian parecía más confidente con Marita cerca.

CAPÍTULO QUINCE

"Quiero mi pago", Collette le dijo a la mujer. "¡Hace diecisiete años que vigilo a esta familia, y me he ganado una villa!"

Gretchen, la mujer que él siempre enviaba, escuchaba sin interés. "Serás recompensada. Él le prometió a tu familia que así será".

"Pues, la mitad de mi vida he pasado vigilando e informando sus cosas. Ya se acabó. Los Halconeros y los Soñadores aparecieron la misma noche, ¡y yo no vuelvo!"

"No, no volverás. Él dijo que no tienes que volver". Gretchen sacó un bolso pesado y lo puso encima de la mesa.

Collette lo miró, evaluándolo. "Demasiado pequeño", dijo. "Tráeme una carreta llena de esos, y tenemos un trato.

"Relájate", Gretchen instó. "Este es el adelanto. Recibirás un estipendio anual depositado en el banco de tu elección. Este es simplemente para cerrarte el pico el tiempo suficiente para escuchar mis preguntas".

Collette lo agarró de la mesa, abrazándolo con fuerza.

"¿Dónde están los chicos ahora?", Gretchen preguntó.

"Robert y Sebastian salieron a pie, y Franque y Krist, a caballo. Quizá estén en Eston por ahora".

"¿Por qué Eston?"

"Algo de matar al rey".

Gretchen frunció el ceño. "No es probable que eso ocurra, pero háblame de ellos. El trato era que informarías sobre sus vidas más que nada".

"No entiendo por qué", Collette dijo con el ceño fruncido. "Solo son unos chicos estúpidos con demasiada energía. No son nadie, no como los otros".

"Sabes mejor que eso. ¿Quién nació primero?"

Collette se detuvo, pensando en ese día diecisiete años antes. "Eso es lo que nunca entendí. Eusari le dice a todo el mundo que Franque fue el primero, e incluso Flaya lo acepta. Pero sé que fue Krist. Él amamantó de mi pecho después de que la reina hizo lo que hizo".

"¿Estás segura? Es importante quien fue primero".

Collette nunca había visto tanta emoción en Gretchen. Era casi como si ella necesitara la información para sobrevivir. "Sí. Una mujer siempre recuerda al bebé que mama su leche, y estoy segura que Robert y Krist eran los únicos que lo hacían. Franque nació varios minutos, quizá media hora, después".

"Interesante..." Gretchen tiró otro bolso de oro encima de la mesa.

"¿Para qué es eso?", Collette preguntó, escondiendo el bolso junto con el otro.

"La discreción", Gretchen dijo secamente.

"¿Y si lo revelo? No sé cuánta influencia tienes... qué poder él tiene, pero quiero más".

"Tomarás esto y el estipendio y nada más".

Ambas mujeres se sentaban en silencio, mirándose y evaluándose la una a la otra.

Por fin Collette ofreció esto: "Krist fue primero, el hijo de la reina. Franque vino luego, y Sippen ideó de qué manera recordaríamos el evento. Me da igual a mí. Solo quiero una recompensa por el tiempo que he pasado aquí. Quiero oro y mucho".

"¿Así que el hijo de Braston llegó segundo".

"Es lo que dije. Espera. ¿Qué Braston?"

"El amo estará feliz al saber estos hechos". Gretchen tiró un tercer bolso encima de la mesa, y Collette lo recogió ávidamente para ponerlo con los otros. "¿Quieres conocerlo?", preguntó.

"¿Quién?"

"Tu benefactor".

Collette se detuvo, de repente con miedo, pero también curiosa. "¿Es peligroso?"

"Si fuera el caso, estarías muerta hace mucho".

"Oh. Sí, supongo. ¿Dónde está?"

Un hombre se unió a ellas. Era mucho mayor que ella recordaba, pero Collette lo reconoció como el hombre que la visitó hace muchos años.

"Así, es usted", Collette exigió.

"Por supuesto", él respondió. "¿Quién más va a ser?"

"No sé", Collette respondió. "Quizá alguien con poder".

Él se rió. "El poder no es lo que crees. ¿Así que exiges oro?"

"Un montón".

"Qué lástima. Lo único que puedo ofrecerte es la muerte".

Collette miró fijamente su bebida; entonces lo miró con miedo en los ojos.

"Sí", él dijo, "era un contrato terminal, me temo".

"¿Así que mi vida", Collette exigió, "solo valía esto?"

"Podrías decir eso, pero yo veo mucho más. Los mantuviste seguros, y en secreto".

"¿Pero eso no era suficiente? ¿Me voy a morir?"

El hombre frunció el ceño. "Todos nos morimos. Puedes morirte mucho más rica, pero antes de lo que hubieras".

"Eres cruel".

"Soy justo, y te di muchos minutos extras durante los cuales podemos hablar".

"Quiero morirme ahora, entonces", Collette rogó.

"No. Mejor que sea gradual. Luego tomaré de nuevo el oro".

"Eres un monstruo".

"No, soy una persona con la influencia suficiente como para nombrar al rey".

"¿Cuál es la diferencia?"

"La ambición o, en mi caso, la falta de tal".

Parte II
La Loba

Krist se despertó con un latido entre las orejas, probablemente por las muchas rondas de bebidas que habían tomado en El Perro Sarnoso. Unas imágenes de la noche nadaban en su mente, y gimió un poco, dándose cuenta de que habían desperdiciado demasiado tiempo y probablemente todo su dinero en la taberna.

El viejo... Tenía la imagen de Peter Longshanks en su mente por mucho tiempo. ¿Qué era lo que había hecho? Eso sí, firmamos un contrato.

Krist se sentó súbitamente, su corazón latiendo con fuerza por su estupidez. Su cabeza chocó contra algo bajo.

"¡Ay!", gritó.

"¡Pues, mira quien está despierto!", una voz áspera dijo con una risa. "¡Levántate y a trabajar!"

Un pie aterrizó fuertemente en el costado de Krist, resultado de lo que solo pudo imaginar ser una patada. Sus ojos se abrieron con alarma.

Estaba en un espacio reducido, apenas lo suficiente alto para permitirle ponerse de pie. Las paredes eran revestidas con tablones de madera, lijadas y teñidas hace mucho tiempo. Había hamacas simples colgadas en esta sala, tres filas de altura, y Krist yacía encima de una en la fila superior. Debajo de él, Franque se movió.

Un marinero con ropa harapienta estaba en el medio, encontrando divertida la confusión de Krist. Él agarró una viga baja y volvió a girar, esta vez golpeando con el pie a Franque. "¡Dije que te levantaras!", rugió.

Franque rodó fuera de la hamaca con un gruñido vengativo, no dándose cuenta de que había un espacio entre él y el suelo. Aterrizó fuerte con un ruido sordo.

Krist se movió con más cuidado, bajándose lentamente antes de ponerse de pie en toda su altura. Tenía toda una cabeza de altura más que este hombre y no se dejaría intimidar. "¿Dónde estamos?", exigió.

La mano del marinero se movió como un relámpago, sacando un garrote corto de madera de su cinturón. Era el arma perfecta en este espacio reducido y chocó contra la oreja de Krist con un ruido sordo. Se desplomó de rodillas, sosteniendo su cabeza por el zumbido. Era lo único que podía oír durante unos segundos, pero la voz de otro marino pronto se escuchó.

"¡No los mates, Boats!"

"No pienso hacerlo", la voz áspera respondió.

"Entonces guarda la cachiporra".

"Tenía que enseñarles una lección, para que supieran a quien respetar. ¡Soy el contramaestre, después de todo!"

"Y yo el intendente, y te digo que los dejes en paz. ¡Probablemente le rompiste el cráneo!"

Krist se quitó la mano, maravillándose de la cantidad de sangre. El hombre quizá tuviera razón; su cabeza sí sentía como si se hubiera roto.

El contramaestre salió con un gruñido, pasando junto a un hombre bien vestido que sostenía un libro de registro.

"¿Dónde estamos?", Franque preguntó.

"Están ustedes en la corriente oriental del lago Norton, a punto de cruzar por debajo del tramo del puente. Pero, para ser más preciso, es más exacto decir que estás a bordo del barco La Loba.

"¿Así que sí firmamos? ¿Anoche no era un sueño?"

"¿Anoche? En realidad, hace dos días que subieron a bordo".

"No recuerdo haber subido a bordo", Franque respondió.

"Pues, ese es el tema", el intendente dijo. "No lo recordarías. Estaban endrogados e inconscientes cuando subieron". Él abrió su libro. "Necesito verificar sus nombres y cómo se deletrean correctamente para el registro. Nuestro contramaestre no los sabía cuando él los arrastró por la pasarela".

"Déjennos en Eston", Franque exigió.

"No es aconsejable. El capitán consideraría su salida antes de que termine el contrato una deserción. Llevarías la marca negra por el resto de sus días, ganándole una gran recompensa a quien los matara o capturara". Secamente añadió: "Los cazarían y acosarían para siempre".

"¿Estamos secuestrados?"

"No. Firmaron los contratos por su propia voluntad".

"Seis meses..." Franque corrigió con un aire de irritación.

"Mmm... no. Veo aquí que fue por dos años".

"Es un error", Franque argumentó. "Exijo hablar con el capitán".

"No será posible a menos que quieras colgar del penol. Nombres".

"Soy Franque Thorinson, y este es mi hermano Krist".

"Veo. Bienvenidos a la tripulación, hermanos Thorinson, Como dije antes, soy el intendente. Me llamo Benjamin Thompson, y los dos me pueden llamar Ben. Estoy encargado de su salario, el cual recibirán el primero de cada mes. Cada uno tiene derecho a un pago por anticipado para comprar equipo como un pasador o ropa de navegación. Van a querer esta; créanme. La que llevan puesta no durará ni siquiera una semana de fregar o lijar".

Krist se tocó el punto sensible al lado de su oreja e hizo una pregunta muy importante: "¿A quién doy parte al fregar o lijar?"

"Ese es Boats. Él más o menos es el dueño de ambos de ustedes. Lo que dice él es la ley, y el capitán lo respalda". Ben se detuvo como si se le ocurriera otra cosa; entonces añadió: "Para que lo sepan, pegar a un oficial a bordo un barco de La Ensenada es un delito por el cual te condenan a morir en la horca".

Lo añadido disipó rápidamente cualquier idea que Krist tuviera antes.

"Espere", Franque preguntó en voz baja. "¿Dijo usted La Ensenada?

"Sí, eso dije. La Loba es capitaneado por nada menos que por Diablo Jacque, rey de los piratas y líder del gremio de La Ensenada. ¡Bienvenidos, chicos! ¡Escogieron el mejor navío y el capitán superior con quien navegar!"

Boats resultó ser peor que los dos chicos habían imaginado, con una boca llena de vulgaridad e insultos y una menta llena de mezquindad. Era como si los dioses le hubieran puesto en el mundo con el único propósito de golpear a los chicos y arruinarles el día. Franque lo miró desde el otro lado de la cubierta, gritándole a Krist y haciéndole reorganizar las amarras.

"¡No así!", el hombre horrible dijo. "¡Enróscala en esta manera! Figuras de ocho alrededor de las bitas, y empuja cada vuelta hacia abajo antes de hacer la siguiente. ¡De otro modo, se enredan y se retrasará la salida si tenemos que zarpar con prisa!"

"Estoy intentándolo", Krist protestó, una mano en su cabeza. Su herida había dejado de sangrar, pero aún se quejaba con Franque de los dolores de cabeza.

"¡Esfuérzate más!", el contramaestre exigió. El hombre vigilaba de cerca a los dos chicos, rara vez dejándoles trabajar juntos en la cubierta. Franque pensaba que quizá era para impedirles planear una fuga tan cerca de Eston.

El chico echó un vistazo a la ciudad, levantando los ojos de su lijado para ver la arcada del puente acercarse. Las murallas de la ciudad se elevaban a ambos lados del río, y la arcada tenía una presencia imponente sobre el puerto abierto. Él había anhelado la oportunidad de verla por sí mismo y pronto navegaría directamente debajo de ella. Si no hubiera estado trabajando tan duro, podría haber estado emocionado.

"¿Tendremos permiso para bajar a tierra en Eston?", Franque le preguntó a Boats.

"¿Bajar a tierra? ¿Los dos de ustedes?" El marinero se rió tan fuerte que le temblaba el vientre. "Estarán encerrados mientras estemos en atraque con guardias en la puerta. No, no huirán a ningún lugar; ¡así que quítense esa idea de su mente!"

"No quiero huir", Franque djo con sinceridad. Un trato es un trato, y él estaba empezando a enfrentarse a ese hecho. "Es solo que tenemos un asunto en la ciudad". Esto hizo que el contramaestre se riera aun más fuerte.

"¡Oye, Smitty!", Boats le gritó a un grupo de hombres que ataba las velas principales. No las necesitaban, no con la falta de viento entre las murallas de la ciudad. En cambio, el barco fue arrastrado por un sistema de poleas a lo largo de la costa. Cuando un juego se aflojó, lo desataron y tiraron la cuerda, preparando una amarra con su nudo del puño del mono para otro lanzamiento río arriba. Allí, un equipo de tierra la arrastró a otra polea.

Uno de los hombres gritó desde arriba: "¿Qué hay, Boats?"

"¡Los novatos dicen que tienen asuntos en la ciudad!"

Esto provocó la risa de los hombres que movían las amarras a lo largo del castillo de proa de babor y estribor.

"¡Yo tengo asuntos en la ciudad, Boats!", Smitty gritó de repente.

"Oh, ¿sí? ¿Qué tipo de asuntos?"

"¡Visitar a tu mamá!" Esto hizo que el resto de la tripulación se riera más fuerte, e incluso el equipo de amarras se apuntó.

"¡Encárguense de las amarras y dejen de reírse!", Boats les gritó a sus hombres. Ellos se calmaron, pero ya se había hecho el daño, y Smitty había ganado.

Franque se encogió. Boats probablemente se desquitaría con él y Krist en la primera oportunidad, pero por lo menos tenían armas. Palpitó el pasador en la cadera. Él y la ropa les retrasaron a ambos chicos el salario de un mes a pesar de conseguir solo unas herramientas desgastadas y lino apolillado. Incluso si Boats les diera permiso para bajar, nunca podrían haber comprado lo que necesitarían para matar al rey.

Un rifle. Necesitaban un rifle.

Dos años, pensó Franque. Sería una servidumbre larga, y él se arrepintió de haberse ido de casa. Sabía que Krist sentía lo mismo.

Una trampilla se abrió cerca, y un hombre guapo y mayor salió. Llevaba puesta ropa fina, ricamente bordada y no apta para navegar. Tan pronto como salió, Zane Rogers, el primer oficial del barco, se acercó corriendo y saludó.

"Nos estamos acercando al puerto, capitán".

"Bien", el hombre mayor dijo.

Así que este es Diablo Jacque, Franque se maravilló. Así de cerca, parecía más caballero que el azote de los mares, menos pirata y más caballero de lo que el chico jamás había imaginado.

"No estaré mucho tiempo en la ciudad, solo para la gala. Tengo que reunirme con nuestro benefactor, pero voy a querer regresar inmediatamente después. Tenemos que salir antes del anochecer", el capitán explicó.

"¿Así que no habrá permiso para bajar a tierra?"

"No, los hombres tenían lo suficiente de eso en Logan".

"Perdone que lo señale, señor, pero esta es Eston. Ofrece mucho más que Logan, y una tarde libre es buena para la moral".

"La medianoche, entonces. Deja que los hombres se liberen algo de la tensión, pero recuérdales que todavía tienen que navegar".

"Sí, capitán".

"¿Zane?"

"¿Sí, capitán?"

"Solo mantén a los hombres alejados de El Tramo esta noche. La seguridad será estricta con el rey presente, y no voy a sacar a nadie de la cárcel".

¿El rey? Franque vio al hombre alejarse, admirando el aplomo y la gracia del capitán y se preguntó si el hombre había dicho la verdad. ¡Sé donde estará el rey! De repente idolatraba a este hombre que se codeaba con reyes, y si alguna vez hubo un hombre a quien le hubiera gustado poder imitar, palideció ante este Diablo Jacque. ¡Me ha llevado a nuestro objetivo!

"¡Francis!", Boats gritó, queriendo decir Franque. Tenía apodos para ambos chicos. El de Krist era Sangrador debido a la forma en que su cabeza se había partido.

Franque se puso de pie de un salto y se apresuró a unirse a su hermano y el contramaestre.

"Casi estamos en el puerto después de este último tirón", Boats explicó. La arcada casi estaba por encima de sus cabezas, y él se maravilló de su tamaño.

"Tenemos un cargamento esperando, y los dos de ustedes están en el equipo de carga; así que descansen un poco. Los necesito fuertes porque son muchas cajas pesadas".

Franque esperó hasta que Boats se fue para observar el equipo de poleas; luego susurró: "Escuché al capitán hablando con el primer oficial. Si queremos desembarcar, tenemos una oportunidad esta noche".

"¿Crees que debemos hacerlo?", Krist preguntó. "Escuchaste a Ben; seremos marcados y cazados". Se frotó el cráneo, apartando la mano con un grito ahogado.

"Quizá. No sabemos cuán grave es la deserción en realidad. ¿Estás bien?", Franque preguntó. "Parece que te empeoras".

"Estoy cansado", Krist dijo con un murmullo, "y quiero vomitar, pero si lo hago, Boats y todos los otros se reirán de mí. Solo quiero salir de aquí", añadió. "Odio este lugar".

"Sí, esta vida no es lo que anticipaba yo".

Los dos chicos levantaron la vista mientras la sombra del puente oscureció la cubierta del barco. Una ciudad entera flotaba sobre sus cabezas, una construcción maravillosa.

"¡Oye, Sangrador!", Boats gritó desde la proa. "¡Acarréanos otra amarra!"

"Lo odio cuando me llama eso", Krist admitió. "Lo odio", le susurró a su hermano, "¡y sí lo voy a matar!"

Franque vio a su hermano ir corriendo para seguir todas las órdenes de Boats. "No si lo alcanzo primero", murmuró.

El cargamento resultó ser unos cincuenta contenedores de madera. Boats había tenido razón. Eran pesados, pero no demasiado. Franque los levantó fácilmente, arrojándoselos a su hermano. Este, en cambio los llevó a través de la pasarela y al barco. Allí, un grupo de los tripulantes esperaba para almacenarlos debajo de las cubiertas.

Boats esperaba desde la pasarela, y Krist le echó un vistazo. Miraba a los chicos con recelo como si les desafiara a huir a la ciudad.

Lo odio muchísimo, el chico pensó. Le dolía enfocar sus ojos, y la imagen del marinero costroso vaciló y se desdibujó momentáneamente.

"¡Cuidado con lo que haces con esos!", Boats le gritó de repente a otra persona, apartándose de la barandilla y fuera de vista.

"¡Presta atención!", Franque dijo mientras le entregó a Krist una caja.

La caja resbaló, y Krist trató de agarrarla, pero se cayó, golpeando contra el muelle con un ruido sordo y abriendo la tapa de madera. Él se congeló, mirando fijamente los contenidos que sobresalían de dentro.

"Franque", dijo. "¡Mira!"

Su hermano lo vio también. Era un rifle, aunque mucho más moderno que el robado con sus caballos. Los dos hermanos se quedaron con los ojos muy agrandados. "Si la encuentran abierta", advirtió Franque, "nos matarán por haber visto el contenido".

Ambos chicos miraron hacia la proa. Boats todavía no estaba, y nadie vigilaba.

"Mejor que les falte una caja", Krist sugirió, y, trabajando rápidamente, los dos metieron la caja detrás de unos palés vacíos y la cubrieron con unos sacos de arpillera que encontraron desechados.

"Espera", Franque exigió. "Colócalos así y sabremos si alguien mete su mano en todo esto".

Krist asintió con ojos soñadores, el dolor de cabeza ahora un latido distante. El entumecimiento había empezado a preocuparle. "¿Y qué si alguien sí la encuentra?"

"Entonces todo esto está desperdiciado, y el hombre que mató a papá se escapa un rato más. Apúrate", Franque instó, "pongamos a estas otras a bordo".

Krist asintió. Tenían poco tiempo. El último palé tenía bolsos, cada uno lleno de lo que ahora suponían ser cartuchos para los rifles. Eran diferentes a los de Sippen, tubulares y con puntas de plomo al final. Escondieron un bolso de estos en el escondite también. Terminaron de cubrirlo justo cuando llegó Boats.

"¡Apúrense con esos bolso!", exigió. "Llévenlos directamente a la santabárbara".

A regañadientes los chicos hicieron lo que exigió. Ansioso por terminar para poder acostarse por la tarde, Krist levantó varios bolsos de municiones y los subió a bordo. La santabárbara estaba debajo de las cubiertas, por una escotilla y una escalera estrecha. Se le nublaba la visión mientras descendía y su pie casi perdió un escalón.

El armero fruncía el ceño al final del pasaje estrecho. "Apúrate con eso", gruñó. "Solo tengo unas cuantas horas en tierra esta noche, y ustedes, chicos, están cortando mi tiempo".

Krist se abrió paso hacia el lugar, dejando caer los bolsos sobre el mostrador. Miró a su alrededor, maravillándose del armamento. Espadas, mazas, mazos y garrotes descansaban en barriles abiertos, y pistolas y rifles se alineaban en el mamparo. Contra una pared descansaban las últimas entregas, todavía embaladas y ordenadamente apiladas. No hizo caso de estas, enfocándose, en cambio, en un barril en particular.

Dentro de él reconoció el hacha que Franque había sacado del baúl de su madre. A su lado había una espada ancha, demasiado larga para peleas a bordo y exquisitamente tallada como si perteneciera a un rey. El pomo representaba un blasón fjoriqueño. Se quedó boquiabierto ante el gato sable devorando al lobo de Loganshire. Era el arma de su padre, la espada real robada junta con los caballos de él y Franque.

Estudió el blasón, absorbiéndolo y quemando la imagen en su mente.

Lo quiero otra vez, se inquietó.

"¿Qué estás mirando embobado?", exigió el armero.

"Nada", respondió, pero su imaginación se desbocaba, y se imaginaba a sí mismo atravesando al hombre. Humildemente se inclinó y bajó la cabeza y regresó a la cubierta principal. La idea de matar al hombre le entusiasmaba, pero más que nada el blasón llamaba su atención. Tengo que dibujarlo, pensó, para recordarlo.

Su trabajo del día finalmente terminado, Krist regresó a su hamaca.

Franque ya estaba en su propia cama, afilando su pasador con una piedra. "Lo hacemos esta noche", sugirió. "Mientras la tripulación esté en tierra, rescatamos el rifle y hallamos al rey".

Krist se recostó con los ojos fijos en la viga que sostenía su hamaca. Estaba lisa y manchada por años de uso. Sacó su propio pasador y empezó a rascar la veta de la madera. "Tenemos asuntos aquí también", dijo. "Esta tripulación son los que nos robaron nuestros caballos".

"¿Cómo lo sabes?"

"Vi las armas de papá en la santabárbara".

"Sí, tenemos que rescatarlas", Franque accedió. "¿Cómo te sientes? ¿Vas a poder esta noche?"

"Tengo que poder", Krist dijo, haciendo una mueca contra el dolor que palpitaba. "Lo haremos".

CAPÍTULO DIECISIETE

Eusari entró en la sala del tribunal con unas esposas alrededor de sus muñecas; las cadenas en sus tobillos ralentizaban sus pasos, haciendo que ella los arrastrara. No eran necesarias; ella sabía que Anne se las había puesto para aumentar el efecto siniestro. Un pirata en juicio es un espectáculo, y el juzgado estaba a tope con personas que esperaban una cacería de brujas. Ella suspiró; entonces mantenía la cabeza en alto mientras se acercaba al palco del acusado.

"Eusari Thorinson, la fiscalía la acusa de asalto por poderes, la piratería y el asesinato. ¿Cómo se declara?"

Ella se detuvo, sorprendida por tantos crímenes. Ojeó a Anne, sentada en su mesa con una actitud santurrona. Sobrina o no, sabía que esta chica era problemática desde el primer momento de conocerla. Eusari se abrió la boca para hablar.

Fue interrumpida por las puertas que se abrieron de par en par y el grito ahogado de la multitud. Girándose, ella vio a Cedric y Sippen acercándose. Ella gimió. Parecían tontos, vestidos con las mejores túnicas de seda—lo que creían que los abogados llevarían puestas. Hace veinte años, quizá, ella gimió.

"¡Su Señoría!," Cedric dijo con el aire y la articulación fingidos de un caballero. La pata de palo aumentaba la tontería. "¡Esta mujer no es culpable de nada! ¡Su expediente penal fue borrado por el mismo rey Amash Esterling! Juzgarla ahora es doble enjuiciamiento, y ella debe ser liberada".

El magistrado parpadeó; entonces miró a Eusari.

Ella se inclinó cerca de Cedric y Sippen y susurró: "La perrita hizo pedazos mi proclamación de amnistía".

Ambos parpadearon y miraron fijamente al magistrado. Toda su defensa se había destruido.

"Su Señoría", por fin dijo ella. "Me declaro no culpable".

La sala estalló en cháchara.

La fiscalía habló primero, detallando los crímenes de Eusari Thorinson, la capitana temida y notoria por varios delitos mientras había sido miembro del gremio de La Ensenada. Anne se sentaba en su silla, sonriendo con un aire de engreída mientras se presentaban los cargos que había preparado ella.

Cedric se puso de pie. "¡Objeción! El único crimen por el cual mi clienta fue detenida fue asalto por poderes. Su pasado supuesto es irrelevante".

Eusari giró hacia él, sorprendida y agradecida por su ingenio y pensamiento rápido. Quizá tenga yo una oportunidad después de todo, se dijo.

"Su Señoría", Anne dijo por parte de la fiscalía, "después de que fue detenida admitió su identidad, y añadí los cargos debido a mi conocimiento personal de su culpabilidad. Ella me admitió hace años que era pirata. Cualquier confesión a un oficial de la ley es admisible".

"¡Objeción! Ella no era oficial de la ley en el momento de la supuesta conversación".

"Siéntese, señor..."

"¡Krull, Su Señoría! ¡Cedric Krull a su servicio!"

"¡Siéntese, señor Krull! Todavía no he respondido a su primera objeción. Además, ¿quién es usted? ¿Es incluso un abogado con licencia?"

Cedric hurgó en su bolsillo y sacó un pergamino doblado. Era viejo, manchado—solo los dioses saben con qué—y arrugado. Lo desdobló lentamente y miró fijamente con orgullo lo escrito. Eusari lo ojeó rápidamente antes de que se lo entregara al agente judicial para su inspección.

"¿Es verdadero o una falsificación?", ella susurró en su oído.

"Es verdadero".

"¿Cómo?", exigió ella. "¿Cuándo?"

"Una escuela por correspondencia", respondió con orgullo. "La Universidad de Lesser Soston".

Ella nunca había oído de tal, y por la confusión que se veía en el rostro del agente judicial, tampoco él había oído de tal. Pero le mostró el pergamino al magistrado, quien se encogió los hombros y golpeó su mazo.

"Procederemos, pero, señor Krull, no se puede oponerse a todo que diga la fiscalía o será arrestado por desacato al tribunal. En cuanto a la primera objeción, estoy de acuerdo en que ella puede ser acusada de otros crímenes después de su detención. Da igual cuándo la información fue escuchada u observada por un oficial de la ley; esa también es admisible".

Eusari miró a Anne, quien sonrió con un aire de engreída al otro lado de la sala. Anne había sido una niña en aquel entonces; todavía jugaba con muñecas. Pero ella sí había admitido mucho ante ella. Todos y cada uno de los crímenes fueron presentados, haciendo que el público soltara gritos ahogados. Las mujeres nobles se desmayaron ante muchos de los detalles, y los hombres miraban con los ojos muy agrandados a la acusada. A pesar del deseo de toda su vida de quedarse en las sombras, Eusari Thorinson alcanzaba cierta notoriedad. Su muerte sería un espectáculo para todo Loganshire.

Sippen se inclinó hacia ella. "Ti... tienes que su... subir al estrado. Para de... declarar su versión".

Ella asintió. Eso sería lo más difícil de todo.

Cuando llegó el momento de hacer el juramento, se temblaban las manos en los grilletes de hierro. A sus rodillas no les iba mejor, y ella temía desplomarse. Incluso se pecho se sentía contraído, lo que hacía su respiración superficial y su mente borrosa.

"Eusari Thorinson", Anne preguntó. "¿Es usted la misma Eusari Thorinson que cometió estos crímenes?"

"No".

La sala del tribunal se estalló en parloteo. ¿Cómo se atrevería a mentir bajo juramento?

Ella continuó para explicar. "Soy madre, dueña de tierra, una ciudadana del reino de Estonia. Pago mis impuestos; obedezco sus leyes, y le aseguro que el resto de mi familia lo hace también. Así que no, seguro que no soy la misma mujer joven que cometió esas atrocidades".

"La entiendo", Anne dijo con un aire de engreída. "La gente cambia. Pero usted era la pirata de que hablamos, ¿verdad?"

"Sí".

"¿Y su hijo sí pegó a dos jóvenes en la escuela?"

"En defensa propia. Ellos eran agresores, envalentonados por el maestro y haciéndole daño a una amiga. Intentó protegerla, y ellos se metieron".

"¿Así que él sí los pegó?"

"Yo… sí. Pero como dije, en defensa propia".

"¿Y lo hizo dentro de la escuela, del edificio?"

"Sí".

Dirigiéndose al jurado, Anne les recordó: "Se considera una escuela un lugar público, y así los crímenes conllevan medidas más punitivas". Dirigiéndose al magistrado, le dijo: "La fiscalía no tiene otras preguntas, Su Señoría".

Eusari miraba mientras Krull se ponía de pie. Su porte jovial se había desaparecido, reemplazado por la preocupación. Este juicio no iba nada bien. A su lado, Sippen también parecía estar abatido. Su rostro estaba demacrado y sus labios, fruncidos. Ella se preparó para lo inevitable.

Sippen miraba a la agente Anne terminar sus preguntas. Para el magistrado y todo el público era un caso cerrado. Eusari estaba condenada y la colgarían. Buscó en su mente alguna forma de salvarla. Si solo tuvieran la carta de Amash. Él les había otorgado una a cada uno de ellos, una amnistía para cualquier crimen cometido bajo la bandera negra de la piratería. Le habían ayudado a ganar su corona, y él les había premiado con una jubilación de paz.

Krull se acercó a Eusari. "Alguna vez tenía usted una carta, una del rey, ¿verdad?"

"Sí", respondió ella. "Se la di a la oficial Thorinson".

"¿Y qué dijo el rey en esta carta?"

"Me concedió el perdón total por las ofensas pasadas. Me perdonó y concedió la paz a mis años futuros—para asegurar que juicios como este nunca ocurrieran".

"¿Y dónde esta la carta ahora?"

Eusari señaló a la oficial. "Ella la hizo pedazos frente a mí".

La sala otra vez estalló, y el magistrado golpeó su mazo para que todos se callaran.

Cedric se dirigió al magistrado y esperó hasta que la sala se había calmado. "Si eso es verdad, entonces la oficial sí misma es culpable de un crimen, uno sancionable solo por el rey".

"¿Alguacilesa?", el magistrado exigió. "¿Es esto verdad?"

"Ella me mostró una carta que seguramente era una falsificación. Incluso ni siquiera fue firmada por el nombre gobernante del rey. Tampoco había sello para probar su autenticidad. Estaba en mi derecho destruir una falsificación con esos defectos reconocibles".

El magistrado se dirigió a Cedric. "Sin más pruebas que el rey pretendía su amnistía, tenemos que descartar la existencia de tal carta de estos procedimientos".

Sippen sintió una oleada de nervios por dentro. Su corazón palpitaba mientras buscaba en su mente una manera de liberar a su amiga. Sin el sello de Amash, ella no tenía ninguna manera de probar su amnistía y, aun si pudo probarla, todavía sería culpable de los crímenes de Robert. El asalto en un lugar público, se dijo; qué cargo más raro. Anne era cruel por haber elevado el cargo y, ya que la pelea ocurrió dentro de una escuela, seguro que aseguraría una pena más dura aun si se descartara la piratería.

Él se congeló, de repente seguro de qué hacer, y empezó a hurgar en los varios pergaminos que había traído por si necesitaran algo más.

Mientras tanto, Cedric continuaba con las preguntas: "¿Dónde estuviste durante la Batalla de Eston?"

"Estuve allí, en Eston, luchando en las calles al lado de Amash Horslei".

"Objeción", Anna gritó. "Ella está torciendo los hechos. ¡Como pirata habría sido luchando al lado del Demonio del Norte! Quiero que se descarte ya que emplea la conjetura y suposiciones".

"La alguacilesa tiene razón", el magistrado accedió. "No hay manera de probar en qué lado luchó".

La mano de Sippen encontró un pergamino con un sello en relieve. Se temblaba mientras la sacaba del bolso, leyéndolo varias veces para asegurarse de lo que significaba.

"Señor Krull, a menos que tenga una línea de interrogatorio razonable que se relaciona estrictamente con los cargos en cuestión, o pueda probar que su carta de amnistía era válida, temo que tenga que bajar del banquillo. Estoy listo para hacer mi juicio".

"Mmm... ¡espere!", Sippen gritó.

La sala se calló, mirando mientras él se acercaba rápidamente a Cedric para ponerle el pergamino en las manos.

"¿Qué es esto?", Cedric preguntó, y Sippen le susurró al oído.

"¿Y?", el magistrado exigió. "¿Tiene la prueba o no?"

Sippen dio un paso atrás y observó cómo la comprensión llenó el rostro de Cedric. Él asintió, y Sippen sonreía ampliamente mientras regresaba a su silla. No podía esperar a ver la mirada en el rostro de Anne Thorinson—o en el de Eusari.

Eusari miraba mientras Sippen se sentaba, buscando en su cara cualquier indicación de su plan.

Anne se puso de pie. "¡Objeción! ¡No se puede presentar ninguna evidencia nueva en el juicio sin que primero sea vista por la fiscalía!"

"No he presentado evidencia", Cedric dijo secamente. "Así exigo que la fiscal se siente y se cierre la boca para no volver a interrumpir mi tiempo".

El magistrado asintió, haciendo un gesto con sus manos hacia Anne. Ella se sentó enojada, esperando con todo el mundo en la sala a que continuara Cedric.

"Eusari", él preguntó. "¿Qué más le concedió el rey por haberle ayudado en la Batalla de Eston?"

"Terreno", ella dijo, confundida por cómo eso influiría el caso.

"¿Cuánto? ¿Una parcela? ¿Una granja entera? ¿Cuánto?"

"¡Objeción!", la alguacilesa gritó de nuevo. "¿Relevancia?"

Antes de que el magistrado pudiera decir nada, Cedric giró y le habló directamente a Anne. "¡Oh, sí, tiene relevancia! ¡Un legado considerable ciertamente probaría la intención de conceder amnistía".

El magistrado se rió. "Tendría que ser considerable, por seguro. Según las leyes de terreno de Estonia, cualquier persona puede ser dueño de parcelas de hasta quinientos acres—incluso los criminales convictos. ¡Tendría que ser mucho más grande que eso!"

Cedric caminó hasta donde estaba Anne y tiró el pergamino sobre la mesa. Cuando se dio la vuelta, lo hizo con un alarde, girando extravagantemente como un actor exagerado en el escenario. "Señora Thorinson, Eusari, ¿cuánto terreno le otorgó el rey Amash con el fin de asentar las tierras desorganizadas al noroeste de Logan, poniéndolo bajo su control como rey?"

Eusari se congeló; por fin entendió ella la relevancia. "Diez mil acres", dijo con confianza.

"Básicamente toda la tierra entre el río y las montañas y todo lo que hay en el medio; ¿me equivoco?"

"Tiene usted razón".

De nuevo todos en la sala del tribunal se callaron después de un grito ahogado colectivo. Todos esperaban a aprender lo que significaba esto.

"Su Señoría", Cedric le dijo al magistrado. "Pongo en evidencia una Tenencia de Baronía, firmada por el rey y conteniendo su sello—inscrita y concedida por acciones heroicas en beneficio de la corona. ¡Eusari Thorinson es Baronesa!"

Todos los ojos, incluso los de Anne y Eusari, se dirigieron hacia el magistrado. "¡Muéstreme la tenencia!", exigió. Anne se la entregó en silencio al agente judicial, quien la pasó al magistrado. "Esta está en orden", por fin dijo. "Señora Thorinson, este tribunal descarta todos los cargos relacionados con la piratería, el asesinato y el disturbio público. Ahora decidamos sobre el cargo restante de asalto en un lugar público por poderes".

Eusari sintió que su mente daba vueltas y dejó escapar el aliento que había contenido. Gracias, Sippen, le dijo con los labios a su amigo. Él solo asintió con la cabeza y señaló a Cedric con una sonrisa amplia. Ella siguió el gesto y vio que su rostro tenía el mismo júbilo.

"Su Señoría, la defensa le pide que descarte ese cargo también", dijo el abogado de aspecto incómodo.

"¿Por qué motivos?"

"Por el motivo de que no ocurrió en un lugar público después de todo. La escuela, el pueblo, todo eso, pertenece a Eusari... la baronesa Thorinson. Su hijo defendía a su amiga en propiedad privada".

Eusari, Cedric y Sippen volvieron la cabeza para mirar a la alguacilesa. Su boca colgaba abierta y sus ojos estaban muy agrandados por la sorpresa. Los piratas le habían ganado rotundamente.

El magistrado habló. "Dama Thorinson, le encuentro libre de todo cargo, y le ruego que perdone el comportamiento temerario de la fiscalía. Este tribunal se enorgullece de la ejecución completa de la ley, y su caso seguramente no se llevó a cabo correctamente. También le concedo el reembolso como compensa por su detención y confinamiento. Se levanta la sesión".

Golpeó el mazo una vez; entonces huyó rápidamente del estallido de docenas de personas hablando a la vez.

CAPÍTULO DIECIOCHO

Eusari siguió a Krill y Sippen del juzgado, con Cedric por fin abandonando el carácter fingido de caballero. Otra vez vistiéndose con su personalidad favorita y llevando puesto su parche, el pirata sonrió ampliamente ante el elogio de Sippen. Ella debía mucho a estos hombres que la llamaban amiga y la amaban sin medida. Pero Krill dijo una cosa que le entristeció: sugirió que este momento le sentía como aquellos buenos tiempos.

Sí, aquellos días eran grandes, pero había algo en aquel entonces que no contenía esta aventura: Braen Braston. Ella nunca se había recuperado ni de la pérdida de él ni de cómo se fue. Ningún hombre sería tan bueno como para hacer que ella lo qusiera más que a Braen—ni tanto como ella lo había querido. Pero estos, sus mejores amigos, le ayudaban a creer que quizás él estaba por algún lugar. Por lo menos, los hijos de él llenaban un poco el hueco que él había dejado en su corazón, y lo primero que quería hacer como mujer libre era encontrarlos.

"¡Mamá!", una voz gritó desde la calle, y ella se giró, reconociendo la voz de Robert. Él se acercó corriendo para abrazarla fuerte.

Detrás de él, Sebastian sonrió orgullosamente ante la reunión. Ella le tendría que agradecer profundamente por haber mantenido a salvo a su hijo.

Ella se detuvo.

Tres otras figuras seguían a la pareja, viajando como sus compañeros. Ella reconoció inmediatamente a la mujer de cabello castaño y con pecas y una sonrisa alegre que casi parecía exagerada. No conocía al hombre de tez oscura y la otra mujer.

"¿Marita?", ella preguntó, sorprendida de verla. La última vez que la había visto, la mujer era una adolescente alegre que iba hacia el Continente Sur con Alec Pogue. La sonrisa de Marita se hizo más grande, y ella elevó dos pulgares hacia el cielo. Esto hizo que Eusari se riera. "¿Y quiénes son tus amigos?"

La mujer joven dio un paso adelante. Era bonita; todavía tenía menos de treinta años. Sus gafas le daban un aspecto de estudiosa, y los ojos detrás de ellas reflejaban mucha sabiduría. "Quizás no me recuerdas", dijo tímidamente, "pero me salvaron la vida una vez tú y..."

"Gelert", Eusari espetó. El reconocimiento repentino trajo un torrente de recuerdos. "Por supuesto que te recuerdo, Charleigh. Pero Gelert te salvó... él te halló, no yo".

"Siempre entendía yo que los dos eran lo mismo", la mujer dijo con los ojos llenos de lágrimas. Ella también tenía memorias de ese día fatídico de hace tanto tiempo, y había perdido a sus padres no mucho después. De no haber sido por Alec Pogue, ni ella ni Marita hubieran tenido una familia que las amara hasta la edad adulta. Eusari abrazó fuerte a las dos mujeres y a Robert. Estaba agradecida de que ellas y Sebastian hubieran acompañado a su hijo en su viaje y estaba segura de que tenían una gran historia que contar.

Pero en realidad él no es mi hijo, ella musitó, y ahora él lo sabe.

Ella se apartó y puso una mano en cada uno de los hombros de él. "Sippen me dice que has aprendido la verdad acerca de tus padres. ¿Qué más te ha dicho Sippen?"

"La mayoría, creo", respondió y se rió. "Que soy el hijo de Robert Esterling y heredero al trono. Que nací durante la Batalla de Eston, y que el rey me está buscando".

"Siento que lo hayas aprendido de esta manera", ella dijo, "y que yo no te lo haya contado antes. Tenía planes de hacerlo, en el día en que cumplas tu decimoséptimo verano. Pero es verdad, todo eso y más, y ya es hora de que conozcas a tu tío".

"¿Tío?"

"Amash Esterling una vez era Amash Horslei. Su hermana era Sarai, tu madre, y me encargó de mantenerte a salvo hasta que fueras lo suficiente mayor para que te nombrara su heredero".

Los ojos de Robert se agrandaron. "¿Es por eso que el rey nunca se casó ni tuvo ningún heredero? ¿Siempre lo quería para mí?"

Eusari asintió. "Puedes confiar en él. Lo hice yo, y también lo hicieron tu padre y madre".

Marita añadió: "Pasé mucho tiempo con él también. Amash es el mejor tipo de hombre. Es compasivo y amoroso, tanto un intelectual como un hombre de honor. Él sí cumplirá su palabra".

"No lo quiero, mamá. No estoy listo para dejar ni a ti ni la granja", Robert admitió.

"Ninguno de nosotros quería salir, pero mira donde estamos", Eusari dijo con una risa. "Esta aventura nos encontró a todos nosotros, y tristemente hay más que hacer".

"¿Qué quieres decir?" Robert miró alrededor, por fin viendo a Sippen y a Krill. "¿Dónde están Franque y Krist?", exigió.

"No lo sabemos. Quizá hayan viajado a Eston o incluso quizá estén aquí en la ciudad. Estoy a punto de iniciar una búsqueda".

"Ayudaremos", Marita prometió.

"Gracias. Se los vieron por última vez en el paseo marítimo; así que empezaremos allí".

"Discúlpeme, señora, por escuchar". Un borracho deambuló sobre una pata de palo desgastada. Su rostro era sucio, viejo y arrugado, y su estómago hinchado por años de adicción. Cada poro suyo pestaba a alcohol, y su aliento podría haberse convertido en fuego si hubiera habido una llama abierta cerca. "Sé donde están tus hijos".

Eusari dejó que las palabras se asentaran, pensando al principio que esto era un método nuevo de pedir dinero. Entonces lo reconoció: "¿Peter Longshanks?"

Él asintió con la cabeza, nunca dejando que sus ojos se encontraran con los de ella.

¿Qué vergüenza tiene él que ni siquiera me puede mirar en los ojos?, ella se preguntó. "Peter", ella le preguntó: "¿Cómo llegaste a esta condición? ¿Qué salió tan mal con tu vida que tomaste este camino?"

"Lo siento", dijo con lágrimas corriendo por su rostro. Se le dobló la rodilla y se cayó al suelo; se quedaba sobre las escalones llorando.

Eusari se puso de rodillas a su lado. "Peter, ¿de qué te arrepientes?"

"Muchas cosas", dijo sollozando. "Le traicioné a usted sin saber... La decepcioné".

"¿Cómo, Peter? ¿Cóme me traicionaste?"

"Dejé que él la llevara. Yo debía de haber muerto a bordo de La Loba, pero él mató a tantos de tu tripulación. Yo era su primer oficial, y mi deber era dejar derramar mi sangre sobre sus tablas, pero huí. Salté por la borda como un cobarde y me alejé nadando. Le entregué tu barco a Diablo Jacque, capitana. Lo siento mucho".

"¿Tu barco?", Robert preguntó, sus ojos muy abiertos con sorpresa.

Ella lo miró. "No quería nunca que aprendieras eso acerca de mí", le dijo. "Pero, sí, una vez vivía una vida diferente". Dirigiéndose otra vez a Peter, dijo: "No me traicionaste, y estoy alegre de que sobrevivieras. La Loba era solo un barco—tablas de madera y metros de lona. La pérdida de ella me significaba por los años menos que la pérdida de mis hombres, pero especialmente mi pérdida de ti".

"No", Peter negó con la cabeza. "No merezco la lástima. Soy un hombre horrible. Nunca merecía vivir. Debía de haber muerto".

"Pensaba que sí habías muerto y lloré por ti junto con los demás. Pero más que nada yo lamentaba que nunca volviera a escuchar tu consejo ni prestar atención a tu consejo. Perdí a mi mejor amigo, uno de los primeros hombres en quien confiaba yo, cuando te perdí. Te... te quiero, Peter. Te quiero como a un padre".

Esto resultó en que Peter llorara aun más fuerte. "Hay más, y no me perdonarás esto".

"¿Qué es, Peter. Dilo, y ya terminamos con ello".

"No sabía que eran sus hijos".

"¿Qué?" Eusari se estremeció como si le hubieran dado un puñetazo. "¿Dónde están? ¿Qué pasó con mis hijos?"

"No sabía yo que eran los suyos", Peter admitió, "cuando se los vendí a Diablo Jacque".

Eusari se puso de pie de un salto.

Un sentimiento crecía por dentro, uno que hace años no sentía, no desde que Braen había entrado en su vida. Por dentro, un animal aullaba y sus ojos se quemaban con un odio ardiente. No se dio cuenta, pero su mano se metió dentro de la ropa buscando un cuchillo escondido que no estaba allí; pensaba hundirlo en el corazón de un cierto hombre. El odio y la venganza entraron en Eusari por primera vez en casi diecisiete años. Por un momento breve, la verdadera loba reemplazó a la mujer.

"Sippen, Krill", exigió, "limpien a mi primer oficial y desintoxíquenlo. Entonces vayan a la dársena y cómprenme un barco. Recluten la mejor tripulación que puedan. Me da igual lo oscuro que sean los corazones de estos hombres. Búsquenme matones".

"¿Mmm… a dónde v… vamos?", preguntó Sippen.

"Voy a hallar a Diablo Jacque y dividirlo de proa a popa. Compren armas y cañones, los mejores que puedan encontrar, ¿y Sippen?"

"¿S… sí?"

"¡Encuéntrame un barco veloz!"

Ella giró sobre sus talones y se alejó, dejando atrás una colección de rostros sorprendidos y aturdidos entre sus amigos. Se necesitaba una conversación más, una difícil y con la persona más inesperada de todas.

Anne Thorinson se sentaba en su escritorio, masticando una pluma y estudiando El derecho consuetudinario y el juicio, el libro que hace mucho había sido su guía. Sin poder aceptar que había perdido y que su tía pirata había ganado, ella buscaba una manera de apelar. Ese error fatídico había sido su primero y había dejado que la criminal saliera impune. Nunca más cometería ese error. Perder un caso fue más que suficiente para esta alguacilesa.

La puerta de su oficina se abrió de par en par, y ella se puso de pie de un salto, extendiendo su mano hacia el arma a su costado.

"Quieta con la mano", Eusari gruñó desde la puerta. "No estoy aquí para luchar".

Anne estudió cuidadosamente a la mujer y, después de asegurarse de que no portaba armas, se dejó sentar. "¿Qué quieres tú?", exigió. "¿Estás aquí para jactarse?"

"Eso no es mi estilo", Eusari respondió. "Estoy aquí para rogar".

"Pues, tienes una manera extraña de hacerlo. Quizá tenga yo que arreglar la puerta".

Eusari se sentó sin que se le hubiera invitado.

"Pagaré los daños".

"¿Por qué estás aquí tú?", Anne exigió. "No tengo nada para ti, y espero que nunca nos veamos otra vez".

"Quiero hacer un trato, un cambio, si así lo prefieres".

"No tienes nada que quiero".

"Más temprano hoy pensaste que ibas a estar ahorcando a una pirata, y estoy aquí para ofrecerte uno. El Diablo Jacque tiene dos de mis hijos ilegalmente presionados como parte de su tripulación. Pienso recuperarlos y ajustar cuentas en el camino".

"Cazar piratas es ilegal, especialmente si son parte del gremio. Hay que pillarlos en el instante de cometer un delito y, aun en ese caso, solo un oficial puede detenerlos".

"Por eso estoy aquí. Quiero que designes como policías a toda mi tripulación y a mí; entonces te entregaré al matón más peligroso que nunca ha vivido".

Anne miró fijamente a su tía sin parpadear. Esto sí era una sorpresa. "Lo haré", ella se oyó decir, "pero voy contigo para asegurarme de que todo se haga dentro de la ley".

CAPÍTULO DIECINUEVE

"¡Despiértate!"

Tara gimió, cerrando los ojos ante la interrupción de su descanso. El viaje había sido largo, y ella merecía este sueño. Además, la cama en que yacía sentía muy… no había palabra ni en andalón ni en pescari para expresar la comodidad que experimentaba. Su gente quizá había llevado una vida de pobreza sobre las Estepas de Cinder, pero vivía extravagantemente en Nuevo Weston. Acercó a ella misma la almohada y empezó a adormecerse más profundamente.

"¡Dije que te despertaras!", la voz exigió.

Ella se abrió los ojos soñolientamente, centrándose lentamente en su madre que se imponía por encima de la cama, sosteniendo una linterna y viéndose muy severa. "¿Qué hora es?", Tara preguntó. No había luz inundando la habitación.

"Pronto se levantará Felicima, y tenemos trabajo que hacer como pescari".

Tara se dio la vuelta, dándole la espalda a la interrupción. "Buen intento", dijo. "Los pescari solo trabajan bajo la vista de su diosa. ¡Incluso yo sé eso!"

"Tienes mucho que aprender de nuestras costumbres", Flaya insistió, "y hoy es tu primera lección. ¡Levántate, y muéstrale a Felicima tu subordinación!"

Tara respiró profundamente; luego lo dejó salir con un resoplido. Este era el mundo de su madre, no de ella, pero ella había prometido. Quitándose la manta, ella giró los pies por el borde de la cama. "Sal para que pueda vestirme", exigió.

"Te he visto muchas veces. Solo vístete modestamente para que Felicima sea honrada". Flaya salió de la habitación enfadada.

"¿Modestamente?", Tara murmuró. "He sido modesta toda mi vida". Ella se levantó, poniéndose las pieles de ciervo que siempre llevaba. A pesar de ser más andalona, obedeció a su madre. La amaba, incluso si no siempre estaban de acuerdo.

Flaya esperaba escaleras abajo con dos bolsos de cuero, empujando el más pesado en las manos de su hija antes de conducirla afuera. La hija siguió sin mirar sus contenidos.

La humedad se aferraba a la noche, y las mujeres casi podían saborear la humedad. Las estrellas aún no se habían desvanecido, y Tara se dio cuenta de que el cielo nocturno era igual a él de su casa en Loganshire. Lo único diferente era que era más grande debido a la falta de montañas. Lejos en la distancia observó un resplandor débil en el horizonte occidental.

"Eso es la caldera", Flaya explicó, "adonde desciende Felicima cada noche para descansar. Cuando yo era una chica viviendo en las estepas, y antes de que hubiéramos cruzado el Páramo Prohibido, estaba lo suficiente cerca como para que yo sintiera el calor de su fuego. Allí también enterrábamos a nuestros guerreros".

"¿Pero ahora no?"

"Todavía se hace el viaje a través del Páramo Prohibido, pero solo los más valientes lo hacen. Se tardan varios días y hay poca comida y nada de agua".

"¿Y qué de mi padre? ¿Dónde se lo enterró?"

"El cuerpo de Taros fue llevado a la caldera por tu tío abuelo, quien llevaba un solo odre de agua y sobrevivía por comer lo que encontraba en el camino".

"Así, papá fue honrado", notó Tara. "¿Son todos los shappanes honrados de tal manera?"

"No. Si un shappan se shapalote, el shappan nuevo decide".

"¿Y qué de su familia?"

"La rehúyen, y a sus esposas envían al Área de los Rehuidos; solo sus hijos pueden regresar al pueblo y eso solo después del ritual de nombrarlos. Taros era así. Su padre se cayó en shapalote ante Cornin, un guerrero cruel quien proclamó que el cuerpo yaciera en las estepas y fuera consumido por aves de carroña".

"Qué horrible".

"Era para demostrar que estaba en lo cierto, pero incluso así Taros lo desafió. Al final recuperó el cuerpo de su padre y se lo entregó a la caldera".

"¿Por sí solo?" Tara estaba sorprendida. "¿Cuántos veranos tenía?"

"En aquel entonces no había celebrado su ceremonia y solo tenía trece veranos. Se ganó su nombre entonces y sabía su significado hasta el día de su muerte".

"¿Qué significaba?"

"Cada nombre pescari tiene un significado diferente para su portador", Flaya explicó. "Sé el tuyo, pero no se revelará hasta que estés preparada".

"¿Cómo sabes el mío si no me ha sido revelado?"

"Es mi deber como tu familia decírtelo cuando llegue el tiempo, o el deber de tu tío abuelo si yo no sobrevivo para ver ese día".

"Entonces, ¿él lo sabe también?"

"Sí, y también Eusari y dos otros quienes estuvieron cuando fue ganado".

Tara se calló ante eso, preguntándose cómo y cuándo ella hubiera tenido tiempo para ganarse su nombre. Su vida hasta el momento siempre había sido sin novedad, aburrida, incluso agobiantemente sosa a veces.

Las dos caminaron hasta que llegaron al término oriental de la ciudad. Ya que no había un muro, Tara pensaba que simplemente dejaría de haber edificios y el llano empezaría. Pero de manera extraña, la ciudad se iba disminuyendo. Los edificios altos, elegantes y suavemente negros, perdían un piso con cada siguiente fila hasta que por fin solo se quedaban casuchas. Más allá de estas, solo había unas estructuras simples de pieles de animales estiradas sobre postes de tiendas de campaña. Este pueblo más allá de la ciudad ya estaba despierto, con las mujeres y los niños sacando agua de un pozo y otros preparando pan en hornos masivos. Un hombre de mediana edad con muletas pasaba cojeando, arrastrando un pie torcido en la tierra rojiza de la calle.

"¿Dónde estamos?", Tara exigió. "¿Por qué permite Teot la pobreza cuando el resto de la ciudad está fuerte?"

"Este es el Área de los Rehuidos, adonde se mandan los alejados, los cojos, y los perezosos. Ellos son los primeros a quienes ve Felicima, y la engañan, haciéndole creer que todos somos desgraciados para que tengamos una esperanza de que ella se dirija la atención a otro lugar antes de ver a los más fuertes de nosotros".

"Entonces el lado occidental de la ciudad..." Tara recordó las estructuras magníficas a lo largo de la orilla y el puerto fabuloso, "es donde viven los ricos como Teot. ¡Por eso parecía tan espléndida toda la ciudad!"

"Sí. Nuestra fuerza reside allí mientras que los más débiles de nosotros se quedan aquí. Todo el resto está en el medio. Así es y así tiene que ser".

"Mamá", Tara preguntó en voz callada, "¿por qué estamos aquí? ¿Nos han rehuido?"

"Aunque mi esposo era shappan, se murió en batalla noblemente para que otros vivieran. Soy una de las pocas viudas que puedan andar libremente por la ciudad. No, estamos aquí para conocer a otra cuyo padre sufrió un destino diferente. Espera aquí". Flaya se apartó, hablando en voz callada con una mujer que llevaba odres de agua. Sus ojos nunca se encontraron con los de la madre de Tara, y ella miraba hacia el suelo mientras hablaban. Después de una conversación breve, un dedo señaló una casa solitaria a lo lejos.

"Ven", Flaya mandó, y Tara se apresuró para ponerse a su lado. La puerta de la tienda de campaña estaba cerrada, pero el olor suave de un fuego de cocina salía de adentro. "Abran y atiendan a los visitantes", les dijo a los que estaban dentro.

"¿Quién exige esto?", una mujer mayor exigió desde el otro lado.

"Flaya, la esposa de Taros, asesino de Cornin".

Un arrastrar de pies y un movimiento señalaron que alguien se apresuraba a abrir la solapa. Se abrió de par en par, y un hombre joven de pocos años más que Tara le miró con ojos agrandados. Más allá de él una mujer mayor yacía sobre pieles mientras una chica joven le daba de comer crema de avena.

"Discúlpeme por no ponerme de pie ni de arrodillarme, pero hace muchos años que me cuesta hacer o el uno o el otro, nieta de Daska", la mayor dijo de forma engreída.

"No estoy aquí para homenaje, Kailani. Estoy aquí con regalos". Flaya tomó los dos bolsos de Tara y se los entregó al hombre joven.

"Y viajó al amparo de la oscuridad para no ofender a Felicima. Una creyente muy consumada, incluso cuando yago condenada a la muerte de pobreza por la desgracia de mi esposo. ¿Qué es lo que quiere de una rehuida, Flaya, esposa de Taros? ¿Limpiarán su conciencia los regalos de alimentos ricos y agua limpia lo suficiente como para que pueda dormir tan profundamente como Felicima? ¿Por qué me lastima?"

Flaya se quedó en su lugar, sin decir nada, muy estoicamente. Los insultos, si le molestaban, pasaron volando sin que ella pestañeara.

"¿Pues?", Kailani exigió. "¿Por qué está aquí? Apúrese, antes de que Felicima la vea entre los débiles y los desechados".

"¡Si te callaras tu pico anciano por un momento para que pudiera yo hablar, lo sabrías!", por fin espetó Flaya.

"Ah, su temperamento es tan fogoso como el de su esposo, veo", Kailani dijo con una sonrisa de victoria.

"Dije que traía regalos. El regalo que traigo también es un favor para mí".

"¿Por qué le concedería yo algún favor?"

Flaya puso una mano en la espalda de Tara y la empujó adelante. "Esta es mi hija, Tara, quien no sabe nada de las costumbres de los pescari".

"¿La hija de Taros", Kailani se rió histérica. "¿Cómo es un regalo ella?"

"Ella no es mi regalo. Te traigo ambos su ignorancia y algo de insolencia. Creo que disfrutarás los dos de manera igual ya que es un reflejo de mi fracaso como madre. Ten éxito donde yo no por enseñarle lo que ser pescari realmente es, y cómo resultado puedes derrocar a una reina".

Kailani se detuvo, asintiendo con la cabeza y considerándolo. "Su regalo es la humildad, viniendo a mí con esta tarea. Me honra, ofreciéndole a una mujer vieja la oportunidad de ser vista y oída por más que solamente Felicima. Entiendo esta tarea, y lo hago de mi propia voluntad".

"Espera", Tara exclamó, llena de comprensión y de repente resentida con su madre. "¿No me entrenarás tú misma?", le exigió a Flaya.

"No. Pronto tu tío abuelo te examinará para que descubras el significado de tu nombre. Aprende lo que puedas de Kailani. Regresaré dentro de unas semanas para examinarte yo misma". Al haber dicho eso, Flaya se dio la vuelta y salió de la tienda de campaña, apresurándose por el camino de tierra hacia el camino empedrado de la ciudad.

"Ven acá", Kailani dijo con una voz que apestaba a mando. "Mis ojos son débiles, y no quiero forzarlos".

Tara obedeció, dando un paso delante y poniéndose más cerca de la mujer vieja, temblándose levemente bajo los ojos evaluadores y sintiendo que su piel se erizaba con una mezcla de ira y miedo.

"¿Sabes quién soy?"

"No. No lo sé", Tara admitió.

"Soy la viuda del shappan a quien tu padre mató. ¿Sabes cómo lo hizo? ¿Qué arma utilizó para matar a mi esposo?"

"No".

"Era un día normal. La diosa se había levantado; el aire todavía no se había calentado, y ninguno de nosotros anticipábamos que su ira se desataría". La vieja se detuvo, haciendo un gesto de dolor ante algún recuerdo distante. "¿Has visto alguna vez formarse una fumarola o el fuego y vapor eructar desde el suelo?", por fin preguntó.

Tara negó con la cabeza.

"Reza para que nunca lo veas", la mujer espetó; entonces contuvo su ira y continuó. "Se elevó en el centro del pueblo, justo en la línea de división entre nosotros y los rehuidos. Muchos perecieron ese día bajo la ira de Felicima, pero nunca entendimos la razón por su ira. Eso es, hasta que tu padre regresó de su caza matinal". La mujer hizo una pausa al contar la historia, gruñendo mientras se sentaba. La chica que la atendía puso una piel enrollada detrás de su espalda. "Taros desafió a Cornin y entró corriendo dentro de las llamas para buscar a su madre. Lynette se había ganado el ser rehuida y alejada hasta que se muriera en la caldera como indicaban nuestras costumbres. Pero pronto Taros reapareció con ella en sus brazos, saliendo de las llamas, intacto y no afectado por el calor. Miraba yo mientras las llamas lamían su piel, pero no se ampolló ni se descascaró como debía haberlo hecho.

"¿Él atrajo el calor?", Tara preguntó con asombro. "Vi a Teot absorberlo en la misma manera".

"¡Lo robó!", la mujer berreó. "¡No le pertenecía! Le robó a la diosa su poder, engañándole a mi esposo a entrar en shapalote. Si Cornin hubiera sabido que tu padre haría trampa, habría exigido un conjunto diferente de reglas. ¿Pero cómo lo iba a saber? La batalla terminó tan pronto como empezó con mi esposo, el guerrero más poderoso de los pescari, quemado hasta las cenizas y dejado a volar por las Estepas de Cinder".

"Yo...", Tara tartamudeó. No tenía forma de saber nada de esto. Flaya por cierto había dejado a lado muchos de los detalles. "Lo siento. No lo sabía".

"Nos hizo venir aquí, casi destruyéndonos con su enojo; entonces luego derritió la ciudad andalona en roca fundida".

Tara trató de abrirse la boca pero la multitud de preguntas se peleaban en su mente. Ella no sabía cuál debe hacer primero, si alguna. Kailani la salvó de intentarlo.

"¿Qué sabes de nuestras costumbres?", la anciana exigió.

"No mucho".

"Entonces, tu entrenamiento comienza hoy. Ve a llenar esos odres a la vista de la Felicima naciente para que ella pueda conocerte como una de los rehuidos y empezar su juicio completo".

El hombre joven le tendió cuatro odres; sus ojos, antes amables y acogedores, ahora estaban llenos de ira y evitaron los de ella. Tara empujó la solapa de la tienda y se apresuró hacia el pozo que había pasado en el camino. Por la longitud de su sombra, sabía que Felicima le miraba de manera evaluadora. La chica dentro de la mujer en ciernes lloró.

CAPÍTULO VEINTE

Eusari estaba de pie sobre el muelle de Logan por primera vez en diecisiete años, un lugar del cual había creído durante mucho tiempo que ella se moriría antes de verlo de nuevo. Más importante, miraba su propio barco. Era una fragata de cuatro mástiles, rápida y con mucha potencia de fuego. El casco exterior estaba revestido con un revestimiento de cobre, con casi el mismo diseño que otro barco en el cual ella había navegado hace mucho tiempo. Sippen prometió que el poco calado le daría velocidad, incluso después de que el espacio vacío de la cubierta se llenara con armas. Ella quería mucha potencia de fuego.

"Parece completamente nueva", ella le dijo a Sippen.

"L... lo es. ¿E... es eso u... un problema?"

"No. Es perfecto", ella dijo. Este hombre sí conocía los barcos y sabía elegir entre ellos. "¿Cómo se llama?"

"N... no está b... bautizado". Sacó una botella vieja y polvorienta de su bolso que estaba envuelta en arpillera para que no se rompiera antes de tiempo.

Eusari miró la botella con recelo. "Pensaba que toda esa cosecha se había desaparecido", dijo.

"N... no hay m... mucho que queda, y en... entonces se habrá i... ido como nosotros".

"Qué pena desgastar una botella así en un barco".

"É... él lo aprobaría".

"Sí, eso lo haría él. Ustedes siempre bebían esto como si durara para siempre, pero supongo que el vino, como la gente, no es para estar en un estante recogiendo polvo. Braen entendía eso, ¿no?"

"Sí, l... lo entendía".

"Entonces, ¿qué hago? No hay cuerdas. ¿La tiro hacia la quilla? ¿Y si me pierdo?"

"No p... pierdas", Sippen respondió con una sonrisa.

Eusari echó el brazo hacia atrás, agarrando la botella por el cuello. La lanzó hacia delante, enviándola a estrellarse contra el casco.

"¿Cuál e... es su nombre?"

"Represalia".

"¿Por q... qué no Venganza?

"Porque voy a recuperar lo que es el mío". Condujo a Sippen por la pasarela y pisó la cubierta. Lo primero que notó fue el olor. "La laca todavía no se ha secado", observó. "Eso significa que somos vulnerables al fuego".

"No per... permitas que se p... prenda el fuego entonces", dijo con una sonrisa.

Peter y Krill vieron que los dos habían llegado y cojearon hacia ellos.

"Casi está en condiciones de navegar, señora", su primer oficial le informó. "Una vez que lleguemos al lago, deberíamos de hacer una travesía de prueba".

"Estoy de acuerdo. Tienes mejor pinta, Peter", mintió. Parecía contener todos los infiernos por dentro, pero por lo menos olía mejor.

"Gracias, pero me siento fatal. Los temblores por fin se han detenido, así que casi estoy en condiciones de navegar también".

Ella miró a su alrededor. "¿La tripulación?"

"La manada de asesinos inadaptados con los corazones más negros que nunca has conocido, señora, pero cada uno conoce su camino alrededor de una vela, un ojal o una cuerda trenzada de cáñamo".

Ella se dirigió a Krill. "¿Y las armas, sargento de artillería?"

"¡Listas para estallar a nuestros enemigos y convertirlos en trocitos de comida para las ballenas, capitana!"

"¿Te necesito recordar que mis hijos están con nuestros enemigos, Krill?", ella espetó. "No quiero que explotes la santabárbara por error".

"¡Ah, hieres mis sentimientos, mamá! Bien sabes que puedo apuntar armas tan bien como puedo contar todos mis diez dedos".

"Solo tienes ocho".

Él levantó los dos puños con una sonrisa, mostrándole a ella de forma invisible sus dos dedos medios perdidos. "¡Solo quería que los contaras, capitana!" Con una risa, se fue cojeando.

"Se me olvidó lo irritante que se pone una vez en marcha", ella murmuró.

"P... pensé que era chi... chistoso", Sippen admitió.

"Siempre lo piensas. Pero yo juro que esta misión debe ser breve. ¿Cómo son los aposentos del capitán?", ella preguntó.

Él no dijo nada; solo se sonrió como si tuviera un secreto.

Después de haber vivido años en La Loba, ella no estaba preparada para el camarote espacioso de Represalia. El camarote en sí parecía ser tallado en una sola pieza de madera oscura con un barniz brillante, y el suelo estaba cubierto de alfombras gruesas.

"Parece que la mayoría de esto podría haber sido almacenamiento", ella dijo al entrar.

"Si ne... necesitamos el espacio, lo a... aprovecharemos".

"Es hermoso. Después de que no lo necesitemos, debemos conseguir el valor total cuando lo vendamos". Eusari vio una forma oscura colgando en la esquina. Girándose lentamente, ella reconoció una capa de piel negra cuya capucha terminaba en una cabeza de lobo. Levantó una ceja, y Sippen asintió. Cuidadosamente doblada y colocada en una silla cercana, ella encontró una armadura de cuero y un par de cuchillos. "¿Sacada de la jubilación?", preguntó.

"Sacada d... de la jubilación", él accedió. "N... no te preocupes. A... aflojé la costura. Te que... quedará bien".

Ella levantó una ceja y le lanzó una mirada. La armadura lo necesitaba, por supuesto, pero ¿cómo podría atreverse él a mencionarlo?

Sippen se fue calladamente, y ella se desvistió, vislumbrándose a sí misma desnuda en el espejo largo. ¿Estoy lista para esto?, pensó. Estoy tan fuera de forma... ¿y qué si tengo que pelear? Se puso los pantalones de cuero, aspirando fuerte para ponérselos sobre la barriga. Me quedarán mejor mientras progrese el viaje, pensó, poniéndose el jubón y agradecida por el espacio extra. Metió los cuchillos en su lugar, deteniéndose y haciendo una mueca mientras contaba. Uno en particular le faltaba. Palpitó el interior de su muñeca y el bolsillo donde cabía. Esto será un problema, ella sabía. Siempre había dependido de ese más que los otros.

Eusari miró de nuevo la capa. Parecía tonta ahora, mirándola, y ella se preguntó por qué había escogido tal símbolo cuando era más joven. Para infundir miedo, sabía, pero debía de haber más. Gelert le había enseñado eso. Gelert. Su compañero-lobo durante un tiempo muy breve, pero necesario. Después de su muerte, ella juró que nunca se vincularía a otro. La levantó del gancho y se la pasó por la cabeza, colocando los broches separables en sus hombros. Girándose, se miró una vez más en el espejo. La mujer que la miraba fijamente desde el espejo tenía más años y estaba más cansada que lo que ella recordaba, pero la loba había vuelto.

Robert estaba de pie en la cubierta, esperando para que regresara su madre. Represalia, ella lo había nombrado, un nombre extraño para una mujer que había predicado la tranquilidad y el perdón durante toda la vida de él. Sippen ya había regresado, así que ella no debería tardar mucho. Él se preguntó si tendría el descaro de preguntar sobre el nombre.

Sippen vio a Charleigh jugueteando con la misma caja que Robert había visto antes. Se acercó para escuchar su conversación.

"¿Q... qué es?"

"¿Esta?", ella respondió. "Se supone que es una trampa, pero no puedo hacer que funcione".

"Déjame verla", dijo, dándole la vuelta en la mano, examinando su funcionamiento y chasqueando la lengua mientras lo hacía. Rindiéndose, se la devolvió. "No puedo determinar cómo se abre".

Robert observó que él no había tartamudeado. Sippen estaba concentrado.

Charleigh sonrió y le dijo a Robert: "Ponla en la cubierta; entonces haz que le entre una corriente de aire".

Haciendo una mueca, él le envió un hilo pequeño de aire. El hilo empujó y pinchó, por fin encontrando una manera de entrar. El dispositivo se abrió, enviando sobre la madera docenas de abrojos y canicas.

Los ojos de Sippen se agrandaron. "¡Es una maravilla!"

"No funciona", Charleigh dijo, desengañada.

"Me parece que funciona bien", Robert dijo.

"Oh, sí, funciona pero no en la manera que quería yo. Nadie más menos Marita debe poder abrirla, y no la podemos utilizar en una batalla hasta que no se pueda utilizar contra nosotros".

"Entiendo", Sippen dijo de manera pensativa. Ahora que estaba abierta, él pudo ver los mecanismos internos y los estudió cuidadosamente. "¿Es como for... forzar una cerradura?"

"Sí".

"Es tu problema entonces", Robert sugirió. "Forzar una cerradura es simple y ordenado, demasiado fácil de hacer. Necesitas reorganizar los pasadores de bloqueo, añadiendo una bisagra que los deje caer todos nuevamente si se toca en el orden incorrecto".

Charleigh asintió. "No había pensando en eso".

"¿Cuándo me lo ibas a contar?", Eusari preguntó de detrás de Robert.

El levantó los ojos, sorprendido al ver a su madre vistiendo cuero de pelea, cuchillos y una capa de lobo. "¿Contarte qué?"

"¿Cuánto tiempo hace que puedes hacer eso?"

"Solo hace un par de días. Supongo que me di cuenta de algunas cosas por accidente, y Sebastian me ha estado ayudando a aprender más".

"Entiendo".

"¿Pero no sorprendida?", preguntó.

"No, no estoy sorprendida ya que sé quién era tu padre. Solo esperaba que te salvaras".

"¿Salvado? No entiendo".

"Durante diecisiete años he orado que los dioses no te concedieran ese poder. Viene con responsabilidad; ¿no es así Sebastian?"

El hombre asintió solemnemente.

"Sí, quiero aprender más acerca de ello", Robert admitió.

"Tendrás la oportunidad. Estoy seguro que te guiará más en cuanto al entrenamiento una vez que llegues a Eston". Dirigiéndose al trabajador del campo, añadió: "Un barco de pirata entrando en la guerra no es el lugar para ti, Sebastian, y me siento mejor sabiendo que estás allí para proteger a mi chico".

"¿Eston?", Robert preguntó. "No puedo viajar allí ahora, no con Franque y Krist sufriendo problemas".

"Buscaré a los chicos, pero no hasta después de que yo te presente a Amash. Tienes mucho que aprender que solo Sebastian, y ahora también los

Soñadores, te pueden enseñar. Aprende todo lo posible de ellos, y prometo visitar después de que regresemos".

"Muy bien", Robert respondió.

Todos los ojos en la cubierta se volvieron cuando una mujer cruzó la pasarela. "¿Quién es esa?", Robert preguntó.

"Tu prima, Anne. Es alguacilesa y está aquí para que esta sea una caza de pirata legal", su madre dijo. "Ahora, si no es una molestia, tengo trabajo que hacer. Esta es una tripulación cruda y muchos de los hombres quizá no respeten a mi primer oficial. Lo recuerdan solo como el borracho de la ciudad, y así yo tengo que encargarme del trabajo de liderazgo".

Mientras Eusari iba alejándose, Sippen la miraba. "Ella a… aprendió eso d… de Braen. Él sí era l… líder, y su tri… tripulación lo amaba".

"Todavía no puedo creer que ella fuera pirata, mucho menos capitana", Robert dijo.

"L… la mejor", Sippen accedió.

"Es la última de la tripulación", Peter Longshanks gritó ante la llegada de Anne. A su orden, el equipo de líneas retiró la pasarela y arrojó las cuerdas. El barco empezó inmediatamente a ir a la deriva. "¡Navegante! ¡Tome el control!"

Cuando mencionó su nuevo título, Marita dio un paso delante con una sonrisa. "Igual que en aquellos buenos tiempos", dijo con un guiño a Sippen. "¡Tripliquen las amarras y añaden líneas de tormenta!", le gritó a la tripulación.

Las quejas empezaron de inmediato.

"¿Triplicar las amarras?", alguien preguntó.

"¿Líneas de tormenta?", espetó otro.

El rostro de ella se oscureció, de repente serio y muy determinado, si no enojado. "Daré una orden solo una vez", ella gruñó, "pero recuerden que ¡he estado pirateando desde que muchos de ustedes todavía estaban amamantando de los senos de su madre!" Varios hilos de aire saltaron a la vez, pegando a cada tripulante en las nalgas con un chasquido fuerte. "No tengo que explicarme, pero cuando yo sople viento en estas velas, ¡prepárense para ser volados por la borda o para estar colgando de un asta para asegurar un lienzo ondeante! ¡Me da igual cuál prefieren mientras hagan lo que yo diga!"

Todos los tripulantes se apresuraron a trabajar, atando las líneas de tormenta y los ojales con una envoltura adicional. Robert pudo ver por sus rostros que ninguno de ellas había navegado antes con un emotante. Tan pronto como Represalia giró hacia la entrada del puerto, cada hombre agarró una línea de tormenta.

Sippen se puso de pie rápidamente. "La c... conozco", dijo. "A... agárrate".

"Tienes razón", Charleigh accedió, envolviendo sus antebrazos a la barandilla. "Ella está a punto de vanagloriarse".

De repente cada vela se llenó de aire, tanto que todos los mástiles gimieron contra la tensión. El barco, para gran disgusto del capitán del puerto, se sacudió abruptamente y salió disparado a través de la entrada. En un abrir y cerrar de ojos, Represalia estaba navegando el lago Norton.

Robert miró a Eusari, de pie al lado de Marita mientras los brazos de esta dirigían una orquesta muda. Su madre, normalmente melancólica, se reía ampliamente bajo la capa. Sonreía y miraba hacia delante, disfrutando cada minuto de su tiempo nuevo en el mar.

CAPÍTULO VEINTIUNO

Krist se apretó fuertemente los ojos, haciendo una mueca de dolor. Toda su cabeza latía con pulsos interminables, con la presión aumentando y amenazando con apartar los ojos de su cabeza. Donde Boats lo había golpeado se sentía sensible y palpable al tacto, y el niño juraba que sentía una abolladura en el hueso. Había trabajado todo el día a pesar de las náuseas y los mareos, tratando de que los marineros no se dieran cuenta de la agonía en que realmente se encontraba. Había llegado el momento de dejar que su hermano sepa cuán malo estaba.

Franque se agachó junto a la puerta, escuchando y esperando un descanso en la risa de arriba, esperando un momento en el que ambos pudieran salir del camarote. Necesitaban tener cuidado si iban a cruzar la pasarela a hurtadillas.

"No puedo ir", Krist admitió por fin. "Mi cabeza está mal, Franque. No estoy bien".

"¿Estás seguro?" Su hermano parecía estar muy preocupado por las noticias, y Krist de inmediato lamentó habérselo dicho".

"Es horrible".

"Ya está", Franque decidió. "Me quedo aquí contigo".

"No, ve tú solo y vuelve. Solo tienes unas cuantas horas. Además, ¿cómo sabes que puedes entrar en el palacio, mucho menos matar al rey?" Krist se rió, pero hizo una mueca por el dolor que le causó.

"Sé donde estará. Él va a la misma gala que el capitán Jacque; así que lo único que tengo que hacer es tirar y llegar aquí antes que la tripulación. Tengo hasta la medianoche".

"¿Hacer el tiro?" Decir estas palabras le costó mucho, y salieron arrastradas. "Nunca has tirado uno de esos. Te perderás, y él se escapará".

"¡No fallaré!" Franque fue insistente.

Krist no dijo nada más. Estaba demasiado cansado para discutir, y el dolor... era demasiado que aguantar y haciéndose peor. Voy a morirme, pensó.

"No puede ser demasiado difícil. Apuntaré y tomaré un respiro para calmarme los nervios. Tiraré, y luego correré como el demonio de regreso al barco".

"Si no llegas a volver, no te preocupes por mí".

"Llegaré", Franque prometió. "Krist, ¿estás seguro que estás bien?"

Krist logró asentir; entonces se cerró los ojos. No estaba bien, ni en lo más mínimo. Iba a morirse.

Franque miraba a su hermano. La herida era mala; pudo ver eso desde lejos, y no era la manera de Krist de querer quedarse en la cama y perderse la acción. Después de unos momentos, volvió los ojos hasta la puerta, pensando en la cerradura y lo difícil que sería forzarla. Su mano se movió al pasador a su cadera. No sería difícil, no con la herramienta correcta.

Una vez que estaba seguro que no había nadie en el pasillo, metió el punto del pasador en la cerradura y lo empujó con su mano derecha. Hizo un poco de ruido, pero no mucho. Giró la manilla y la puerta se abrió fácilmente. Las cerraduras en un barco no eran diseñadas para ser difíciles de abrir—él se había dado cuenta de eso—solo lo suficiente fuertes para mantener las puertas cerradas en mares agitados. Sería más difícil escaparse, él sabía, de un calabozo.

Después de una mirada más hacia Krist, salió al pasillo.

El barco resultó estar desierto. Boats le había mentido, y nadie vigilaba. Con la excepción de un oficial de la cubierta aburrido y un mensajero igualmente dormido, nadie se movía. Franque se deslizó furtivamente más allá de estos dos hombres sin siquiera ser visto. A los marineros, se supone, les encantaba su permiso para bajar a tierra y los que se quedaban en el barco resentían su deber. Él esperaba tener la misma suerte con el guardia de la ciudad.

Afortunadamente, la luz de la luna alumbraba el muelle, aunque no tanto como él quisiera. Había un montón de sombras, y se tardó mucho el acostumbrarse los ojos a la oscuridad entre los barcos, pero por fin encontró el lugar. Medio tanteando donde había dejado el palé, finalmente lo encontró debajo de los sacos de arpillera. Él se detuvo, tratando de recordar si estaban en el mismo lugar donde él y Krist los habían dejado. Nada parecía estar fuera de orden. Franque dio un suspiro de alivio y quitó los sacos, tirándolos rápidamente a un lado mientras el temor de estar descubierto crecía hasta la ansiedad. Con un empujón levantó el palé, poniéndolo a un lado para encontrar la caja escondido por debajo.

Por un momento en la oscuridad, la ansiedad se convirtió en pánico, y él esperó que el rifle se hubiera desaparecido, así salvándole de hacer el acto. El chico por dentro anhelaba acobardarse, correr de nuevo al barco y sacar a su hermano de la hamaca. Una vez liberados, podrían tomar un buque mercante rumbo a casa.

Pero estaba allí, justo como el hombre por dentro deseaba, el hombre anhelando la justicia y la venganza por el padre a quien nunca había conocido. Metió la mano en la caja rota y tocó la madera pulida y el cañón liso de la máquina de matar. Se sentía muy bien, y mal, al mismo tiempo. Se sentía con poder.

Sus ojos se volvieron hacia arriba, enfocándose en la oscuridad pero sin ver. Su mente imaginaba lo que los ojos no podían percibir en la oscuridad. El Tramo le esperaba. En algún lugar sobre las piedras allí arriba, la parte más central de la ciudad esperaba con una fiesta para un rey—un rey que debe fallecer. Agarrando el rifle contra su pecho, Franque hizo su salida de los muelles, subiendo escalones y rezando para que los dioses lo llevaran al destino correcto.

Los ojos de Gretchen parpadeaban mientras dormitaba, no dormía sino que descansaba ligeramente y consciente, como era lo normal. Había logrado levemente lo que los oráculos ancianos llamaban da'ash'mael, con cuidado de no llegar a más. Hacer eso podría traerle la muerte. Hace unas horas que había tragado la gota; así que esta visión en su mayoría se había desvanecido. Pero se acercaba él, el chico a quien le habían enviado a tratar, y necesitaba ingenio para transmitir el mensaje del maestro.

El chico andaba a tientas en la oscuridad, no seguro de su destino y ciertamente no habiendo dominado el arma que llevaba. La determinación y la terquedad lo impulsaban, un producto de un linaje condenado. Los pensamientos de Gretchen volvieron a la conversación con Collette. Franque nació segundo, aun si Eusari y Sippen dijeron otra cosa. ¿Pero se podría confiar en las palabras de ella? La ex niñera estaba muerta e ida; así que no había manera de estar seguro.

Él alcanzó el mirador, más por casualidad y suerte que por aptitud, y preparó el arma como si de verdad creyera en la posibilidad de tener éxito.

Gretchen salió de las sombras, ahora completamente alerta y anclada más en la realidad que en el Mundo de los Ensueños. Por supuesto, ya que ella no era emotante no pudo nunca meterse por completo en ese mundo; solo lo pudo entrever brevemente y compartir los secretos que revelaba. "Te perderás", advirtió.

El chico saltó, sin sospechar que alguien lo miraba, mucho menos que sabía sus motivos.

"¿Quién eres?", preguntó, apuntando el rifle en su dirección con el dedo peligrosamente cerca del gatillo.

"Bájalo. No soy una amenaza. Tampoco lo eres tú para el rey".

"¿Qué dijiste?", exigió. "¡Ni siquiera sabes lo que estoy haciendo!"

"Dije que fallarás con tu tiro al rey, alto y hacia la derecha o hacia la izquierda porque nunca controlas el gatillo en ninguna versión que yo haya visto".

Él palideció; incluso en la oscuridad era obvio, y la luz de la luna por encima de El Tramo delató sus ojos agrandados llenos de ambos el miedo y la sorpresa.

"Él no es mi blanco".

"Eres un mentiroso patético, Franque Thorinson".

"¿Cómo me conoces?"

"Sé muchas cosas, como tu nombre, pero he visto tus motivos, presenciados por el ojo de mi cerebro. Tratas de matar al rey Esterling, pero fallas salvajemente en todas las visiones que he visto. Una vez incluso lo vi desde tu propio punto de vista. Tu dedo temblaba como tiembla ahora, y moviste la boca del arma lo suficiente como para tirar a un transeúnte. No, créeme cuando digo que no tienes ni siquiera la menor posibilidad de tener éxito".

"Ten... tengo que intentarlo", el chico insistió, aunque la duda ahora le nublaba el rostro. "Es un buen rifle, mejor construido que el viejo que utiliza Sippen. Él casi es ciego, y si él puede dar en el blanco, ¡también lo puedo hacer yo!"

"Nunca has disparado esta arma ni ninguna parecida, y no tienes idea alguna de los factores que afectan un disparo de esta distancia".

"No puede ser demasiado difícil. Simplemente apunto y disparo".

"El viento es un factor, y también la elevación. ¿No tienes tú ningún concepto de lo rápido que se cae una bala o se desvía por la brisa?"

"Seguro que no es muy complicado", el chico argumentó. Ella encontró irritante su confianza.

"Dispara y verás, pero no matarás al rey", dijo con un encogimiento de hombros. "Más bien, la ciudad entrará en pánico y bloqueará las calles. Nunca regresarás a tu barco".

El chico giró la cabeza, centrándose en la llegada de una gran procesión en El Tramo. En su centro rodaba un carruaje con una escolta magnífica. Ondeaban banderas y estandartes, cada uno con el blasón del rey de una sola rosa carmesí. Mientras se acercaba a la plataforma central, las trompetas anunciaban la llegada de un rey. Franque no hizo caso de la mujer; apuntó, y esperó.

Gretchen intentó algo diferente, una versión no vista en ninguno de los escenarios que ella había visto. Ella le dijo la verdad. "O tú o tu hermano es el hijo de un rey, destinado al poder sobre el mar. ¿No te gustaría saber cuál es?"

"Buen intento. Ya sabemos que somos los hijos de Braen Braston, el príncipe exiliado que nunca llegó al trono. Escogió, en vez de eso, la piratería". Apoyó una mejilla contra la culata de madera y respiró hondo para calmarse los nervios. "Ninguno de los dos llegará a ser rey".

"Medio correcta", ella admitió, "pero no totalmente. Uno de ustedes es el hijo de Braen; el otro es el engendro no deseado de su hermano Skander".

"No sé mucho de él", Franque admitió sin interés. Pero entonces sus palabras hicieron que se detuviera. "Espera", dijo, "somos gemelos. ¿Cómo podemos tener dos padres diferentes?"

"Porque Eusari solo es la madre de uno de ustedes". Esto le preocupó al chico, y Gretchen pudo ver que había tocado una fibra sensible. Continuó: "Eusari dio a luz a un niño la noche cuando naciste. Unos minutos después la reina de Fjorik dio a luz a otro".

El chico mencionado se entrecerró el ojo, mirando al rey en el carruaje y esperando que la muerte lo llevara.

"Nueve meses antes de que nacieran, la reina llegó a la puerta de mi madre. Ella golpeó la madera de roble y gritó hasta que le abrí. Solo era una niña, más joven que tú ahora".

"¿Qué quería?", Franque preguntó en voz baja. Su dedo índice derecho se había relajado, extendido más allá del gatillo, y esperó más.

"Ella exigió una manera de terminar el embarazo, pero ya era demasiado tarde. O tú o tu hermano ya se había enraizado en su útero, y la maternidad era cierta. Se le aconsejó que le convenciera a Braen de que el niño era el suyo, y ella salió de Fjorik en la marea temprana".

"¿Y? ¿Estás diciendo que mi madre la mató después de que había dado a luz a un príncipe y luego reclamó a ese niño como su propio?"

"No. Eusari reconoció el reclamo de Braen sobre el de Skander ya que vino de su propio útero y te posicionó por encima de tu hermano".

"¿Por qué?"

"Skander tenía sus... pues, problemas. No hablamos de esos".

"Amo a mi hermano. No voy a interferir si él es el heredero del reino".

"Y eso es el asunto; no lo es. Pero el trono no importa. Lo importante es cuál de ustedes es el hijo verdadero de Esterling, y cuál es el hijo de Andalón. La pregunta es cuál de ustedes está realmente latente con el poder sobre el agua".

Franque agarró el rifle con enojo, mirando por la mira y temblando mientras apuntaba el cañón a una corona. "Cuentas adivinanzas, y basta ya con la demora. Estoy aquí para la venganza, da igual a quien engendró en realidad".

"Uno de ustedes es un chico profetizado que podría destruir un continente. No... que sí destruirá uno. Mi padre lo vio claramente".

"Ni Krist ni yo tenemos tanto poder". Franque empezó a apretar, espirando su ansiedad y calmando su dedo.

Gretchen entró en pánico. Ella le había guiado al éxito seguro. "Uno, o los dos, de ustedes anhela la vida de mar. Le seduce, atrayéndole del continente a las aguas más profundas. Es una obsesión, y eso es parte de la maldición de Braston".

Franque soltó el gatillo, afortunadamente a tiempo de cambiar el destino.

"Eres tú, ¿no?", ella exigió.

"No, no... no sé", admitió con respiración agitada.

"Los dos hermanos Braston ordenaban los mares; pisaban por encima de ellos; les mandaban soltar tormentas sobre la tierra seca. Uno de ustedes es el destructor, y da igual quien sea, no se debe permitir que tenga éxito".

"Hablas de brujería. ¿De qué sirve esta especulación? ¿Uno de nosotros es de Braen? ¿El otro es de este Skander? ¿Y? Déjanos en paz a Krist y a mí. Ninguno de nosotros sabe la verdad; así que ¡Eusari es nuestra madre! ¡No nos importa el destino, y los dos de nosotros estamos de acuerdo de que este rey debe morir!"

"¿Para qué? ¿Por matar a Braen Braston? ¿Y qué si Skander era el profetizado y Amash lo sabía? Eso en sí sugiere que no puedes ponerte en medio".

Franque bajó el rifle. Su pausa le dio a Gretch tiempo para respirar.

"¿Qué buscamos?", el chico por fin preguntó. "¿Qué rasgos tendrán este profetizado?"

Gretchen volvió a respirar; hacía muchos años que su padre le había hecho recitar los versos. En aquellos tiempos él estaba convencido de que se había realizado la profecía, pero aprendió luego que no era así. En su rapidez, se forzó la conclusión, pero no se puede hacer llegar más rápido la profecía verdadera.

Ella habló de manera lenta y deliberada:

"Desde las esquinas de Andalón se despiertan los niños,

No recordando ni su pasado ni los poderes que dormitan.

El dolor de su sufrimiento aumenta exponencialmente.

¡Ven; presencia el nacimiento de su salvación!

Que suba el Kraken desde la profundidad,

Repartiendo la destrucción y la matanza.

Mírale destruir nuestro legado.

En tierra, el monstruo ruge y camina.

La muerte circunda en luz y en sombra,

Destruye la semilla antes de que se enraíce.

Todas las fuerzas de la naturaleza han despertado,

Al caos sembrado sin distinción.

Nunca más controlado por fronteras,

Los hermanos se consumen el uno al otro.

Emociones de agua pero nacidas en tierra,

Señor de bestia y amigo de hombre.

Conocedor del dolor y sufrimiento desde joven,

Criado a ser Rey pero sin corona.

Vida de Miseria; Muerte no amarrada".

Franque escuchó, pero soltó una risa después de que ella había terminado su recitación. "¿Eso? ¿Ofreces eso como una razón para no matar al asesino de mi padre?"

Gretchen se tambaleó. Las palabras que le habían significado tanto, que eran una parte de ella misma cuando entraba en la edad adulta, quizá incluso antes. Que este chico simplemente se riera de ellas levantó un velo que le nublaba la mente, algo que ella nunca sabía que existía. De repente la profecía parecía tonta y cualquier significado detrás de ella forzado.

Franque de nuevo se centró en la mira del arma. Después de un instante soltó un suspiro y tiró el rifle a un lado. "Ya se ha ido la oportunidad", maldijo.

Gretchen se inclinó a un lado y miró mientras el rey y su séquito desaparecieron por la esquina. Soltó todo el aire que había contenido durante esta noche definitiva. La pelea se había terminado, acabada por la distracción.

"Dime más de este Skander", Franque dijo, "y qué buscar. ¿Qué significa, este Kraken?"

"Cada uno de los hermanos Braston ejercía poder sobre el agua. El mar alimentaba su enfado hasta convertirla en una rabia incontrolable que eventualmente consumió sus mentes con locura. Uno, o los dos de ustedes, quizá haya heredado esta maldición de la destrucción. Puede comenzar simplemente como un deseo de estar cerca del agua y puede crecer a ser una ambición de navegar en el océano, pero eventualmente crecerá a ser una conexión más profunda con la vida por debajo del superficie e incluso con el agua en sí".

La preocupación entró en el rostro de Franque, delatándose profundamente en la luz de la luna. "Pues", dijo de repente, quitándose un frío imaginario con sacudidas. "Nada de eso se aplica a él ni a mí. Ninguno de los dos pedimos ser parte de esta tripulación y, hasta el momento, el viaje no ha hecho más que alimentar un anhelo insaciable de casa".

"Braen y Skander también daban muchas vueltas a las cosas", ella dijo, buscando cualquier reacción.

"Tengo que irme", el chico decidió, poniéndose de pie sin ni siquiera mirar el rifle. Dejó atrás el rifle y a Gretchen, apurándose hacia las escaleras que conducían a la ciudad debajo de El Tramo.

Pero lo vi, ella pensó mientras él se apresuró en el camino hacia adelante. Tiene miedo de que uno de ellos en realidad termine como sus padres. Ella no se había acercado más a la certidumbre en cuanto a la determinación de qué hermano tenía el poder, pero el rey había sobrevivido para realizar sus últimos deberes al amo de ella.

Por poco Franque tropezó en su carrera hacia la orilla. Casi era la medianoche, y no había manera de saber lo enojado que Boats estaría si él hubiera regresado primero a La Loba. Varios pensamientos corrían por su mente mientras bajaba, pensando en las múltiples veces cuando, de niño, los hermanos habían jugado en el río y de cómo él había anhelado una vida en el mar.

¡Me estaba probando, se dijo, buscando una reacción y sospechando que soy él!

Se detuvo mientras un grupo de hombres se balanceaba alegremente y cantaba más adelante. ¿Eran parte de la tripulación? No pudo saberlo por cierto debido a la oscuridad, pero decidió acercarse y utilizarlos como cubierta. Parecía que ninguno de ellos sabía, ni le importaba, que él los seguía; estaban perdidos en su alegría y disfrutando sus pocas horas en tierra.

Uno de ellos por fin lo vio y volvió un par de ojos evaluadores hacia el recién llegado. Franque reconoció que esos pertenecían a Ben Thompson, el intendente. El oficial levantó una ceja, y Franque se encogió los hombros.

"¿Qué estabas haciendo en la ciudad?", Ben exigió en voz baja. "Si Boats se entera, te peleará la piel en la quilla".

"Buscando un médico", Franque mintió. "Mi hermano está peor".

"¿Bastante malo para arriesgar el enojo de Boats? En tal caso me deberías de haberlo dicho más temprano. Navegamos en menos de una hora".

"Boats nos encerró en el camarote, y todos se habían ido antes de que me pudiera liberar".

"Entiendo", Ben murmuró.

"¡Francis!", una voz gritó desde el castillo de proa esperando más adelante. ¿Dónde está ese maldito Francis?", Boats exigió. "¡Juro que ha abandonado el barco y desertado!"

"¡Rápido!", Ben mandó. "Smitty, ¡juega a emborracho!"

"¡Pero no tengo que jugarlo, Ben! ¡Estoy bien pedo!"

"Agarra a Smitty por debajo de los brazos, Franque, y arrastra a esa pierna", Ben explicó. "¡Te llevaremos por la pasarela, Smitty!"

Franque hizo lo que le había dicho, y levantaron al aire al carpintero.

"¡Mírame!", Smitty gritó mientras flotaba en el aire sobre sus brazos. "¡Soy el rey de Andalón!"

Todos los hombres giraron y se rieron, excepto Boats, quien miró con enojo por el costado. "¿Por qué él está con ustedes?", le exigió al intendente.

"Necesitaba a alguien sobrio para ayudar a hacer una redada de los emborrachados, y él era el único capaz a bordo. Interesante como lo encontré encerrado y dejado atrás, ¿no?"

"¡Él estaba donde yo lo quería!", el contramaestre gruñó. "¡No vuelvas a tomar una de mis manos, no sin mi permiso!" Dirigiéndose a Franque, le rugió: "¡Suelta a ese tonto y ponte al pairo! ¡Zarpamos pronto!"

"A la orden, Boats". Franque miró a su alrededor. Krist estaba en la cubierta de sotavento arrastrando una canasta de protectores contra ratas. Se tambaleaba de manera insegura pero logró una inclinación de cabeza para su hermano. "Ahora mismo", dijo, y luego se inclinó la cabeza al intendente en señal de agradecimiento. Ben solo hizo una mueca y se fue.

Después de una inspección minuciosa, el barco se hizo a la mar y se dirigió río abajo hacia Diaph y, eventualmente, al mar abierto.

164

CAPÍTULO VEINTIDÓS

Eusari había jurado que nunca regresaría a Eston, pero esa arcada indeseada se cernía allí delante. Apestaba a la inmundicia vil de una ciudad apilada sobre sí misma por todas partes y desempeñaba un papel muy por encima del resto del imperio, haciendo alarde de su sentido de superioridad. El dinero, las políticas, el robo, la corrupción y el dolor; todos florecían en este lugar, y ella no quería tener nada que ver con ellos. Pero en la sombra de la codicia de la ciudad descansaba una indicación de la libertad total—barcos amarrados a los muelles y esperando que sus tripulantes los liberaran sobre las aguas del mundo. Ella extrañaba la navegación; se había olvidado de la fuerza de la atracción del océano; daba igual su conexión fuerte a la naturaleza y a la tierra firme.

Ella ojeó las decenas de barcos de vela en busca de uno solo, el que había perdido hace tanto tiempo. Él me lo robó, recordó, aunque hasta ahora nunca le había importado a ella. No le había hecho caso del motín en aquel entonces, enfocada en su misión de proteger el mundo en el que su hijo estaba a punto de nacer. Lo que había hecho Jacque en aquel tiempo era una bendición, acabando el capítulo de la vida de ella en el mar. Esta había empezado cuando ella era muy joven, apenas una adolescente y robada de su familia por esos saqueadores del norte. Él estaba allí en aquellos tiempos, ese hombre que merecía su venganza. Él la ganó aquí, en esta ciudad, pero no en la manera en que ella había planeado. Braen le había detenido la mano.

"No está aquí", ella le dijo a su primer oficial.

"No. Varios días por delante de nosotros; sus asuntos aquí requerían poco tiempo".

"¿Así que hacia delante a Diaph después de presentar a Robert? Me quedo la noche, y estamos en camino".

Peter asintió.

Se sentía bien estar a su lado otra vez. Estaba superando la adicción; cada día apestaba menos a ron y temblaba menos.

"Nunca pensé que yo regresaría aquí", ella admitió.

"Nunca pensé que yo estaría a tu lado otra vez".

"Nunca saliste".

Él se giró ante eso; una lágrima pequeña se formaba mientras la contemplaba. "¿Lo dices en serio?", él le preguntó.

"Eras lo más parecido a un padre que encontré después de perder al mío, y el amor por un hombre así nunca se extingue".

"Te amaba de la misma manera; eras la niña que nunca crié".

"No se crían a los niños en el mar", ella observó. "Por eso hay que pisar la tierra firme".

"Firme. Estoy más firme ahora que nunca antes en mi vida, gracias a ti".

Le tocó a ella asentir. Fue lo menor que pudo hacer para su primer oficial y mejor amigo, con la excepción de Braen. "Lo extraño", ella dijo. "Aquí es donde ocurrió".

"Lamento que yo no estuviera aquí para interponerme".

"Yo no te lo habría perdonado. ¿No es curioso eso?"

"No. Es cómo es con el amor y la familia. Hay que perdonar o, de otro modo, todo es un desperdicio".

"Siempre me has dado consejo buenísimo. Ojalá que hubieras estado a mi lado todos esos años".

"No me quedan muchos; valoremos los que tengamos".

Eusari asintió. Ya valoraba este momento. "Encuéntranos un buen atracadero", exigió, "uno con salida rápida pero fácil de alcanzar si nos persiguen".

"¿No confías en el rey?"

"Confío en él tanto como en cualquier otro hombre a quien he conocido, excepto tú y él y uno más". Pero sí, había uno más, una vez, el traidor, el despreciable. Si alguna vez ella viera su cara, ella la reconocería y lo enviaría a los dioses. "Tienes el timón, Peter. Voy abajo para prepararme".

Robert se sorprendió porque su madre había seleccionado un carruaje en que llegar al palacio. Siempre había pensado que ella evitaría tal extravagancia si tuviera otra opción, pero ella demostró que él estaba equivocado. Vestida con una toga deslumbrante, parecía una cara diferente de la moneda de la mujer que capitaneaba su propio barco. Represalia y Eusari significaban la muerte y la destrucción, pero la mujer en el vestido llevaba una decepción mucho peor que sus cuchillos. Incluso sonreía mientras se acercaban al jardín de rosas.

"Tu abuela plantó estas", ella explicó. "Yo estaba muy ocupada la primera vez que las vi, demasiado ocupada para apreciar lo que ella había hecho para esta ciudad. A pesar de sus fallos, ella amaba esta ciudad, aun si no a la gente".

Robert observó más cuidadosamente las rosas aquí y por todas partes de la ciudad. Las enredaderas se arrastraban hacia arriba en casi todos los edificios, floreciendo con colores que parecían ofrecer el brillo y la esperanza donde casi todo el mundo anticiparía la decadencia y la pobreza. La presencia de tanta belleza de verdad cambiaba el estado de ánimo de las personas que caminaban por las calles en comparación con las de Logan y en casa. "¿Era una buena mujer? ¿Mi abuela?", preguntó.

"¿Buena mujer? No, en absoluto. Reina excelente, según lo que entiendo, pero de nuestro encuentro breve no me atrevería a decir que fuera buena. Ella adoraba al hijo equivocado y ciertamente pasó por alto a tu padre. Él era la mejor posibilidad de éxito para Andalón, pero lo vio... como más débil que ella hubiera preferido. Ella nunca entendió a Robert a la perfección".

"¿Lo conocías?"

"Solo por un tiempo breve durante la guerra, pero Amash lo conocía personalmente y te contará más".

"¿Puedo confiarme en él, en el rey?"

"Creo que sí; me confiaba en él, y también lo hacía otra persona muy especial para mí. Él era un juez maravilloso de carácter. Pero, Robert, tu vida está a punto de hacerse muy confusa muy rápidamente. Eres mi hijo a pesar de que no di a luz a ti, y como tu madre te ofrezco, como rey futuro, algún consejo. Préstale atención como la verdad más importante con respecto a tu papel".

"Te quiero también, mamá, por supuesto. ¿Qué es lo que quieres que yo sepa?"

"Nunca confíes en un político. Si está hablando, ya ha estado tramando detrás de una puerta mugrienta y está ocultando sus motivos verdaderos. Cada trato beneficia directamente a él, o a quienes lo rodean, y estos apoyan un propósito diferente al de las personas que representan".

"¿Podemos simplemente descartar a los corruptos y reemplazarlos con hombres y mujeres honestos y desinteresados?"

"Ojalá que fuera así de simple. El poder engendra la corrupción, y no hay manera de evitarlo. Tu papel tiene que ser el de encontrar el equilibrio, mitigar su impacto en cualquier gran oscilación del péndulo y siempre considerar las necesidades y los deseos de tu gente tal como ellos los ven, no como los vean estos maquinadores que visten piel de cordero".

"Entonces, básicamente, ¿no confiarme en nadie?"

"Eventualmente vas a hacer amigos de confianza, y luego mantenlos muy cerca. Confía en tu corazón cuando no puedas creer lo que escuchas. Ya te has perdido si te olvidas de este consejo".

"¿Perdido qué, exactamente?"

"La libertad de las personas para vivir y, con ella, su libertad en general. Una vez que esos ideales se enturbian para obtener ganancias políticas, pronto se alejan por completo y has perdido la confianza de la gente".

"Gracias, mamá".

"Te quiero, Robert, con todo mi corazón. Tú sí serás un rey maravilloso y ciertamente porque te crié para ese papel".

"Me criaste bien".

"Hice errores con cada uno de ustedes, como lo hizo Flaya con Tara".

El rostro de él delató la tristeza y pérdida ante la mención de su nombre. "La extraño mucho. ¿Debo dejar de perseguirla?"

"Sigue tu camino, y deja que ella siga el suyo. Si está predestinado, ustedes se encontrarán de nuevo".

"Su madre es estricta, y su camino quizá no lo hace ella misma".

"Yo no sabía nada de ser madre, Robert, cuando llegué a ser madre de todos ustedes. Mi propia juventud era maravillosa pero protegida. Mi padre era alguacil y adinerado; así que mi madre estaba en casa con nosotros todo el tiempo. Pero eso terminó en el peor momento para mí, justo cuando me convertía en mujer. Tenía trece veranos cuando los saqueadores me robaron la niñez. Secuestrada y destruida, nunca más recordaba mi pasado porque el presente era demasiado temible".

Eusari se levantó las manos, profundamente marcadas en patrones de filas y ángulos apretados. Lo que le había dañado la piel entre sus dedos, de sus palmas, muñecas y antebrazos debía de haber sido muy doloroso, incluso física y emocionalmente. Los chicos rara vez le habían preguntado acerca de ello, y cuando lo hacían, ella simplemente lo explicaba como una parte de ella misma que ella había decidido dejar volar.

"Robert, hay una pregunta de hace años acerca de la humanidad y por qué la gente se comporta en la manera en que lo hace. La respuesta, según algunas personas, tiene que ver con la naturaleza del niño desde su nacimiento, que es producto de quienes eran sus padres. Por esa teoría el fracaso o el éxito es inescapable; es predeterminado y crea un ciclo interminable de ambos lo bueno y lo malo".

"Pero los hijos no siempre se comportan como sus padres. Tara, por ejemplo, no es nada como su madre", él argumentó.

"Pero su madre dice que es exactamente como su padre", Eusari respondió.

"Entiendo", Robert dijo aunque seguía teniendo dudas. "¿Pero no tiene algo que ver la situación? Tara no creció cerca de la misma cultura que Flaya".

"Es bien cierto y presenta el otro lado del argumento. Cómo se crían a los niños también juega un papel. Una vez conocía a dos hombres, nacidos de los mismos padres y criados en exactamente la misma manera en todos los sentidos excepto uno. Por alguna razón la madre favorecía a uno sobre el otro y castigaba al más joven severamente, criándolo con críticas constantes y reprimendas feroces. Ambos heredaron el enojo de ella, pero uno había aprendido a controlarlo mientras que el otro se entregaba a él al punto de que se convirtió en una locura".

"Qué horrible". Robert trató de imaginar si su padre, el rey Robert, había experimentado lo mismo, si ella ahora estaba hablando de él y su hermano Marcus. Su contienda era el motivo de la Guerra de los Hermanos.

"Acabo de decirte que mi niñez me fue robada, pero eso no es toda la historia. La verdad es que sí me la robaron, pero también me vendieron a unos hombres crueles y me hacían sufrir trauma que ningún joven debe de sufrir. Mientras que una vez había estado en el camino hacia el éxito y viviendo los valores de mis padres, viré mucho y buscaba la oscuridad en el enojo, el resentimiento y la venganza. Ya no recordaba mi pasado porque decidí no recordarlo. Me lo arranqué y lo escondí, enterrándolo profundamente en un intento débil de salvar lo único de mí que consideraba bueno. Básicamente me convertí en la oscuridad, y esta siempre me rodeaba".

"Pero no ahora. Eres buena, una madre maravillosa para nosotros que nos ha enseñado el amor y el perdón".

"Son valores que aprendí de nuevo en el camino con la ayuda de un hombre muy especial, él que aprendió a controlar su propio enojo y odio— el hermano no consumido por la locura. Sin él, yo nunca habría encontrado la semilla que mis padres habían sembrado, y él me enseñó a encontrarla dentro de mi corazón y nutrirla. Intentaba yo inculcar esos valores en ti, en Franque y en Krist para ayudarles en sus propios caminos a doquiera".

Robert se rió ante el pensamiento de sus hermanos. "¿Quién era su padre? ¿Fue este hombre de quién hablas?"

"Sí, Braen no era nada parecido al monstruo que las leyendas han pintado. Se han entremezclaban lo malo y lo bueno; entonces se confundían los hechos acerca de su hermano".

"¿Es verdad que el rey lo mató?"

"La persona a quien Amash mató no era mi Braen. Ese hombre ya se había muerto hacía mucho".

Robert lo consideró mucho tiempo; entonces entendió por qué ella se lo había contado. "No soy ni mi padre ni mi madre, pero quizá me parezco al uno o a los dos de vez en cuando. Tampoco soy tú, pero tengo esas semillas que has plantado para guiarme. Estoy a punto de emprender un viaje que es mucho más oscuro que cualquier otro que he caminado, incluso al de esta semana pasada. Si me olvido de estos valores que me has enseñado, los enterré profundamente y llegaré a convertirme en algo que yo nunca quería".

"Siempre has sido muy sabio, Robert, y eso de verdad sale de tu padre, el rey verdadero. Aférrate a esa dulce compasión pero no confíes en toda la gente tan fácilmente. Ese era el mayor defecto de él. Al final eclipsó sus puntos fuertes y resultó en su muerte".

"Lo recordaré, mamá".

"Bien. Ahora, esperemos que Franque y Krist recuerden esos valores también. Tengo alguna idea de lo que están sufriendo, y pienso poner fin a su sufrimiento antes de que vaya demasiado lejos. Cada uno tiene mucho de su padre dentro de él, los aspectos más oscuros, más peligrosos, pero ellos también se confían en otra gente demasiado fácilmente".

"En el viaje observé que cambiaste, mamá. Eres diferente a la mujer que me crió; veo en ti una luchadora, y me asusta".

"Fue a propósito. Si voy a rescatar a tus hermanos, tengo que hallar a la mujer que yo era antes de conocer a Braen. Tengo que ser la oscuridad y tengo que ejercer la venganza con impunidad. Pero temo que se me haya olvidado de cómo era esa mujer. Hace mucho tiempo".

"¿Por eso estás vestida así ahora? Elegante y como una dama de nobleza en vez de con cuero y pieles?"

"Sí. Necesito un descanso de esos recuerdos que el viaje ha soltado. También me tengo que presentar a esta corte para ayudar a aumentar la confianza de los consejeros del rey en ti. Necesitan ver que tienes educación y nacimiento noble".

Robert sonrió; una risita se escapó cuando pensó en Krill y Sippen en el barco. "Si solo supieran cómo se me crió, y por quién", dijo, compartiendo una risa con su madre.

Charleigh, viajando al lado del conductor con Marita y Sebastian, interrumpió su momento íntimo. "Los Soñadores saben que él está aquí", ella explicó. "Envían un grupo para guiarnos al palacio. Amash insistió en que su escolta le daría a Robert más legitimidad".

"Caroline es parte de ella", Marita dijo con un resoplido.

Robert miró mientras Sebastian le acarició la mano en una señal de apoyo. Para la sorpresa de él y Sebastian, ella la agarró con entusiasmo y la apretó con fuerza. Esto hizo que el trabajador del campo se sonrojara de vergüenza detrás de la sonrisa más grande que nunca había visto Robert.

Eusari asintió. "¿Estás bien con eso?", le preguntó a Marita. "Se que tú y Caroline nunca se llevaban bien".

"Nunca me llevaba bien con ninguno de ellos. Siempre eran muy crueles".

"Porque eras muy diferente a ellos, en una manera que nunca comprendían".

"Yo era extraña de niña", Marita contestó, "e incluso tú me rechazabas".

"No te rechazaba. Yo temía tu poder porque me di cuenta de lo peligroso que era, y tenía miedo de lo que llevarte en la misión más peligrosa de todas te haría a la mente. Además", añadió, "es cómo tú y Alec se unieron tan bien. Él era el adulto perfecto al que unirte".

"Nos necesitábamos el uno al otro", Marita dijo con una inclinación firme de cabeza.

Más adelante, un contingente de caballos del palacio se acercaba. Llevaban los estandartes de los Soñadores junto a los del rey. Robert levantó la vista a la rosa y su corazón se aceleró mientras la bandera ondeaba en la brisa; él anhelaba tener alas y volar.

"¿Por qué el rey Amash cambió el estandarte?", preguntó.

"Cada gobernante puede seleccionar el suyo. La rosa frecuentemente se queda; solo el águila va y viene, parece. Amash pensaba que pertenecía más a tu padre y la dejó fuera", Eusari explicó.

"Dama Eusari", Caroline dijo al acercarse, "el rey le da la bienvenida a Eston".

"Hola, Caroline", Marita cantó en voz soñadora, sonriendo y abanicando las pestañas. "Oí que te tenían ocupada durante un rato".

Caroline puso mala cara y se dirigió a Robert: "Nos superaste, pero no dejes que se te suba a la cabeza. Cuyler te humillará pronto, si vas a entrenar".

Robert simplemente se encogió de hombros.

"Habrá un baile en su honor, doña Eusari", Bearnard añadió, "y el rey espera que usted asista a pesar de la urgencia con la que necesita salir".

"Me quedaré por la noche; así que asistiré", Eusari contestó amablemente. Señaló a Charleigh y a Marita. "Pero mis amigas y yo no tenemos vestidos de baile ni accesorios para tal ocasión espléndida. ¿Sería posible que el palacio proporcionara vestidos?"

Caroline miró a Marita con desdén: "No se preocupe. Creo que puedo encontrar algo que hace juego con la posición de ellas".

"Lo dudo", Marita le dijo a Charleigh, y las dos resoplaron de risa. A Caroline añadió: "Pero los mejores esfuerzos del palacios serán agradecidos". Esto hizo que la mujer y Bearnard se fueran rápido al frente de la procesión.

"¿De veras te odian?", Robert le preguntó a Marita.

"Sí, desde siempre".

"¿Por qué?"

"Celos", Eusari dijo, y le mostró a Marita una sonrisa y sus dos pulgares hacia arriba.

"Eso", Marita respondió, haciendo el mismo gesto, "y el hecho de que Caroline no es nada menos que una cantinera asquerosa".

CAPÍTULO VEINTITRÉS

Tara dobló la masa, amasándola con un puño y golpeando sus frustraciones amortiguadas en el hogar por debajo. Con cada golpe pensaba en su madre, maldiciendo el día cuando la desechó en el Área de los Rehuidos con la mujer vieja. Cada día desde entonces había sido igual, desperdiciado en el cocinar, el limpiar y el adorar a la bruja como si fuera una criada. Recogió la mezcla aplastada y espolvoreó por encima la levadura. La dobló y batió una vez más.

"Desperdicias la energía así", la chica advirtió.

Lina, Tara recordó. Se llama Lina, y su hermano es Adsil. "Me da igual. Me ayuda a pasar el tiempo". Una mano amable le tocó el brazo y Tara se congeló, de repente lamentando su enojo hacia la madre. Levantó la vista, encontrándose con los ojos de la chica y tembló ante su amabilidad. Su aliento se estremeció al salir de su pecho, y las lágrimas empezaron a caerse a la vez. "¿Cómo me podría dejar aquí?", exigió. "¿Con personas que me odian?"

"No te odio", Lina respondió.

"No. Me lamentas, la hija de un shappan mandada aquí como una esclava para tu abuela".

"Estás equivocada".

Tara se abrió la boca para discutir, pero la sinceridad de la chica desvió cualquier acusación que pudiera ofrecer.

"Estoy segura que tu madre tiene una razón para enviarte al Área de los Rehuidos".

"Me odia".

"No. Ella quiere que te conviertas en pescari".

"¡Yo soy pescari!"

"Ser pescari se gana por más que simplemente el nacer".

Tara se detuvo, considerándolo.

"Felicima no nos escogió como su gente porque nacimos bajo su vista", la chica explicó. "Ella observa nuestras acciones; evalúa y decide si merecemos el nombre".

"No sé…", Tara empezó.

"¿Qué es que no sabes?", la chica preguntó suavemente. "¿No estás segura de que crees?"

"Sí".

"Es normal. De niña la vi como nada más que un fuego en el cielo. Todos los niños dudan hasta que presencian sus milagros".

"No soy niña". Tara protestó.

"En los ojos de Felicima todos somos niños".

"Yo… no la conozco. Felicima es la diosa de mi madre, no la mía. Para mí, ella es simplemente eso, un fuego en el cielo que nos calienta y pone verde a los cultivos".

Lina tomó las manos de Tara en las suyas, poniéndolas por encima de la pila de masa. "¿Sientes su calor?"

"No. Solo el frío".

"Ven". La chica la llevó a la ventana donde varios montones de masa crecían al sol. "¿Alguna vez te has preguntado por qué la masa sube con el calor?"

"Es un proceso. Robert dijo que es porque la levadura se activa y emite gasas para esponjar la mezla".

"¿Pero por qué subir mejor bajo los ojos de Felicima y no en la frescura de la oscuridad?"

"No… no lo sé".

Linda golpeó uno de los panes que se levantaban, aplastando el centro.

Tara se estremeció, no anticipando la ferocidad con que la chica lo había golpeado.

"Este pan subirá, igual que los otros. Pero si lo pongo en un lugar más fresco, lejos de la vista de Felicima, subirá lentamente. Incluso la masa anhela complacerle, subiendo triunfalmente bajo su mirada".

Tara se detuvo. Tocó con cautela los montículos de masa a ambos lados, sintiendo el calor que emanaba desde adentro. "Tonterías", dijo.

"Absorben el calor y suben, pero eso no significa que el fuego del cielo sea diosa. Los de Andalón lo llaman el sol. Emite el calor, no poder".

"Ven". Linda, todavía sosteniendo la mano de Tara, la llevó afuera. "Mira las flores", exigió, sonando mucho a su abuela. "¿Ves hacia qué dirección miran?"

Tara soltó un grito ahogado. Cada flor miraba el sol, disfrutando de su gloria.

"Una vez volteé una maceta", la chica admitió, "para ver si la flor seguiría creciendo de espaldas al sol. Al día siguiente se había dado la vuelta, esforzándose por bañarse bajo el ojo de nuestra diosa. Felicima es real, Tara, hija de Taros, y ella está presente en cada aspecto de nuestro mundo. Ella deja su favor en nosotros. Incluso en el invierno nuestras caras sienten el calor bajo su mirada. Se esconde solo cuando está ofendida".

Tara no estaba convencida. "No lo sé. No pienso que yo vaya a creer nunca como una pescari".

"Ven". Lina le agarró la mano y la llevó hacia un horno. "¿Qué ves aquí?"

"Un fuego en un horno, un horno para cocer cerámica en vez del pan".

"¿Y de dónde viene ese calor?"

"La madera, se quema y lo suelta".

"No. Todo el calor viene de la Diosa", Lina corrigió. "Mira". Ella puso una pila de hojas y ramas pequeñas a un lado; luego sostuvo un prisma sobre la pila.

"No veo nada".

"Dije que miraras", la chica espetó, otra vez reflejando el carácter de Kailani. Seguro que era su nieta.

Tara miró fijamente y esperó. Pronto una chispa encendió las hojas y la fajina empezó a arder. "Eso no significa nada en cuanto a probar la existencia de tu diosa", ella protestó. "El maestro principal nos enseñó que el sol emite calor, el cual puede ser magnificado por el vidrio".

"Entonces no tengo nada que enseñarte", Lina dijo tristemente. "Quizá mi hermano tenga éxito donde he fracasado".

Tara se dio la vuelta para encontrar al hermano de la chica, quien estaba mirándolas desde la entrada de la casucha. Se le quemaban los ojos con enojo, y su boca bien apretada prohibía cualquier comentario.

"Ve con Adsil", Lina ofreció, "y aprende de él lo que no quieres aprender de mí".

Adsil, resultó, era el nieto de un shappan anterior que se llamaba Cornin. Según lo que Tara entendía, el padre de ella había matado al shappan, enviando a su descendencia al exilio en el Área de los Rehuidos.

Mientras que Lina había sido amable e instructiva, Absil era duro y cruel.

"¿Por qué estás conmigo?", él exigió.

"Lina piensa que puedo aprender más de ti", ella explicó mientras montaban a caballo. Esta era una habilidad que ella conocía, el montar a pelo, ya que Flaya se lo había impuesto desde la juventud.

El hombre se bajó del caballo sin comentarios; revisó una trampa e hizo una mueca ante la manera en que se la había hecho saltar sin atrapar presa. Su irritación era evidente, ambas la por ella y por la falta de comida para el día.

"Lamento que mi padre asesinara a tu abuelo", ella ofreció. "No conocía yo a ninguno de ellos así que no puedo hablar sobre cuál era el más justo".

Adsil se congeló. "¿Cómo te atreves a deshonrar a tu padre de esa manera?", la acusó.

"Lo siento. Yo no conocía a ninguno de los dos", admitió. "Mi padre se murió antes de que yo naciera, así que no considero a mis dudas como deshonrar".

"Da igual a quién o a cuál conocías". Señaló hacia arriba mientras añadió: "¡Basta decir que tu padre ganó shapalote baja la mirada de Felicima!"

"Pero tu abuela cree que mi padre hizo trampa".

"¡Las divagaciones de una anciana no hacen que un caso contra la diosa sea cierto!", espetó el chico. "Si hizo trampa o robó el poder de la diosa, ya no es relevante!", añadió. "Taros ganó, y Cornin perdió. Era la voluntad de Felicima".

Tara no podía creer lo que oía: "¿No cuestionas si la lucha fue justa o no?"

"¡No! ¡Cuestiono si podemos cuestionar a la diosa!" Adsil se enfureció por un momento, apretándose los dientes y buscando palabras. Cuando por fin contestó, su ira se había calmado: "Te oí admitirle a Lina que desconfías".

"No desconfío; yo dudo".

"La abuela una vez me enseñó que es mejor creer en Felicima y morirse, para entonces enterarse de que ella no es real, que vivir como si no existiera y luego enterarse de que sí es la Diosa. La venganza le pertenece a ella, y la ignorancia es la única oportunidad para el perdón que tiene un alma. Una vez que se le enseña y la duda se convierte en la desconfianza, ella negará su calor y te echará al frío eterno".

"Los de Andalón enseñan que el fuego es el otro destino, que a los pecadores se los tiran al azufre".

"Los de Andalón son estúpidos, igual que los inmigrantes de Fjorik".

Tara se puso tensa. "¿Ellos están aquí? ¿En Nuevo Weston? No confío en nadie de Fjorik", dijo, pensando en Greta.

Adsil asintió. "Con razón. Son una plaga sobre todo este continente, predicando acerca de su Padre Supremo. Hablan con una filosofía torcida, y las brujas andan entre ellos".

"¿Brujas? ¿De qué hablas?"

"¿Has visto a los Soñadores? Los Gatos de la Nieve también pueden acceder la misma magia; lo único es que la utilizan indiscriminadamente para torturar y hacer que otros se convirtieran a su religión".

"No puede ser verdad", Tara protestó. "¡El rey y los Soñadores no lo permitirían!" Pero ella sí había aprendido de los Gatos de la Nieve del maestro principal y cómo habían ayudado al pirata Braston durante la Guerra de los Hermanos.

"Son un culto, adorando a su Padre Supremo en la oscuridad y haciendo sacrificios a su memoria. Cuando un niño o una niña joven se desaparece en la ciudad, se dice que ha sido secuestrado por esos demonios de Fjorik".

"¿Adsil", Tara preguntó, esperando olvidarse de la pelea con Greta y cambiar el tema de los cultos y los demonios. "¿Me enseñarás más acerca de Felicima? Quiero creer. Creo que las palabras de tu abuela se llenan de sabiduría".

"Lo haré", el joven prometió, "pero primero tengo que enseñarte a atrapar presa. Tu prueba va a incluir el conocimiento de esas habilidades".

"¿De veras hay una prueba? ¿Cómo será?"

"Es diferente para todos, pero hice el mío el verano pasado. Sé el significado detrás de mi nombre".

"¿Cuál es?"

"Si no lo sabes, no te lo puedo decir".

Tara miró mientras el joven cuidadosamente ató de nuevo la trampa, poniendo un cebo de tal manera que no desordenara el anillo exterior. "¿Por qué vives entre los rehuidos, Adsil? Seguro que no les van a castigar a todas las generaciones de tu familia".

"No, no es así. De hecho, mi padre siguió al tuyo a la guerra contra los de Andalón. Estuvo allí cuando se murió tu padre y hablaba frecuentemente de la valentía sin rival del shappan. Pero él también se murió poco después, en un derrumbe de una de las minas. Mi madre lo siguió poco después, víctima de Andalón y su provisión interminable de bebidas alcohólicas. Se bebió primero hasta el estupor, luego hasta la debilidad ante la Diosa".

"Lo siento mucho, Adsil. ¿Cómo se murió?"

"Se desvistió por completo y salió del campamento a pie, derecho hacia la Caldera de Cinder. Todos pensamos que ella se había tirado en ella para unirse a mi padre en las llamas. La abuela nos crió a Lina y a mí después de eso, pero ella es muy vieja y no durará mucho bajo Felicima. Decidimos quedarnos entre los rehuidos después de nuestros rituales de nombramiento hasta que ella ya no necesite nuestro cuidado".

"¿Desafías a Felicima?"

"¿Cómo?"

"La debilidad pertenece a los rehuidos, lo primero que la diosa ve al levantarse. Los pescari escondemos nuestra fuerza en el extremo occidental del campamento o, en este caso, de la ciudad. La desafías al esconderte entre los débiles".

"¿Cómo sabes que yo no soy de los débiles también?

"Porque te veo, Adsil. Observé la resistencia detrás de tus ojos cuando defendiste a mi padre, poniéndote en contra de, incluso, tu propia abuela, quien maldice el nombre de Taros. Pero eres diferente, hablándome honestamente y ayudándome ahora mismo".

"Tengo que ayudarte a prepararte para la prueba".

"Solo porque lo exige tu abuela, pero aún así creo que negarías hacerlo si tuvieras opción. Adsil, creo que sé el significado de tu nombre".

El joven se rió y esperó expectante con ojos entretenidos.

"Tu nombre significa la fuerza, tanto de corazón como de mente, pero especialmente del deber".

La sonrisa de Adsil desvaneció, y de nuevo él miró a través de la chica montada a caballo. "Ven", dijo por fin, "tenemos mucho que hacer, y tú tienes mucho que aprender. Pero en cuanto a ser pescari, seguro que estás muy en camino, si no has llegado ya". Él se subió a su caballo y lo espoleó hacia adelante con sus talones.

Tara siguió, segura que había adivinado correctamente.

CAPÍTULO VEINTICUATRO

Los últimos cuantos días habían sido buenos para el rey Esterling. Su mente se sentía más clara, y la voz le había dejado en paz por la mayoría. Excepto por unos empujones, como la noche en El Tramo cuando le dijo cuándo moverse fuera del alcance del francotirador, la voz se había quedado fuera de su cabeza. Estaba agradecido por eso, aun si había negado ofrecerle detalles de quien era el asesino.

Se puso más erguido, con la emoción agregando un rebote a sus pies y la urgencia en su estado de ánimo. Sus amigos estaban cerca, en su palacio—compañeros que no había visto durante diecisiete años. Eusari había llegado, y también Sippen y Krill. Verlos despertaría recuerdos de juegos de naipes, vinos buenos y aventuras. Pero lo más importante, Marita estuvo allí; esa niña amable pero extraña había crecido, y él no podía esperar a escuchar todas sus historias. Sin dudo le entretendrían durante horas.

"Apúrense", les exigió a sus asistentes. Sus acciones meticulosas requerían más velocidad si él fuera a disfrutar al máximo la única noche que tenía para rememorar. Esta noche era para él, y él llegaría más temprano que de costumbre. Quizá sería la última celebración si se creyera la voz.

Por supuesto que se me debe creer, respondió, borrándole la sonrisa del rostro del rey en un instante. La risa resonante que soltó hizo que el cuerpo del rey se estremeciera, y él apartó su brazo de uno de los asistentes.

"Yo no había terminado, Su Alteza".

"¿Qué?", preguntó, sorprendido al escuchar la voz de una persona real. "Oh". Le extendió el brazo para recibir los gemelos.

La puerta de la cámara se abrió, y Percy Roan entró.

"¡Ah! ¡Su Alteza! ¡Veo que ya está vestido!"

"Ningún asunto del estado esta noche, Percy, a menos que una guerra esté en nuestra puerta u otra cosa igual de funesta sea inminente. Tengo que asistir a una gala".

"¡Sí, Mi Señor! Toda la nobleza está presente y entusiasmada para saber por qué anunció una gala con solo dos días de anticipación. El personal del palacio, sin embargo, logró prepararlo todo, y el gran salón está magnífico".

"¡Excelente!", Amash sonrió. Aunque odiaba la extravagancia, había mandado que no se ahorrara nada para esta gala.

"¿Señor?", Percy instó, "¿cuándo compartirá el motivo por tal evento? Nunca me mantiene en la oscuridad, y debo decir que estoy perplejo".

"Aprenderás esta noche, junto con los otros". Los asistentes terminaron de esponjar su ropa elegante, y él dio un paso adelante, extendiéndole el brazo a su canciller. "¡Llévame a mi gala, Percy!"

Robert estaba de pie al lado de su madre, impresionado por su belleza en el vestido de baile. Negro y suelto, hacía juego con su cabello negro azabache, ahora lavado y peinado para curvarse con gracia y acentuar la redondez de su cara. Era magnífico, resplandeciente con esmeraldas brillantes que combinaban perfectamente con el tono de sus ojos. Ella brillaba con nobleza, a pesar de haber vivido toda su vida en el mar o en su granja modesta.

"Relájate", ella le dijo.

"¿Cómo?", él preguntó. "Estoy temblando en mis botas. Esto es demasiado". Él jugueteó con su corbata, y ella le golpeó juguetonamente la mano.

"Por lo menos aprende a jugar el papel, como yo. Domínate, pase lo que pase. Habla poco, y recuerda que la mejor defensa contra la conversación es el aburrimiento". Ella se detuvo y entonces sonrió de manera diabólica. "Y pase lo que pase, no trates de bailar esta noche, da igual la belleza de la que se lo pide. Tienes que quedarte como enigma a estos nobles, y cada uno de sus acercamientos será para evaluarte. No les des nada".

"Es más difícil de lo que suena".

"Lo sé, pero es lo único que debes hacer esta tarde. No les dejes aprender nada de ti, da igual lo que pase".

La fila se adelantó mientras los porteros anunciaron al duque y a la dama Winston de Eston. Eran una casa orgullosa, una de las más ricas presentes, o así lo explicó Marita.

"¿Cómo lo sabrías tú?", Caroline exigió de detrás de ella.

Marita y Charleigh giraron y le lanzaron miradas de lástima antes de bostezar simultáneamente y abanicar sus senos. Robert intentó fuertemente no mirar a estos pero siendo un joven celebrando su decimoséptimo verano, fracasó miserablemente.

Las dos mujeres eran impresionantemente hermosas y, en la opinión de él, las mejores vestidas presentes. Aunque sus vestidos fueron cortados de manera diferente, parecían provenir del mismo rollo de seda púrpura real. Cómo habían llegado a conseguir vestidos tan caros en un solo día le desconcertaba ya que parecía que las habían cosido en ellos. Estos eran, sin duda, diseños personalizados, y cada una parecía ser realeza verdadera.

Caroline, en su sencillo vestido de color azul cielo con adornos dorados que hacían juego con un collar de rubíes, intentó ganar terreno a las mujeres. "¿Dónde robaste esas joyas? No hay forma en que se las prestaron a ninguna de las dos... Oh, entiendo; son cosas de vestuario. Debía de haberme dado cuenta por su vistosidad".

Robert también se había preguntado cómo se confiaba tanto en ellas para prestarles joyas tan caras. Marita vestía una tiara de diamantes de al menos cincuenta quilates. La de Charleigh, aunque era más delicada para combinar con su cuerpo más bajo, tenía igual número de quilates, además de una joya perfectamente engastada del mismo color púrpura que su vestido.

Eusari estaba de pie para entrar con Robert, pero Marita, no haciéndole caso a Caroline, le dio un golpecito en el hombro a la madre de él. "Lo siento, Dama Eusari, pero debemos ser presentadas antes que Robert. Nuestro rango lo requiere".

Eusari se puso a un lado con una sonrisa e hizo señales para que siguieran adelante mientras Caroline se reía.

Marita, con un gesto grande de la mano, le entregó al portero su tarjeta de presentación. Él la leyó varias veces y ojeó a ambas mujeres con una mirada grande de evaluación antes de poner en marcha la fanfarria. Todos los presentes se giraron como si el mismo rey hubiera llegado.

"Nobles damas y caballeros, favor de inclinarse y hacer una reverencia en aceptación andalona de la llegada oficial y la presentación de las princesas elegibles Marita y Charleigh Pogue, las hijas menores de su alteza real, el rey Alec Pogue, el gobernante supremo de Cargia y emperador del Continente Unificado del Sur".

Robert miró mientras las dos mujeres giraron y le guiñaron un ojo a Caroline, sorprendida e incrédula, antes de entrar deslizándose en el salón con todos los ojos fijos en ellas. Se deslizaron. En todos los sentidos de la palabra. Marita las llevó sobre un colchón de aire y volaron sobre él a varios centímetros por encima del suelo. Cada persona en el salón se quedó boquiabierta y luego vitoreó el espectáculo.

"¡No!", Caroline protestó. "¡Tiene que ser una mentira! ¡Y eso no es volar! ¡Es un engaño!"

"En realidad, no, Caroline; no es mentira", Eusari explicó tranquilamente. "El emperador Pogue recientemente expandió sus territorios a las islas en cascada en los confines del sur. También ya que sus hermanas mayores son todas casadas, esta sí es su presentación oficial de ser elegibles para pretendientes de Andalón". Eusari señaló que Robert diera un paso adelante. "Vas a entrar antes que yo ya que eres el último presentado esta tarde. El resto de nosotros entraremos como nobles menores y mercaderes. La única presentación después de ti es el rey".

"¿Qué hago?"

Eusari le entregó su tarjeta al portero y susurró: "Pasa al fondo del salón como si te perteneciera; entonces encuentra un lugar prominente donde estar parado y espérame. No tardaré nada".

Él asintió; entonces se estremeció cuando se puso en marcha otra vez la fanfarria. La mirada que le dirigió el portero le produjo una inquietud alarmante; ahora tenía miedo de lo que indicaba la tarjeta.

"Mis damas y caballeros de Andalón y la nobleza presente de Eston, favor de arrodillarse para la presentación del príncipe Robert Esterling, el hijo de Robert y Sarai Esterling y nieto del emperador Charles y la dama Crestal Esterling".

El salón de inmediato se calló y cada persona presente se congeló en su lugar. En el centro del salón, Marita y Charleigh se giraron al unísono e hicieron una genuflexión profunda ante Robert, haciendo que todo el salón pareciera ser una ola mientras todas las rodillas hicieron lo mismo. Él entró exactamente como le había instruido su madre y centró su atención en un lugar específico en el fondo.

Unos susurros silenciosos siguieron su estela: "¡El heredero verdadero!", algunos dijeron.

"¡El impostor!", otros exclamaron.

Robert no prestó atención a estas chácharas; siguió el camino indicado. Pero pronto se sintió mortificado al ver que la dirección que había escogido lo llevaba directamente al lado de un gran estrado con dos tronos por encima. Se dio la vuelta y se quedó allí con torpeza mientras tratando de parecer casual. Desafortunadamente, había terminado directamente al lado de un noble muy sorprendido.

El hombre lo evaluó, mirándolo de arriba abajo, antes de decir simplemente: "Dios mío, usted es la viva imagen de su padre pero con los ojos de su madre. Es como si los hubiera visto ayer".

"¿Y usted es?", Robert preguntó de manera indiferente, esperando parecer estar aburrido, como Eusari le había instruido.

"Soy Percy Roan, de Weston, el canciller real del reino de Eston".

Robert entró en pánico cuando se dio cuenta de que hablaba con el segundo hombre más importante del reino. Pórtate como aburrido, se dijo a sí mismo, bostezando y mirando a otro lugar. Entonces esperó como todos los otros la llegada inminente del rey. Sintió que los ojos del hombre le estaban quemando un lado de su cabeza, pero negó hablar con el canciller. Afortunadamente, el monarca apareció pronto, rompiendo la mirada fija del noble.

La fanfarria eclipsó la sinfonía combinada que había saludado al príncipe y a las princesas, y el salón de nuevo hizo una genuflexión colectiva mientras llegaba el rey. Entró en el salón exactamente como lo había hecho Robert, con propósito y dirección como si el salón le perteneciera, pero resulta que, en este caso, sí, le pertenecía. Al horror de Robert, el gobernante venía en su dirección.

El rey lo evaluó, sonrió, y entonces puso un brazo alrededor del chico mientras se giraba para mirar a la multitud atónita. Todos los ojos en el salón de baile parpadearon cuando el rey y el canciller se pusieron de pie con un hijo desheredado de un príncipe revolucionario.

"Hola, príncipe Robert", el rey susurró.

¿Príncipe?, Robert se preguntó. En realidad solo soy un chico de la granja que anhela ser ingeniero. Él, como todas las personas en el salón, esperó para que el monarca hablara.

Eusari miraba mientras Amash empezó su discurso. Hace años había sido un orador elocuente, instruido en la retórica y conocedor de la ley y la discordia. Desafortunadamente, el último discurso que ella le había escuchado pronunciar había caído en un público con oídos sordos. Ella rezó para que el de esta noche resonara mucho entre la nobleza.

"Esta noche es un momento que he esperado todo mi reino para anunciar", Amash empezó. "Acepté mi destino en la vida sin ambición alguna, un poco de resentimiento y confusión acerca de cómo había sido elevado para gobernar al Reino de Estonia y todo Andalón". Con un brazo alrededor de un Robert preocupado pero sereno, él añadió: "Algunos de ustedes se han preguntado por qué no me he casado desde mi ascenso o por qué no he producido un heredero por otras maneras..."

Eusari sabía. Ese detalle solo ella había averiguado ya que ni siquiera Braen se había dado cuenta de que su amigo se había muerto y era controlado por otro. Después de que había terminado la última batalla, la voz controladora se había revelado a ella. Asqueada de, y horrorizada por, el plan, ella lo escuchó. Al final ella se puso de acuerdo y prometió cuidar a, y entregar a, Robert. Ella se encogió ante el recuerdo que Amash nunca compartiría con ella, temiendo el momento en que ella oyera esa voz otra vez.

El engañador; ella pensaba sin cariño del hombre, la voz que manipulaba como marionetista los movimientos y la mente del rey cuando quisiera. Ella había oído su voz muchas veces antes y nunca se preocupaba, hasta que la oyó saliendo desde el interior de otro hombre antes de que Braen fuera derribado.

La voz que hablaba ahora sí era de Amash, y ella se relajó.

"Mi anuncio es la castidad que me elegí como rey", él dijo, "una carga, sin duda, pero una garantía de que a Andalón nunca se le negaría su gobernante verdadero cuando cumpliera la mayoría de edad. Por cierto soy un Esterling, el hijo de Charles pero no el heredero a quien merecen ustedes. Ese heredero es este hombre joven, Robert, el hijo de Robert y mi media hermana Sarai".

La multitud se murmuró, y Eusari escuchó mencionar la locura o la sinilidad.

"Es verdad que soy el hijo de Charles, su hijo natural con la Dama Horslei, pero no el heredero prometido de su esposa legítima Crestal. No, ese hijo se casó con mi hermana y yo juré abdicar una vez que el heredero verdadero se hiciera mayor de edad".

La multitud se murmuró otra vez, esta vez hablando de la blasfemia y la traición. Eusari sintió que el pánico aumentaba y echó mano a los cuchillos que tan hábilmente había escondido en varios lugares de su vestido.

"Pero soy un hombre de palabra, un verdadero Esterling en el sentido de que he cumplido mi palabra. Por mis propios esfuerzos valientes a la conclusión de la Guerra de los Hermanos, les presento a ustedes al hijo del verdadero heredero de Charles, el linaje para reemplazar a su hijo natural. Les presento a Robert, hijo de mi medio hermano Robert, como mi heredero y sucesor. Será coronado Robert I de Eston, el verdadero emperador de Andalón. Él es el único pariente que me queda y por lo tanto ya tiene derecho a mi fortuna. Él, sí, llegará a ser rey de Estonia tras mi muerte o mi abdicación cuando celebre su decimoséptimo verano, lo que ocurra primero. Decreto que Percy Roan sirva como regente durante un año hasta que el witan esté de acuerdo de que Robert está listo".

La voz, Eusari se dio cuenta, acechaba debajo de la de Amash, y ella recordaba al hombre a quien había respetado Braen pero a quien ella apenas conocía. Aunque ella odiaba mirar dentro del aura de una persona, un talento que ella descubrió más tarde en la vida y solo por accidente, Eusari sí observó al rey. Se llenó de inmediato de tristeza. Ojalá que hubiera tenido esa habilidad cuando más importara, de poder reconocer las cáscaras animadas que causaban estragos en la revolución. Ellas, como esta, habían colocado a Andalón en un camino hacia este mismo momento. Uno que aseguraba el futuro de Robert.

Amash no perdurará mucho más que el verano, ella sabía. Daba igual su ofrecimiento de abdicar; el Engañador aseguraría de que él falleciera poco después de que Robert oficialmente se cumpliera la mayoría de edad. Por poco me engañaste, ella le dijo a la voz por si acaso le escuchaba. Por supuesto que no pudo. Eusari estaba muy viva y bien cortada de la conexión de la voz con Astia.

Amash terminó de hablar al público y se dirigió a Robert. "¿Sorprendido?", le preguntó.

"Lo estoy", el chico admitió tímidamente, "pero la emoción ya se ha pasado. Mi madre me preparó para este momento durante nuestras charlas en el viaje. Me instruyó en cómo portarme cuando lo anunciara usted. Sigue sintiendo extraño, sin embargo". Se ladeó la cabeza como si una idea acabara de llegarle: "¿Por qué abdicaría usted tan pronto? Casi tengo diecisiete ya y eso no es suficiente tiempo".

"Estoy muriéndome", el rey confesó en un susurro tan bajo para que el canciller no lo oyera. Rápidamente se puso un dedo a sus labios para que eso se quedara como secreto, incluso a Roan.

Muerto ya, quieres decir, la voz corrigió.

"Lo siento", Robert dijo, lo cual le recordó a Amash a Sarai, su propia hermana y la madre del chico. Perder a ella lo habría roto si él no hubiera pasado primero.

"No lo lamentes..." El rey le dio al chico una palmada alentadora en el hombro. "Está seguro que se te instruirá de manera apropiada. Cuyler desarrollará las habilidades que necesitarás, y Percy aquí te enseñará a gobernar. Lo hizo bastante bien conmigo; así que estoy seguro que lo hará bien contigo".

"Mi Señor", Percy Roan dijo, fingiendo pudor: "Usted ya estaba bien educado en los puntos más finos antes de que yo le dedicara mi ayuda". Inclinándose, no hizo caso a Robert y le susurró regaños a Amash como si ni siquiera estuviera allí el chico. "¿Qué es esto?", exigió. "¡Usted es lo suficiente sano para seguir gobernando! ¡Él es un chico; no está listo en absoluto!"

"Entrénalo, Percy", el rey mandó en voz baja. "Es el tuyo para prepararlo, siempre y cuando sea para Andalón y no para tus otras maquinaciones".

"¿Maquinaciones? ¡Mi Señor! ¡Juro que no tengo ninguna!", el canciller protestó en voz baja.

Amash se fue para que los dos pudieran conversar a solas, explicando antes de andar para otro lugar: "Hace diecisiete años que espero terminar una conversación con Eusari; favor de perdonarme mientras lo haga".

Eusari miró a Amash acercarse con esa mirada lejana. La había visto antes, hace muchos años cuando el muerto resucitó y caminó entre ellos.

El Engañador le habló a ella directamente.

"Hola, Eusari", la voz dijo muy amablemente. No había cambiado, todavía llena de una arrogancia creída y un poco de aburrimiento.

"Mmm", ella respondió con indiferencia. "¿Así que me niegas una conversación con mi viejo amigo?"

"Hablarás conmigo y Amash recordará después una conversación maravillosa, una llena de recuerdos de sus aventuras de que nunca habrán hablado".

"¿Hace cuánto que él ha sido una cáscara? Nunca entendí eso".

"Desde ese día cuando se murió en el muelle".

"Sippen me dijo que estabas detrás de todo, pero una parte de mí lo encontró difícil de creer. Nos engañaste, haciéndonos creer que nuestro trabajo era para Andalón".

"Sí, todo era para Andalón, el cual ahora está fuera del alcance de Astia. Sus Halconeros se han ido y no tienen manera en que crear más".

"Robert se encontró con Halconeros".

"Esos no eran de Astia. Pues, no directamente".

"¿Entonces, Astia no va a regresar? ¿Me puedes prometer eso?"

"Su consejo gobernante teme a los emotantes lo suficiente como para no abrir un ataque directo, pero eventualmente, sí, lo intentarán de nuevo. No en la manera que lo hicieron antes y no por bastante tiempo todavía. Cuando vengan, será después del reinado de Robert. He tomado precauciones para asegurarme de eso".

"Para el momento".

"Para el momento", la voz, hablando desde Amash, accedió.

"¿Así que esto no es cómo piensas controlar Andalón?"

"Esto no tiene que ver con mi ambición porque yo también me iré de este mundo pronto. Dejaré de existir también en el mismo momento que Amash. No, siempre tenía que ver con Andalón, especialmente para los chicos. Gracias por asegurar que todos han sobrevivido".

"¿Entonces incluyes a los de Braen también? ¿Incluso si ese chico podría ser el destructor de Astia?"

"Por supuesto que quiero incluir a los de Braen, pero especialmente los de Robert, de Taros e incluso los de Skander", la voz respondió.

Eusari se congeló, acallada por las noticias. Hace mucho que se lo preguntaba, queriendo confiar en que Braen no se había acostado con su reina anterior, pero siempre dudaba.

"Querías mucho a Braen a pesar de creer que él se acostó con ella", la voz dijo, con un tono de estar divertida. "Y yo estaba seguro que esa creencia aseguraría la supervivencia del niño; así que no dije nada para corregir tus ideas. Ella le había engañado, haciéndole creer que lo habían hecho, pero tu amante nunca te traicionó. Eusari, confiaste en Braen en todo lo demás; ¿por qué nunca confiaste en él en cuanto a eso?"

"Dentro de mi corazón quería confiar", ella admitió, "pero es demasiado para que una mujer crea eso en cuanto a su hombre..." Aunque le había declarado su amor, Braen había amado a Hester durante un tiempo mucho más largo. También, él nunca negó que los dos de ellos se habían conectado otra vez. "¿Por qué me permitías creer de otro modo si lo sabías?"

"La naturaleza versus la crianza. Yo sabía que criarías al niño como el tuyo si lo creyeras ser el hijo de Braen".

"Estás lleno de maldad".

"¿Qué vas a hacer con este conocimiento ahora, Eusari?"

"Nada. Una madre quiere de manera igual a todos sus hijos".

"Pero él no es el tuyo".

"Por supuesto que sí lo es".

"Hasta que él amenace a los tuyos", la voz explicó.

"Amo a los dos, debido a tu engaño. ¿Es por eso que convenciste a Amash a matarlo?"

"Sabes mejor que eso. Amash no mató a tu amante".

"No", ella accedió. "No fue él a quien Amash mató".

"Te pregunto otra vez: ¿qué vas a hacer con este conocimiento?"

"¡Nada, cabrón!", ella espetó. "Lo amaré como si fuera mi propio hijo, como siempre lo he hecho".

"Él te necesita ahora, pero estás aquí".

"Salgo por la mañana".

"Mejor que salgas esta noche".

"No puedo".

"Entonces es demasiado tarde para tu hijo. Nunca será igual una vez que los alcances…"

La cáscara de Amash se giró mientras se acercaban Marita y Charleigh. Las dos hicieron una reverencia con una sonrisa amplia en la cara. La cáscara se convirtió instantáneamente en hombre, llenado de su propia fuerza de vida y hablándoles a las mujeres.

"¡Marita! ¡Estaba hablando con Eusari de nuestros viajes a Eskera! ¡Dios mío, tú y Charleigh se han convertido en mujeres!"

"Charleigh es toda una ingeniera", Robert dijo, uniéndose a ellos después de dejar a un Percy Roan enfurruñado en el otro lado del salón. "Ella ha creado trampas y armas que solo puede utilizar Marita durante la batalla".

"Muy interesante", o Amash o la voz contestó. "Me encantaría saber más. Marita, ¿aún practicas esgrima?"

"Por supuesto, no sea tonto", la mujer respondió. "Alec y yo gestionamos una escuela en Cargia. He elevado a cinco maestros que actualmente instruyen a veinte expertos".

"Estoy orgulloso", el rey sonrió ampliamente, "y bastante celoso". Palmeó su barriga de gran tamaño. "No he sido capaz de mantener la competencia con tantas distracciones". Miró alrededor del salón. "¿Dónde están Sippen y Krill? ¿Vinieron?"

"Están con el barco. No pudimos encontrar las armas que necesitábamos en Loganshire", Robert explicó.

"¿Armas? No estamos en una guerra, y ya no eres pirata, Eusari. ¿Por qué en el nombre de Cinder necesitas armas?"

"Diablo Jacque", Marita dijo con desprecio. "Hizo que Franque y Krist llegaran a ser parte de su tripulación de mala gana".

"Cazar piratas no está autorizado", Amash advirtió. "No puedo consentir..."

"Tengo una alguacilesa a bordo, y todos somos delegados", Eusari espetó rápidamente, ansiosa por terminar la conversación. "Y por eso no podemos quedarnos otra noche".

"Entiendo completamente", el rey respondió tristemente, "pero favor de visitar otra vez pronto. ¡Y trae a Sippen y a Krill!"

"Lo haremos. ¿Y Amash? Tengo otro favor que pedir".

"¡Por supuesto! ¡Cualquier cosa para ti!"

"Confío en que sus Soñadores y su guardia protegerán a Robert, pero él está solo, sin amigo. Sebastian le ha sido como un hermano mayor toda su vida. Pido que se le asigne como su asistente personal y su conserje".

"Sebastian..." Amash miró fijamente alrededor del salón sin pestañear. "¡El chico, por supuesto! ¡Cabalgó con Braen y protegió a Charleigh y a los Soñadores más jóvenes!"

"Él mismo". Eusari asintió.

"Le diré a Percy que así sea".

Como si fuera una señal, el hombre se acercó. "¿Qué es que yo haga, señor?"

"El príncipe Robert ha llegado con un conserje personal. Él debe permanecer en ese rol exclusivamente. Nadie tiene acceso directo a él excepto a través de Sebastian".

El canciller se inclinó profundamente. "Ya está hecho, señor".

Las mujeres hicieron reverencia, y Robert se inclinó en agradecimiento mientras salía el rey con el objetivo de resolver la curiosidad compartida por todos los nobles en el salón. Eusari le miró irse, esta sombra de un hombre que una vez era amigo de Braen.

Una cáscara, ella corrigió sus pensamientos, ni siquiera una sombra. Braen era la sombra, pero este hombre solo es un destello. Un escalofrío le recorrió la espalda mientras añadió: y estoy dejando a Robert a su cuidado.

CAPÍTULO VEINTICINCO

La niebla estaba más densa en este lugar tan al este, quedándose hasta bien entrada la mañana y filtrando un sol parpadeante. El orbe brillaba más frío para Franque desde que se habían ido de Eston, y él anhelaba la promesa de su calor contra su piel una vez que finalmente se disipara la niebla. Una vez una maravilla, hacía mucho tiempo que las nubes pesadas habían perdido su encanto para el chico, complicando su tarea como marinero y estresándolo, como había hecho con toda la tripulación, debido a las rocas y los bancos de arena que amenazaban el casco del barco.

Por haber hecho sondeos durante toda la noche, apenas vislumbró Diaph por encima de la barandilla de babor mientras la pasaban. Sin sus muchas linternas, nunca la habría notado a través de la niebla. Toda la ciudad se construía a partir de su puerto, una ciudad fluvial que dependía totalmente de los transeúntes y visitantes que buscaban un descanso antes de emprender el viaje río arriba hacia la capital. Por supuesto, este capitán y la tripulación no tenían intención alguna de detenerse, apresurándose hacia las aguas abiertas y el botín que les ofrecían a los piratas.

Franque bostezó profundamente mientras se inclinaba sobre el costado del barco, sus brazos cansados por el agotamiento e impulsado por una mente tan nublada como la atmósfera. El rocío salobre le hizo temblar; tenía más frío mientras le salpicaba la cara e sugería la existencia de un océano vasto esperando río abajo. Una vez que llegaran a aguas abiertas, toda posibilidad de escape habría desaparecido.

Estamos rotos, pensó, una parte de esta tripulación para siempre sin posibilidad de escape. Pero no los dos de ellos. Los pensamientos de Franque volvieron a su hermano, dormido en su hamaca. Los dolores de cabeza habían intensificado desde que salieron de Eston, y Boats se jactó de lo que haría si el chico resultó ser un enfermo fingido. Krist no sobrevivirá, eso sabía. Él va a morirse pronto, pero él es quien tiene suerte al estar fuera de este barco.

"¡Francis!", Boats gritó desde el timón. "¿Cuál es nuestro calado?"

Franque se sacudió, liberándose de sus pensamientos y mirando al contramaestre sin entender.

"¡Maldito sea, chico! ¿A cuánto está el calado?"

"No sé...", tartamudeó. "¿Es diferente?"

"¡Estamos en agua salobre, idiota! ¡Hay sal en el agua y se vuelve más densa! ¡Necesito saber a cuánto está el calado mientras nos acercamos al delta!"

Franque miró fijamente las rayas pintadas en el casco, parpadeando y contando mientras el barco se balanceaba por la velocidad. Contó once rayas por encima del agua, tratando de recordar lo que Boats le había enseñado. Cincuenta rayas en total.

"¡Treinta y nueve!", gritó, esperando y rezándoles a los dioses que tuviera razón.

"Sí, estamos cerca de la salinidad máxima entonces", el marinero bellaco murmuró. "¿Y cuánto de borboteo?"

Franque se congeló. Ese no era un término que sabía.

"¡No... no lo sé!", el chico gritó.

Los hombres en las vergas y cubierta se echaron a reír, haciendo que los ojos de Franque se bajaran a la cubierta. Él quería más tiempo para poder aprender los cálculos y los términos.

"¿De qué puta profundidad es el agua espumosa, imbécil?"

"¡Lo suficiente como para ahogar tu culo!", por fin gritó Franque, convirtiendo la risa de la tripulación en un rugido frenético. Nadie nunca jamás le había hablado así a Boats, y le encantaba a cada uno de los tripulantes.

Franque se rió a sí mismo mientras mantenía firme el cable de sondeo, esperando poder satisfacer al marinero que lo comandaba.

Unos pasos resonaban mientras se acercaba el marinero veterano. Un puño se encontró con la barbilla de Franque, cambiando su respiración y visión en un jadeo.

"Cuando doy órdenes", el oficial gritó, "da una respuesta exacta. ¡No improvises!"

Franque no lo planeó, pero los años de luchar contra sus hermanos y contra el agotamiento le ganaron. Se puso de pie, su mano alcanzando el pasador a su costado, blandiéndolo como una navaja y gruñendo un desafío. "Pégame otra vez", gritó. "¡Vamos!"

Boats lo miró fijamente, muy consciente del público que miraba. "¡No te tengo que pegar para hacerte obedecer, chico!", por fin dijo, alejándose y yendo hacia la escotilla que conducía al interior del barco.

Franque miró a su alrededor, sonriendo ante los rostros que vitoreaban o se burlaban de él, instándole a seguir. Algunos le miraban desde las torres y mástiles mientras que otros se detenían a mitad del trabajo y esperaban. Se sentía como un héroe por enfrentarse al acosador, y el hecho de que el hombre había huido bajo cubierta fue prueba suficiente de que los días de intimidación habían terminado. Devolvió el arma a su cinturón y absorbió los vítores. Por primera vez desde que salió de casa se sentía vigorizado por la posibilidad de hacerse a la mar.

Eventualmente crecerá a ser una conexión más profunda, la chica, Gretchen, había dicho en cuanto a la mar. Quizás era él quien poseía el don compartido entre los hermanos. En este momento, así parecía.

La escotilla hacia abajo se abrió de par en par con un golpe fuerte y Boats emergió, arrastrando un montón de ropa detrás de él.

No, no era ropa. Franque miró con incredulidad y sin pestañear, impactado por la imagen del cuerpo flácido y apenas consciente de su hermano siendo arrastrado detrás del contramaestre.

"Como dije", el marinero principal gruñó con una sonrisa, "no tengo que pegarte a ti para obligar la obediencia". Su pie golpeó a Krist en las costillas, y el leve gemido hizo poco para probar que el chico se aferraba a cualquier rasgo de vida. Él echó la pierna hacia atrás y le dio un segundo golpe.

"¡Para!", Franque gruñó; entonces corrió al lado de su hermano y se arrodilló, escudándolo del ataque. No sintió el pasador salir de su cadera; estaba demasiado concentrado en las manos ásperas de Boats en su solapa. Fue arrastrado a sus pies, recibiendo en la sien un puñetazo impresionante del marinero. El barco y todas las caras que miraban de repente se hacían borrosos mientras el chico se tambaleaba.

Sin previo aviso Boats rugió de ira.

Cuando se volvieron a enfocar los ojos de Franque, se quedó sin aliento al ver la mano de Krist sosteniendo el pasador, ahora apuñalado profundamente en la pierna del marinero.

"¡Contramaestre!", una voz gritó desde la popa, y todos los ojos se volvieron. Un Diablo Jacque muy irritado o molesto estaba de pie en frente de sus aposentos. Al lado del capitán estaba Ben Thompson y otro hombre a quien Franque no conocía. Estaba vestido con sencillez pero con elegancia; llevaba un bolso de cuero y tenía el aire de un caballero.

Boats se detuvo a mitad de dar otra patada.

"¿Qué estás haciendo?", Jacque exigió.

"Estoy disciplinando a los nuevos reclutas, capitán. ¡Uno de ellos es un enfermo fingido, y el otro escupe la insolencia!"

"¿Es ese el chico que mencionaste?", el capitán le preguntó a Ben.

"Sí, señor, se le dañó la cabeza cuando llegó".

"¿Cómo?"

"¡Lo hice yo!", Boats gruñó. "Estaba en mi derecho como su superior golpearlo para que le entrara un poco de sumisión".

El capitán asintió al caballero, quien se dio un paso adelante. Arrodillándose al lado de Krist, abrió un bolso y sacó un instrumento. Franque lo reconoció de inmediato; el médico del pueblo siempre llevaba uno alrededor de su cuello. El caballero lo utilizó para escuchar la respiración de Krist; entonces frunció el ceño. Sacó otro aparato, un tipo de lupa, y examinó la cabeza del chico.

"Tiene el cráneo fracturado", el cirujano del barco por fin explicó, "y tiene un edema interno".

"¿Qué significa eso?", escupió Boats.

"Significa que está sangrando dentro de su cerebro", el capitán explicó, "y que le pegaste demasiado fuerte". Dirigiéndose al médico preguntó: "¿Sobrevivirá?"

"Probablemente no", el caballero respondió.

"¿Y qué hay de mí", Boats exigió. Señaló el metal que sobresalía de su pierna. "¡Este perro acaba de apuñalarme, su oficial superior, a la vista de la tripulación! ¡Quiero justicia!"

"Está profundo", el médico accedió, "y se curará, pero hay una amenaza pequeña de tétanos si estaba oxidado".

"Capitán", Boats argumentó, "amenaza pequeña o no, eso significa que yo podría morirme, ¡y eso hace de esto un atentado contra mi vida! ¡Quiero que se ajuste cuentas con él!"

Ben Thompson susurró un consejo al oído del capitán.

Jacque le miraba fijamente a Krist todo el tiempo mientras escuchaba, asintiendo y deliberando sus opciones. Cuando por fin habló, las palabras le retorcieron las tripas a Franque. "Pegar a un oficial en sí es una infracción, una que nunca aguantaré, pero el contramaestre usó una fuerza excesiva e infligió demasiado daño a este chico. Puedo perdonar el deseo y necesidad de buscar venganza por parte de los hermanos. Pero apuñalarlo con un arma va más allá de lo justificado, y ese acto será castigado. ¿De quién es el pasador?"

"Es mío", Franque admitió.

"Entonces los dos recibirán la misma disciplina. ¿Boats?"

"¿Sí, capitán?"

"¿Cómo conseguirías la mejor compensa de estos delincuentes?"

"Merecen la muerte", Boats murmuró, "pero me satisfaría una inmersión".

Diablo Jacque asintió; entonces dio la órden. "Átenles las manos y pies, y encuentren dos cuerdas, cada una del largo del barco de proa a popa. ¡Casi estamos en mar abierto, y sumergir a estos delincuentes marcará la ocasión como una para recordar! ¡Ajusten las velas para máxima velocidad! ¡Quiero una cola de gallo para que se monten!"

La tripulación se regocijó con esto, gritando su emoción y alegría.

Franque trató de resistir, pero los otros marineros lo dominaron, atándole las manos por delante. Krist apenas estaba consciente y simplemente gimió mientras lo ataron fácilmente con la cuerda y luego lo arrastraron hacia la popa. Franque siguió, recibiendo empujones, bofetadas e insultos. El agua detrás de la embarcación veloz espumeaba y salpicaba como lo había descrito el capitán; una cola de gallo se hacía más alta a medida que la embarcación ganaba velocidad y dejaba atrás la desembocadura del río.

"A cada uno se le sumergirá tres veces", Diablo Jacque explicó, aumentando la ira de la tripulación. "Arrójenlos cada vez lo más posible para que no haya holgura en la cuerda; entonces el personal los arrastrarán a bordo. Será una competencia, ¿no? ¡El equipo que gana dos de las tres veces ganará una ración doble de grog y una ración completa de hidromiel!"

Esto levantó una ovación que le infundió pavor a Franque. Aterrorizado, se giró para mirar a su hermano. Estaba despierto y mirando hacia el cielo, con lágrimas en los ojos que rogaban misericordia. "Te quiero", le dijo Franque a Krist, quien trató de responder sin éxito.

Después de que ambos equipos habían indicado que estaban listos, el capitán dio la orden. Manos ansiosas empujaron a Franque por detrás y cayó por el aire hacia el abismo salado de abajo sin poder hacer nada. Aunque su boca se quedó firmemente cerrada, la sal encontró una entrada, haciendo que él tuviera arcadas y balbuceara más que respirar. Krist no sobrevivirá a esto, sabía, y les oró a los dioses de arriba que la muerte fuera rápida y sin dolor.

Krist jadeaba, su cuerpo inerte golpeando contra el agua helada. Cada nervio de su cuerpo reaccionaba, obligándolo a estar completamente alerta. Si hubiera tenido la esfuerza, habría luchado, pero no tener ninguna resultó ser una bendición. Sin la fuerza para retorcerse y luchar contra la corriente, él se balanceaba como un corcho puesto a remojar antes de que el vinatero lo ponga a secar. Con las manos estiradas por la cuerda de amarre, fue arrastrado de espaldas con la boca abierta al cielo azul arriba.

Tomó un respiro, conteniéndolo mientras se giraban los hombros. Había un ritmo en el movimiento, y lo reconoció por haber mirado al personal de línea arrastrando a La Loba en Eston. Cuando ellos tiraron, él se adelantó, hacia arriba y saliendo a la superficie brevemente antes de caerse debajo de la ola una vez más.

Tomar una bocanada. Contenerlo. Espirar. El patrón se volvió natural y su mente se centró en su entorno acuoso.

Lentamente se dio la vuelta en medio de una espiración, mirando a través de las burbujas mientras un banco de peces se lanzaban entre él y el lecho rocoso del océano debajo. Anheló unirse a ellos, estar libre del dolor y el estrés de la vida en la superficie. Todo eso allí arriba equivalía a la pérdida, una emoción no compartida por estas formas de vida despreocupadas. Envidiaba la manera en que se reunían para protegerse, acurrucadas como una pelota para parecerles más grandes a los depredadores y moviéndose como un solo cuerpo de un lado a otro.

Él y Franque siempre habían sido así, sin padre y dependiéndose el uno del otro para aprender su papel en la vida. A pesar de los regaños del maestro principal, habían aprendido a crecer a ser hombres por su propia cuenta.

Mamá había intentado, pero ella siempre había enfatizado los mismos valores sobre la fuerza bruta—el perdón, la tolerancia y la compasión. Como si ella alguna vez supiera cómo se siente al estar enojado, lo suficientemente enojado como para perder el control. No, Eusari era una santa llena de paciencia y siempre encontrando otro camino que excluía la violencia. Pero ella amaba a un pirata, el Demonio del Norte, Braen Braston. Ella era hipócrita, enseñando la compasión mientras atada a un bruto de masculinidad.

Krist salió a la superficie una vez más e inspiró profundamente, pero perdió ese aliento inesperadamente. Había chocado contra una forma grande, sólida y muscular que seguía el mismo camino en la estela del barco. Tenía que ser Franque, concluyó y volvió a sus pensamientos. ¿Qué es un hombre, se preguntó, sino fuerza y liderazgo? ¿Para qué servía un hombre que no pudo derrotar a otro por su determinación, mente y poder bruto? La tolerancia y la paciencia no le servirían nada en una pelea.

Pero sabía mejor. En este estado debilitado, le faltaba la fuerza en todas sus formas, sin poder para defenderse a sí mismo o a Franque y apenas capaz de hundir ese pasador en la pierna de Boats. Sonrió por el recuerdo, disfrutando de cómo su ingenio le había ganado la oportunidad de insultar adecuadamente al hombre.

Súbitamente salió del agua, levantado en el air y goteando mientras jadeaba y giraba lentamente. Debajo de él y más a babor, Franque salió en el mismo estado de conmoción y sin aliento. Por encima de ellos, el equipo tirando de la cuerda de él vitoreó, habiendo ganado el primer concurso. Pero la verdadera victoria les pertenecía a los hermanos; ambos habían sobrevivido a la primera de tres inmersiones.

El capitán le dio a cada uno dos minutos de descanso; entonces dio la orden de arrojarlos por el costado otra vez.

Franque brevemente vislumbró a su hermano desplomado en la cubierta a su lado. Sus ojos estaban abiertos; eso era bueno, pero estaban en un lugar ajeno. No pudo averiguar si estaban distantes o muertos. No se enfocaron ni se fijaron en él antes de que unas manos fuertes levantaran a ambos chicos en el aire y los arrojaran una vez más por la borda mientras los hombres se reían y se burlaban de ellos y ofrecían consejos sobre cómo sobrevivir. Esperaba que algún día se fueran todos a los infiernos y rezó a los dioses que le concedieran la fuerza y la oportunidad de mandarlos allí.

El agua fría, ahora menos sorprendente que antes, le quitó el aliento e hizo que sus músculos tuvieran espasmos. Esta vez, como la anterior, se enfureció el adolescente.

Los mataré, prometió, y maldijo cada uno de sus nombres. Boats, Zane Rogers, Diablo Jacque, Ben Thompson...

Él se disparó hacia arriba, jadeando y espirando simultáneamente. Esto le enfureció aún más, haciéndole anhelar la venganza.

Los odio.

Escupió y se atragantó, apenas respirando entre los viajes a la superficie.

Los mataré.

Franque pensó en su madre, entonces en las palabras que había pronunciado la mujer que se llamaba Gretchen. Uno de ellos, o Krist o él, era especial, como su padre.

Pero ella sugirió dos padres, hermanos que habían engendrado a hijos con dos mujeres y Eusari los había criado a los dos. Franque luchó contra esto, igual como luchaba para respirar. ¡Yo no puedo ser de otro, creía él, y tampoco puede él!

La cuerda atada a sus manos se tensó otra vez, arrastrándolo jadeando y escupiendo por encima de las olas espumosas. Por fin ganaron las olas, y le enviaron hacia abajo una vez más. Apenas pudo aspirar aire antes de descender bajo las profundidades.

El equipo lo arrastró a la cubierta, celebrando su victoria, pero los ojos de Franque se centraron en la aparición de Krist. No tardó mucho, solo lo suficiente como para empatar el concurso. Contuvo la respiración mientras ambos chicos fueron arrojados por la borda una vez más. La siguiente inmersión sería el desempate.

CAPÍTULO VEINTISÉIS

Robert se levantó antes del amanecer, una costumbre de la vida campestre que se hacía más fácil por la ansiedad y el recelo. Él temía este día. Con la excepción de Sebastian como su conserje, estaba solo. Su madre ya se habría ido antes de que él se levantara, ansiosa por perseguir a Franque y a Krist. Comprendía la urgencia, pero estaba resentido con el momento. Él no estaba listo para que ella saliera, dejándolo a los lobos y cuchillos políticos siempre apuntados hacia su espalda.

Un golpe suave en la puerta le hizo saber que daba igual si estaba listo o no.

"Pase", él respondió.

Con un crujido, la pesada tabla se abrió y un Sebastian tímido asomó la cabeza. "Creo que es mi deber ayudarle a prepararse", dijo el trabajador anterior del campo.

Robert encogió los hombros. "En nombre de la Falla de Cinder, ¿qué es un conserje? Por cierto, no creo que tengas que llamar. Debes poder entrar y salir cuando quieras, ya sabes, en caso de que yo necesite que me limpies el culo en medio de la noche".

Sebastian se rió. "Ahí es donde pongo límites". Sacó un pergamino pequeño; lo estudió; entonces frunció el ceño. "Tienes un día completo programado", advirtió.

"¿Alguna parte es la mía?"

"Parece que no. Parece que tienes una reunión con el canciller en una hora, seguida por entrenamiento con los Soñadores. Incluso programaron tu baño antes de que te vistas otra vez para una cena con el rey".

Robert hizo una mueca. "Estoy condenado a una vida de política y riqueza. ¿Vestirme? No tengo ropas finas".

Sebastian asintió. "Programaron eso también. Después de la cena los sastres te tomarán las medidas para que… aquí está escrito… 'nunca más

202

volverá a ofender a los cocineros reales por no llegar con la ropa adecuada para comer'".

"Magnífico". Se le puso la piel de gallina al pensar en todos los pinchazos, empujones y escrutinios que soportaría el resto de su vida. "¿Sebastian?', preguntó solemnemente.

"¿Sí?"

"Tú sí sabes que esto no es lo que quiero, ¿verdad?"

"Lo sé".

"Ojalá que pudiera yo dejar todo esto a un lado, tomar un barco a Nuevo Weston y liberar a Tara de las garras de su diosa".

"¿Adónde irían?"

"Cualquier lugar", Robert dijo, pero pensó en su amiga Marita. "Quizá podamos trabajar en las viñas de Cargia. Nadie nunca pensaría de buscarnos allí".

"Conozco a un hombre que intentó eso alguna vez", Sebastian dijo tristemente.

"¿Y?"

"No funcionó para él tampoco. El deber lo devolvió".

"Creo que el destino es ineludible", Robert accedió. "¿Sebastian?", rogó, de repente sintiéndose muy pequeño pero un poco menos aislado. "Por favor, nunca me dejes solo o con el canciller o con Cuyler. No estoy listo para hacer esto solo. Prométeme que, da igual lo que ocurra, incluso si se nos separan, encontrarás una manera en que estar a mi lado".

El conserje asintió, de repente encajando en el papel. "Lo prometo".

La reunión con el canciller, resultó, tomó lugar en la Academia de los Soñadores. La escuela en sí era más grande que el palacio y construida al otro lado del Tramo. El canciller había preparado que un carruaje llevara a Robert esa distancia, y él y Sebastian miraban con los ojos muy abiertos por la ventana mientras su escolta cantaba sin parar sobre la historia del edificio nuevo.

"No es muy viejo", el hombre parloteó; "solo ha estado abierto unos quince años. Lo construyeron inmediatamente después de la Guerra de los Hermanos, cuando el rey Esterling derrotó las fuerzas combinadas de Fjorik y la Ensenada de los Piratas".

Robert intercambió una mirada con Sebastian, quien sacudió la cabeza ante la ignorancia del hombre. Parece que muy pocas personas sabían la verdad acerca del ascenso del rey y aun menos de los detalles acerca de quienes en realidad habían luchado contra quienes.

"Cada piedra fue extraída de la misma cantera que usaron para la Arcada; es por eso que combina tan perfectamente". Estaban pasando por el centro del puente, un lugar llamado Plaza de Unidad, según el guía turístico. "Aquí mismo es donde vi a la reina regenta bendecir cada cosecha de Logan y también donde el rey pretendiente sentenció a muerte al canciller anterior". Colocó una mano junto a su boca como si tuviera la intención de susurrar, pero dijo en voz alta: "¡Los campesinos lo despedazaron!"

Ambos el conductor y el escolta inclinaron la cabeza ante la mención del incidente, uno que ni Robert ni Sebastian había oído antes.

"La Academia de veras sirve como algo de memorial de guerra ya que se la construyó en cima del lugar donde los Soñadores y el rey Esterling derrotaron a los invasores de Fjorik. Se dice que Braen Braston también mató a su propio hermano en el mismo lugar donde están ahora los campos de entrenamiento, aunque no se ha confirmado ese detalle. La mayoría de los edificios al lado occidental son residencias e instalaciones de comedor mientras que esos al este y al sur son aulas de clase".

El espacio en el centro, lo podía ver claramente Robert, era un césped verde que servía como campo de entrenamiento. Él y Sebastian observaban mientras cinco aprendices practicaban su oficio. Una, una chica joven, perdió control por un instante, y varios otros se dispararon fuera del círculo. Los maestros hicieron sonar los silbatos y corrieron al lugar, atendiendo a los heridos y consolando a la niña visiblemente emocionada.

"En la mayoría son adolescentes muy jóvenes", Robert comentó, compartiendo sus pensamientos con Sebastian. "¿Por qué es así?"

"Igual que nosotros cuando el equipo de Eusari nos rescató. Creo que una vez oí algo acerca de que la pubertad afecta cómo y cuándo se manifiesta".

"Pero casi tengo diecisiete veranos; hace mucho que pasé la pubertad. ¿Por qué no se hizo evidente antes mi habilidad?"

Sebastian sacudió la cabeza. "Tendrá que preguntárselo a Cuyler".

Robert se quedó callado el resto del camino, apenas escuchando al escolta ahora hablando de la importancia de cada madera utilizada en la construcción y cómo se las extrajeron de un lugar llamado Embarcadero de Estowen. Al parecer, los Soñadores habían peleado en una batalla allí también. Sebastian sabía de eso pero negó hablar de ello.

El carruaje se detuvo frente a un gran edificio, el más alto con vistas a los campos de entrenamiento. Robert reconoció al canciller Roan, vestido de manera no tan elegante como la noche anterior pero igual de calvo. Los pocos mechones de su cabeza bailaban en el viento. Estaba de pie fuera del edificio con un hombre mucho más joven a su lado, uno vestido en las túnicas de un Soñador.

"Ese es Cuyler", Sebastian susurró con una mezcla de miedo y asombro.

"¿Es el más poderoso? ¿Por eso es el líder de los Soñadores?"

"Es el segundo emotante más poderoso que he conocido", Sebastian respondió.

Robert contempló esto por un momento; entonces añadió: "¿Marita?"

Su conserje asintió, sonriendo como si estuviera pensando en ella navegando con Eusari en ese momento. "Ella siempre ha sido la más poderosa. Una vez la presencié dividir su mente veinte veces".

"¿Son muchas? ¿Cuántas veces lo puedes hacer tú?"

"Son muchas, pero los emotantes no deben hablar de tales cosas en público. Es peligroso y le revela al enemigo cuántos son necesarios para derrotar a cada uno de nosotros".

"Entiendo", Robert respondió.

Sebastian se quedó callado por un momento; entonces le susurró en su oído: "Nueve para mí, diez para Cuyler".

Robert se detuvo; entonces le miró con asombro. "¿Entonces casi eres igual de fuerte que él?"

El conserje asintió, sonriendo con orgullo. "Lo era, pero eso no significa que él no haya encontrado una manera de llegar a ser más fuerte. Pero creo que eso es predeterminado. Siempre he sido limitado a ese nivel".

"Me pregunto qué tan fuerte era mi padre", Robert reflexionó. Había esperado que él fuera el más poderoso de todos.

Sebastian solo se encogió de hombros mientras el carruaje se ralentizaba hasta pararse en frente de los dos hombres.

Un asistente se apresuró a colocar un taburete y abrió la puerta. Robert se apoyó con una mano mientras bajó, no tanto para mantener el equilibrio como para tranquilizar a su corazón que latía rápidamente.

"Bien, príncipe Robert", el canciller le saludó con una reverencia. "Ojalá que usted hubiera dormido bien y que su viaje corto hubiera sido placentero".

Príncipe Robert, el título parecía raro. "Así ha sido", mintió. Había sido una noche llena de pavor. "Y encontré el viaje informativo, gracias a un escolta sabio y bien informado", añadió con su mejor aire de príncipe. El hombre sonrió ampliamente con orgullo ante la aprobación.

"¡Excelente! Es mi gusto presentarle al maestro Cuyler, Soñador Principal".

El hombre menor se inclinó ante Robert; entonces hizo un gesto de asentimiento a Sebastian.

Bien, Robert pensó. El respeto entre estos dos es mutuo.

"Príncipe Robert", Cuyler habló con tranquilidad y con un propósito firme, "sé que se le ha dicho que va a ser entrenado, pero tengo que insistir en que nunca se le elevará al nivel de Soñador". Las puertas del edificio grande se abrieron, y Bernard y Caroline salieron. Robert no pudo sino decir: "Para ser honesto, nunca he visto una razón por la que yo necesitaría o querría ese título".

Se había expresado, y el Soñador Principal se apartó, arremolinando su túnica a su alrededor y subiendo los escalones. "Por aquí, entonces", exigió. "Lo llevaré al salón de reuniones".

El canciller giró para seguir e hizo señas para que Robert siguiera también.

Sebastian se acercó a Robert. "No se enfade. Es buena gente a pesar de la ambición".

"Sippen dice que la ambición es una indicación de un líder malo". Sin embargo, siguió al hombre adentro del edificio.

Sebastian odiaba que Robert hubiera regañado a Cuyler. De todos los Soñadores, él era el a quien debe estimar. Así es cómo había llegado a ser líder sobre los otros a pesar de su edad. Todos ellos lo habían admirado, menos Marita. Ella nunca había respetado a ninguno de ellos.

Sí, lo hacía, ella dijo en la mente de él, sobresaltándolo gravemente. ¡Te respetaba!

¡Deja de hacer eso!, él exigió.

¿Que deje de hacer qué?, ella preguntó.

Leer mi mente. No es amable.

Lo es cuando piensas en mí. Lo hacías mucho cuando éramos niños.

¡Ciertamente yo no lo hacía!

Pues, yo pensaba en ti, y es agradable sentir esta conexión de nuevo.

La aparición repentina de ella lo había distraído, aun si sus palabras no. Se quedó atrás de los otros hombres, casi corriendo para alcanzarlos y llegó justo cuando dos expertos abrieron dos puertas pesadas. Cuyler condujo adentro a Percy Roan y a Robert, pero los guardias levantaron una mano cuando Sebastian trató de seguir.

"¡Soy conserje del príncipe!", explicó en voz alta, esperando que Robert lo oyera.

El príncipe se giró y empezó a hablar, pero el canciller lo cortó. "Esta es una reunión muy confidencial", explicó, "y ciertamente no un lugar por un mero conserje. Puedes esperar en las cocinas, mmm... Esteban".

"Sebastian", el príncipe corrigió. "Se llama Sebastian y sí me acompañará".

"Entonces se ha concluido esta reunión", Cuyler dijo firmemente. No gritó pero pronunció las palabras tranquilamente y con la confianza suficiente para que los tres hombres se callaran a la vez. "Tengo información que compartir que solo puede ser escuchada por la familia real y estadistas altos. Decida usted, príncipe Robert, si la quiere escuchar usted".

Sebastian esperó un latido de corazón y luego dos. Por fin Robert contestó. "Está bien, Sebastian. Estoy seguro que encontrarás otra cosa en la que ocuparte mientras nos reunamos".

Esa fue la señal. Sí sabía en qué ocuparse, para cumplir su palabra de apoyar a su amigo. Sebastian se inclinó y se giró. Entonces siguió a otros dos guardias a las cocinas. Cerraron las puertas detrás de él. Eso era de esperarse, un temor que Robert había tenido más temprano ese día, y él sabía qué hacer. Tan pronto como estaba solo, se vistió con su artesanía, desapareciendo en el aire. Entonces esperó.

Pronto una multitud de meseros apareció por una puerta de sirvientes, recogiendo bandejas de platos elegantes de desayuno, jugos y al menos seis tipos diferentes de tostadas. Él siguió de cerca la procesión, rezando a todos los dioses de Andalón que Cuyler no lo viera a través del velo. Era posible que el hombre fuera vidente aunque no tenía esa habilidad cuando se conocían antes. Para estar seguro, se agarró a la pared y escogió la esquina directamente detrás del Soñador Principal.

La conversación se detuvo el momento en que llegaron los sirvientes. Los hombres hablando con Robert sonrieron ante la interrupción, pero la irritación acechaba detrás de sus ojos. El príncipe parecía estar profundamente molesto por lo que habían dicho antes, y su rostro se había puesto rojo. Tan pronto como había llegado, el personal salió, y las puertas se cerraron de golpe detrás de ellos.

"¡Eso es absurdo!", Robert dijo enojado.

"Así será", el canciller respondió. "Su entrenamiento solo es simbólico. ¡No puede haber rey en ejercicio con el título de Soñador!"

Se abrió una puerta lateral al salón, y el rey Esterling entró. "Temo que él tenga razón", dijo, sentándose y llenando un plato mientras se unía a ellos. "Cuando Cuyler y yo creamos los Soñadores, juramos separarlos completamente del estado. ¿Puedes imaginarte lo que ocurriría si los ciudadanos creyeran que su rey gobernaba a su gente por medio del control mental, la ilusión y el terror contundente? Si Astia hizo una cosa bien, nos impidió para siempre sentarnos a un emotante en el trono".

"Si es lo que quieren", Robert dijo, sin poder ocultar su enojo, "¿por qué hicieron que yo viniera aquí? Nunca lo quería. ¡No lo quiero ahora!"

"Pensábamos que quizá fueras emotante, es verdad", el rey explicó, "pero pensar y saber no son la misma cosa. Nos habíamos acordado, hace años, que tu entrenamiento, si lo hubiera, se limitaría en su naturaleza.

Puedes hacer trucos de salón, pero nada más. Piénsalo de manera racional—el poder corrompe, y ese nivel de poder aseguraría la destrucción de nuestro imperio".

Sebastian miraba mientras Robert se ponía de mal humor, escuchando las palabras hasta que por fin entendió. "Yo sería un déspota", dijo.

"De los peores", el rey accedió. "Te ruego que no persigas más tu oficio. Lo que has hecho ya es suficiente".

Robert masticó su comida, pensando y evaluando sus opciones antes de por fin decir: "Bien. Limitaré mi entrenamiento".

"Buen chico", el rey dijo. "¿Qué más hay en la agenda?"

"Señor", Percy Roan suplicó, "tenemos que abordar el problema de los refugiados de Fjorik".

"No es un problema. Son huéspedes en nuestro reino, y su presencia en su mayoría ha sido pacífica".

"Sí es un problema, Su Alteza. En breve, todo el país parece estar inundando nuestras fronteras y les está permitiendo el paso. Son peligrosos—¡un culto lleno de fanáticos comprometidos con su Padre Supremo!"

"Oh, Percy. ¿Te has olvidado del día cuando los pescari ganaron Weston?"

El canciller se congeló a mitad de un bocado, poniendo su tenedor sobre la mesa y mirando fijamente su comida con una pérdida repentina de interés. "Por supuesto que no".

"Sí, te has olvidado. Estabas allí cuando un tirano se abusaba de su autoridad. ¿Y cómo respondió Taros?"

"Con enojo...", el canciller respondió.

"¡No! ¡Con cólera!", el rey de repente gritó, dando un puñetazo en la mesa. Los utensilios y los platos saltaron tan alto como los cuatro hombres en el salón. Era bastante fuera de lugar para el hombre, por lo menos según lo que Sebastian recordaba de él. "¡Taros arrasó la ciudad y llenó el cráter con un lago! Mientras sea yo gobernante, trataré a los inmigrantes con amor y compasión, invitándoles a cenar a nuestro lado. Honraremos y aprenderemos sus costumbres y ellos, las nuestras. Robert, está seguro de tratarlos de forma igual una vez que me haya ido".

"Nos quieren hacer daño, Su Alteza", Percy argumentó. "¿Se ha olvidado de los Gatos de la Nieve?"

"Hmmm. Esos sí eran un culto; estoy de acuerdo". El rey se había calmado notablemente, pero aún parecía una tempestad furiosa en comparación con el Cuyler constante. "Pero fueron derrotados los Gatos de la Nieve, un recuerdo lejano para la gente de Fjorik. No nos molestan aquí, da igual cuánto estés en desacuerdo". Dirigiéndose a Robert, el rey añadió: "Esta conversación solo hace más fuerte la razón por qué no puedes entrenar en la emotancia".

"¿Cómo?", el príncipe preguntó.

"Skander Braston y su pandilla son ejemplos perfectos. Ese hombre construyó un ejército de emotantes, controlándolos y subyugándoles a sus propios deseos por medio del temor y la propaganda. Hay que alejar la emotancia del trono, Robert".

"En... entiendo", el chico prometió, "pero ¿qué hay de los Soñadores? Usted tiene su propio ejército".

"Soy yo el líder de los Soñadores", Cuyler explicó. "Soy su maestro, comandante y su ley. No obedecemos a ciegas al rey y solo podemos actuar con el voto conjunto de los nobles, los representantes de los plebeyos, el canciller que dirige la asamblea combinada y también el rey. Aunque cada voto tiene un peso diferente, los controles y equilibrios permanecen intactos. Amash o yo podemos vetar, aunque la asamblea y el canciller pueden anularlo si tienen suficiente unidad".

"¿Qué les impediría a ellos, o a usted, tomar el control de esa asamblea?", Robert exigió. "Con su poder podría influir en ese voto o simplemente destruir su ejército y tomarlo para usted mismo".

"Tenemos nuestro propio gobierno dentro de los Soñadores. Ningún tirano puede tomar control, no mientras cada uno comparta un voto igual".

"¿Ve, príncipe Robert?", el canciller añadió. "Tiene mucho que aprender antes de que esté listo para gobernar".

"Por eso convoqué este desayuno", el rey interrumpió. "Quiero hablar de la regencia después de que me haya ido". Sacó una colección de papeles. "Esto es lo que buscabas hace mucho, Percy, mi última voluntad y testamento".

"Señor, yo..."

"Basta, Percy. Hace mucho que sé cuánto te molesta no saber mis planes. Lamento haber tenido que esconderlos de ti, y no era por desconfianza. Tenía que proteger a Robert a toda costa".

"¿Lo sabías tú?", Percy Roan le espetó a Cuyler.

"Por supuesto que lo sabía. Estábamos encargados de vigilar a los cuatro chicos".

"¿Cuatro?", los ojos del canciller se oscurecieron. "Entonces, ¿la reina de los pescari se quedó con Eusari después de todo? ¿No regresó a su gente como me hacían creer?"

Cuyler y Amash intercambiaron una mirada de preocupación.

"Estábamos de acuerdo de que estabas demasiado relacionado con Viejo Weston para revelarte la ubicación del chico".

"¡Pero soy el canciller!"

"No en aquellos tiempos. El señor Philip lo era, y se hizo esa decisión en una reunión muy parecida a esta", el rey explicó. "No lo votó la asamblea".

"Entonces, dígame esto, Señor; ¿la novia del shappan dio luz a un chico o a una chica?"

"Una chica", Robert respondió antes que los otros, "y se llama Tara".

"¿Cómo es? ¿Se enoja rápidamente como su padre? ¿Lanza rabietas de fuego y tira flechas incendiarias cuando está de luto? ¿Cuál es su estado mental?"

"Tara es tranquila, aunque sí tiene una naturaleza de rebeldía. Es independiente, para nada como los otros pescari en Nuevo Weston. Es amable, bonita y enigmática".

"¿Bonita?", el canciller frunció el ceño. "¿Así que está enamorado de ella, esta princesa pescari? Pues, seguro que no puede casarse con ella; ¡insisto en eso!"

"¿Por qué no?", Robert exigió.

"No es apropiada", Roan argumentó. "¡Ninguna pescari lo es!"

"Robert", Amash dijo en voz baja, "en esto estoy de acuerdo con el canciller. La reina de Andalón no puede ser de sangre pescari. De hecho, he estado elaborando una... pareja más adecuada".

"¡No quiero ser emparejado!"

"Los reyes no escogen sus novias, y hay que tomar la decisión en base a la unificación que trae. En este caso, la restauración de Andalón a toda su fuerza".

Percy se sentó más erguido. "Sí, el rey Pogue de Cargia tiene varias hijas pero ningún heredero varonil. Su hija mayor está bien casada dentro de la nobleza del sur. Creo que también tienen una hija, y ella es solo un año o dos más joven que usted".

"Estaba pensando yo un poco más... mmm, al norte", el rey explicó. "Hay varias casas de nobleza en Fjorik. Su guerra civil ruge, y un señor de la guerra todavía no ha surgido para llenar el vacío dejado por la caída de Braston".

Percy se tamborileó los labios con los dedos, muy concentrado en sus pensamientos. "No, estoy fuertemente en desacuerdo. Ustedes han estado siguiendo a los cuatro, incluso los hijos de Braston. Robert debe casarse con alguien del sur, y esos chicos deben casarse en el norte".

"¿Y arriesgarse a que haya otro rey Kraken que retome el trono de Fjorik?" Cuyler ya no estaba tan calmado como antes. Parecía estar profundamente molesto, alterado por algo que temía mucho. "Un solo emotante del invierno es demasiado poderoso, difícil de controlar sin un esfuerzo unificado por la primavera y el otoño".

"Robert", el rey preguntó en voz baja, "¿alguno de tus hermanos muestra una afinidad por un oficio?"

"¿Franque y Krist?" Robert se rió. "Ninguno de los dos. Luchan con sus puños, no con ningún elemento".

"Entonces creo que todos estamos de acuerdo", el rey dijo, apartando su plato y lo que quedaba en él. Apenas lo había tocado. "Robert se casará con la hija de un noble de Fjorik, unificando los reinos y rompiendo el equilibrio entre Andalón y el continente del sur".

"Sí, Su Alteza", Cuyler respondió.

"Por supuesto, Señor", Percy accedió, aunque a regañadientes.

"¡No!", Robert protestó. "¡No estamos de acuerdo para nada!"

"¡Bien", el rey proclamó, no haciendo caso de las protestas del príncipe. "Tengo cosas que hacer, y entonces me voy para planificar mi abdicación".

Roan se sentó, horrorizado ante la insistencia del rey. "¿Así que lo va a hacer? ¿Tan pronto?"

"Sí", Amash respondió, el alivio revelándose mucho en su voz. "Mi tiempo se ha acabado. Pero Robert va a necesitar un regente por un tiempo, y por eso te lo he dejado a ti, Percy. Tienes un año para moldearlo en un comandante militar, un estadista y un legislador. Cuyler te ayudará, por supuesto". Dicho esto, se puso de pie; caminó hacia su puerta privada y se fue sin decir otra palabra.

Cuyler fue el primero en hablar después de que había salido el rey. "Su Alteza Real, es hora de sus lecciones". Una ráfaga repentina de viento tocó tres veces las puertas pesadas con tal fuerza que casi las arrancó de sus goznes. En un instante los guardias entraron en el salón de reuniones. "Favor de acompañar al príncipe Robert al salón de otoño", exigió. "Sus instructores esperan".

Ellos hicieron una reverencia, y Robert se puso de pie, ansioso por salir de la habitación. Sebastian intentó irse pisándoles los talones, pero escuchó un susurro y se detuvo.

"¡Esto no puede ser!", escuchó a Percy Roan quejarse. "¡Va en contra de todo por lo que hemos trabajado!"

"Lo sé", Cuyler accedió, "y así tendremos que asegurarnos de que una noble de Fjorik jamás comparta el trono!"

Sebastian tragó profundamente y salió apresuradamente del salón, alcanzando la puerta abierta a las cocinas. Entró y se desvistió del camuflaje justo a tiempo antes de que Cuyler entrara.

"Lamento que no pudiéramos incluirte, Sebastian".

"No hay necesidad de pedir disculpa", el conserje dijo, tratando de evitar que sus piernas se derrumbaran debajo de él. Lo que había oído bordeaba el subterfugio. Con una sonrisa añadió: "Entendí".

"Bien. Entonces entenderás que no eres bienvenido en absoluto en estos salones. No llegaste a ser reconocido como un Soñador completo y estás prohibido en el campus. De ahora en adelante, cada vez que el príncipe venga aquí a entrenar, volverás al palacio para planificar su horario y arreglar su ropa". Sin añadir más, Cuyler giró sobre sus talones y se fue, dejando atrás a un Sebastian sorprendido.

CAPÍTULO VEINTISIETE

Tara se levantó ante Felicima, los ojos parpadeando contra la oscuridad. Después de semanas de práctica, la rutina se había abierto camino en su cuerpo. Se puso de pie; bostezó y se estiró. Entonces se puso los mocasines antes de aventurarse en la frescura de la madrugada. Sus brazos llevaban odres de agua y sus pies llevaban a una rehuida hacia el pozo.

He llegado a ser una de ellos, se dio cuenta, pensando en la mujer a quien había señalado su madre en su primera visita. El vacío detrás de los ojos de esa mujer deberían de coincidir con los de Tara, y rápidamente llenó los odres. Luego se apresuró a comenzar su día.

El trabajo duro era la vida antigua de los pescari. Mientras que los habitantes de la ciudad quizá se habían olvidado de lo que significaba tal vida, los rehuidos no lo habían olvidado. Había carne que cazar y pan que hornear, lazos que trenzar, cestas que tejer, etc. El trabajo aseguraba la supervivencia, y aunque se les prohibía a los rehuidos que vendieran abiertamente en el mercado, unos comerciantes visitaban al mediodía para comprar mercancías. Estos intermediarios buscaban una calidad impecable. Si Tara deseara ganar plata, también necesitaría terminar sus cestas. Cuatro estaban terminadas contra la pared de su chabola junto a otras tres aún por tejer.

Pero primero tenía que encender el fuego, revisar sus trampas y preparar el desayuno para la familia. El horno de ladrillos esperaba mientras ella bajaba su carga junto a las cestas sin terminar. Ella llenó la boca hambrienta con una mezcla de roble y abedul; luego construyó un nido de fajina en el centro. Pensando en cómo Lina había prendido una llama utilizando el ojo de Felicima, Tara frunció el ceño ante la oscuridad. Tenía que usar el otro método que había aprendido y cuidadosamente golpeó una hoja sin filo contra el pedernal. Después de varios intentos y un dedo magullado, tuvo éxito.

Tara ojeó el horizonte, aliviándose con su oscuridad. Había tanto que hacer, y el trabajo se debería hacer antes de que saliera la diosa. Ella todavía tenía sus dudas en cuanto a la deidad pero había aprendido a guardárselo para sí misma. Hacía preguntas cuando podía, buscando entender mejor la cultura de su gente.

La tradición de los rehuidos, resultó, era más que simplemente el reparto de castigo y, en cambio, servía como la fuente de una bendición diaria para la tribu. Cuando por fin Felicima se despertaba, ella presenciaba la miseria de su gente a primera hora de la mañana. Las viudas, los cojos y los endeudados siempre estaban trabajando duro ya cuando se levantó la diosa, igual que hacía Tara ahora. Ella ganaba para todos una dosis diaria de misericordia en lugar de ira.

Después de asegurarse de que el fuego rugía y que continuaría ardiendo, Tara se aventuró una vez más por el camino al sur que seguía el río. En la oscuridad le resultó difícil ver la roca específica que buscaba, pero por fin reconoció la señal para girar hacia el este. Este camino, Absil había dicho, conducía hacia las minas. Él se había sentido orgulloso de señalar este cruce, bien sombreado y con unas partes cubiertas de maleza, y lo describió como el lugar perfecto para atrapar codornices.

Tara ojeó el horizonte, encontrando el primer resplandor del sol que comenzaba a salir. Aceleró el paso, revisando las trampas colocadas la noche anterior y encontrando dos pájaros que luchaban contra el aprisionamiento. Rompiéndoles el cuello por piedad, la chica le agradeció a Felicima el calor nutritivo que les proporcionarían a Kailani y a las personas bajo su custodia.

Un grito melodioso interrumpió el silencio de la mañana, llegando a sus oídos y condenando con tristeza la pérdida de las vidas diminutas. Ella se giró, esperando ver otra codorniz, pero vio otra criatura sorprendente que estaba mirando. Tan grande como un águila, un tipo diferente de rapaz posada en una roca, ladeando la cabeza y sopesando a la niña con ojos feroces que casi brillaban con el amarillo de fuego. Sus plumas, capas de rojo y naranja, yacían planas contra una piel que hacía juego con los orbes evaluadores.

"¿Qué tipo de ave eres?", Tara le preguntó en voz baja, con cuidado para no enviarla volando furiosa hacia una presa humana.

El ave en silencio se desplegó las plumas, revelando unos colores espléndidos. Con un chillido y un batir poderoso de alas, se elevó en el aire, un espectáculo de gracia ascendente. Tara se maravilló de cómo la luz se reflejaba en la bestia, brillando y resplandeciendo bajo el ojo naciente de Felicima. El ave casi parecía arder con una llama interna mientras se elevaba hacia el cielo, hacia el este para advertir a la diosa que estaba despierta el ser humano que había encontrado.

Tara pensó de inmediato en Robert, su dulce amor que deseaba volar con las águilas. Por fin ella entendió su deseo ahora, anhelando unirse a esta ave que se elevaba en el cielo. Si solo pudiera haberla llevado a su amor, ella habría encontrado la felicidad y reavivado la chispa que compartieron con su primer beso.

No, ella se dijo a sí misma, dejando de lado los pensamientos egoístas. Primero debo honrar a Felicima por aprender las costumbres de mi gente. Flaya había tenido razón después de todo. Robert tendrá que esperar.

Rápidamente recogió las codornices y las ató a su cinturón, corriendo hacia el pueblo y el Área de los Rehuidos que le esperaban. Mientras se acercaba, una Kailani enojada se paraba en su muleta al lado de un horno frío.

"¿Por qué no prendiste el fuego?", la mujer vieja exigió.

"Lo hice". Tara miró dentro. La madera, una vez rugiendo con llamas, se había quemado completamente hasta convertirse en cenizas. "Es imposible", protestó. "Solo me salí por unos momentos, solo lo suficiente para comprobar mis trampas. ¡No hay forma de que el fuego haya quemado toda la madera!"

"¡Lo más probable es que no barrieras las cenizas de ayer y te hayas olvidado por completo de prenderlo hoy!", Kailani le regañó, poniendo una mano débil contra las piedras. "¡Obviamente está frío! Si lo hubieras encendido, me habría quemado, o por lo menos habría sentido el calor". Señaló con un dedo la luz que se elevaba en el cielo. "Felicima es testigo de tus mentiras, y así eres inmunda. No salgas de la casa otra vez hasta el anochecer".

"No". Tara no había tenido intención de pronunciar la palabra, y su pronunciación la sorprendió tanto a ella misma como a Kailani.

"¿Perdona?" La mujer vieja se enderezó, tan alta como su columna vertebral curvada le permitía. Hacía muchos años que no había sentido tal emoción, y miró fijamente a la chica con una ira desenfrenada. "¿Muestras también abiertamente tu desafío? ¿Aquí, en el Área de los Rehuidos y ante el ojo de Felicima? Tu madre hizo bien en traerte a mí y, si fuera yo menor, te daría unas palizas hasta quitarte esta arrogancia".

"No desafío a la diosa", Tara explicó, pero su desafío permanecía.

Ella nunca sería una pescari verdadera, y Kailani lo sabía. Ella miraba mientras la chica se apretaba la mandíbula y sus mejillas bailaban con ira. "¿Entonces me desafías a mí? De cualquier manera es una afrenta a nuestra diosa. Vete y cumple tu penitencia lejos de su mirada y tal vez ella no te eche más maldiciones".

"¿Echar maldiciones a mí?" La chica soltó una risa, pero las palabras que seguían eran teñidas de enojo. "No he hecho nada mal", dijo. "¡Soy obediente bajo su mirada, y tu corrección de mí la ofende a ella! ¡Te olvidas de que no soy rehuida y no debo estar aquí contigo!"

Kailani se congeló, observando a la chica mientras le regañaba. Sus ojos, ella notó, ¡los he visto antes! Todos los músculos de su cuerpo de repente se estremecieron de miedo mientras recordaba. Una vez de un marrón opaco, habían cambiado de color al dorado, ardiendo como brasas con su furia.

"Vete de mi hogar", la vieja exigió, "ahora mismo y nunca regreses".

"No", la chica dijo otra vez, desafiando a la mujer mayor.

"Dos veces blasfemada son tres veces castigada, niña", Kailani advirtió. "Vete, y apúrate en tu salida".

"¿Así que me echas de los rehuidos?" Tara escupió sobre la chabola de Kailani. "Voy de mi propia voluntad".

Kailani se alisó las pieles de ciervo y miraba mientras se iba la chica. Ella sería un problema, igual que su padre antes que ella. Subiendo su mirada a la diosa, cantó una oración de bendición, rogando la misericordia y el perdón. Los malos de su gente no habían terminado con la muerte de Taros, y la hija quizás sea peor que el padre.

"¿Kailani te expulsó de los rehuidos?" Flaya pronunció las palabras como una acusación, no con incredulidad. Ella había anticipado este resultado. La chica se arrodilló ante ella, rogando perdón y parloteando tonterías de cómo ella había tratado de honrar a la diosa. "Eres una vergüenza a nuestra gente", la madre le regañó.

"Entonces envíame a Robert", Tara espetó, ganándose una bofetada con el revés de la mano en la boca.

"¡El príncipe no te aceptaría!"

"¿Príncipe?"

"¡Así es! Tu amado es el príncipe de Andalón, sin duda por ahora emparejado con una elegible. ¿Qué? ¿De veras pensabas que él optaría por una esposa pescari? No, Tara, las mujeres como nosotras solo somos coqueteos ligeros a los hombres de Andalón. Pretenden atraernos, profanarnos y luego dejarnos con hijos naturales".

"¡Robert no es así!", Tara gritó.

Flaya le dio la espalda mientras la puerta del piso se abría. Teot estaba en la entrada, esperando.

"Ella no la aceptará otra vez", el shappan dijo con tristeza. "Tenemos que adelantar su prueba, esté lista o no".

"Así será", Flaya accedió. "He terminado con su insolencia. Tómala, si vuelve como pescari o se muere en la tierra salvaje, me da igual. ¡Que Felicima juzgue su valía!"

Teot asintió y ayudó a su sobrina nieta a ponerse de pie. Los músculos de ella se estremecieron ante el toque de él, pero la piel de la chica se sentía normal. Eso era bueno, con todos los gritos, él había anticipado que ella ardiera febrilmente.

"Ven", exigió, y ella obedeció. La llevó afuera donde esperaban dos caballos, atados al enganche, resoplando nerviosamente en sus bridas.

Ensillar era una costumbre andalona, no pescari, pero necesitaban provisiones y también moverse rápido. La costumbre pescari no serviría para este viaje.

Tara tomó de inmediato las riendas, ansiosa por irse. "¿Adónde vamos?", preguntó.

"A encontrar una diosa".

CAPÍTULO VEINTIOCHO

El río, aunque rápido, fluía más lento que Eusari quería. Incluso con los vientos de Marita llenando las velas, el viaje río abajo resultó ser peligroso, con muchos meandros de varios tamaños en el camino. Ralentizaron para cada uno de estos, perdiendo tiempo valioso en perseguir a los chicos, y la capitana y su tripulación anhelaban el mar abierto. A la vez que el río se curvaba alrededor de un acantilado, también se ensanchaba para revelar un puerto grande. En la orilla del norte se alzaba una ciudad.

"Diaph", Eusari le murmuró a Peter Longshanks. "¿Recuerdas la última vez que navegamos por este puerto?"

"Sí, mamá, era por la noche bajo una luna llena. Me dejaste con Gelert, y no le gustaba a él tu salida".

"Gelert…", el nombre salió de sus labios teñido de tristeza. "Lo extraño. Una parte de mí se murió con él".

"Lo sé, querida, pero no sería impropio vincularte a otro".

"No puedo".

"Quizá necesitas hacerlo. Tu oficio es inútil en el mar y no te protegerá. Marita es muy fuerte, en cuanto a ser emotante, y también en cuanto a ser maestra de cuchillos, pero no te puede proteger en cada momento de una pelea".

Eusari dio un golpecito en uno de sus cuchillos escondidos. "Soy luchadora también".

"Tus hojas están engrasadas, pero perdóname por apuntar que tú, como arma, estás cubierta de óxido. Has vivido para ver cincuenta veranos, y aunque la vida campestre te ha mantenido ocupada, no has desenvainado esas hojas durante casi veinte años".

"Lo odio cuando me hablas con franqueza".

"Es la única manera en que siempre te he hablado, mamá. No decidiré ahora dejar de hacerlo, no cuando tengo conocimiento de lo que debes enfrentar directamente".

Eusari asintió. "Aprecio esa franqueza más que lo que me molestarán las palabras, y esa es la razón por la cual eres mi primer oficial". Ella observó detalladamente su cara. Una gran parte del enrojecimiento y la hinchazón había desaparecido durante la semana, una indicación de que el alcohol se había ido incluso si la adicción no. "¿Cómo te sientes?", ella le preguntó.

"Menos horrible que antes y más optimista también". Se golpeó el torso. "Solo espero que el corazón aguante todo el ejercicio que estoy haciendo. Ha sido mucho estrés tirar cuerdas con los hombres más jóvenes".

"Entonces, no lo hagas".

"Tengo que hacerlo. Soy el primer oficial y tengo que manejar la carga en todos los sentidos a pesar de mi edad".

Eusari se detuvo. Lo amaba como a un padre y no había pensado en qué edad eso significaría que él tuviera. "Dioses santos", se dio cuenta. "¿Tienes casi ochenta veranos?"

Peter asintió. "Mucho más allá de la jubilación".

"¿Peter?"

"¿Sí, mamá?"

"Tengo un secreto y no sé si es bueno o malo".

"¿Tiene que ver con los chicos?"

"Creo que tiene que ver con todos nosotros".

"¿Me estás preguntando si quiero saber los detalles?"

"No, simplemente buscando tu consejo, como siempre".

"Por eso estoy aquí".

"¿Recuerdas cuando luchamos la Guerra de los Hermanos? ¿Cuando te dije que había otra fuerza impulsando a los Halconeros y a los Jaguares?"

"Sí, lo recuerdo. Me dijiste que era de un lugar llamado Astia".

"Amash me dijo que Astia ya no es una amenaza, pero Robert luchó contra Halconeros y Jaguares".

Peter se estremeció cuando ella los mencionó. Esos recuerdos eran algo que a todos los que lucharon en la guerra les gustaría olvidar.

"También me preocupo por los demás, los a quienes Skander liberó. Temo que Robert se enfrente a una guerra después de que Amash abdique".

"Tiene consejeros", Peter ofreció.

"Tiene Percy Roan", ella argumentó, "un político tan versado en la corrupción que evade su hedor".

"¿Entonces, este secreto, querida? ¿Qué tiene que ver?"

"El rey en realidad no está a cargo de su reino".

"¿Es que alguna vez han estado a cargo?", Peter preguntó con una risa.

"No, supongo que no, pero esta vez afecta a Robert. Sabes que nunca quería yo estar en ningún lugar excepto en las sombras. Antes, Braen tenía que arrastrarme de ellas, y ahora Franque y Krist".

"¿Quieres volver?"

"Una parte de mí, sí. Pero otra parte disfruta la aventura. Creo que estoy feliz al estar fuera otra vez. Creo que algo más grande que nosotros está a punto de realizarse y creo que por fin estoy lista para ser parte de ello".

"¿Y después de que hayas hallado a tus hijos, ahora que tu deber con Robert se ha terminado? ¿Entonces qué? Una vez que los chicos habrán saboreado el mar quizás no deseen volver a la granja. Aun peor, quizá no sobrevivan este viaje que han emprendido".

"Si algo les ocurre a mis hijos, sin dudo regresaré a La Ensenada".

"¿La piratería, mamá?"

"En el sentido más malhechor del término".

"Dios mío, pero eso sí es un secreto, y lo guardaré muy en secreto".

"No sé. Puede ser que me sienta diferente después de tratar con Diablo Jacque. Pero, sea lo que sea, ese destino está por venir". Ella se dirigió a la navegante y ordenó en voz alta: "Marita, dirige el barco hacia mar abierto y dános viento, mucho, todo lo que este barco pueda aguantar. Tengo una parada que hacer antes de encontrar La Loba".

La mujer asintió, y el barco empezó a sacudir mientras las velas cuadraban por sus vientos.

"¿Cuál es nuestro destino, capitana?", Peter Longshanks gritó para que los hombres lo oyeran.

"El Embarcadero de Lowen", Eusari respondió en voz alta. "¡Tengo asuntos allí antes de dirigirnos hacia el sur a la Ensenada de los Piratas!"

La tripulación gritó vítores de aprobación y se fue a trabajar de inmediato.

"Que bueno que tengas asuntos allí", Peter le susurró a su capitana con una sonrisa; entonces se alejó rápidamente para ajustar la escota con la tripulación.

"Solo esperemos que todavía hallemos a mis hijos a tiempo", ella murmuró, estremeciéndose ante la urgencia en la voz que controlaba al rey. Él nunca será igual una vez que los alcances..., había advertido. "Sean fuertes, chicos. Ya voy", ella susurró.

"¡Todos a cubierta!", la voz mandó.

"Eso nos incluye a nosotros", Franque le dijo a su hermano, quien yacía en la hamaca.

"Que todos se ahoguen", Krist por fin murmuró, apenas vocalizando las palabras pero deseando el impacto que le costó el esfuerzo pronunciarlas. "Me quedo aquí. El médico dijo que puedo".

"Pues, tengo que irme". Franque se puso de pie; inspeccionó a su hermano y les dio gracias a los dioses que había sobrevivido. El médico había dicho que era un verdadero milagro, y nadie lo disputó. Incluso el capitán accedió que Krist pudo descansar unas semanas; dijo que se lo había ganado por sobrevivir la inmersión.

Franque subió la escalera y salió para ver a toda la tripulación en los rieles y mirando a lo lejos. Boats estaba con ellos. Los chicos estaban en paz con él, al parecer todo perdonado después de que salieron del agua vivos—aún si no se lo olvidaría nada. Krist estaba fuera de su alcance bajo el cuidado del médico, pero eso no significaba que el contramaestre fuera indulgente con Franque.

"¿Dónde está Francis?", gritó desde la cubierta.

"Aquí estoy", Franque dijo, sin molestarse en corregir al contramaestre otra vez.

"Tengo que determinar cómo utilizarte en la pelea".

"¿Pelea?" La confusión empañaba sus pensamientos. "¿Quién va a pelear?"

"Nosotros", Boats dijo mientras señalaba el horizonte. Dos mástiles y el cuerpo liso de una falúa se destacaban contra las nubes. "Es uno de esos botes de inmigrantes de Fjorik".

"¿Por qué lucharíamos contra inmigrantes? ¿Qué importan?"

Boats se encogió de hombros. "El capitán está en el gremio; así que él ataca a quienquiera con tal que el seguro les pague a los mercaderes y nobles. El primer oficial dijo que son nuestro objetivo; así que los atacamos".

"¿Mujeres y niños?"

"¡Oh, hay hombres luchadores también! ¡Junto con todas sus pertenencias y oro con que comenzar su nueva vida! Es un jardín abundante y maduro para la cosecha", Boats argumentó.

Franque miró fijamente el barco. Sus ocupantes sin duda estaban haciendo lo mismo que él, rezando a sus dioses norteños que las velas que miraban no fueran a izar una bandera de piratería. No me gusta, se dijo a sí mismo, pero no había nada que pudiera hacer. Estaba a punto de ser parte del asesinato y el caos.

"Míralo así, Francis", Boats sonaba menos irritado; casi parecía tener algo de respeto hacia él después de la inmersión. "Esa gente y sus antecedentes han guerreado contra nosotros y los nuestros durante siglos. Son putos asaltantes y violadores durante las guerras y aún peores ahora que llegan legalmente".

"¿Cómo es eso?"

"¿Sabes cómo gente como esos putos norteños conquistarán nuestro reino? Se infiltrarán lentamente sin asimilar nuestra cultura a la de ellos. Una vez que sean lo suficientemente fuertes, cambiarán la mentalidad de nuestros hijos, plantando semillas de rebelión contra los padres, el gobierno e incluso los mismos dioses. Exigirán que nosotros respetemos su cultura, todo el tiempo escupiendo en la nuestra. Entonces cambiarán las leyes—poco a poco si quieren o todo a la vez en un solo golpe. Lo siguiente que sabemos, menos de la mitad del reino estará estupefacto y preguntándose por qué no podemos comer nada excepto plantas o por qué no podemos llevar armas para protegernos a nosotros mismos o a nuestra propiedad. Y eso es cuando Fjorik soltará el motivo verdadero de su venida—para robarnos a ciegas y borrar nuestra cultura porque nuestro modo de vida siempre era mejor y siempre les molestaba no habernos vencido nunca".

Franque nunca había oído a Boats decir tanto a la vez. Lo miró parpadeando, asimilando todo y atónito ante la simplicidad de la lógica del hombre. Era verdad; Fjorik siempre había odiado y resentido el resto de Andalón, pero él siempre había pensado que era el gobierno, en vez de la gente, que quería destruir el control de Estonia sobre el continente.

"Mira; peleaste muy bien contra mí el otro día", Boats admitió. "Todavía nunca he sido vencido, pero te acercaste. Si no hubiera sido frente a la tripulación y no hubiera sido por insolencia, yo quizá te habría invitado a una bebida para ahogar en el alcohol nuestras diferencias en el camino hacia la amistad". Señaló el otro barco. "Ahora tenemos una pelea próximamente, y es hora de que sirvas a nuestro capitán, a este barco y a tus compañeros de tripulación con lealtad. Serás parte del grupo de asalto, ellos que forcejean y cruzan en la primera ola".

Franque se rió. "¿Pelear con qué? Se quedó usted con mi pasador".

Boats se encogió de hombros. "No vas a recuperar eso hasta que esté listo yo, solo para probar mi punto aún más, pero el armero te entregará un arma una vez que nos acerquemos. Si sobrevives, la devolverás, y quizá yo te dé el pasador en aquel momento. Ahora, ve a ayudar a los otros a preparar los cañones. Hay mucho que hacer antes de la batalla".

"Marinero Thorinson", una voz llamó de detrás de ellos.

Franque se giró para ver a Zane Rogers de pie con Ben Thompson.

"Bueno, bueno", Boats exclamó, "¿qué quiere el primer oficial con gente como tú?"

Franque se encogió de hombros. No tenía ninguna idea. Caminó para acercarse a los dos hombres. "¿Sí, señor?"

"El capitán quiere hablarte".

"¿A mí?"

"¡Sí, tú! Ahora, ¡ve y rápido! ¡Es un hombre atareado!"

Franque se alejó rápido, casi corriendo a la puerta de los aposentos del capitán. Levantó un puño y se detuvo, de repente temeroso de llamar en caso de que fuera una broma o una trampa. Boats, quizá, o el resto de la tripulación, pero no el primer oficial o el intendente. Con una respiración profunda y un trago, llamó.

"Pasa", llegó la única orden desde adentro.

Los aposentos no eran elaborados, no como había imaginado Franque. La madera oscura estaba gastada, pero no tanto como en el camarote de Franque y Krist, y decorativa. Estanterías altas alineaban una pared, con puertas para sujetar artículos en mares turbulentos. Había una cama, un escritorio, y una mesa sobre la cual podía comer el capitán y otra mesa cubierta de cartas y un sextante. El capitán estaba de pie allí, frunciendo el ceño ante un mapa en particular.

"¿Usted envió por mí, señor?"

Jacque levantó los ojos y los entrecerró como si estuviera midiendo al chico o evaluando su valía. "Me perdiste una suma considerable con el intendente".

"¿Señor? No entiendo".

"Sobreviviste. La apuesta segura era que tu hermano moriría en la inmersión, pero me arriesgué. Dije que ambos morirían. Ben Thompson apostó que los dos sobrevivirían. Él ganó el premio gordo", soltó una risa, "¡y probablemente es más rico que yo ahora!"

"Lo siento, señor. No quería..."

"Nada de eso", el capitán dijo con una sonrisa. "El oro me importa un carajo. Los dioses saben que tengo lo suficiente ahorrado en los bancos".

"¿Por qué envió por mí?"

"¿Qué tal tu hermano? Además de estar vivo, digo. El médico dijo que es seguro que perecerá en algún momento. Está tan sorprendido como yo de que él haya sobrevivido a la inmersión".

"Es decidido".

"Frecuentemente eso es bueno. ¿Así que su apellido es Thorinson? Conocía a algunos de ellos en mís días. ¿De qué parte de Loganshire son ustedes?"

"Brentway", Franque mintió.

"Entiendo. Tienen muchos parientes por esos lares, eso es cierto. Conocía a una en particular en mi mejor momento. Ella era guapa".

"¿Qué le pasó?"

"No tengo ninguna idea; ni me importa. La utilicé para conseguir lo que quería yo, eso es todo, pero es agradable recordar a las chicas, ¿no?"

"No lo sé".

"¡Seguro que dejaste a una chica atrás, o has dado un revolcón en el heno unas cuantas veces!"

"En realidad, nunca me enamoré de nadie. Nunca quería quedarme cerca de casa e intentaba subirme a un barco desde que tengo memoria. Mi hermano también".

"Entiendo". Volvió sus ojos a la carta. Fuera lo que fuera de lo que quería hablar, parecía faltar importancia ahora.

"¿Es todo, señor? ¿Me puedo ir?"

"¿Tienes mi permiso?"

"¿Perdón?"

"Uno se pide levantarse de la mesa de cenar. Se le pide al capitán su permiso para retirarse".

"Lo siento, señor. ¿Tengo su permiso para retirarme?"

"No, no he terminado".

Franque se detuvo; la oscuridad en el timbre de la voz del capitán había eclipsado su comportamiento jovial y tranquilo. Incluso sus ojos habían cambiado. Eran más oscuros con matices siniestros de peligro como el chico nunca había visto antes.

"¿Cómo sobrevivieron los dos de ustedes? Tu hermano, por lo menos, debía de haber muerto", el capitán acusó.

"No... ¡No sé!"

"¿Tu nombre es Franque Thorinson?"

"Sí".

"¿Pero tu hermano es Krist Thorinson?" Diablo Jacque pronunció el nombre como si hubiera hierbas amargas o carne rancia en su lengua.

"Sí".

"¡Un nombre de Fjorik!"

"¿Qué? No entiendo..." Franque no tenía ninguna idea. El nombre de su hermano era raro, eso sí, pero nunca había pensado en su origen".

"¡He oído de otro Krist, un Krist Braston! El padre de Braen y Skander Braston".

"Yo..." Franque tartamudeó, oyendo el nombre de su padre pronunciado por este hombre.

"¿Quién es tu madre?", de repente exigió Diablo Jacque.

Franque se congeló. ¿Por qué le importaba a este hombre quién era su madre? ¿Hay daño en decírselo? Se puso erguido en toda su altura, dos cabezas por encima del capitán. ¡No se lo diré!

"Es Eusari Thorinson, ¿no?"

Franque sintió la bilis formarse en su garganta y la necesidad de vomitar abrumó su capacidad de pensar. ¿Cómo sabe él de mamá?, se preguntó.

"¡Contéstame!", el capitán espetó.

"No. Nunca he oído ese nombre", Franque mintió. La punta del alfanje se movió rápidamente, cortando el aire y encontrando su sitio contra el cuello del chico. Una gota pequeña de sangre corrió por su cuello y sobre su pecho.

"La verdad. ¡Ahora!", Diablo Jacque exigió, empujándolo contra la pared. "¿Eusari Thorinson es tu madre?"

"Sí".

"¿Por qué están ustedes en mi barco? ¿Ella está tramando venganza? ¿Ella me está provocando con sus dos mocosos, los cachorros de Braen Braston?"

"Ella no sabe que estamos aquí", Franque trató de decir la verdad mientras miraba fijamente los ojos rabiosos del capitán al otro extremo del frío acero. Por fin entendió el apodo y por qué se llamaba Diablo Jacque.

"Dime más. ¿Por qué se ofrecieron como voluntarios para mi equipo?"

"Huimos de casa para matar al rey. Nos enteramos de que él había matado a nuestro padre y solo queríamos llegar a Eston, pero nos robaron en Loganshire. Nuestros caballos y posesiones robados. Entonces conocimos a un tipo, Peter Loganshanks, en una taberna. Él nos engañó para que inscribiéramos por años en vez de meses y nos empujó por una trampilla. Nos despertamos en La Loba; ¡no la escogimos!"

La punta del alfanje vaciló, temblando en lo que antes había sido una mano firme. Los ojos del hombre se agrandaron con lo que Franque reconoció ser un miedo pasajero.

"¿Pata de palo Pete?" El capitán de repente se recuperó, soltando una risa honesta. "¿Él les inscribió en mi tripulación?" Su risa se detuvo súbitamente. El miedo volvió. "Ese hijo de puta intentaba enfadarme... ¡pero esto significa que ahora ella lo sabe!" El alfanje volvió a su vaina. "Si ella lo sabe", murmuró, "¡ahora mismo está en camino aquí!"

"¡Ni siquiera sabe ella que estamos aquí! La detuvieron; ¡probablemente todavía está en la cárcel en Loganshire!"

"Loganshire... ¿Ella estaba así de cerca de mí entonces? ¿Pisándome los talones?"

"¡Ni siquiera sabe de usted! ¡Lo juro, capitán! ¡Ella no tiene idea alguna de donde estamos!"

"Si Peter Longshanks los secuestraron, y ella lo halla; entonces lo sabe ella".

"¡Juro que no sabe!"

"¡Pruébame que se dirigían ustedes a Eston a matar al rey!"

"Vi a usted allí, en El Tramo. Tenía yo un rifle, uno de los cincuenta que usted había traído a bordo La Loba y lo apunté a la cabeza del hombre".

"¿Pero no lo disparaste?"

"No. Vi a usted allí, no muy lejos, hablando con un hombre con solo unos pocos mechones de cabello en su cabeza. Él estaba vestido con galas, ¡hilos escarlata que hablaban de riqueza e influencia!"

"Hmmm". Jacque evaluaba la historia. "¿Pero no apretaste el gatillo? ¿Por qué no?"

Franque quería hablarle de Gretchen y las cosas horripilantes que había profetizado, pero mintió otra vez, ahora de una manera más convincente. "Me di cuenta de que ese hombre, vestido con túnicas rojas, era más poderoso que el rey. Debía de haber sido un consejero, pero el hecho de que usted le hablaba a él y no al monarca me convenció de que ¡él es quien dirige el reino! Creo que es él quien le dio a usted los rifles para llevarlos a La Ensenada y que le pidió empezar una guerra con Fjorik".

El alfanje apareció otra vez, esta vez clavándose en el pecho de Franque.

"Por Dios", el capitán comentó, "¡qué listo! Pero equivocado en cuanto a una cosa. Los rifles iban hacia Ataraxia, para ser vendidos a traficantes de armas que los pasarán de contrabando en Fjorik. Atacamos a los inmigrantes lo suficiente; le proveemos al gobierno las armas, y entonces conseguimos nuestra guerra. Ahora, ¿qué vas a hacer con esta información?"

"¿Hacer? ¿Qué puedo hacer? Somos parte de la tripulación de usted, cientos de millas de casa y a punto de atacar un barco de Fjorik. Boats me dijo que subiré a bordo a través de los acolladores como parte del equipo de abordaje. ¿Qué voy a hacer yo? ¡Lucharé y mataré a mi primer hombre o hombres antes de que me maten ellos!"

Jacque pesaba sus palabras. Esta vez eran veraces, e incluso el capitán lo sabía. Tenía un trabajo que hacer, como toda la tripulación. Sin importar la historia de este capitán con su madre, ellos lucharían juntos. El alfanje bajó. "¿De veras? ¿Pelearás con lealtad por mí, por mi barco y por la tripulación? ¿Sin importar la riña que tuve con tu madre?"

"Sí", Franque prometió. "Pero Krist no está bien, de ninguna forma; así que lucharé por los dos de nosotros".

"Te... te creo", Diablo Jacque respondió, riéndose y otra vez devolviendo el alfanje a su vaina. "Explícame esto, primero. ¿Alguna vez te ha pasado cualquier cosa extraña cuando estabas cerca del agua?"

"¿Cómo qué?"

"No sé... cosas extrañas".

Franque recordó el aviso de Gretchen, que uno o los dos tiene afinidad por el mar—que su padre... Padres, ella había dicho... quizá hubiera compartido esa afinidad. "No. Ninguno de los dos. Aparte de la inmersión, nunca hemos nadado en ella".

"¿Cómo es que sobrevivieron?", Jacque exigió una vez más.

"Por pura determinación de no dejar que Boats nos derrotara".

El capitán se rió. "Entonces de veras son como su madre, en más maneras de las que pudieran saber. Bienvenidos a La Loba", dijo. "Escoge cualquier arma que quieras del arsenal, ¡y púrgala bien!"

Se anocheció sobre La Loba, el cielo nublado y amenazando lluvia mientras ella se acercaba al barco más lento de Fjorik. Lo habían perseguido todo el día y finalmente estaban al alcance de su presa. El barco más lento tocaba tambores y hacía sonar silbatos, un intento inútil de preparar a sus hombres para repeler un ataque. Franque Thorinson era parte de esa amenaza, y agarró el hacha de su padre con una fuerza que ofrecía una promesa—una de victoria.

El agua entre los barcos se volvía espumosa, agitada por la tormenta de acero, pólvora y gritos que se avecinaban. Franque miraba mientras se arremolinaba y giraba contra los barcos.

"¡Preparen los cañones de babor!", el capitón mandó.

Todos los hombres de la tripulación del artillero corrían de un lado a otro, acarreando pólvora y perdigones. Toda la tarde se sintió surrealista, un recordatorio emocionante para Franque de que lucharía junto a los piratas. Por horrible que debería de ser, lo encontró atractivo, una promesa de todo lo que el mar ofrecía. Él se sentía vivo.

"¡Fuego!" La orden llegó de repente, y la réplica ensordeció a todos. La Loba se balanceó a estribor con la conmoción, golpeando fuerte contra las olas y enviando una andanada violenta hacia el barco más grande.

Franque palideció. Los falconetes hicieron más daño de lo que esperaba, arrancando astillas y arrojando sus puntas más afiladas hacia la masa apiñada de personas que miraban desde la cubierta.

¡No se habían dado cuenta de que intentábamos atacar!, el chico entendió de inmediato mientras las mujeres y niños huyeron por debajo de las cubiertas para esconderse. Todos los hombres que quedaron sobre la cubierta estaban vestidos con la armadura pesada y revestida de pieles que llevaba la gente de Fjorik. Cinco de estos guerreros estaban alejados de los demás, pintados con tonos oscuros de carmesí y azul. Golpeaban sus espadas y hachas contra sus escudos mientras algunos gruñían y mordían de forma salvaje hasta que les sangraban los dientes y las encías por la anticipación de la batalla.

¡Los enloquecidos! Franque había oído hablar de estos. Krist había soltado la lengua una vez, alrededor de una fogata, contando historias atroces acerca de los guerreros más peligrosos que ofrecía Fjorik. ¿Pero en un barco de inmigrantes? Su presencia no tenía sentido alguno.

"¡Forcejeadores!", el primer oficial rugió. "¡Prepárense para el abordaje!"

Franque agarró una herramienta con la mano derecha, sudando de miedo mientras la dejaba deslizar hacia abajo para aflojar la cuerda atada.

La hizo girar lentamente de la forma en que Boats le había enseñado. En su mano izquierda sostenía el extremo de una cuerda larga, con el rollo sostenido flojamente por solo dos dedos. Una vez que sintió suficiente impulso para lanzar, arrojó el metal y soltó la cuerda. La mayoría de los otros hombres fallaron y tuvieron que tirar de sus cuerdas mojadas y flojas por la borda para intentarlo otra vez, perdiendo minutos preciosos en el esfuerzo. Pero la de Franque encontró la barandilla, y la tensó.

Ahora llegó lo difícil, la maniobra requiriendo un poco de suerte, mucho peligro y una tremenda tontería. Estaba de pie, agarrando la cuerda con fuerza y esperando la orden de Boats.

"¡Tiren!", gritó, y el equipo de agarre tiró con fuerza hasta que se cerró la brecha entre los barcos. Con cada tirón, la tempestad entre ellos se hizo más pequeña hasta que ambos barcos chocaban entre sí.

Franque pisó la barandilla y luego saltó, sus botas chocando con fuerza contra la cubierta del enemigo. Se tambaleó, pero pronto la madera se sintió bien debajo de las suelas de sus botas. Una espada se balanceó hacia abajo, y él se movió, la hoja arqueándose apenas unos centímetros más allá de su oreja. Afortunadamente, el atacante falló, golpeando en su lugar la viga de madera.

Franque agarró el hacha de su padre que colgaba en su cadera. Se sentía muy a gusto. Balanceó la cabeza de ella, afilada y pesada, hacia el tonto que lo desafiaba. Se topó con un escudo con un crujido—los quince años de cortar leña dieron buenos resultados—y unas astillas se clavaron en un antebrazo. La guerrera sorprendida dio un paso atrás, con los ojos llenos de ira mientras ella volvió a levantar la espada.

Franque se sujetó de forma segura contra otro golpe. ¿Una guerrera? Él vaciló, maravillándose de una mujer vestida con pieles de Fjorik y empuñando un instrumento de muerte. Ella se acercó atacando.

Franque se puso a un lado; nunca lucharía contra una mujer. De un hombre aceptaría un desafío, incluso de su hermano—de un desconocido aún más fácilmente.

Ella arremetió contra él, furiosa por su finta y echando espuma por la boca. Él se puso a un lado de nuevo, pero la punta del acero encontró sus costillas, cortando una línea alrededor de su cuerpo. El rocío salino entró de inmediato, enviando un grito ardiente de pánico a su corazón. Afortunadamente, no era profundo. La ira de repente ardía en su interior, furioso por su sangre preciosa que ahora goteaba sobre la cubierta de un barco extranjero. Él embistió.

Franque era un buen chico, cariñoso y leal a su familia—especialmente a su madre e incluso a Tara, a quien amaba como a una hermana. Había jurado una vez, en una exhibición grandiosa de caballerosidad ante sus hermanos, nunca levantar los brazos o los puños contra una mujer. Esa promesa desapareció en un instante mientras la ira se apoderó de él.

Nunca había perdido tanto los estribos, clavando su hombro en el pecho de la enloquecida y dejándola sin aliento. Estaban tan cerca el uno del otro que el aliento de ella salió de su boca como el jadeo de un amante. Clavando su bota izquierda en la cubierta para mantener el equilibrio, él levantó el hacha de su padre. El arma, ya ensangrentada décadas antes por su padre, anhelaba más cuando Franque la hundió. La hoja partió el trozo delgado donde el hombro de la mujer se unía al cuello. Había tanta sangre que salió a chorros. Su cuerpo desangró cualquier furia que una vez tenía para la batalla y sus piernas inútiles se derrumbaron debajo de su cuerpo moribundo.

La rabia de él ahora reinaba supremamente, liberando el hacha justo a tiempo para bloquear un ataque enojado de espada. ¿De quién? ¿Su esposo? ¿Un amante? Cualquier conexión que este nuevo atacante compartiera con la difunta no importaba, su audacia para desafiar alimentó la ira demoníaca de Franque. La vida del atacante también sería devorada, y Franque rugió ante la llegada del hombre. El mango romo de su hacha aplastó una nariz, empujando las partes tiernas en su cerebro. Un segundo movimiento terminó el trabajo.

En cuestión de momentos había matado no solo una, sino dos veces, y el sentimiento le emocionó el alma. Su padre fue sin duda uno de ellos: o Skander o Braen, los hijos de Braston y príncipe del infierno. Él rugió, desafiando a otro blanco de Fjorik, quien dio un paso atrás con miedo. Ahora todos temían el hacha de su antiguo soberano. Ellos, como muchos otros esa tarde, se cayeron ante sus golpes. El Demonio del Norte vivía y controlaba cada movimiento de Franque.

CAPÍTULO VEINTINUEVE

Robert escuchaba cada palabra que la profesora pronunciaba. Era una mujer alta llamada Adairia, elegante en sus túnicas de Soñadora y con el pelo recogido en un moño apretado. Su rostro era severo pero muy bonito. Su voz, por otra parte, mortificó su paciencia y amenazó con perforar los tímpanos del príncipe. Él habría preferido las uñas en una pizarra. Lo peor de todo, ella hablaba sin cesar y con monotonía sobre cada tema. Desafortunadamente, lo que tenía que decir era importante, y él escuchaba a través de la cacofonía forzada nasalmente.

"La historia de la emotancia es antigua, desde un tiempo mucho antes del nuestro. Aunque los registros son limitados, hemos determinado que los humanos una vez deseaban mejorar sus mentes mientras buscaban formas de comunicarse—básicamente creando lo que descubrimos esperándonos en el Mundo de los Ensueños".

Robert se preguntaba de esa posibilidad, cómo los humanos esencialmente podían cambiar sus cuerpos para adaptarse o llegar a ser diferentes con el tiempo. Pero Sippen le había enseñado lo básico de la evolución. "Es como la agricultura", dijo en voz alta.

Adairia no agradeció la interrupción y lo miraba mientras él continuaba.

"Cuando un agricultor descubre que una planta ha producido un rendimiento superior al promedio o frutos más deseables, elige esas semillas para el próximo año. Eventualmente sus cosechas se vuelven abundantes y más resistentes".

"Es tosco comparar a los humanos con la agricultura, pero supongo que eso es todo lo que usted ha sabido hasta ahora", ella respondió, hablando por la nariz. Ella no estaba tratando de ser infame intencionalmente, solo declaraba los hechos tal y como los veía.

Robert no se ofendió. "Pues, animales, entonces. Durante mucho tiempo la agricultura ha criado cualidades en todas las bestias domesticadas—velocidad, mayores cantidades de leche o carne grasa o incluso fuerza para tirar del arado. Toma más tiempo lograr los rasgos deseados con los animales que con las plantas, pero no es del todo imposible".

"Este nivel de clase no es un seminario, príncipe Robert. Favor de escuchar la lección sin interrumpir".

Él se encogió de hombros y no hizo ninguna promesa.

"Desde el Gran Despertar hace casi dieciocho años, hemos aprendido mucho más sobre cómo controlar nuestro oficio, cómo ejercerlo, por así decirlo".

"¿Qué causó ese, cree usted?" Robert preguntó súbitamente. "El Gran Despertar, quiero decir".

"Sabemos que la atmósfera desempeña un papel, pero también la Caldera de Cinder. Hay radiación que queda en el cráter de un evento catastrófico que ocurrió hace más de mil doscientos años. Cuando la caldera arroja una erupción a gran escala, carga el aire de la misma manera en que una tormenta genera un relámpago. Esto estimula las habilidades que existen en un latente—una persona sensible a un oficio—y eventualmente se despiertan de una manera incontrolable. Nosotros, los primeros Soñadores, muchos de los cuales éramos niños durante el Gran Despertar, descubrimos nuestro oficio por accidente, por lo general durante períodos de gran ira o tristeza".

"¿Así que el trauma desempeña un papel?", Robert preguntó directamente. "Oí que muchos de ustedes son de un pueblo en la costa que va a Fjorik. Oí de los asaltantes del norte que impulsaron sus habilidades. ¿Dónde estaba? ... ¡Oh, sí, Ataraxia!"

"Muy astuto, usted, y sí. Gracias por evocar pensamientos de mis padres brutalmente asesinados en sus camas y nosotros escondiéndonos en el bosque, temblando y gimiendo".

"¡Espere!" Robert pensó en Cuyler, y cómo Adairia parecía igual de estoica. "¡Usted ha dominado el control de sus emociones! ¡Eso es lo que ha cambiado y cómo puede modificar y cambiar los resultados! Sentí por primera vez mis poderes..."

"Oficio. Es un oficio".

"Cuando por primera vez sentí el oficio, estaba aterrorizado. Nos estaban cazando y no tenía idea de por qué. En cierto modo entré en pánico, ¡y allí estaba! Pero mientras yo controlaba mi respiración y me reenfoqué, podía ver los hilos de aire. Casi podía tocar las trenzas con mi mente, y así lo hice".

"Sí. Lo que está describiendo se llama la manifestación de habilidades basales. Pero saltó usted al nivel intermediario cuando entendió la necesidad de reenfocarse".

"¡Como cuando viajé al Mundo de los Ensueños!", desembuchó. "No sabía lo que hacía, ¡pero PUM! ¡Allí estaba!"

"¿Qué?" La expresión de su rostro era cualquier cosa menos estoica; la ofensa e incluso el resentimiento parecían irradiar de su rostro.

"He viajado al Mundo de los Ensueños dos veces ahora. Una vez con ayuda, pero la segunda vez por mi cuenta".

"Pruébelo. Describa nuestro lugar de reunión".

Robert lo describió, hasta el detalle más nimio. Describió el castillo y su foso que se curvaba y entraba en un bosque maravilloso. Se preocupó de describir las montañas e incluso las flores más abundantes. Parece que alguien tenía un gran amor por los tulipanes en algún momento, pero las flores eran predominantemente silvestres. Estaba a punto de mencionar el jardín donde conoció a Adán y Eva pero se cerró el pico para cumplir su promesa a ellos.

"Lo siento", Robert dijo. "Lo encontré un lugar increíble".

"Está prohibido que usted viaje allí", Adairia de repente le regañó. "Y no viajará allí otra vez sin invitación. Incluso después de que ascienda a la monarquía no será bienvenido en nuestro mundo privado, pero especialmente sin invitación".

"Lo siento, yo..." Pero entonces Robert recordó lo que habían dicho Adán y Eva. Los Soñadores no sabían lo todo de ese mundo, y hay muchos lugares donde los visitantes pueden esconderse. "Sí, profesora".

"¡Júrelo! También le informaré al Soñador Principal Cuyler que usted ha sido advertido. Él no estará feliz por las noticias".

"¡Lo juro!", mintió. Tenía toda la intención de volver.

En cuanto a su segundo profesor, era mucho más tolerable escucharlo, incluso si la información era menos reveladora. Era un hombre pequeño, delgado y modesto con gafas grandes. Se llamaba Galayn, y su tema era la Emotancia Relacional.

"Los oficios se dividen por estación. El otoño es el más prevalente en Andalón y les otorga a sus oficiantes control sobre el aire. La primavera es la segunda más común aunque solo la mitad, más o menos, probable de que ocurra. Los de la primavera pueden sacar provecho de cosas vivas o cualquier cosa orgánica dentro de la naturaleza".

"¿Y las rocas?", Robert preguntó.

"Depende. El granito, no. La obsidiana, no. Pero la piedra caliza y otras piedras sedimentarias como la arenisca y el esquisto pueden manipular. A nivel celular recuerdan muy bien cómo se formaban".

"¿Y las piedras orgánicas, como el carbón?"

"Los emotantes del verano tienen ventaja en cuanto a ese".

"Los pescari..."

"Sí, ese oficio, hasta el momento, se ha encontrado exclusivamente en la gente pescari. Su historia prohibió el entremezclarse con extranjeros y, hasta recientemente, no se sabía de tales uniones. Además, es la probabilidad más rara de todas, aproximadamente una en cien mil latentes".

"¿Pero es posible que alguien de Andalón y algún pescari puedan producir descendencia del oficio del verano?"

"Sí", Galayn accedió. "Pero poco probable. Incluso así no sabemos cual sería el dominante".

"¿Y los emotantes del invierno?"

"Aquellos con afinidad por el agua son tan raros como el fuego. Se ha descubierto solo un puñado desde el Despertar, y solo tenemos a uno trabajando actualmente dentro de los Soñadores".

"He oído que son bien peligrosos", Robert dijo, pensando en el Braen Braston legendario y lo que Cuyler había dicho al desalentar un posible matrimonio con Fjorik.

"Lo son. Un solo emotante del inverno puede enfrentar una escuadra de cualquiera de los otros y ganar sin esforzarse".

"¿Alguna vez ustedes combinan los oficios? ¿Entremezclan a los equipos para unificarse en un esfuerzo?"

"Esa es una pregunta que no voy a contestar", Galayn respondió.

"Aha, así que eso es el entrenamiento más elevado que Cuyler prometió que no recibiré". Su mente se puso a trabajar de inmediato, trazando posibles combinaciones de Aire + Fuego, Orgánico + Agua y Agua + Orgánico. Los resultados fueron infinitamente estimulantes, y él se encontró ejecutando escenarios en sus mente. Por poco perdió al profesor mencionando a los conocidos.

"... un vínculo puede ser forzado o natural, el más fuerte es cuando el animal se siente atraído a alguien y lo elige".

Robert se espabiló. "Lo siento, profesor. ¿Dijo usted que podemos vincularnos a animales?" Su mente de repente se fue a los Halconeros y los Jaguares que él y Sebastian habían encontrado. "Pensaba yo que los Halconers y los Jaguares practicaban un oficio diferente".

Galayn negó con la cabeza. "De ninguna manera. Los antiguos Halconeros imitaban nuestro oficio al digerir una sustancia extraída de nuestros cuerpos y eran capaces, si no a un nivel mucho más débil, de todas las habilidades que pudiéramos poseer. El padre de usted se vinculó a un águila".

Robert se congeló. "¿Así que cualquier Halconero que se encuentra ahora puede extraer esa sustancia de los emotantes?" Pensó otra vez en el salón grande con luces y tuberías extrañas y cómo a él y a Sebastian les habían desvestido y puesto sobre las losas de piedra. "¿Intentaban cultivarnos?"

"¿Perdón?", el profesor confundido exigió.

"Cuyler. ¡Necesito hablarle al maestro Cuyler ahora mismo!"

"Estoy muy ocupado, príncipe Robert. ¿Qué hay tan importante que interrumpió su primer día de clases? ¿Lo encontró tan seco y aburrido que necesitaba usted distraerme a mí también?"

"No, de ninguna manera", Robert protestó. "Me divertió mucho. Cuyler, hay..."

"Soñador Principal. Preferiría yo que se me dirigiera usted a mí por mi título y no mi nombre".

"Lo siento, Soñador Principal. Hay algo que usted necesita saber. He estado tan distraído por llegar a ser príncipe y todo eso que nunca pensé contarle lo que me pasó en el bosque".

"Marita me lo dijo. Usted fue secuestrado por una horda pequeña de Halconeros y Jaguares, y ella y su amigo del Continente Sur lo rescataron. Lo sé todo acerca de eso. Ya hemos liberado a los cautivos y los estamos reintroduciendo dentro de la sociedad. Algunos de los latentes incluso quizá asisten a la Academia dentro de poco".

"Pues, sí, pero..."

"¿Ve usted?", el Soñador Principal dijo secamente. "Sí que quería usted distraerme después de todo. No hay nada que me pueda decir que ya no sé".

Robert sintió que se le revolvía el estómago, el resultado de la ansiedad que le retorcía el corazón. Pero entonces se detuvo. Este hombre está separado del gobierno pero no está más elevado que yo. Sentándose erguido en su silla, el príncipe habló con nueva autoridad. "Usted es arrogante, Soñador Principal, pero espero que esa falta de respeto no se vea abiertamente en la sala del trono o detrás de mis espaldas una vez que sea yo rey".

Los ojos de Cuyler se volvieron hacia él, menos con ira y más llenos de curiosidad. "Entonces, ¿usted sí tiene fuerza también? Me preguntaba si sería yo capaz de sacársela".

"No ha hecho nada para sacármela. Simplemente estoy cansado de su arrogancia. Sebastian antes elogió lo maravilloso que usted es como líder, pero no he visto evidencia alguna para estar de acuerdo".

"Sebastian admiraría a una pulga de mar si lo tratara bien".

"Sebastian es mejor hombre que usted y un emotante más fuerte también".

"Por favor. Ni siquiera puede dividir su mente más veces que yo".

"Lo he visto hacerlo once veces", Robert mintió, observándolo de cerca en busca de una reacción. Funcionó. El estoicismo vaciló y un poco de conmoción apareció en su rostro.

"Él es cobarde".

"No. Es protector. Aunque rehúye el combate directo, lo hace porque no puede aguantar ver morir cerca de él a las personas a quienes ama. Vio lo suficiente de eso mientras navegaba con Braen Braston".

"Nunca ha luchado en ninguna batalla, mucho menos participado en un combate cuerpo a cuerpo".

"No es verdad. Valientemente me defendió contra ambos Halconeros y Jaguares".

"Secuestraron a usted a pesar de sus esfuerzos de lo contrario", Cuyler argumentó.

"Tenían ayuda. Usted dijo que Marite le contó de nuestro rescate, pero ella no sabía los detalles de nuestra captura".

El Soñador Principal se sentó más erguido, escuchando con curiosidad.

Entonces, Robert pensó, sí tengo información que él necesita después de todo.

"Hábleme", Cuyler exigió, esforzándose por recuperar su comportamiento estoico. "Cuénteme todo lo que sepa".

"Primero, hábleme de estos nuevos Halconeros. Sé que usted creía que eran derrotados después de la guerra, pero obviamente han vuelto".

Después de evaluar los beneficios de tal acuerdo, Cuyler por fin accedió. "Le diré lo todo que se sabe públicamente. Hemos tenido solo unos cuantos encuentros con los Halconeros en sí, pero varias personas han desaparecido en Andalón. Al principio era un problema para los policías, pero a medida que aumentaban los números, nos dimos cuenta de que un número grande de los desertores de la Academia se habían sumado a la lista de desaparecidos. Eso es cuando envié a varios equipos a investigar, y dos Soñadores informaron encuentros con Halconeros".

"¿Pero ningún encuentro con Jaguares?"

"No", Cuyler respondió. "No hasta el suyo".

"¿De dónde vienen, estos nuevos Halconeros. Marita dijo que todos se murieron al fin de la guerra".

"Los Halconeros no son limitados por la muerte; nacen de ella", el Soñador Principal explicó. "Cuando usted luchó contra los Jaguares, ¿vio a Parumba resucitar a las bestias caídas y volverlas en contra de sus amos?"

"Sí".

"Esa es una resucitación no natural, una parte del oficio de un emotante de primavera. Es una resucitación que deja al sujeto bajo el control total de quien lo resucitó. Quizá se sienten normales; incluso tengan sus propios pensamientos de vez en cuando, pero nunca están verdaderamente motivados. Todo que tiene que ver con ellos está comprometido".

"¿Cuánto dura la conexión?", Robert preguntó.

"Mientras vive el emotante controlador. A su muerte, todos los sujetos bajo su control también se mueren con él".

"Pero los Halconeros ejercen la emotancia…"

"La emotancia robada. Las gotas que fabrican de nuestros cuerpos alimentan sus poderes".

"¿Poderes? ¿No son oficios?"

"Lo que hacen no es ningún oficio".

"Entonces alguien está matando a personas y resucitándolas como Halconeros".

"No", Cuyler corrigió, "alguien está matando a personas sensibles a las gotas fabricadas de nuestros cuerpos y resucitándolas. Luego roban a emotantes para cultivar más gotas".

"¿Y usted está buscando la fuente? El único responsable de formar un ejército capaz de derrotar a sus Soñadores".

"Sí. Ahora, cuénteme lo que sabe usted".

"La fuente es un hombre que se llama Camp. Él nos dijo que su nombre completo era Campton".

Los ojos de Cuyler se agrandaron de sorpresa, y toda pretensión de su naturaleza estoica desapareció.

"¿Usted sabe ese nombre? ¿Quién es él?", Robert exigió.

"Campton Shol es el canciller anterior de Eston, el consejero principal de la abuela de usted y de su tío después de ella. Él avivó la guerra contra su padre".

Robert y Cuyler hablaron de Campton hasta bien entrada la tarde e incluso trajeron a un dibujante de la policía para que dibujara su imagen. Robert describió lo todo: cómo andaba, el timbre de su voz, su estatura e incluso lo que solía hacer mientras comía.

"Gracias, príncipe Robert", Cuyler dijo por fin. "Usted ha sido de gran ayuda en nuestra investigación".

Robert se puso de pie para darle la mano, pero el hombre lo sorprendió con una reverencia respetuosa.

"¿Qué tal tu primer día?", Sebastian preguntó.

"Notable", Robert respondió, dejándose caer en su silla exhausto. Le contó a Sebastian todos los detalles de su lección y su conversación con el Soñador Principal.

"No confío en él", Sebastian admitió, revelando lo que había escuchado.

Robert se sentó erguido. "¿Ellos conspiran contra el rey? ¿Incluso después de aceptar su decreto?"

Sebastian asintió. "Parece que odian a Fjorik aún más que a los pescari".

"No sé. Percy de verdad los desprecia. ¿Puedes imaginarte cuánto le enojaría si Tara y yo lográramos fugarnos para casarnos?"

"Robert", Sebastian advirtió, "ten cuidado al hablar así. Enojarle a Percy Roan es una cosa, pero tienes que pensar en cuantos más de tu reino piensan como él, o peor". Si te casaras con el tipo equivocado de mujer, podrías enojar a miles de tu gente, perdiendo su apoyo e incluso instigando una revolución".

Robert se detuvo. No había pensado en el efecto sobre la gente. "Mi vida no es la mía ahora, ¿verdad?"

"No", su conserje accedió, "seguro que no lo es".

CAPÍTULO TREINTA

Represalia amarró dentro de una ensenada tranquila, un puerto una vez próspero pero abandonado como lo encontró ahora el barco. Un solo muelle había sobrevivido a la guerra y los elementos mientras que los postes podridos contaban una historia diferente de un gran paseo marítimo anterior. Los edificios se habían derrumbado o se habían desplomado sobre sí mismos, y la maleza había cubierto la mayor parte del pueblo. Los arbustos brotaban entre los adoquines, y los árboles jóvenes salpicaban un claro que alguna vez producía comida.

Eusari caminaba sola, escalando encima de un terraplén alto con vista al pueblo fantasma y recordando visitas pasadas. Algunos recuerdos surgieron de la pérdida y la tristeza oscura mientras que otros proporcionaron risas y amor. Mirando el barco en el puerto, pensó en otra época en la que aprendió del perdón y la amistad. Todos esos recuerdos giraban en torno a un solo hombre, su amor eterno, Braen Braston.

Una vez segura de que nadie pudiera oírla, le habló. "Es curioso cómo mi vida ha dado un círculo completo, llevándome de vuelta al lugar al que juré nunca regresar. Es curioso, ¿no? Me abriste los ojos en este lugar; iluminaste mi alma y la llenaste de luz donde solo existía antes la oscuridad".

Abajo, las olas rompían contra la roca y espumeaban la respuesta de él. El mar podía estar enojado o calmado dependiendo de su estado de ánimo, muy parecido al hombre a quien amaba.

"Los encontraré, Braen. Los encontraré y traeré a casa, solo… Han visto el mundo ahora, y temo que hayan cambiado—chicos crecidos en hombres rodeados por los males del mundo. Oh, Braen", lloró, "traté todo lo posible de protegerlos, mantenerlos puros e inocentes. ¿Por qué él los llevó?"

En lo profundo del bosque, más allá del pueblo, un lobo aulló. Eusari se secó los ojos y se volvió para seguirlo.

Mientras lo hacía, la luz del alba se reflejaba en la roca que estaba a su lado. Curiosa, se acercó más. Aunque en su mayoría eran desgastados por el tiempo, los rasguños en la roca revelaron un memorial, una inscripción que debía de haber soportado siglos de clima. Si el sol no hubiera estado justo sobre el agua, ella se habría perdido por completo las tallas. Jadeaba mientras leía.

El Embarcadero de Estowen

Cada fin es un comienzo...

—Andalón

Ella se inclinó, colocando una mano llena de cicatrices en la piedra caliza y sintió la emoción plantada en ella. Un hombre había tomado mucho cuidado en grabar este mensaje, uno de esperanza con respeto a su propio futuro. Una ráfaga de sentimientos la invadió: la pérdida, el dolor, el miedo, la esperanza y el resentimiento. Todo lo que ella había experimentado por sí misma en este lugar, el hombre también lo había dejado aquí. Por un momento breve, el hombre y Eusari se combinaron como uno solo y ninguno de los dos se sintió solo.

¿Usted es Andalón?, ella preguntó, no anticipando una respuesta.

Lo soy.

¿Qué significa eso? ¿Usted es este lugar o visitó usted este lugar?

Lo visité una vez, hace muchos siglos, a mi regreso.

¿Cómo es que nos comunicamos ahora?

Este lugar es para nosotros, los emotantes de afinidad orgánica compartida, igual al Mundo de los Ensueños para los emotantes del aire. Aunque no es tan elaborado el escenario, todavía nos podemos conectar en lugares como este. Aquí, como allá, un pedazo de nosotros está impreso en la tierra.

¿Qué es la tierra?

Nada más que un nombre, parece.

Pero, ¿cómo? ¿Cómo somos impresos aquí?

No estoy seguro, el hombre dijo, pero usted y yo debemos tener una conexión muy profunda. Hace muchos siglos que nadie me habla. Espero que lo haga usted otra vez. La existencia de él se desvaneció dentro del silencio.

Eusari se quitó la mano, dando un paso atrás y mirando fijamente la roca. Cuando se dio la vuelta de nuevo, saltó, sorprendida al encontrar seis formas grandes a sus pies.

Sippen estaba de pie en el castillo de proa, contemplando el embarcadero y preguntándose cuánto tiempo ella estaría fuera. Ella no le había dicho la razón de su visita allí, pero él sí tenía una idea. La mirada de Peter Longshanks revelaba que él también la sabía, y, si los dos tenían razón, a la tripulación le esperaba una sorpresa. El único problema era que a los marineros no les gustan las sorpresas.

Marita, Charleigh y Parumba estaban sentados encima de unos barriles cercanos, hablando de estrategias y cómo incorporar sus trampas nuevas. La ingeniera joven había apreciado las sugerencias de Sippen, y ahora estaban trabajando en cómo hacer artilugios similares para Parumba. Su conversación era fascinante, pero el hombre pequeño volvió sus ojos al pueblo, escrutando las calles en busca del regreso de Eusari.

"¿Dónde está Eusari?", la agente Thorinson exigió, acercándose desde la cubierta de sotavento. "¿Qué tiene aquí? No toleraré ningún contrabando ni tratos secretos con bandidos. Este lugar es, y siempre ha sido, una guarida para ambos".

"Ella n… no se reúne con nadie".

"¿Estás seguro?"

"Lo s… soy".

La mujer intolerable se alejó, frunciendo el ceño a varios tripulantes y evaluándolos como posibles piratas.

"Sí, pero este es un lugar maldito", Krill dijo desde detrás, haciendo que Sippen se girara.

"¡No es… estoy de acuerdo! Me re… recuerda a Braen".

"Quizá, pero el lugar nunca se queda calmado mucho tiempo. Además", Krill golpeó su pierna de madera, "¡aquí se me perdió mi uña del dedo de pie favorita!"

"Se t… te perdió m… más de una uña. Se t… te perdieron cinco".

"Sí, pero la verde era mi favorita".

"¿Crees que en... encontraremos a los chi... chicos?", Sippen le preguntó a su amigo.

"Sí, más temprano que tarde y con mucha fanfarria".

"No t... te preocupa la ba... batalla?"

"No. Estoy más preocupado por la... ¡La gran madre caballa de los mares!" Krill señaló hacia la orilla, y Sippen se giró para ver lo que había sorprendido a su amigo.

Eusari, vestida con su cuero negro y con la capucha de cabeza de lobo ocultándole los ojos, hacía un espectáculo amenazante. Todos los tripulantes en la cubierta la habían visto, dejando caer inútilmente los brazos a los costados para observar a su capitana. Las cuerdas se aflojaron; las herramientas golpearon la cubierta, y las mandíbulas se abrieron para atrapar moscas mientras miraban. Detrás de la mujer seguían seis animales grandes, bestias del bosque con mandíbulas espumosas que goteaban saliva, hambrientas de carne.

Mientras ella cruzó la pasarela y pisó la cubierta, ellas la siguieron, gruñendo por lo bajo a los humanos que estaban parados a su alrededor. Estos lobos, a diferencia de Gelert que siempre había parecido más un perro a menos que estuviera defendiendo a su ama, parecían rabiosos y salvajes y listos para destrozar tanto a amigos como a enemigos. Todos los tripulantes retrocedieron, todos menos Marita.

Con un grito de alegría que hizo saltar a todos los tripulantes, ella se lanzó hacia adelante, cayendo de rodillas y envolviendo sus brazos alrededor de la bestia más grande y feroz. Ella la abrazó por el cuello, apretando y riéndose con alegría durante varios momentos. Luego, soltándola e inclinándose hacia atrás, levantó sus ojos para mirar a su capitana.

"¡Buena selección, Eusari!"

El animal lamió la cara de la navegante y se tumbó en su regazo. Como si fuera una señal, las otras cinco bestias se acostaron a los pies de la loba verdadera, la portadora de la venganza y la devastación.

"Peter Longshanks", Eusari gritó hacia la tripulación reunida.

"¿Sí, señora?", salió de la multitud, sonriendo salvajemente.

"Alejémonos del muelle y zarpemos hacia la Ensenada de los Piratas. Ya tengo lo que vine a buscar, y es hora de cazar".

Parte III
Águila renacida

CAPÍTULO TREINTA Y UNO

Los sonidos de la batalla rugían sobre su cabeza, con cañones y rifles sacudiendo la hamaca que sostenía a un hombre antes moribundo. Unos gritos llegaron a sus oídos, seguidos de más gritos y explosiones. Las vigas chirriantes del casco amenazaban con inundar el compartimento sin previo aviso, pero nada de eso despertó a Krist Thorinson. Su cuerpo yacía profundamente dormido, balanceándose como un bebé en una mecedora. Su mente viajaba a otra parte.

Lo que empezó como una pesadilla, cruel en la manera en que lo hizo vivir otra vez la inmersión, lo arrastró por el mar y, por fin, bajo el mar. Las cuerdas que tenían atados tanto sus muñecas como su alma se rompieron, enviándolo a hundirse más profundamente en el abismo. No flotaba ni se hundía durante un tiempo, y él se preguntó por qué no se había ahogado. Él era parte del océano, unido a su generosidad, y el deseo de llenarse el estómago vacío resultó voraz.

Un tiburón, largo y de color gris, parpadeó y flexionó una boca llena de dientes afiladísimos. Parecía estar resentido con la intrusión de Krist en las profundidades del agua. Su hogar. Su coto de caza. Mordiendo y revolcándose, la bestia se alejó, nadando rápidamente para alcanzar su propio espacio. El depredador nadaba en círculos; ya no era el rey de su dominio. Krist, ahora desesperado por llenar su barriga, dio una patada con todas sus ocho extremidades. Su apéndice más largo se extendió, listo para enganchar a la bestia y sujetarla con fuerza. Él se deslizó por el agua, ahora espumosa y burbujeante por la caza, y dio otro empujón más hacia adelante.

El tiburón se retorcía dentro de su alcance, dando chasquidos y mordiendo, pero Krist apretó más sus brazos y lo acercó a su boca. Grande y afilado, su pico partió y desgarró la carne, girando y creando un vórtice de burbujas pequeñas y fluidos corporales. Había mucha sangre; el sabor de ella lo impulsó a morder más rápido, devorando a su presa y esparciendo la sustancia borrosa que ahora giraba como un ciclón pintado en el agua. A pesar del peligro que representaba, vendrían otros, y estos también devoraría.

Franque se sentaba encima de la cubierta de La Loba, totalmente agotado y temblando por la violencia que había ejercido sobre el barco de inmigrantes. Había buscado este lugar para estar solo, para escaparse de la sangre. Pero estaba por todas partes, manchando su ropa, sus manos, sus brazos y hasta su cara, si el sabor de cobre de su sudor significaba algo. El color de ella lo enfermaba, y él anhelaba saltar por la borda y bañarse hasta que hubiera desaparecido. Pero los tiburones habían llegado temprano durante la batalla, oliendo la sangre del primer herido e incapaces de resistir una comida fácil.

"¡Francis!", Boats llamó desde el castillo de proa.

Franque se negó a mirar.

"¡Francis! ¡Sé que me oyes!"

Franque respondió por elevar un solo dedo. El hombre no merecía más de él.

Boats simplemente se rió por el insulto, acercándose y poniéndose en cuclillas a su lado. "Primera matanza, ¿eh? Sé que esa es dura, y yo he estado en tu situación también, pero no te inquietes por ella mucho. ¡Pasaste de esa muy rápido y acumulaste varias más poco después! ¡Por Dios! ¡Apodé a ti y a tu hermano mal! ¡Tú debías de haber sido Sangrador por la manera en que balanceaste esa hacha!" Extendió la mano para quitársela.

"No". Franque la agarró con más fuerza, reacio a soltarla.

"Pertenece a la armería, compañero. Estoy recogiendo todos ellos. Confía en mí; estará allí otra vez cuando la necesites. ¡Después de lo que hiciste aquí hoy, no hay nadie que te mantenga alejado de ella!"

La mano de Franque la soltó aún si su mente no lo hacía. Boats tenía razón. Él había sangrado a muchas personas, tantos inocentes como defensores, y le sería mejor soltar el instrumento. El hacha había controlado a él, más que él la había controlado, durante el partido de la muerte.

"Franque", una voz llamó suavemente.

Déjame en paz, pensó.

"¡Franque!", la voz llamó otra vez. "¡Hermano!"

¿Hermano? Levantó la vista, confundido al encontrar a Krist de pie a su lado. "Debes estar en la cama", le dijo. "¿Cómo puedes andar?"

"No lo sé. Me desperté hace un rato, débil pero sintiéndome más fuerte. No me duele la cabeza tanto como antes". Palpitó el sitio de la herida, presionándola con cautela. "No se siente blanda tampoco, y mi visión no es doble".

Franque se congeló, recordando las advertencias de la chica Gretchen. Ella lo llamó una maldición, heredado de cualquiera de los hermanos Braston. El capitán Jacque incluso había preguntado: ¿Alguna vez le ha pasado cualquier cosa extraña cuando estabas cerca del agua? Franque recordó las historias, de cómo su padre y su hermano enloquecido aterrorizaban a Andalón, ejerciendo el poder del mar. ¿Qué tan raro quería decir el capitán? Krist debía de haberse muerto. ¿Podría haberlo salvado el agua?

"Maté", Franque por fin admitió. "Hombre, mujer, daba igual. Me perdí en el asalto".

"¿Algunos de ellos estaban tratando de matarte a ti?", preguntó suavemente Krist.

"Algunos. No todos". La imagen de un viejo acobardado le vino a la mente; él lamentó esa más que las otras. "Eran inmigrantes que se dirigían a Andalón para empezar una nueva vida, y los matamos".

"No a todos", Krist disintió. "Mira".

Ben Thompson se dirigía a un grupo pequeño de hombres siendo conducidos a La Loba. "Después de que hemos tomado cualquier cosa de valor, hundiremos su barco. Si alguno de ustedes quiere ahorrarse unas horas nadando en el agua con tiburones, estaremos encantados de inscribirle en la tripulación. Tuvimos unas bajas hoy, y esta oportunidad no volverá a presentarse otra vez".

No es de extrañar que todos dieran un paso adelante, seis en total, para unirse a la tripulación. La mayoría parecía en buena condición física, apta para la vida en el mar, pero uno en particular parecía enano—una rareza entre los de Fjorik.

"¿Cómo te llamas?", el intendente exigió.

"Sven Nielson", el hombre tartamudeó con voz temblorosa. Tenía miedo pero era lo suficientemente inteligente como para escoger la vida.

"¿Profesión?"

"Carpintero. Pero podría trabajar también como un tonelero, si se necesita. ¡No soy selectivo, señor!"

"El puesto de carpintero ya está ocupado, también el de tonelero. Trabajarás bajo el contramaestre hasta que te necesitemos en otro lugar". Thompson miró a su alrededor. "¿Dónde está Boats?"

Nadie parecía saberlo.

"¿Boats?"

"Está en la santabárbara, señor Thompson", Franque respondió.

"Nielson, ve con Franque Thorinson. Te encontrará una litera. Si necesitas ropa y herramientas, puedes comprarlas de mí a crédito, y lo descontaremos de tu primer pago. ¡El siguiente!"

El hombre pequeño se acercó a Franque, mirando la sangre en su cara y cuerpo. El terror superó a este carpintero del norte, el tipo de horror que se esperaría al ver por primera vez al diablo.

"Te venderá ropa y herramientas", Krist le dijo al recién llegado. "Pero no son nuevas; son sobrevaluadas y te costarán más que tu primer pago. Franque aquí y yo te podemos prestar herramientas a medida que las necesite para ayudarlo a ahorrar dinero". Extendió su mano. "Soy Krist".

"Sven". El hombre pequeño miró a Franque otra vez.

"Como él dijo, soy Franque. Te daría la mano pero", distraídamente trató de limpiar la sangre en sus pantalones, "estoy cubierto de tus parientes". No deseando más conversación, dejó a su hermano solo para acomodar al recién llegado.

Caminó hacia un barril de lluvia y hundió toda su cabeza dentro, restregándose lo más posible para limpiar sus pecados. Resultó que él mataba a otros mejor que a sí mismo y se levantó la cabeza para respirar.

"Buen trabajo hoy", una voz de detrás dijo.

Franque se giró y encontró al capitán de pie al lado del primer oficial y mirándole lavarse la sangre. "Lo siento, capitán. Le saludaría, pero mis manos están un poco ocupadas. ¿Hay algo que le puedo hacer, señor?"

Diablo Jacque sonrió ampliamente. "No, Thorinson; creo que ya hiciste bastante por un día. ¡Te manejaste como un verdadero pirata y luchaste con valor!"

"¿Valor, señor? ¿Matar a inocentes es valoroso?"

La sonrisa de Diablo Jacque desapareció súbitamente. "¡No me gusta tu tono, marinero!"

"No, señor; supongo que no. Pero sé que usted apreció mis acciones hoy; así que pongámonos de acuerdo de que ahora no es hora de charlar".

"Eres igual a tu padre, Thorinson, ¿o debo decir Braston?"

"Llámeme como usted quiera, capitán. Pero no lo haga cuando la sangre de su enemigo todavía está en mi boca". Con eso, Franque sumergió su cabeza una vez más, manteniéndola debajo todo el tiempo que pudo. Cuando volvió a salir del agua, se encontró solo. Sin que nadie lo mirara, él lloró.

A Krist le caía bien Sven. Era un hombre joven, de los que hacen amigos fácilmente. Le recordaba mucho a su hermano Robert. Lo encontró inteligente, uno de esos que podría salir de cualquier problema con facilidad. Eso era bueno. Aprendería el trabajo fácilmente y no molestaría demasiado a Boats.

"Yo mismo acabo de incorporarme a la tripulación", Krist le dijo. "Me golpearon la cabeza hace un par de semanas, y se ha curado sólo recientemente". Señaló la herida. Se había cerrado por completo y ya había una cicatriz rosada. "Trabajarás con Franque y conmigo, y todos rendimos cuentas a Boats, el contramaestre. Harías bien en mantenerte en su lado bueno porque tiene mal genio. Nunca golpees a un oficial; di 'Sí, señor' o 'No, señor' y trabaja tan duro como puedas todo el tiempo. ¿Entiendes?"

"Creo que sí".

"Bien. ¿Tienes preguntas?", Krist le preguntó.

"Solo una", Sven dijo. "Tu nombre, ¿es de Fjorik?"

"Ciertamente. Me llamo por mi abuelo, Krist Braston. Hay una hamaca vacía cerca de la mía y la de Franque, así que eres bienvenido a dormir con nosotros".

Sven Neilson no dijo nada; solo asintió con la cabeza y miró fijamente al nieto de su amado rey anterior.

256

Robert miró al general con asombro. Superaba todas las expectativas de cómo debería de ser un militar a pesar de que el príncipe nunca había visto a un soldado verdadero. Eran una rareza en el imperio, innecesarios en una época cuando las ciudades dependían más fácilmente de los alguaciles y policías locales para mantener la paz. Por supuesto, cada gobernador podría levantar su propia guardia si fuera necesario, pero Logan, la ciudad más grande que Robert había visto antes de ver a Eston, nunca se había tomado la molestia. A diferencia de Eston, Middleton o Soston, la ciudad de Logan estaba tan tierra adentro que sus líderes no veían ninguna necesidad de hacerlo, y la amenaza provenía de ladrones y carteristas, no de bandidos o invasores.

Percy Roan presentó a este hombre, el general Murdock Kelly. Alto, endurecido e irguiéndose con un porte más majestuoso de lo que cualquier noble de la asamblea podría esperar, el comandante del ejército de Eston era magnífico. Cuando hablaba, lo hacía con seguridad.

"Lo puedo extirpar, mis señores. Si Campton Shol todavía se esconde dentro de nuestras fronteras, entonces lo hallaré".

"¿Y cómo va a lidiar con sus abominaciones?", Cuyler se rió, rompiendo su carácter estoico y haciendo que un ruido de susurros se oyera por la sala. "¡Está protegido por Halconeros y Jaguares, como mínimo! Mi querido general, Campton Shol y todo el asunto—de hecho—superan a usted. Si de veras él está vivo y tramando contra la corona, entonces esto cae dentro de mi jurisdicción. Ya he despachado cuatro contingentes de Soñadores a Loganshire, cada uno armado con buscadores. La ayuda de usted no es necesaria".

"Usted se olvida de que luché yo mismo contra un grupo de emotantes en la Batalla de Eston, Soñador Principal, ¡y no recuerdo que usted estuviera en la ciudad en ese momento!"

"Su historial de guerra no está en duda, general Kelly, y tampoco el mío. Pero si necesita mi currículum, entonces señalaré mi servicio en el Embarcadero de Estowen cuando luché contra la fuerza principal de las abominaciones de Campton Shol. Esta tarea actual es un trabajo para los Soñadores, no el ejército de Eston".

"¡Sugiero yo una fuerza combinada!", el general instó, dirigiéndose a la asamblea. "¡Concédanme poderes de emergencia para formar ejércitos en cada una de las ciudades, y acabaré con el revolucionario!" Dirigiéndose a Cuyler, añadió: "Y con gusto utilizaré a sus Soñadores dentro de mi ejército para ayudar los esfuerzos".

Los aplausos aumentaron entre la cámara baja, su desconfianza por los emotantes era más profunda que entre los nobles, aunque más de un puñado de la cámara alta también ofreció su aprobación.

Amash, como Robert había llegado a conocer a su tío el rey, seleccionó este momento para ponerse de pie y dirigirse a la asamblea. Un silencio se apoderó de ambas casas mientras su rey dio a conocer sus pensamientos. "Mi reinado ha durado diecisiete años y durante todo este tiempo nunca pensé que oiría el nombre Campton Shol. Pero aquí está, y con él regresan recuerdos de nuestro pasado tumultuoso. Pero todavía no estamos en guerra a pesar de lo que los más militantes entre ustedes o incluso el general sugieren. Estamos amenazados. Pero solo por el miedo. El miedo es el enemigo verdadero que se abre camino en nuestros corazones y mentes, librándonos de nuestro pensamiento superior".

Todos los ojos se posaban sobre el rey, así como todos los oídos captaban sus palabras.

"El general Kelly está ansioso, pero el Soñador Principal Cuyler es más sabio en este asunto. El subterfugio es lo que luchamos, no la hostilidad abierta. Mi consejo como su monarca es que dejemos que los Soñadores se encarguen del asunto y reservemos el ejército para otros asuntos".

Vítores y burlas se entremezclaron, pero ambos eventualmente se calmaron.

Robert no podía creer lo que veían sus ojos y lo que oían sus oídos mientras miraba este espectáculo llamado una asamblea. Todo parecía un desperdicio de tiempo y esfuerzo. Fue, en fin, simplemente una pelea de gritos controlada, pero se hicieron los argumentos finales; se emitieron y contaron los votos, y pronto se anunció una decisión. El ejército no sería enviado, y los Soñadores se encargarían del asunto.

Robert observó al comandante militar abatido mientras aceptaba la derrota con honor. Ese es un hombre a quien admirar, pensó, leal y fuerte. Incluso en la derrota tiene confianza.

"Cuando sea usted el rey, espero que tenga una mente más abierta", le susurró el general a Robert.

"Venga a verme más tarde", Robert respondió susurrando. "Deseo hacerle unas preguntas".

Los ojos del general se agrandaron, agradecido por la oportunidad de ser escuchado. Hizo una reverencia ante el rey futuro, y luego retrocedió.

Robert observó el alivio en ambos Percy Roan y Cuyler por el resultado. Los dos parecían interesados en el asunto, como si se apostara más que simplemente detener a un revolucionario. Pero aun así, su alivio parecía contener, a la vez, una preocupación. Robert también observó al rey. Amash parecía abatido. A pesar del efecto que sus palabras habían tenido sobre el resultado, su energía le había huido el momento cuando dejó de hablar. Algo no iba bien con el hombre.

Se escucharon algunas peticiones más, pero el rey finalmente detuvo el acercamiento del gremio de mercaderes. "Lo siento", le dijo a la asamblea. "No me siento bien por nada". Se puso de pie; le susurró algo a Roan; entonces salió rápidamente de la sala.

El rostro del canciller cambió notablemente ante las palabras del rey, fueran las que fueran. Se puso de pie; pidió un receso y se acercó apresuradamente al príncipe. "Vaya a él", mandó bajo su aliento. "Él preguntó por usted... solo".

Robert se acercó a los aposentos del rey, y dos guardias se hicieron a un lado, empujando abiertas las puertas pesadas.

"Él está esperando a usted", uno de ellos murmuró.

El rey yacía sobre las sábanas de su cama. ¿Tío Amash en vez del rey? Todo esto ha ocurrido rapidísimo, Robert pensó, no sabiendo cómo dirigirse a él en privado. Por fin preguntó: "¿Estás bien, tío?"

"No", el monarca admitió. Su voz sonaba diferente. Era la misma voz, pero la inflexión y el timbre habían cambiado. Sonaba más... arrogante. "Te dije antes que estoy muriéndome; solo que parece que tengo menos tiempo de lo que pensaba".

"Iré por un médico".

"No. Este cuerpo no es el problema. Robert, tu madre puede confirmar esto a su regreso, pero en realidad no soy Amash Esterling".

"Lo sé", el príncipe admitió. "Tu nombre verdadero es Horslei. El rey Charles te engendró fuera del matrimonio".

Amash se rió, agarrándose la cabeza con ambas manos ante el dolor repentino que le causó. "Ten la seguridad de que tanto Charles como la madre de Amash estaban casados, solo que no el uno con el otro. No, lo que quiero decir es que no soy Amash en absoluto. Tu madre sabe quien soy, y me da igual si ella te lo dice, mientras mantengas la verdad de todos los demás, especialmente Cuyler y Percy".

"No entiendo. ¿Es esto delirio?"

"Ojalá que sí, pero no. Amash Horslei se murió hace dieciocho años, y yo me llevé su cuerpo. No estaba planeado. Ni siquiera sabía yo quien era él en aquel entonces; sin embargo, aproveché esa ganancia inesperada".

Robert pensó en las pocas lecciones que había tenido con los Soñadores. "¿Tú eres emotante de primavera?"

"No, solo un impostor que puede robar la esencia de uno".

"¿Las gotas?", Robert preguntó. ¿Tú eres uno de ellos capaces de digerir las gotas?"

"Exactamente. Puedo consumir y aguantar cuatro tipos, aunque solo tengo mucha práctica con dos".

"¿Por qué te llevaste al rey?"

"Como dije, lamenté al hombre moribundo y no sabía yo en aquel momento que él iba a ser rey".

"¿Así que nada de esto, ninguno de sus logros, le pertenecía a él?"

"No. Amash hacía bien, y yo trataba de no interferir con nada de su gobierno a menos que afectara la situación más grande".

"Entonces, el rey está muerto".

"Sí. Viva el rey Robert", la voz dijo con una risa áspera. "Tenemos tiempo. Su corazón no dejará de latir hasta que el mío lo haga".

"¿Cuándo?"

"Pronto. Estoy luchando por aguantar, y cuando lo suelte, tengo miedo de que se suelte todo el infierno. Ahora mismo soy un dique, una barrera ligera deteniendo un diluvio de caos".

"¿Cómo afectará a Andalón una vez que sea yo el rey?"

"Con suerte, para nada en tu vida, pero sin duda afectará a tus herederos".

"Dime", Robert rogó, "¿qué tengo yo que temer?"

"Andalón no es el único continente".

"Lo sé; también hay un continente del sur".

"Esos son, en realidad, solo dos de siete. El más importante es Astia, una tierra muy lejos al este, una combinación de dos de los cinco restantes—es enorme. Controlo yo el cuerpo gubernamental allí, como aquí. Eso te ha mantenido a salvo, pero vendrán otra vez. No sé cuándo".

"Lucharemos contra ellos", Robert prometió.

"No. Ustedes no están listos. La tecnología de ellos supera con creces la de ustedes, aún si son una sombra de lo que alguna vez era su civilización. Tienes que ampliar tanto el número de los Soñadores como el tamaño de tu ejército, mejorar su tecnología y darles a tus descendientes la forma de luchar".

"No sé si confío en Cuyler", Robert admitió. "Sebastian me dijo que él y Percy Roan están tramando contra ti".

La voz se rió otra vez, esta vez estallando con un ataque de tos. Después de que se había calmado, la voz añadió: "Por supuesto que lo hacen. Percy Roan es una víbora en la hierba y Cuyler, un pito arrogante. Ambos son ambiciosos, y ese es el talón de Aquiles de los dos".

"¿Aquiles? ¿Qué es eso?"

"Solo un hombre de hace mucho tiempo. Un hombre bendecido por los dioses. Llámale un héroe si prefieres, pero hazlo sabiendo que todos los héroes tienen sus debilidades. La de Aquiles era su talón, la única parte de él que se podía dañar".

"No sé cual es la mía", Robert admitió. "Pero supongo que es mi ignorancia en la política. No sé nada de dirigir un gobierno, liderar a hombres ni luchar contra otra civilización", el príncipe se quejó. "¿Cómo voy a tener éxito?"

"No te puedo prometer el éxito, pero no tienes otra opción que hacer lo mejor que puedas. Tienes gran consejo, siempre y cuando lo prestes atención y lo mantengas en equilibrio".

"Eso significa que tengo que equilibrar las maquinaciones de ambos Cuyler y Percy, manteniendo mis ojos y oídos abiertos en todo momento".

"Sí, y un par de ojos vigilando tu espalda en busca de cuchillos. Sebastian te servirá bien; de eso estoy seguro".

"¿Y qué hay de este Campton Shol? ¿Es tan peligroso como dicen los otros? ¿Es una amenaza más grande que esta Astia?"

"Campton Shol es Astia, o la será después de que yo me haya ido. Pero afortunadamente está atrapado aquí, sin poder regresar a casa".

"Podría encargar un barco y navegar allí, ¿no?"

"Si solo fuera así de fácil. ¿Te has preguntado alguna vez por qué nadie se ha aventurado al este? ¿Por qué el gobierno nunca ha sancionado una expedición hacia allí en más de ochocientos años?"

"Habría descubierto Astia", Robert opinó. "Así, ¿todos los reyes de Esterling han sabido de ellos y desalentaban el descubrimiento?"

"Han sabido y colaborado. Amash era el primer rey que no trabajaba directamente para ellos, por lo menos no a su propio conocimiento. Serás el primero en gobernar sin interferencias".

"No estoy listo", Robert protestó otra vez. "Quizá Percy puede ser regente más de un año".

"No. Incluso un año quizá sea demasiado, pero está fijado. Utiliza este tiempo para prepararte completamente".

"Lo intentaré", Robert prometió.

"También, sabe esto. Amash estaba muy equivocado en cuanto a una cosa acerca de ti. Él trató de evitar que gobernaras como un emotante completamente entrenado, citando un conflicto de intereses con los Soñadores".

"Sí, se mostró inflexible".

"Estaba completamente equivocado. Tienes que aprender a controlar y utilizar tus poderes. Más que nada, vincúlate a un animal si puedes y aprende a extender tu visión".

"A Cuyler y a Percy no les va a gustar".

"No, supongo que no, pero tienes que insistir... por lo menos en vincularte a un animal. El águila era parte del blasón de tu familia por una razón. Empléala para fomentar el amor de tu gente por ti. Haz que te reverencien como a un dios".

"No quiero ser un dios", Robert protestó, espantado por la sugerencia. "En realidad, no quiero nada de esto".

"Entonces eres de verdad el más adecuado para el trabajo. Ahora, ve; déjame descansar. Tengo que hablar con otros en otros lugares".

Robert salió de la habitación sintiéndose extrañamente solo. Toda la conversación sentía surrealista, y él pisó los pasillos del palacio con más preguntas que antes. Pero en toda la conversación había olvidado de hacerle a la voz la pregunta más importante. ¿Quiénes eran, en realidad? Me dijo que mi madre lo sabría.

"Príncipe Robert", una voz llamó en el pasillo, sobresaltándole y sacándolo de sus pensamientos.

Levantó sus ojos para ver a Cuyler de pie al lado de Percy Roan y el general Murdock Kelly. "¿Sí, canciller?", preguntó.

"¿Qué quería? ¿Qué dijo?"

"Sus palabras eran para mí, pero me dijo que me vinculara a un águila".

"Imposible", Cuyler protestó.

"Como lo entiendo yo", Robert se dirigió rápidamente al Soñador Principal, "usted quizá no tiene nada que decir en el asunto. Si es posible, eventualmente me vincularé a uno solo. Amash—el rey—me exigió vincularme a uno antes de mi coronación". Esa parte añadida era una mentira, pero al parecer, una mentira eficaz.

"¿Cuál sería realmente el daño si lo hiciera?", Percy le preguntó al Soñador.

"Supongo que ninguno".

"Bien. Quiero aventurarme mañana".

"Iré con usted, Su Alteza, para proporcionarle protección", el general ofreció.

"Tonterías", Cuyler argumentó. "Enviaré a los Soñadores".

"En realidad, aceptaré a los dos", Robert respondió con seguridad. Si fuera a ser rey, entonces tenía que convencerles de su realeza ahora, más que tarde. "Les agradezco a los dos su ayuda voluntaria. Y Percy", le dijo al canciller, "espero con mucha anticipación mis estudios con usted. Amash me dijo que prestara atención a sus lecciones, que eran fundamentales para su éxito. Me alegro de tenerle a usted también".

"¡Por supuesto, Su Alteza!"

"Ahora, si me disculpan", Robert dijo con firmeza. "He pasado un día largo y tengo mucho que leer para ponerme al día. Amash insistió que yo leyera El derecho consuetudinario y el juicio lo antes posible". Mantuvo la cabeza en alto mientras se alejaba, dejando que los tres hombres siguieran discutiendo entre ellos. Por dentro, sin embargo, ardía de ansiedad por lo rápido que estaban cambiando las cosas. ¡No estoy listo! ¡De ninguna manera!

Sebastian levantó la vista cuando la puerta de la cámara de Robert se abrió. Se abrió la boca para hablar, emocionado de escuchar sobre el día del príncipe, pero la cerró de golpe al reconocer la mirada en el rostro del chico.

"¿No te fue bien?"

"No, fue muy bien hasta que el rey falleció".

"¿Qué? ¿Está muerto?"

"Sí y no", Robert explicó. Empezó con la historia extraña que la voz le había contado, y a pesar de haberle jurado guardar el secreto, no le ocultó nada a Sebastian".

"Yo... yo creo que entiendo", fue lo único que pudo decirle a Robert. Sabía a quien pertenecía la voz, por supuesto. No lo había sabido hasta este momento, pero todo cuadraba perfectamente con los eventos que terminaron con lo de Eston. Este hombre, dondequiera que se estuviera escondiendo en este momento, había desaparecido en un punto crucial durante la Guerra de los Hermanos. Le correspondía a Eusari decírselo, si alguna vez decidiría hacerlo. "Y ahora, ¿qué?"

"Él dijo que tengo que entrenar, da igual lo que diga Cuyler. También me dijo que me vinculara a un animal".

"No está asegurado", Sebastian explicó. "Incluso Marita, a pesar de lo fuerte que es, nunca lo aprendió a hacer. Ella puede ver de forma diferente, pero aun eso está limitado".

"¿Y Cuyler? ¿Puede hacerlo él?"

"Nunca lo hizo, de que sepa yo. Es curioso cómo funciona, fácil para algunos e imposible para otros. Una vez conocía a una chica que se llamaba Beth que se vinculó a un búho tan fácilmente que ni siquiera lo había intentado hacer. Simplemente el búho la seguía, acercándose poco a poco hasta que ella no tenía otra opción que aceptar su ofrecimiento de vincularse a ella".

"¿Qué le pasó?", Robert preguntó.

"La guerra. La devoró igual que a muchos otros, de la manera más horrible".

"¿Sebastian?"

"¿Sí, Robert?"

"Creo que tengo que hacerlo. No lo puedo explicar, pero siempre yo sentía que tenía que volar. Quiero intentarlo mañana".

"Iré contigo".

"Gracias. Quiero que estés conmigo".

Sebastian de repente recogió la ropa que había sacado y la llevó a la guardarropa.

"¿Qué estás haciendo?"

"Confía en tu conserje. Esta no sirve para una cabalgata en el bosque. Duérmete", dijo, señalando la cama, "y yo preparé lo todo".

CAPÍTULO TREINTA Y TRES

El terreno más allá del Valle del Río Nebuloso resultó peor que inhabitable, atormentando a la pareja de jinetes que transitaban por el paisaje salvaje. Seco y caliente, escaldaba los cascos de los caballos, y el sudor de los hombres y las bestias proporcionaba la única humedad que adornaba el suelo. El Páramo Prohibido anhelaba la lluvia, y la falta obvia de tal impedía que todo lo que no fuera cactus espinoso creciera en la corteza compactada del suelo. Rocosa y estéril, la capa superior rompería el arado de cualquier tonto que tratara de cultivarla.

Tara, como Teot al frente, se había atado una bufanda para protegerse la cara de los vientos vaporosos del sur que azotaban implacablemente su piel con partículas diminutas de arena. Ella ansiaba terminar de cruzarlo, pero el shappan no mencionó cuánto más duraría su viaje. Habían viajado durante cinco días hasta ahora, siguiendo el lecho seco de un río antiguo que los conducía hacia el oeste. Mientras Felicima se acomodaba en su cama frente a ellos, la chica oró por un respiro y una buena noche de sueño.

Como si leyera sus pensamientos, Teot llamó por encima del hombro, señalando un risco pedregoso. "Acamparemos frente a esas rocas. La caldera está a solo unas cuantas horas a pie desde aquí, y es mejor acercarse al sitio sagrado por la mañana, cuando el aire está más fresco".

"Conoce usted esta área muy bien", Tara respondió. "Llevó el cuerpo de mi padre por este camino, ¿no?"

El shappan negó con la cabeza. "No. Lo traje desde el noreste, llevándolo a través de nuestra patria anterior, las Estepas de Cinder".

"¿Cómo son?", ella preguntó. "Mamá nunca habló de ellas excepto decir que la vida en las praderas era difícil".

"Algunos dirían que era mejor que la manera en que vivimos ahora", Teot respondió. "Yo mismo extraño las hierbas altas llenas de caza, raíces y bayas comestibles".

"Mamá dijo que los caballos corrían en estado salvaje en las estepas".

"Así era, también los bisontes y el ganado de cuernos largos. Pero cuando las crucé la última vez, las Estepas de Cinder no ofrecían más hospitalidad que el Páramo Prohibido".

"¿Qué cambió?", ella preguntó. "Mamá dijo que les obligaron a huir hacia Weston pero nunca dijo nada del por qué".

"Felicima se enojó y unas fumarolas surgían de debajo de nuestros pies. Aparecieron géiseres humeantes, agrietando el suelo que una vez cultivábamos para el grano y obligándonos a mudarnos al sur hacia los páramos o al norte hacia la tundra. Pero el nombre de tu padre significaba 'valiente', y él nos guió hacia el este para desafiar a los de Andalón. Taros nos cambió la vida para siempre, y sobrevivimos porque él sobrevivió".

Tara se calló ante la mención de su padre, esperando poder imaginar su cara u oír su voz. Anhelaba conocer al hombre con quien se había enamorado su madre.

Habiendo llegado al refugio natural, Teot bajó del caballo y barrió el área para quitar serpientes e insectos que pican. Una vez seguro que el lugar sería suficiente, le exigió a ella que bajara también. "Enciende el fuego", le dijo.

Tara sacó su bolsa de yesca y pedernal, desenvainando su cuchillo para golpear contra la roca en busca de chispas.

"No", la interrumpió, "hazlo de manera tradicional. Nuestra comida esta noche será en honor de nuestro pasado. Es mejor acercarse al hogar de la diosa con la humildad". Él le entregó un fragmento de vidrio volcánico.

La chica lo tomó, apuntándolo hacia la diosa y rezando para que el ojo de la diosa estuviera lo suficientemente caliente como para encender una llama. Pasaron varios minutos en los cuales Tara ansiosamente miró de soslayo al shappan. Aunque él no estaba mirándola, ella sabía que él estaba juzgando su conocimiento de las costumbres de su gente. Por fin, después de lo que parecía una eternidad, brotaron llamas, y ella añadió ramas. Él extendió su mano de inmediato para tomar su vidrio, y ella se lo entregó.

"Antes, pensaba que las costumbres de los pescari eran anticuadas", ella ofreció, "innecesarias en este nuevo mundo de opulencia".

"¿Y ahora?", Teot preguntó.

"Entiendo que es importante preservarlas porque la opulencia puede ser quitada tanto por los hombres como por Felicima. Aprender las costumbres antiguas me ha enseñado cómo sobrevivir sin nada".

"Hablas con respeto pero pareces jactanciosa ya que Felicima aún no se ha puesto".

Ella se estremeció. La reprimenda llegó inesperada. "Lo siento. Solo quiero decir que estaba equivocada, y estoy agradecida por lo que he aprendido".

"Mañana", Teot dijo sin expresión, "pregúntate cuánto has aprendido de verdad". Sacó una olla de barro de su alforja y mezcló agua y hierbas, colocándola cerca del fuego para que se calentara.

"¿Qué es eso?", ella preguntó.

"Felicima estará acomodada pronto para la noche, y es hora para tu ritual".

"¿Qué implica eso?", ella exigió, de repente miedosa mientras toda su confianza se huía. "¿Qué tengo que probar?"

"Tienes que probar que eres pescari, y al hacerlo, revelar el significado de tu nombre". El agua había comenzado a humear, y Teot la apartó del fuego mientras la olla aún estaba lo suficientemente tibia como para poder tocarla. "Bebe esto", exigió, "y despiértate mañana lista para conocer a Felicima".

Tara se despertó lúcida, alerta y lista para el nuevo día. Bostezó y se estiró, mirando a su alrededor. Las paredes de roca lisa del afloramiento no se habían enfriado en absoluto, e irradiaban el calor de Felicima como si fuera poco más de mediodía. Curiosa, Tara levantó los ojos hacia arriba, confundida acerca de por qué las rocas superiores aún brillaban con la mirada de Felicima. La diosa misma acababa de comenzar su descenso por encima de su cabeza. Estaba avanzada la tarde.

La chica se sentó erguida y miró a su alrededor. No había señal ni de Teot ni de los caballos; tampoco había rastro de la fogata que ella había encendido la noche anterior. Todo lo que habían traído había desaparecido con él—su cuchillo, su bolsa de yesca y la comida. Se puso de pie y entró en pánico, buscando cualquier cosa que revelara adonde había ido su tío abuelo. Mirando hacia abajo, vio un odre lleno de agua junto a una flecha rayada en la tierra. Apuntaba hacia el oeste.

¿Él ha ido antes que yo entonces?, se preguntó. Quizá, pero ¿por qué tomó el caballo de ella y el suyo también? ¿Por qué, también, borraría él cualquier rasgo de su campamento? Esto debe ser parte del ritual, se dio cuenta y trató de razonar qué hacer a continuación.

Ella recordó las últimas palabras de Flaya a Teot antes de que salieran en el viaje. Si vuelve o se muere en la tierra salvaje, ella había dicho.

Entonces esto debe de ser la costumbre. Cuando un chico estaba listo para su ritual, se lo llevaba a la tierra salvaje para conocer a su diosa. Ella miró a su alrededor sin encontrar comida o herramientas a la vista. Y esto es por qué me enseñaron las costumbres tradicionales, pensó. Si voy a encontrar mi camino a casa, tengo que hacerlo solo con lo que me enseñaron.

Pero la flecha apuntaba al oeste hacia la Caldera de Cinder; así que él podía haberle dejado un desafío allí. Tara miró hacia arriba, frunciendo el ceño a su diosa. Cuando acamparon, Teot había mencionado que era mejor llegar a la caldera por la mañana, 'cuando el aire está más fresco', él había dicho. Pero ella había dormido toda la mañana y gran parte de la tarde. Sin ningún deseo de desperdiciar otra noche y medio día, ella se aventuraría y terminaría con esta parte del ritual.

¿Pero estaba lista? Ella no estaba segura. Un inventario rápido le recordó que no lo estaba. Tengo un odre lleno, pensó; eso es todo. Un odre y la ropa que tengo puesta. Miró a su alrededor. Ella también tenía refugio. Un odre, mi ropa y piedras, se corrigió. El afloramiento rocoso la protegería de todos los elementos excepto de la lluvia, y ese escenario parecía muy poco probable. Comida, entonces. No tenía nada con que atrapar presa y ningún cuchillo para fabricar una lanza.

Tara tiraba de los flecos de cuero que colgaban de sus pieles de ciervo, buscando en su mente una solución cuando una súbitamente la golpeó. Mirando hacia abajo, tomó un puñado de los flecos y elaboró un plan. Agarrando la piedra más afilada que pudo encontrar, aserró en los flecos, arrancándolos y formando una pila hasta que tuvo lo suficiente. Aunque odiaba malgastar su agua potable preciosa, con cuidado roció las piezas de cuero y comenzó a trenzarlas y tirar de ellas con fuerza, creando una cuerda larga.

Después de unos minutos, levantó triunfalmente su creación. La trampa era más gruesa que otras que había utilizado, pero funcionaría. Rápidamente encontró el sitio perfecto por encima del afloramiento, un camino muy usado debajo de los cactus con pedacitos de pelo dejados por un conejo que había pasado recientemente.

"Felicima", dijo en voz alta, "por tu gracia, por favor llena esta trampa antes de la mañana". Pero orarle a la diosa le recordó a Tara de la flecha rayada en el polvo, y ella recogió su odre y se dirigió al oeste, hacia la caldera.

Ella había oído historias de ella, por supuesto, pero su madre solo la había descrito como un lugar donde el mundo se había derrumbado sobre sí mismo. Eso siempre había parecido una explicación bastante simple para la chica, pero Adsil solo se había reído, negándose a ofrecer ninguna descripción.

"Es indescriptible", él había dicho. "Un lugar donde la diosa enfría sus fuegos durante la noche".

Tan cerca de ella ahora, Tara sintió el entusiasmo bullendo y apartó sus preocupaciones por la supervivencia. Esta era lo más importante; estaba tan cerca del momento de su ritual—la revelación de su nombre. Por fin se sentía pescari, lo cual era extraño porque ella caminaba sola sin ningún otro miembro de la tribu.

La caminata a través del Páramo Prohibido era mucho peor a pie que a caballo, pero afortunadamente, como había prometido Teot, solo tenía que abrirse camino a través del suelo estéril durante unas cuantas horas antes de llegar a la caldera. Felicima ya había descendido cuando por fin Tara sintió el calor del lugar, su piel picándole por la sequedad y sonrojándose como si fuera a punto de estallar en llamas. Cuando ella pasó por encima de la última cresta, dejó escapar un grito ahogado, asombrada por la inmensidad del cráter.

Resultó que Adsil tenía razón, la Caldera de Cinder era indescriptible. Extendiéndose a lo lejos en todas direcciones, incluso más allá del horizonte, parecía como si el borde del mundo se hubiera derrumbado sobre sí mismo, pero era más que eso. Aquí y allá, unas montañas altas se habían

derrumbado por todos lados, dejando solo pilares irregulares que se levantaban hacia el cielo. Cada superficie rocosa había sido quemada más oscura
que los restos carbonizados dentro de los hornos, y ella luchó por enfocar
sus ojos ahora confundidos por un mar de negrura que se extendía más
allá de todos los horizontes. Tenía leguas de ancho, una muerte segura para
quienquiera que se atreviera a cruzarla.

Ella encontró la falta de vegetación alarmante. Todo se había quemado,
y nada trataba de volver a crecer. El único color era el charco ocasional de
roca fundida de color rojo y naranja que burbujeaba en la superficie y que
se enfriaba lentamente como una capa nueva de negrura. Ella se preguntó
cuán rápido la superficie derretiría sus mocasines si fuera lo suficientemente
tonta como para aventurarse por encima de la lava.

Un escape súbito de vapor rugió cerca, seguida de un escupitajo sibi-
lante de gases y más vapor cuando un géiser hizo erupción, eructando
una suciedad contaminada con azufre hacia el cielo. Sorprendida por la
erupción repentina, ella saltó, perdiendo el equilibrio y resbalando por el
afloramiento. Para su horror, se deslizó dentro del pozo mismo. Aterrizó
con fuerza, lo cual le quitó el aliento y le sacudió la caja torácica. Aquí, tan
cerca del estanque en llamas, escuchó los sonidos de rasgaduras y tintin-
eos mientras la roca fundida se desgarraba. El aire a su alrededor había
cambiado también; estaba lleno de humos que quemaban tanto las fosas
nasales como el pecho. Ella jadeaba para respirar, gateando sobre sus rodillas y doblándose por el dolor que ahora le arrasaba el cuerpo.

Muy por encima de su cabeza, un ave chilló disgustada, un sonido
bienvenido por encima del infierno de azufre que rodeaba a la chica. Ella
levantó los ojos, dando la bienvenida al destello de color mientras la criatura
extendió sus plumas radiantes contra un cielo azul suave. Qué rareza—
encontrarse en cuatro patas en un lugar tan horrendo en lo que debería de
haber sido una tarde maravillosa. Los músculos de sus brazos se rindieron,
y ella se estrelló con fuerza una vez más contra la superficie negra, capaz
solo de levantar los ojos. A lo lejos, Felicima se acercaba al horizonte con sus
fuegos refrescantes. Tara imaginó a la diosa riéndose del mortal postrado
ante su grandeza.

Tan cerca del suelo, la sinfonía de los charcos fundidos vibraba, provocando emociones en la profundidad de la chica. Tara, tan sola, tan perdida, tan confundida. ¿Quién era ella? ¿Por qué estaba condenada a enamorarse de un chico que su gente nunca aceptaría? Los sonidos desafiaban a la chica a dejar la casa de su madre para aventurarse como mujer—a encontrar su camino en el mundo y conocer verdaderamente su destino.

Ella detectó un zumbido, débil al principio pero creciente, y escuchaba mientras recuperaba el aliento. Los sonidos rítmicos se mezclaban con esta nueva resonancia y su visión, empañada por los gases a su alrededor, se tornó aún más borrosa en los bordes hasta que se ennegreció casi al mismo tono que la roca a su alrededor. En esa negrura, ella encontró una luz brillante que ya no era intolerable de mirar.

"¿Por qué tenemos que temerte?", Tara le exigió a la luz. "¿Nos odias tanto que desprecias nuestras caras? ¿Tenemos que acobardarnos ante el temor de tu ira para siempre, o tu pueblo encontrará algún día tu favor?"

¿Tú te incluyes a ti misma con mi gente?, una voz habló dentro de su mente.

"Yo... yo no tengo nadie más, pero no me siento ni pescari ni andalona".

Sin embargo, aquí estás. Orando.

"¿A quién más oraría yo? ¿A quién más tengo? No sé en qué creer, pero ¡eres lo único que he conocido!"

La voz no contestó.

¿Por qué nos odias?", ella exigió otra vez. "¿Por qué no nos permites disfrutar la prosperidad bajo tu mirada?"

Otra vez su pregunta fue recibida con silencio.

De repente una chica apareció ante Tara, vestida de manera andalona con flores blancas en su cabello negro azabache. La encontró bella, el tipo de belleza de alta cuna que ella anhelaba ser, y estaba a punto de dirigirse a ella pero se tragó abruptamente el saludo.

Ella soy yo, Tara se dio cuenta, libre de estas pieles de ciervo y el control de mi madre.

Soy quien quieres llegar a ser, la chica explicó, después de que te fugas con Robert. Tan pronto como habló, una multitud de la sociedad de clase alta la rodeaba y acosaba, arrancando las flores y rasgando el encaje de su vestido, dejando atrás a una Tara miserable e infeliz.

Otra Tara apareció de inmediato a su lado; estaba vestida con las pieles de ciervo finamente decoradas de un shappan, con el pelo recogido hacia atrás en una trenza de guerrera. Tara saltó un grito ahogado. Su cabello era multicolor, una mezcla de rojo, naranja y amarillo. ¡Vaya nivel de audacia para una pescari! Sobre su espalda había una aljaba, y ella estaba de pie con un arco en la mano. En su cadera había una espada de guerrera. Los ojos de esta Tara brillaban dorados con el poder de la diosa, ardiendo con un fuego interno.

¿Es esta la forma que temes?, la recién llegada exigió, su voz llena de ira.

"Yo... no sé que debo decir", la Tara verdadera tartamudeó. "¡Esa nunca podré ser yo!"

¡Porque la ira es mía para ejercer!, la voz gritó dentro de la oscuridad, haciendo eco a través de su cuerpo. Cada centímetro de su piel ahora ardía con un fuego invisible; era insoportable y le hacía gritar de dolor. Las otras Tara desaparecieron abruptamente.

"El poder de ella no es el nuestro para mantener", la voz de un hombre le susurró desde la oscuridad. "Yo lo ejercía igual que lo ejerce ahora Teot, y tú también lo has ejercido".

"No", Tara gimió mientras el fuego le consumía la piel. "¡No lo quiero! ¡No lo acepto!"

"¿No deseas convertirte en la agente de Felicima?", el hombre preguntó, preocupado. "Piensa en todo lo grande que podrías hacer para nuestra gente. Podrías liderarlos, crear un nuevo reino de pescari que se extiende desde Weston a través de las Estepas de Cinder hacia el norte hasta la tundra".

"Yo no... no puedo..."

"Puedes pero no lo harás", el hombre le culpó, de repente apareciendo a su lado. Hizo un movimiento con su mano, y el dolor abandonó el cuerpo de Tara; aunque su piel estaba chamuscada y la llama permanecía, ella ya no sentía su mordisco. "Flaya te mantuvo a salvo, pero criarte entre los de Andalón no era lo que yo deseaba para mi hija. Si deseas ser totalmente una pescari, entonces tienes que olvidarte del chico. Él tiene un destino diferente al tuyo".

La voz habló otra vez. Tara, hija de Taros, escucha a tu padre. Solo concederé mi regalo a un pescari.

"¿Eres de verdad mi diosa?", Tara exigió.

"Solo tú sabes la respuesta de eso", Taros dijo, tomando a su hija en sus brazos y levantándola de la superficie caliente de la caldera.

Ella sintió que su cuerpo se elevaba y luego flotaba mientras él la llevaba por la cresta. Mientras miraba por encima de su hombro a Felicima, quien ahora descendía a su lugar de sueño nocturno, la lluvia comenzó a caer del cielo.

CAPÍTULO TREINTA Y CUATRO

Eusari miraba fijamente hacia las vastas aguas abiertas, escudriñando el horizonte en busca de barcos y confiando en que Marita escudriñara más lejos. Esta mujer utilizaba un método diferente que su capitana, un aspecto de su oficio que había perfeccionado en su juventud. Mientras que la mayoría de los emotantes de otoño se vinculaba a aves para ampliar su visión, la heredera utilizaba una visión ampliada por el aire en sí.

Lo hacía ahora, descansando cómodamente en una silla traída desde los aposentos de la capitana. Con los ojos bien cerrados, su mente vagaba a lo largo de la brisa mientras muchos hilos se extendían para encontrar La Loba. Para la tripulación, sin embargo, la navegante solo parecía estar durmiendo en el trabajo mientras ellos trabajaban como esclavos. Las quejas habían llegado a Eusari, pero ella no veía razón alguna para abordarlas o aclararlas. Esta no sería su tripulación mucho más; tan pronto como ella encontrara a sus hijos, regresaría a casa para vivir allí los días que le quedaban.

Sin embargo, Represalia había perdido semanas navegando en círculos, llegando incluso al enorme puerto de Middleton solo para dar media vuelta y buscar en mar abierto otra vez. Todo el asunto se sentía mal, como si la capitana estuviera persiguiendo un fantasma. Eso alejaba aún más a la tripulación de su confianza y la empujaba más cerca del motín. Ella estaba segura de que la manada de lobos que yacía a sus pies era el único impedimento para la rebelión. Eso, y la presencia de Marita.

"¿Estás segura que Diablo Jacque se fue al sur, querida?", Peter Longshanks por fin le preguntó a su capitana, pasando por encima de los animales en la cubierta.

"No, ya no. ¿Pero a dónde más los llevaría? Middleton tenía más sentido si buscaba el botín, pero él debía de haber seguido adelante hasta La Ensenada sin demora".

El primer oficial hizo un gesto hacia la tripulación. "Tienes un problema que está formándose; estoy seguro de que lo sabes. Si no encuentras La Loba, ellos solo van a ver la debilidad en nuestra falta de acción. Quieren botín, da igual donde lo encuentran. Es el precio de emplear a piratas para hacer tu caza".

"¿Qué tan caliente es su ira?"

"Abiertamente sediciosa—dicen que este viaje es un desperdicio de sus talentos. El motín no se tardará mucho después de la presentación de su lista de demandas, la cual anticipo pronto".

"Se les recompensará si hay botín o no".

"Sí, pero ya es hora de encontrar alguno".

Eusari negó con la cabeza. "Nuestra buena agente nunca se pondría de acuerdo de atacar a barcos por deporte. Nos detendría a todos nosotros".

"Ella podría desaparecer por la borda", Peter sugirió bromeando. "Un buen pasar por la quilla terminaría con las quejas de la tripulación y nos proporcionaría al resto de nosotros amplio entretenimiento".

"Por muy tentador que suena, la necesitamos a bordo. Además, cualquier barco que tomemos tiene que ser del gremio de piratas".

Marita habló soñadoramente sin abrirse los ojos. "Creo que he encontrado uno. Hay un barco al este, más allá de la vista. Se navega fuera de las rutas marítimas, Eusari".

"¿Pero no es La Loba?", Eusari preguntó con frustración en su voz.

"No, no es ella. Este parece ser un híbrido de Fjorik. Me recuerda al Príncipe de Hielo, en realidad, no una falúa, pero tampoco es una fragata. Quizá sea uno de ellos que construyó Sippen antes que Malversión".

"¿Segura que no es un barco de transporte?", Peter preguntó. "Hay un montón de inmigrantes de Fjorik inundando todos los puertos. Quizá este se dirige a Soston".

"No, este está navegando de manera curiosa", Marita explicó, "como si estuviera desviándose de su camino para no ser visto por los barcos en el canal principal".

"Entonces o es barco de piratas o de contrabando; de cualquier manera eso cumple con lo requisitos de nuestra licencia de caza", Eusari decidió. "Lo tomaré. Llame a la agente santurrona y déjale saber".

"No es necesario", la voz de una mujer dijo de detrás de ella. "Aquí estoy; escuché lo todo, y no sancionaré ningún ataque excepto en La Loba".

Eusari se volvió hacia su sobrina. "Los hombres están inquietos. Vinieron para cazar a piratas y anhelan algo de acción".

"Mire a su alrededor", Anne le dijo con una sonrisa de te-lo-dije. No hay piratas para cazar".

"Allí", Eusari le entregó un catalejo y señaló. "Marita encontró un barco en el horizonte oriental, entre nosotros y las rutas marítimas".

Anne hizo como si se esforzara por ver; luego se dio por vencida con un resoplido exagerado. "Veo un barco, no a un pirata. No tiene evidencia de que se haya cometido un delito y ninguna autoridad para registrar embarcaciones al azar".

"Mire, querida agente", Eusari dijo con el mismo aire que su sobrina, también haciendo un espectáculo, pero de un tipo diferente, "aquí es donde hay que ser pirata para encontrar a un pirata. Usted ve un barco fuera de las rutas marítimas, evitando las rutas comerciales, y usted no se pregunta ¿por qué?"

Anne levantó el catalejo y miró otra vez. "Todavía veo solo un barco, y no uno de piratas. Me da igual lo que le dicen a usted sus instintos; a menos que lleve una bandera negra solo voy a ver un barco más".

"Los hombres se amotinarán si no investigamos. Voy hacia allá", Eusari decidió.

"Si usted ataca o aborda ese barco sin causa, nombraré como reemplazo a su tripulación y lideraré el motín yo misma".

Un ruido sordo hizo que Anne mirara hacia abajo, y se encontró mirando a varios lobos que estaban gruñendo.

"Buena suerte con eso", Eusari le dijo a su sobrina. "Peter, pon rumbo y acércanos".

"De inmediato, señora", el primer oficial dijo con un saludo. "También prepararé una cuerda por si acaso usted decida utilizar la quilla después de todo", añadió con un guiño.

El barco en cuestión, resultó, sí era uno construido bajo la dirección de Sippen. Con tres mástiles, el híbrido disfrutaba un calado poco profundo que proporcionaba velocidad y una salida fácil a aguas poco profundas. Quienquiera que lo capitaneara cuando Represalia se acercaba, sin embargo, parecía no darse cuenta de—o le daban igual—sus ventajas. Se mantuvieron en aguas profundas, incapaces de huir debido a una bodega muy cargada. Cualquier cosa que llevaran era más pesada de lo que Sippen lo había diseñado para llevar.

"Po... podría ser Perdición", tartamudeó, "o qui... quizá Elísea. Es di... difícil saber".

Marita y Parumba es quedaban a pie cerca de Charleigh. La joven estaba colocando bandoleras sobre la cabeza de las otras y sujetando varios de sus artilugios. Este abordaje parecía ser la mejor oportunidad para probarlos.

"¡Las armas están listas, capitana!", Krill gritó desde el castillo de proa.

"Nos favorece el viento", Longshanks gritó. "¡También el acercamiento!"

"¡Icen la bandera!", Eusari mandó. La bandera oficial de Eston se izó rápidamente en lo alto del mástil mientras otra, con un fondo negro adornado con un lobo rojo, se desplegó del asta de bandera. "Ahora, disparen un tiro de advertencia a través de su proa", añadió.

Krill dio la señal, y una réplica ensordecedora rompió el aullido del viento que impulsaba las velas. El disparo salió certero, directamente sobre el otro barco, lo suficientemente bajo como para pasar zumbando sobre la tripulación pero lo suficientemente certero como para perder la lona, la madera y las personas.

Súbitamente una bandera blanca se izó a lo más alto del otro barco.

"¡Han arriado su bandera, capitana!", Longshanks anunció.

"Seguro que no son del Gremio de los Piratas entonces", Anne advirtió. Era de conocimiento común que todos los miembros del gremio se negaban a arriar su bandera por principio, considerando mutuamente esa práctica como cobardía.

"O es una trampa", Eusari le espetó a su sobrina. "¡Acercámanos con cautela!"

"No hay movimiento en la cubierta", Longshanks dijo de detrás de su catalejo.

Mientras Represalia se acercaba a su presa, Marita escudriñó el barco con sus hilos de aire. "Algo anda mal, Eusari. Toda la tripulación se ha ido bajo cubierta". Ella hizo que el aire acaricie la cubierta de madera, palpándola y escuchando cualquier conversación en el interior. No se oyó ni un susurro ni una advertencia.

Entonces palpó a lo largo de los tablones de madera que formaban el casco. La vibración suave del agua golpeando al barco la relajó aún más; era un sonido que le había encantado desde su primer viaje cuando era niña. Tanto su padre adoptivo como Amash Horslei habían estado en ese viaje, y ella sonrió al recordar al ahora rey vomitando sus entrañas sobre la barandilla. Ella movió los hilos de aire hacia arriba, hacia la barandilla de este barco, pasando por la fila de cañones de doce libras. Cada uno sobresalía de la oscuridad, quieto y listo, aunque inquietantemente silencioso.

Un par de ojos detrás de cada cañón miraba fijamente hacia Represalia.

"¡Las armas están atendidas!", Marita gritó, sus ojos abriéndose de golpe justo antes de que un estruendo ensordecedor rugiera sobre el agua.

"¡Fuerte a babor!", Eusari gritó, esperando girar el barco y alejarlo de la andanada.

Toda la acción en la obra muerta parecía moverse a cámara lenta mientras diez proyectiles corrían sobre el agua. Los tripulantes gritaron, y por encima de ellos Marita oyó la voz de Krill.

"¡Átense, chicos!", gritó, "¡o los tendremos que pescar más tarde!"

Marita empujó fuerte a Parumba y a Charleigh a la cubierta, atándolos a la cubierta con hilos de aire. Lanzó tantos de ellos como posible para asegurar a cualquier tripulante lejos de las barandillas o mástiles e incapaz de hacerlo por sí solo. Entonces trató de cambiar los vientos, con la intención de desviar las balas de cañón de su rumbo, pero no pudo hacer ni una brisa a tiempo. El impacto resultó horrible, y a pesar de sus esfuerzos, varios tripulantes de Represalia volaron por la borda.

"Ahora me toca", Marita le gritó al barco enemigo, enojada por el ataque cobarde. Corrió por la cubierta, gritando obscenidades como una pirata verdadera y saltó por la borda.

"¡Cúbranle!", la voz de Eusari gritó desde Represalia.

Justo antes de zambullirse en el mar, Marita creó un colchón de aire entre ella misma y el agua, aterrizando con fuerza y con una mano y una rodilla aparentemente flotando justo por encima de las olas. Ella se levantó la cabeza; se fijó los ojos en el barco adelante y empezó a correr, moviendo el colchón para que se quedara debajo de sus pies.

Con una parte de su mente todavía centrada en los cañoneros, los miraba mientras cargaban los cañones. Uno de ellos la vio corriendo hacia ellos y gritó, advirtiendo a sus compañeros de barco de la emotante. Cinco rifles sobresalieron junto al cañón. Marita tapó cada uno con una bola de aire y esperó, sonriendo mientras corría. Cada rifle explotó uno tras otro, volando una parte de la cara de cada tirador en la explosión. Se necesitó la muerte de otro grupo de francotiradores para que la tripulación se diera cuenta de que la mujer enloquecida que corría por el agua había causado sus bajas.

Por si acaso, ella rellenó cada uno de los cañones de babor del barco de la misma manera. Seguramente no serían tan estúpidos como para dispararlos. Para su diversión sorprendida, lo eran. El casco de babor se abrió con un rugido ensordecedor, astillando el mar y abriendo el barco como una lata de atún medio abierta.

Una lata de atún estaría bien después de la lucha, ella pensó; esa, y un cóctel. ¿Quizá una mimosa? Con un salto poderoso, ella subió al primer nivel expuesto del barco en ruinas. Solo faltaba la parte superior; frenaría el agua, y no se hundiría antes de que los hombres de Eusari pudieran saquear su bodega.

Marita desenvainó sus espadas y se acomodó en la primera de sus posturas, con la esperanza de que hubiera un espadachín hábil a bordo que pudiera hacerle pasar por un buen entrenamiento. Los primeros en cargar seguramente no lo eran, y se cayeron simultáneamente ante el baile de ella.

"¡Hola, chicos!", ella dijo, entrando y saliendo entre los artilleros; algunos levantaron alfanjes o cuchillos mientras que otros tenían armas... y expresiones estupefactas. Esos se cayeron tan fácilmente como estos, y ella se abrió camino a través de la tripulación.

De vez en cuando un rifle o una pistola se apuntó en su dirección, y ella se reía tontamente, echando aire dentro de la boca del arma y bailando entre sus atacantes, abriéndose camino hacia la cubierta principal. Subió una escalera, pasando su espada a través de dos hombres a la vez que se atrevieron a correr hacia abajo mientras ella quiso subir. Pronto se paró en lo que quedaba de la cubierta, enfrentándose a siete hombres—cada uno aturdido y confundido por la mujer cubierta de sangre que estaba frente a ellos. Ahora, su risa bordeaba la histeria.

Detrás de ella, Represalia se había puesto al costado y los garfios unieron los barcos. Encogiéndose de hombros, envainó sus espadas justo cuando Eusari y sus lobos subieron a bordo, decidiendo finalmente dejar algo de la matanza para los demás. Marita saltó por encima de un barril intacto y se sentó con las piernas cruzadas mientras los dos capitanes se enfrentaban.

Eusari aterrizó en la cubierta astillada. La mayor parte se había arrancado durante la explosión exponiendo varias capas de carnicería llevada a cabo por Marita. Todos los mamparos estaban salpicados, rociados o empapados de sangre mientras los hombres moribundos o muertos miraban al cielo o se miraban los unos a los otros. La mujer joven, parecía, había llegado a ser aún más eficiente en su oficio cuando necesitaba matar.

Solo siete hombres de toda la tripulación seguían vivos. Sostenían sus espadas con los brazos extendidos, aterrorizados por la emotante que ahora descansaba casualmente sobre un barril mientras se limpiaba las uñas. Ninguno de ellos se acercó ni embistió, encarcelados todos por su miedo. Eusari, enojada por la bandera falsa de paz, se acercó a sus bestias vinculadas y las envió adelante para liberar a seis tripulantes de sus vidas. El capitán miraba mientras los lobos desgarraron las gargantas de sus hombres. Solo, y sin mirar a Eusar, se dirigió a ella.

"De haber sabido que tenía una emotante a bordo, yo no habría disparado la andanada".

"¿Pero no habrías honrado la bandera arriada?"

"Claro que no, capitana Eusari".

El sonido de su nombre hizo que ella se detuviera, examinando la cara de él con más cuidado. Él y ella tenían aproximadamente la misma edad;

así que quizá él navegaba por La Ensenada casi al mismo tiempo que ella y Braen. "¿Me conoces?"

"¿Quién no conoce la bandera de tu asta o la mujer que está de pie delante de mí? ¿Por qué crees que te atraje antes de disparar? Tan pronto como vi ese lobo me di cuenta de que habías salido de la jubilación".

"No te conozco", ella admitió.

"Soy el capitán Tiberius Schott, un miembro gremial de por vida y residente de La Ensenada de los Piratas. Estaba fuera cuando derrocaste al rey pirata legítimo y volví justo después de que tu amante norteño atacó la isla. Quizá te has olvidado de mí, Eusari, pero yo nunca me olvidaré de la perra que destruyó La Ensenada desde adentro, rompió nuestros códigos, cambió nuestro gobierno y luego nos dejó a todos para que nos ocupáramos del regreso de tu lacayo, Diablo Jacque". Él se arqueó la espalda y escupió, enviando un bulto de mucosidad húmeda a la mejilla de ella.

El cuchillo de Eusari estuvo en su mano en un abrir y cerrar de los ojos, listo para lanzarse contra la garganta de él cuando la voz de una mujer gritó. "¡Detén tu mano, Eusari!" Falló por poco y se dio la vuelta para encontrar a la agente Thorinson de pie en la cubierta.

"¿Detenerme la mano?", Eusari preguntó. "¿Qué tal te quedas fuera de esto?"

"Se ha terminado la pelea y mientras que puedo pasar por alto la muerte de la tripulación como defensa propia, matar a este capitán sería un acto de asesinato".

"¡Pues, vaya!", Marita exclamó, atrayendo todos los ojos a bordo. "¡Me rompí una maldita uña!" Ella se puso de pie; se acercó a Eusari y puso una mano en su hombro. "¡Y acabo de hacérmelas!" Se inclinó y dijo en una voz lo suficiente alta como para que todos la oyeran. "Si la bonachona engreída no quiere que lo mates, entonces no lo hagas". Después de un guiño, se dio la vuelta, desenvainando dos espadas y cruzándolas contra la garganta del capitán Schott. "¿Alguna vez has navegado río abajo, capitán?" Ella le escupió en el ojo y luego pasó ambas espadas por su cuello en un solo movimiento.

El capitán Schott se cayó de rodillas; luego se volcó, enviado al río carmesí por una espadachina magistral.

"¡Eso es asesinato!", la agente Thorinson gritó.

"Soy una embajadora de Cargia con una uña rota. Tengo inmunidad diplomática, perra". Mientras se alejaba, regresando a Represalia, Marita levantó la uña rota del dedo corazón para demostrarle a la agente que decía la verdad.

CAPÍTULO TREINTA Y CINCO

La expedición partió temprano, encabezada por un general sobre-exuberante y acompañada por una Caroline y un Bearnard quejumbrosos e irritados. Los Soñadores parecían molestos desde el principio, rezagados y susurrando a menudo entre sí mientras que Murdock Kelly parloteaba a quienquiera que lo escuchara lo emocionado que estaba por unirse a Robert en su búsqueda. Sebastian frunció el ceño al resto de ellos que los acompañaban, tantos extras que deberían de haberse quedado en casa. Había un chef real, una docena de cortesanos, un cronista, dieciséis fusileros y un observador de pájaros experto—todo un exceso que probablemente obstaculizaría las posibilidades del príncipe de vincularse a un pájaro.

"¿Crees que de veras es un experto?", Robert le preguntó a Sebastian.

"¿Quién?"

"El observador de pájaros. Es que, podría ser útil, pero si empieza a saborear caca de pájaro, le doy la espalda y vuelvo al palacio".

El chiste del príncipe pilló a Sebastian a medio tragar de su cantimplora, y escupió agua sobre su caballo.

"¿Y por qué está aquí el chef de Amash? Él cocina huevos o pollo con todas las comidas. ¿No es eso un poco contradictorio? Parece que él ahuyentaría a todos los pájaros dentro de cien millas con su menú".

"Creo que está aquí a instancia de Cuyler, en caso de que consigues encontrar un pájaro", Sebastian dijo con una risa.

"Sí, suena correcto". Robert espoleó a su caballo para alcanzar al general. Sebastian lo siguió.

"¡Aha! ¡Príncipe Robert!" El general parecía más que complacido de tener finalmente la oportunidad de visitar con el heredero. "¿Quizá podemos tener esa charla que quería usted?"

"Fue mi esperanza, general. Me preguntaba, ¿luchó usted en la guerra?"

"¡Seguramente lo hice! Valientemente; así es como me gané mi cargo".

"¿Dónde batalló usted? ¿Y para qué lado?"

El rostro del general se tornó pensativo, como si eligiera cuidadosamente sus siguientes palabras. "Batallé en Eston", dijo bajo una nube de recuerdos oscuros, "y batallé males inimaginables. ¿Y en cuanto a qué lado? No era para su padre ni era para el rey Marcus. No, batallé contra más que los invasores norteños durante esa batalla. Defendí la humanidad en sí".

"No entiendo. ¿No era la Batalla de Eston una lucha entre Braen Braston y mi tío?"

"No era tan simple como usted la describe, y nada contra lo que luchamos era humano. ¡Incluso los saqueadores del norte lucharon como demonios! ¿Y en cuanto a su tío? Es otra historia. ¡Maldigo el día cuando se puso esa corona! ¡No, la Batalla de Eston era un desastre! Luchamos contra todo tipo de terrores impíos esa noche. Yo estaba en el muro occidental cuando una pared enorme de agua se estrelló contra nuestras puertas, matando a la mitad de nuestro ejército en una sola oleada. ¡Y eso fue solo el comienzo!"

"¿Por qué nada de esto está en los libros de historia?"

"El rey Amash no quería que se escribiera la historia entera por temor a que el público en general entrara en pánico. Dijo que el pueblo no estaba listo para la verdad".

"Creo que el pueblo merece la verdad".

"Eso es muy noble de su parte, pero créame... ¡no estaba, y todavía no está listo para esta verdad!"

Robert sopesó las palabras del general por un rato; entonces cambió de tema. "Usted tiene pocos años para ser general, ¿no?"

"Soy lo suficientemente viejo".

"¡Pero ni siquiera puede tener cuarenta veranos!"

"No los tengo, y eso es lo todo que necesita saber", Kelly dijo con un guiño. "Me alisté joven. Dos años, al decir la verdad, y demostré que la edad no importa. Usted, por ejemplo. Estoy seguro que está preocupado por cómo lo recibirán, asumiendo el cargo de rey pronto y con apenas diecisiete veranos. Yo estaba liderando a hombres cuando tenía su edad, llevándolos hacia todo tipo de problemas y situaciones. Pero saqué a la mayoría de ellos de nuevo, y eso es lo más importante. Haga lo mejor que pueda y le seguiré".

Robert no podía creer lo que escuchaba. Este hombre se ganaba más del respeto de Robert cada vez que hablaba. "Gracias. Estoy seguro de que hablaremos mucho más de muchos temas".

"Muchas más veces de las que querrá, Su Alteza". Cabalgaron en silencio por unos momentos, pero el general—Robert ahora se dio cuenta de que él odiaba el silencio—cambió de tercio. "¿Cómo va a tratar el problema que creó su tío?"

Robert se congeló; no estaba seguro de cómo responder, y la pregunta lo tomó por sorpresa. Había surgido tan abruptamente, deslizándose en la conversación sin la jovialidad que normalmente se transmitían las palabras de Kelly. Así que el hombre es un político también. Miró al general joven, que ahora estaba esperando una respuesta con paciencia y no le permitiría al príncipe una retirada. "¿Y qué problema es ese?", preguntó.

"El rey Amash es un hombre maravilloso, uno a quien he admirado durante mi ascensión a esta posición, y lo considero un amigo. Pero él y yo—y muchos otros también—no estamos de acuerdo en cuanto a una sola política. Mientras que Cuyler, Percy Roan y yo le alertábamos sobre confiar en los norteños, los ha recibido en cada ciudad con los brazos abiertos".

"Mi tío ve bien en todos, parece. ¿Por qué debemos juzgar un grupo de personas debido a las acciones de unos cuantos?"

"Esas han sido casi exactamente sus mismas palabras a nosotros, pero él ve árboles cuando hay un bosque entero", el general accedió. "¡Si solo pudiera ver el panorama general!"

"¿Y qué es ese?", Robert preguntó con cautela.

"No hay tal cosa como un buen norteño. ¡Todo el reino de Fjorik es contaminado, lleno de rencor codicioso alimentado por siglos de incursiones en lugar de una agricultura adecuada! Siempre han tomado lo que quieren en lugar de ganarlo o construirlo por sí mismos".

"No han saqueado durante mi vida", Robert corrigió. "Y sus inmigrantes son en la mayoría pacíficos". Tan pronto como había pronunciado las palabras pensó en Greta Greenbriar, la norteña que intimidaba a Tara en la escuela, y en Peta Grenwich, el hijo del herrero norteño. Ninguno de esos adolescentes era pacífico, todos revelándose al final como mentirosos y alborotadores que tomaban lo que querían a expensas de los demás.

"¿Tiene usted mucha experiencia con los inmigrantes de Fjorik?"

"Sí, la tengo. Muchos se han instalado en Loganshire a lo largo de los años".

"Pues, no puedo hablar acerca de los que eligen el campo tanto como puedo hablar de los que eligen la vida en la ciudad, pero créame cuando le digo que no hay tal cosa como un buen fjoriqueño. El robo y los delitos violentos solo en Eston se han duplicado en los últimos cinco veranos".

"Eso no significa que todos anhelan el sangrar", Robert insistió. "No andan todos los días asesinando y saqueando".

"Sin embargo, muchos de ellos tienen sangre enloquecedora. Alimenta su ira, ardiendo como el aceite para lámparas y esperando a que lo pateen para prender fuego a todo el granero. No, el único norteño bueno es él que se queda en casa para enfriar su llama en el hielo y la nieve".

Robert miró de modo inexpresivo al general, una vez un hombre al que consideraba de alto calibre—valiente y justo. Ahora lo estimaba de manera diferente, como un intolerante de mente cerrada. Se le ocurrió otro pensamiento y lo desembuchó. "¿Qué piensa de los pescari?"

La respuesta de Murdock Kelly sorprendió al príncipe. "Me importan un carajo; nunca los he batallado. Piense de mí como quiera ahora, pero sabe esto: una vez que un grupo de personas ataca su casa y masacra a sus compañeros, un soldado puede perdonar pero nunca olvida. No odio para odiar. Hablo de la experiencia. ¡No hay buen fjoriqueño alguno!"

Sebastian, quien había escuchado sin hablar hasta este punto, dijo lo que pensaba. "Está usted equivocado, general. Conocía yo a un norteño a quien respetaba y amaba como un padre. Él era justo, leal y trabajaba solo para unificar en vez de destruir".

"¿De veras?", Murdock Kelly respondió de manera sarcástica. "¿Y él nunca te defraudó al final? ¿Nunca se volvió tan violento en tu presencia que temiste por tu vida o por la de otros a tu alrededor?"

Sebastian se abrió la boca para responder, pero se detuvo a mitad de la respuesta, atragantándose en silencio con un recuerdo mientras sus labios formaban las palabras que de repente había perdido.

"Eso no es justo, general Kelly", Robert regañó. "Sebastian es un juez de carácter maravilloso, y yo, como él, elijo creer que hay bondad en todos".

"Entonces está usted condenado al fracaso, príncipe Robert, destinado a ser víctima de los deseos de los que son más viles y mundanos que usted".

Robert sintió un impulso repentino de desafiar al hombre, de exigirle que revelara sus propias intenciones con respecto a la corona. ¡Cómo se atreve a hablarme de esa manera!, pensó. Soy... Estaba a punto de recordarle su propio título, pero se congeló. No soy príncipe, se dio cuenta. Soy un granjero con un título, pero no sé nada de pensar o comportarme como un gobernante futuro. Tragó su ira y habló con la mayor calma que pudo. "General Kelly, estoy seguro que tiene usted sus razones para desconfiar de la gente norteña de Fjorik, pero debemos estar de acuerdo en estar en desacuerdo sobre cómo deben ser tratados en su conjunto".

De repente, Caroline y Bearnard espolearon a sus caballos y se apresuraron al frente de la procesión.

"General Kelly y príncipe Robert", Caroline exclamó sin aliento, "hay bandidos en un claro cercano".

"¿Dónde?", el general exigió, sentándose más arguido en su silla y haciendo un gesto para que uno de sus oficiales subalternos se acercara.

"Media legua al norte".

"Muy cerca...", observó. "¿Cuántos hay?"

"Por lo menos veinte, todos de edad de combatir y están bien armados", Bearnard contestó. "Saben que estamos aquí y están preparándose".

"¿Cómo sabe usted esto?", Robert exigió. "¡Ninguno de los dos se ha vinculado a pájaros!"

Caroline espetó. "Tranquilo, Su Alteza, y déjenos encontrar una forma de sacarlo de aquí".

"¿Pero cómo?", Robert insistió.

"Tenemos otras maneras de ver a través de las distancias", Bearnard explicó.

"Necesitamos llevar al príncipe y a los civiles a un lugar seguro", Caroline insistió.

El general frunció el ceño ante sus palabras. "Creo que es demasiado peligroso hacer salir al príncipe, Soñadora. Si saben ellos que estamos aquí, entonces ya tienen espías vigilando nuestro flanco. No, en este punto debemos mantenerlo protegido y cerca mientras que nos ocupemos del campamento. Seguramente mis fusileros y ustedes dos pueden con veinte bandidos".

"Ármenme", Robert insistió. "Puedo pelear".

"No", el general se negó. "¿Puedes esconder a los civiles con tu magia, Caroline?"

Ella asintió.

"Puedo hacer eso", Sebastian ofreció, temblando levemente al pensar en un peligro tan cercano.

Bearnard frunció el ceño, y Caroline se rió. "Cobarde", ella murmuró.

"Reúnan a los civiles", Kelly le mandó a su oficial, "y el conserje del príncipe los camuflará. Quédate con el príncipe y mantenlo a salvo".

El soldado saludó y empezó a reunir al séquito.

"Le aseguro que puedo luchar", Robert insistió.

"No es necesario", el general espetó. "La batalla se terminará pronto. Su Alteza, favor de reunirse con los otros".

A regañadientes Robert permitió que Sebastian abriera el camino. Bajaron de los caballos y se acurrucaron entre el chef y el observador de pájaros mientras que el general planeaba la estrategia.

"No me gusta esto", le murmuró el príncipe a su amigo.

"Tienen razón", Sebastian susurró. "Tenemos que protegerte a ti". Con un movimiento de su mano, una red de aire se formó alrededor de los civiles reunidos, reflejando la luz a su alrededor mientras ocultaba a todo el grupo de la vista.

CAPÍTULO TREINTA Y SEIS

El sol del norte se sentía más fresco, más tolerable cuanto más al norte viajaba La Loba. El viento llevaba una viveza que obligó tanto a Franque como a Krist que compraran un abrigo grueso al intendente. El recién llegado, Sven Nielson, también se encontró endeudado sin esperanza a Ben Thompson, el ladrón cabrón. Los tres se preguntaban, pero nunca lo discutieron entre ellos, si el precio de las chaquetas había subido al acercarse a Fjorik.

Franque observaba desde su tarea de remendar velas mientras Krist fregaba las tablas con Sven. Esos dos parecían estar disfrutando de su nueva amistad con entusiasmo. El deseo de Krist de aprender más acerca de sus raíces resultaba insaciable, mientras que Sven igualmente disfrutaba enseñarle de su tierra natal. Todo eso le molestaba inmensamente a Franque, especialmente considerando que Krist le había dicho a Sven quién era el abuelo de los hermanos.

"¡Le hice jurar guardar el secreto!", Krist prometió después de que Franque lo regañó.

"Da igual. ¡Fue un error! ¿Qué pasa si el resto de la tripulación se entera? ¿O peor, Boats? ¡Nos despellejarán!" Franque había argumentado.

Pero hasta el momento el hombre había cumplido su palabra, pero eso no había frenado su entusiasmo por enseñarle a Krist lo todo en cuanto al reino del norte. Desafortunadamente, también rebosaba de historias acerca del Padre Supremo. El maestro principal y otros historiadores de Andalón lo tenían todo torcido, parecía. Skander Braston, el menor de los dos príncipes, había sido quien invadió las ciudades unidas bajo el dominio de Eston. Él había descubierto un secreto oscuro guardado por la familia Esterling, y se comprometió a corregir sus errores.

"Era libertador", Sven dijo del rey de Fjorik. "Descubrió salas en cada una de las ciudades que invadió, cada una llena de emotantes que la corona había estado cultivando para robar poder para los Halconeros".

"Haces que este Skander parezca ser un buen hombre", Franque dijo sin levantar la vista de su costura.

"¡Seguro que lo era! Se convirtió en un padre para aquellos a quienes rescató, no como su hermano, Braen, quien destrozaba barcos con su mente", Sven insistió.

Esta versión de los eventos hizo que Franque se avergonzara, pensando en cómo él habría hecho lo mismo al barco de los inmigrantes. De veras Braen es mi padre entonces. Yo habría hecho pedazos de ese barco también si pudiera haberlo hecho. De tal palo, tal astilla, supongo.

"¿Cómo llegó a ser rey el hermano menor entonces?", Krist preguntó.

No tiene ninguna idea de que el rey era su padre, Franque pensó, enojado, pinchándose por accidente con la aguja.

"Braen Braston no podía esperar a ser rey, y Krist Braston se interponía en su camino. Así que asesinó a su padre mientras dormía, impidiéndole la entrada al Salón Celestial. Skander trató de capturarlo, pero Braen huyó como un cobarde".

Maravilloso, Franque pensó, ¡así que mi padre era enloquecido, asesino y cobarde!

"Pues, cobarde o no, Braen es nuestro padre, y ojalá que yo pudiera haberlo conocido", Krist admitió.

"¿Cuál de ustedes es mayor?", Sven preguntó.

"Franque", Krist dijo, "por unos cuantos minutos".

"Pues, Franque, eso significa que eres el rey de Fjorik".

"¡Cállate!", Franque puso a un lado su costura. "Los dos, ¡cállense ahora mismo! ¡Alguien los escuchará!"

"Venga, Franque", Krist instó, "¿no quieres ser rey?"

"¡En absoluto!"

"¡Pues, yo sí! Sven, llévame a Fjorik y coróname!", Krist dijo con una risa.

De repente, se le ocurrió algo a Franque. "¿Quién está a cargo de Fjorik?"

Sven se volvió pensativo y un poco triste. "Es provincial, en realidad. Cada familia noble tiene algo de poder, pero ninguna puede reemplazar al Padre Supremo. Ellos se riñen y se pelean, pero los sacerdotes saben que el Padre Supremo regresará".

"¿Regresar?", Krist preguntó.

"Su segunda venida será su reinado permanente", Sven accedió.

"Segunda venida", Franque se rió a carcajadas. "¿Cuáles son las señales de esta segunda venida?"

Sven se puso muy serio; se inclino y susurró. "Él hará milagros. ¡Nuestro Padre Supremo hará caer relámpagos del cielo, lluvia y nieve de las nubes e incluso caminará sobre el agua! ¡Las bestias del mar responderán a su llamada y, lo mejor de todo, estará muerto y moribundo y renacerá por el agua!"

Franque sintió un nudo formarse en su estómago y buscó una reacción por parte de su hermano. Afortunadamente, Krist solo escuchaba con el mismo interés que tendría para cualquier otra historia popular. Él no sabe, Franque pensó, o no se da cuenta.

"¡Basta!", el hermano mayor decidió. "¡Somos de Andalón y no creemos en ninguna de esas supersticiones!"

"Pero tienen Soñadores", Sven comentó.

"No me importan mucho".

"Tampoco a mí", Krist accedió.

"Pero ustedes creen unas supersticiones, con tal de que sean aprobadas por su gobierno", Sven dijo.

"Yo... ¡Estás retorciendo mis palabras!", Franque protestó. "¡Acabo de decirte que no me importan mucho los Soñadores!"

"¿Has conocido a alguno alguna vez?"

"Sí", Krist respondió, "a dos. Vinieron por nuestro hermano Robert hace unas semanas".

"¿Vinieron por él? ¿Cuál era su delito?", Sven preguntó con una sonrisa de complicidad.

"Bien", Franque intentó un argumento diferente. "Quizá tu Padre Supremo es emotante del agua. ¡Eso no significa que sea un dios!"

"Lo prueba. El agua compone casi lo todo en nuestro mundo. Respiramos el aire que contiene humedad; bebemos de lagos, ríos, arroyos y riachuelos. Nuestros cuerpos sangran con él cuando se cortan".

"Los pescari emplearían argumentos parecidos para sugerir que el sol es su diosa del fuego", Krist dijo, poniéndose de acuerdo con su hermano.

"Sin embargo, fuiste curado después de haber sido sumergido en agua de mar", Sven argumentó.

"No fui sanado", Krist argumentó.

"¡Pruébalo!"

"Yo... no puedo".

"Así es con la religión", Sven dijo. "Digo que renaces por el agua; sin embargo, no estás de acuerdo. A pesar de todo, estabas cerca de la muerte cuando los piratas te sumergieron en el abismo salobre y saliste completo. Tu corazón late; tu mente funciona; sin embargo, dices que todo eso es una casualidad. Krist, tú eres el nieto de un rey; tú me lo dijiste, tú mismo..."

"No soy el Padre Supremo", Krist espetó. "Soy hombre, ¡nada más!"

"Hermano", Franque admitió. "Creo que quizá lo seas... no estoy seguro, pero creo que eres más que simplemente un hombre normal". Entonces les contó de su noche en tierra en Eston, y de su encuentro con Gretchen.

CAPÍTULO TREINTA Y SIETE

El canturreo del fuego dentro de Tara se disminuía hasta hacerse una calidez suave. Ella yacía inmóvil, sintiendo la lluvia refrescar su piel mientras un infierno de conflicto quemaba sus pensamientos. Se sentía derrotada, despreciada por una diosa. Pero la experiencia... Felicima en sí... y el hombre... Taros, él afirmó ser durante la visión—¿o era la realidad? Su padre, el shappan que se murió en una batalla según la madre y el tío de Tara, la había salvado de una muerte segura, si es que había estado allí.

Tara se abrió los ojos. La lluvia caía sobre el Páramo Prohibido como nada que ella hubiera visto nunca antes... mucho menos esperaba. El agua no tenía adónde ir aquí en el mundo de arena y polvo, y se precipitaba hacia una cuenca invisible excepto en tiempos de inundación. La encontró, ahora, justo al norte en el antiguo cauce.

"Padre", Tara llamó a un fantasma que nunca existía, su voz áspera y tensa, "¿estás allí?" Se apresuró a sentarse y buscar heridas en su cuerpo, encontrando solo ocho pinchazos—cuatro en su pierna izquierda y cuatro más en su brazo izquierdo. Eran heridas extrañas para descubrir al estar buscando quemaduras. Ningún fuego parecía haberle dañado la piel, la cual seguía siendo suave y de color normal según lo que se veía a través de sus pieles de ciervo chamuscadas y arruinadas.

El viento aullaba, y la lluvia parecía arreciar, cayendo más fuerte que antes. Incapaz de ver el cielo nocturno a través de la tormenta, ella ya no pudo juzgar determinar ninguna dirección. Inspeccionó el desierto en busca de un punto de referencia familiar. Un chillido la hizo girar. A seis metros de distancia vio el mismo tipo de ave de rapiña que había visto antes. Se elevó del suelo justo cuando un relámpago brilló, revelando un penacho de plumas rojas, naranjas y amarillas que se desplegaban. El ave voló hacia un afloramiento a poca distancia. Tara corrió lo más rápido que pudo hacia el refugio que le ofrecía.

Ella se derrumbó, jadeando en el suelo, y el pájaro aterrizó a unos pasos de distancia. Chilló de nuevo, andando como un pato hacia algo que forcejeaba por encima de las rocas. Tara reconoció el lugar donde había dejado su trampa. Dándose cuenta de que ella había atrapado comida, su estómago rugió con un ruido que le recordó a la chica que no había comido durante varias horas. Encontrando la fuerza para ponerse de pie, investigó la trampa. El ave simplemente miraba, ladeándose la cabeza mientras pasaba el humano, no haciendo ningún esfuerzo para quitarse de en medio.

"Eres un ave extraña", Tara dijo, y la criatura no hizo ningún intento de discutir.

La trampa rudimentaria había atrapado a un conejo, uno de los tipos más largos y con orejas altas que se encuentran en los páramos o en las estepas. Aunque era delgado, alimentaría bien a la chica si pudiera lograr encender un fuego. Maldijo a Teot for haber tomado su bolsa de yesca, pedernal y acero ya que sería incapaz de reemplazarlos durante mucho tiempo. Sin decir nada de las otras cosas, solo la yesca sería difícil de recoger hasta que todo se secara de nuevo después de la tormenta. Sujetó al animal a la fuerza y le rompió el cuello. Esta vez, el ave colorida no se quejó.

Al regresar al campamento con la liebre ahora atada a su cinturón, observaba al ave de rapiña que parecía celebrar su matanza. Saltaba alrededor del lugar exacto donde ella había encendido un fuego antes, extendiendo sus alas como si estuviera imitando las llamas. También graznaba y crujía su voz; sonaba extrañamente como las chispas.

"No puedo", Tara le dijo. "No tengo nada con que encender uno".

Sin previo aviso, el ave se elevó en el aire y desapareció durante unos minutos, regresando con una rama caída que tenía entre sus garras. La rama parecía pesar mucho, ciertamente fue encontrada a kilómetros de distancia, pero el ave la llevaba sin esfuerzo.

Tara se frotó las marcas de pinchazos en el brazo, y se le ocurrió una idea. "¿Me sacaste de la caldera?", preguntó. El ave respondió con un chillido de tono más agudo, menos alarmante esta vez.

"Debía de haberlo sabido antes de creer que un fantasma me había sacado. Toda la experiencia debe haber estado en mi cabeza, entonces". Con un suspiro profundo, ella pensó de nuevo en la conversación con Felicima y sus otros yos.

Ella se abrió la boca para hablar, lista para añadir algo de cómo debía haber sabido que la diosa no era real, pero se detuvo. No tengo manera de saber lo que es real y lo que no lo es. De cualquier manera, ella había experimentado una visión y tenía opciones que enfrentar.

"Tengo que renunciar a él, ¿sabes?", ella le dijo. El ave se ladeó la cabeza como si estuviera escuchándola. "El chico a quien quiero", ella explicó. "Se llama Robert, y tengo que escoger entre la vida pescari o estar con él".

El ave se acercó andando como un pato, y empujó suavemente al conejo con su pico. Entonces, dio un paso atrás y otra vez imitó el fuego.

"No lo puedo hacer. No tengo las herramientas".

El ave se dio por vencida, andando hacia un lugar seco en la hendidura de dos rocas y acurrucándose adentro para descansar.

"Supongo que necesitas un nombre", Tara ofreció.

El ave se levantó la cabeza.

"Pareces a fuego; así que te llamaré Llamarada". El chillido resultante fue ensordecedor, y Tara tuvo que taparse los oídos. "Lo siento", gritó. "¿Qué tal Ascuas?"

El ave de inmediato se calmó.

"Bien, entonces. Ascuas lo es". Tras encontrar la roca afilada que había usado una vez antes, Tara limpió y despellejó al conejo mientras Ascuas se echaba una siesta en el rincón. Adsil le había enseñado la importancia de limpiar la caza, y ella ahora podía esperar hasta la mitad de un día para encontrar una manera de cocinar o secar la carne. Sin poder dormirse, ella se ocupó de romper trocitos de la rama más grande y hacer de ellas una pila. Por suerte, la lluvia no había empapado completamente la madera, y estaba más seca de lo que ella había creído.

La piel del conejo también estaba seca en su mayor parte, y ella sacó varios puñados para usarlos como yesca. Colocándola entre las ramitas más pequeñas y secas, ella trató de frotar dos palos más grandes. Ella había visto a Adsil hacer esto una vez, pero él admitió en ese momento que no era la mejor manera. El objetivo era generar calor por el roce. Todo lo que hizo Tara fue frustrarse y alimentar una ira oculta. Ninguno de los palos se calentó durante el proceso, y ella los arrojó y maldijo.

Ella sintió un empujón en su brazo y miró para ver que Ascuas se había despertado, acercándose lo suficiente como para tocarla.

";Qué es?", ella preguntó. El ave apuntó con el pico a la pila de yesca. "¿Quieres que continúe intentándolo?", la chica preguntó, levantando los palos. Ascuas soltó un chillido, el que Tara ahora entendía como no. "¿Qué, entonces?"

Esta vez, el ave le empujó fuertemente su brazo donde habían estado los pinchazos. Tara se miró el brazo y soltó un grito ahogado. Los cuatro pinchazos en su brazo se habían curado completamente. Para estar segura, también se inspeccionó la pierna y la encontró igual de curado.

"¿Cómo?", preguntó; entonces entendió. La segunda Tara de la visión, la chica cuyos ojos quemaban con fuego, podía blandirlo.

Las palabras de su padre hicieron eco en su mente. Y tú también lo has ejercido.

"¡Seguro que no!", ella susurró. Entonces se puso las dos manos por encima de la yesca. Enfocó su mente en este único objetivo, emitir suficiente calor para encender una llama pequeña. Pero había absorbido muchísimo sin saberlo—primero en la escuela durante la pelea con Greta Greenbriar, luego del horno de Kailani y más recientemente directamente de la caldera.

La llama que estalló fue sin trabas, sin control, y encendió todo lo inflamable debajo del afloramiento. Ascuas saltó, regocijándose y bailando en las llamas que se elevaban hacia el cielo. Se daba vueltas en ellas; sus plumas entrando y saliendo del fuego ilesas, aunque, sí, más brillantes. Incluso Tara, quien había dado un paso atrás anticipando que el fuego le quemara la piel, lo encontró frío al tacto. Ella se puso de pie y, como su nuevo amigo emplumado, empezó a bailar en el fuego, riéndose de alegría.

Tara había hecho su elección y se había convertido en la agente elegida por Felicima.

CAPÍTULO TREINTA Y OCHO

Sebastian sostenía el velo en su lugar con manos temblorosas, decidido a no dejar que ni Robert ni los demás lo vieran preocupado. Se imaginaba a todos juzgándolo, el fracasado cobarde que nunca obtuvo el estatus de Soñador y les rogó en silencio a los dioses que lo hicieran mejor de lo que era, que los mantuvieran a todos a salvo. Odiaba estar tan cerca de la acción; una batalla estaba a punto de estallar a menos de media legua de distancia. La enfermedad se apoderó de su estómago, y él luchó por mantenerlo bajo control.

"¿Puedes oír lo que están diciendo?", Robert exigió.

Él asintió. Por supuesto que pudo oírlos. La conversación de guerra se transmitía en silencio a través de las ondas hertzianas y golpeaba como la muerte en sus oídos aterrorizados.

"Son de Fjorik, después de todo, no son bandidos normales", Sebastian susurró. "Murdock Kelly lo dijo".

"¿Una partida de guerra? ¿Aquí? ¿Tan río arriba?", Robert exclamó. "¡Seguramente no podrían haberse movido detrás de las defensas de Eston!"

"Caroline acaba de decir que han sido disfrazados entre los inmigrantes, y Murdock Kelly estuvo de acuerdo", Sebastian explicó. "Supongo que ha tenido motivos reales para desconfiar de ellos. Él acaba de maldecir a Amash y escupir, diciendo que tanto él como Percy Roan le habían advertido acerca de dejar que tantos cruzaran la frontera—¡que la amenaza real es más organizada que el rey quería admitir!"

"¿Organizada? ¡Solo son veinte hombres!", Robert insistió.

"Caroline vio a tres campamentos más, cada uno a una distancia de una legua o más. Fácilmente hay cien o más... probablemente más".

"¿Así que el general tiene razón? ¿Intentan atacar a Estonia desde dentro de nuestras propias fronteras?"

"Parece que sí", Sebastian accedió. "Espera", dijo, levantando un dedo y enfocándose la mente. Caroline estaba diciendo algo que apenas podía oír.

"Percy Roan sospechaba esto", ella le dijo al general, su voz, llevada suavemente por el viento ahora hizo eco en la mente de Sebastian. "Apenas el mes pasado autorizó la incautación de los barcos de inmigrantes al norte del Embarcadero de Estowen".

"Seguramente no. ¡El no tiene autoridad alguna para formar una marina sin avisarme a mí primero!", Murdock Kelly protestó.

"No es una marina", Bearnard explicó. "Le dio al Gremio de los Piratas un nuevo patente de corso, otorgándoles derechos de saqueo en el norte a cambio de encontrar evidencia de que Fjorik tiene intenciones de guerra".

"¿El Gremio de los Piratas?" El general se enojó por las noticias, pero parecía complacido a la vez. "Esto me da la guerra que quería, seguro", admitió. "¡Pero él y Cuyler no debían de haberme aislado del plan! ¿Con qué les pagó? ¿A los piratas?"

"Armas de fuego, para venderlas en el mercado negro", Bearnard reveló.

"¡No! ¡Encontrarán su camino a Fjorik y alimentarán su maquinaria de guerra! ¡Muchos se morirán!", el general argumentó.

"No obstante", Caroline explicó, "Fjorik planea una guerra, y Diablo Jacque y sus piratas están frente a la costa de Fjorik mientras hablamos— demasiado lejos para que estas noticias lleguen al canciller de manera oportuna. Tenemos que despejar los campamentos y traer las pruebas nosotros mismos".

Sebastian saltó a los pies, de repente decidido a actuar.

"¿Qué es?", Robert exigió. "¿Qué dijeron?"

"Diablo Jacque... ¡No está en camino a la Ensenada de los Piratas! ¡Eusari ha navegado en la dirección equivocada!"

Eusari esperaba en la cubierta, mirando mientras su tripulación sacó caja tras caja de los malditos instrumentos de la muerte.

"Rifles", Anne le dijo a Sippen. "¿Ves lo que tú y Braen Braston le hicieron a este mundo en el que estamos?"

"Ellos... estos n... no son de mi diseño", el hombre pequeño protestó, pero sus ojos delataron su culpabilidad. Todas las armas a distancia fabricadas desde las que había inventado por primera vez se remontaban a él. Cada muerte que causaban le acercaba a él más al infierno, y eso incluía también la muerte de su mejor amigo hace mucho tiempo.

Eusari, viendo la culpabilidad en su rostro, colocó una mano alrededor de su hombro. "El diablo no vive en el acero; ni merece culpa el acero", le dijo. "El malo que quita la vida inocente habita en los corazones de la humanidad, aquellos que aprietan el gatillo. Tu invento no tiene la culpa; la tiene la debilidad de quienes lo empuñan. Todos somos débiles; es nuestra naturaleza. Pero algunos entre nosotros son más propensos a las mentiras susurradas en nuestras mentes cuando se encuentran débiles. La culpa no es tuya, Sippen, sino de los que ignoran las señales de los que abusan de tu designio".

"¿A dónde iban esas armas", Marita le preguntó a Eusari.

"¡No lo sabemos porque mataste al capitán que nos lo podría haber dicho!", espetó la agente.

Marita levantó otra vez su uña rota.

"Esa no es la pregunta, Marita", Eusari insistió. "¿A quién iban dirigidas? Esa es la pregunta que debemos contestar. ¿Quién habría utilizado estas armas si no hubiéramos intervenido? Seguro que no iban hacia La Ensenada; es obvio. ¿Quizá a Soston? ¿Middleton?"

De repente Marita se puso más erguida, dominada por una fuerza invisible. Sus ojos se quedaban abiertos, pero su mandíbula se aflojó más.

"¿Qué? ¿Qué ves?", Eusari exigió.

"¿Ver? No es lo que veo sino lo que me acaba de decir", la mujer argumentó.

"¡Escúpelo entonces!", la alguacilesa Thorinson gritó. Su paciencia con Marita se estaba agotando.

"Sebastian... Robert... ¡Están en problemas!", Marita exclamó. "¡Pero saben donde encontrar a Diablo Jacque!"

Eusari se detuvo; se mente se desgarraba en dos direcciones ante estas noticias. Robert, su cargo, y Sebastian, su amigo y mano fiel, necesitaban su ayuda. Pero Diablo Jacque, esa personificación de maldad que ella quería extinguir, tenía bajo su control sus hijos. "¿Dónde está él?", exigió, haciendo su elección.

"Al norte", Marita dijo con la voz entrecortada, "¡frente a la costa de Fjorik!"

"¡Apúrense!", Eusari les mandó a sus hombres. "¡Suban esas cajas a bordo de Represalia! ¡Señor Longshanks! ¡Pon rumbo a Fjorik!"

"Los encontraré", Marite le juró a su capitana. "¡Encontraré a tus hijos!"

Caroline y Bearnard se separaron, cada uno poniéndose detrás de una línea de los dragones del general Kelly. El campamento enemigo fue alertado de su llegada, pero solo justo a tiempo para ocupar unos piquetes míseros. Todavía cerca de cada línea ardían sus fuegos y antorchas; fueron tomados por sorpresa sin tiempo para apagar nada. Los soldados norteños se escondían detrás de sus cercas y bermas como si no hubiera ninguna posibilidad de ganar esta contienda—contra los dragones, quizá sí, pero no contra dos Soñadores. Esta batalla sería más una derrota que una pelea, y ella estaría de regreso en la universidad para la cena.

"¡Compañía, alto!", el general gritó, ya no ocultando la presencia de su unidad en el bosque. "¡Dispersen!" A su orden, los dragones dispersaron; encontraron su propia cobertura, y formaron un amplio arco alrededor del campamento. Solo había un camino por el cual huir, y ese fue directo al río a espaldas de los enemigos. "¡Alto el fuego hasta que podamos ver el azul de sus taimados ojos norteños!", aconsejó.

Caroline miró de soslayo hacia Bearnard. Él, igual que ella, esperaba a ver cómo el general intentaba utilizar su ayuda. Por el momento esta era solo su batalla hasta que ellos necesitaban intervenir.

¿Por qué no está disparando ya el enemigo?, le preguntó a su compañero. Es casi si querían que los dragones formaran su trampa.

Me pregunto eso también, el Soñador de hombros anchos respondió. Algo va mal, seguro.

Caroline se volvió para dirigirse al general, para advertirle de una trampa, cuando notó el brillo más leve de aire justo más allá de Bearnard. Había sido un cambio de luz sutil lo que lo delató, y ella se lo habría perdido de no haber sido por el ángulo. Ella nunca había visto nada como este tejido—no, no un tejido; era más como una bola de aire comprimido flotando justo a los pies del Soñador.

¡Bearnard!, rápidamente le advirtió. ¡Mira a tu izquierda!

¿Dónde?, él preguntó, confundido y ahora mirando por el bosque a su lado.

¡No! ¡A tus pies! ¡Mira hacia abajo!

¡No veo nada!, respondió.

Caroline giró salvajemente la cabeza de izquierda a derecha, buscando más y encontrando uno a su derecha. Podía ver esto más claramente, ciertamente una bola de aire comprimido—no, la porción más pura que los humanos necesitaban para sobrevivir. De alguna manera, alguien había separado las partículas y eligido solo este gas para convertirlo en una bola flotante escondida entre los helechos y las hojas.

"¡Es una trampa!", le gritó ella al general.

Pero su advertencia llegó demasiado tarde ya que varios soldados enemigos en ese instante tocaron fusibles diminutos contra sus antorchas.

¡Por supuesto! Ella se dio cuenta de cómo se haría saltar la trampa, pero era un momento demasiado tarde. "¡Bájense!", ella mandó, y algunos de los dragones afortunados lograron hacerlo. Las granadas volaron por el aire, cada una en una dirección diferente y no necesariamente hacia la línea de dragones. Cada ruta estaba predeterminada, y Caroline observaba mientras una de las bombas volaba justo a la izquierda de Bearnard y otra aterrizaba justo a la derecha de ella.

Las explosiones eran violentas e inmediatas. Cada bola de gas comprimido estalló con llamas rugientes a medida que las trampas se expandían, un fenómeno que los Soñadores habían presenciado una vez antes—en un campo de batalla tan lejano en el pasado que ella casi lo había olvidado. La corriente de aire rugió con calor y llamas, lanzando a los hombres en todas direcciones, dispersando tanto sus gritos como sus extremidades por el bosque.

Caroline soltó un grito ahogado cuando por fin se levantó la cabeza, el zumbido retumbando en un tono constante que ahogaba el sonido de los diparos. A su alrededor, los dragones se recuperaban y disparaban contra el enemigo que ahora avanzaba y los empujaban otra vez detrás de sus piquetes. Ella trató de ponerse de pie, pero el mundo a su alrededor se tambaleaba. La Soñadora se cayó de golpe al suelo del bosque. Con el pánico controlando el ritmo de su corazón, notó que Bearnard ya no estaba donde había estado. Solo quedaba un cráter ennegrecido.

Lentamente su mente se asentó y el sonido volvió, ahogando el zumbido y reemplazándolo con los gemidos suaves de los heridos.

"¡Manténganse firmes, hombres!", la imagen desenfocada del general mandó; él había recogido un rifle de un dragón muerto. Lo apuntaba mientras dirigía la defensa. "¡Frenen al enemigo!"

Caroline logró ponerse de rodillas, enderezando su visión del campo de batalla con los ojos que se esforzaban por entender las imágenes a medida que se despejaban.

"¡Emotantes!", espetó en la dirección del general. "¡Tienen emotantes!"

"¡Encuéntralos!", él insistió.

Ella trató de encontrarlos, extendiendo unos hilos para ver en el aire, pero abruptamente los soltó con una bocanada de futilidad cuando varios hilos vinculantes se envolvieron como pitones alrededor de su cuerpo. Allí, ella pensó mientras seguía las trenzas a su fuente—dos hombres y una mujer vestidos con atuendo norteño, todos blancos como la nieve de su tierra natal. Sobre sus espaldas y cabezas el trío vestía capas de piel con la capucha de su orden. ¡Gatos de la Nieve! Los reconoció de la guerra, los cultistas fanáticos del norte.

Caroline trató de levantarse y pelear, pero el agarre de ellos se hizo más fuerte—había demasiados para pelear. Estos no eran Halconeros; ni eran tan limitados en el uso de su oficio. Eran portadores verdaderos de poder—emotantes que una vez habían sido destinados a llegar a ser Soñadores si su destino no los hubiera encerrado dentro de la locura de una religión ferviente. Ellos la controlaban ahora; ella estaba superada por una fuerza combinada que era mayor que la de ella. Con Bearnard podría haber tenido una oportunidad; tal vez todavía podría si el cobarde se le uniera. Luchó por liberarse.

Incapaz de ayudar, ella se arrodilló en el suelo del bosque y observaba mientras una ráfaga de viento hacía retroceder a los dragones del general

Kelly. Muy pronto serían superados y Robert capturado o asesinado, y lo único que pudo hacer ella fue mirar.

Kelly. Muy pronto serían superados y Robert capturado o asesinado, y lo único que pudo hacer ella fue mirar.

CAPÍTULO TREINTA Y NUEVE

Sebastian mantenía el velo, escondiendo a los civiles lo mejor que pudo a pesar de las explosiones a su alrededor. No eran del general Kelly ni de los Soñadores y apestaban de una emboscada. Las bolas de fuego repentinas y feroces planteaban una amenaza que él nunca había visto, una forma nueva de infligir bajas masivas. El miedo se abrió camino en su cuerpo, haciendo que su corazón latiera más rápido y sus manos temblaran. Odiaba la muerte. Sin embargo, ella lo había acosado desde la infancia.

A su lado, Robert hizo una mueca. Sebastian pudo ver que el príncipe joven se sentía obligado a hacer algo más que acobardarse. Trató de levantarse, pero Sebastian agarró su hombro y lo empujó hacia abajo.

"Suéltame", el príncipe exigió. "¡Soy mejor que esto!"

"¡No!", Sebastian instó. "¡No estás entrenado! ¡Te harás matar!"

"¡Tengo que intentarlo!", Robert insistió, volviendo a ponerse de pie para ver mejor. Una ráfaga de viento lo hizo caer hacia atrás, y golpeó el suelo con fuerza, perdiendo el aliento. Sebastian agitó la mano y una corriente de aire se precipitó adentro de los pulmones del chico, llenándolos con un jadeo.

"Esa ráfaga no iba dirigida contra ti", Sebastian lo animó. "No creo que puedan vernos".

"¿Quiénes son?", Robert jadeó. "¿Son Halconeros?"

"Peores", Sebastian respondió secamente. "Creo que son Gatos de la Nieve".

Robert nunca había oído de estos, pero el Soñador anterior le puso al corriente rápidamente. "Fanáticos religiosos del norte con habilidades de emotantes".

"¿Entonces el general Kelly batalla Fjorik?"

"Temo que sí".

"¡No he visto a Bearnard desde la primera ráfaga!", Robert se preocupó. "¡Y Caroline está atada por dos de ellos!"

Los Soñadores no eran sus amigos y nunca habían sido buenos con él, pero algo dentro de Sebastian cambió. El miedo pareció disiparse, reemplazado por una preocupación por los demás. "Quédense aquí", les mandó a Robert y a los otros, "y yo los mantendré escondidos".

"Voy yo", Robert argumentó.

"Entonces quédate detrás de mí y solo intenta desenrollar sus tejidos. Aún no eres fuerte en ofensa, y ellos están bien entrenados para matar".

"Bien", Robert accedió, pero obviamente anhelaba hacer más. "¡Pero eso significa que todo depende de ti! ¿Estás seguro que puedes luchar?"

Sebastian vaciló ante la pregunta, pero sus pies continuaron moviéndose hacia adelante. Encontró a Caroline exactamente cómo Robert había descrito, inmovilizada y atada por seis tentáculos tenues de aire. Dos Gatos de la Nieve estaban parados sobre la mujer, vistiendo su atuendo característico—pieles blancas con capucha del norte. Con la sorpresa de su lado, Sebastian deshizo los seis a la vez, ejecutando paradas laterales y circulares constantes mientras cada emotante intentaba reemplazar los tentáculos rápidamente.

Siete divisiones de su mente. Nunca había intentado tantas desde niño, pero se sentía muy normal.

Caroline trató de ponerse de pie, pero dos Gatos de la Nieve más salieron del bosque desde detrás de ella. Rápidamente la sellaron en una burbuja intrincada, del tipo que le robaba el aire a la víctima. Intentaban matar, no capturar.

"Desentraña su burbuja", Sebastian le dijo a Robert, y lanzó seis ráfagas de aire en rápida sucesión. Cada una golpeó a los dos emotantes en el pecho, golpeándoles fuerte el esternón. Uno de ellos se cayó sin vida, su corazón incapaz de aguantar la fuerza. Sebastian vaciló, entristecido por la pérdida de la vida humana, pero notó que Caroline se había derrumbado de rodillas y luchaba por respirar.

Robert no había descubierto el tejido.

La burbuja se había debilitado con uno de los emotantes de baja, y Sebastian detenía el ataque del otro, manteniéndolo a raya mientras Caroline jadeaba por aire a la vez que su prisión se evaporaba. Ocho divisiones. Tenía que recordar el número de divisiones o podría extenderse demasiado.

Los primeros Gatos de la Nieve dirigieron su ataque contra Robert, esperando distraerle a Sebastian, pero él había encontrado una zona de concentración. Con un movimiento de su mano arrojó dos escudos alrededor del príncipe, manteniéndolos en su lugar mientras lanzaba su propia burbuja. Once divisiones. Se envolvió alrededor de los dos y se contrajo lentamente, apretando juntos a los atacantes norteños. Añadió otra capa para mantenerlos apretados en caso de que deshicieran su ataque. Doce.

"¡Carga a esos dos!", Sebastian le gritó al general Kelly.

El comandante militar miró hacia ellos pero respondió. "¡No puedo! ¡Nosotros estamos inmovilizados por fusileros!"

Sin mirar, Sebastian lanzó una explosión de conmoción que hizo que la línea de soldados norteños retrocediera. Trece. Repitió ese ataque mientras que Kelly envió a dos dragones precipitándose a los Gatos de la Nieve con bayonetas. Desde la nada el tercer Gato de la Nieve lanzó cinco bombas de aire hacia Sebastian. Robert agitó las manos, calculando su estructura, y tres de ellos se disiparon. Eso dejó dos para Sebastian.

De inmediato este vio lo que Robert había descubierto. No estaban tejidas igual que las burbujas sino que eran una versión invertida que funcionaba desde adentro. Se extendió la mano y desató el nudo en el centro, moviéndolo como el pestillo de una cerradura. El aire salió inofensivamente de cada una.

Quince divisiones de su mente. Sebastian se cayó de rodillas, mareado por el esfuerzo.

Afortunadamente Caroline se había levantado justo cuando los dragones perforaron los corazones de la pareja capturada. Ella tejió un patrón intricado y lanzó una red fuerte sobre el emotante restante.

Sebastian se desmayó.

Robert, sin poder hacer nada en la lucha excepto desactivar las tres bombas de aire, vio cómo su amigo se desplomó inmóvil al suelo. Se arrodilló para ayudar, pero Caroline gritó para llamar su atención.

"¡Estará bien!", gritó. "¡Forme una capa de burbujas alrededor de esta red! ¡Agárrela fuerte!"

"¡No... no sé cómo!", él admitió.

"¡Así!" Ella trazó el patrón en el aire, y Robert asintió, copiando su movimiento y canalizando el aire dentro de sus manos para que coincidiera. El aire obedeció, brillando y formándose alrededor de la mujer vestida con pieles blancas.

Robert se estremeció con un escalofrío invisible, notando cuánto más frío se había vuelto el aire del bosque. Sus ojos permanecieron fijos en la mujer que yacía a sus pies. Era mayor, por lo menos ochenta veranos, pero los ojos de ella penetraban los de él con odio, gritándole que la matara y la enviara a alguien llamado el Padre Supremo.

Robert desvió la mirada a otra parte. El general Kelly y sus dragones habían ahuyentado a los atacantes, enviándolos a lo profundo del bosque. Caroline se arrodilló sobre un Bearnard inmóvil.

"Está vivo", dijo con un suspiro de alivio, "pero muy quemado". Ella envió pequeñas corrientes de aire rico alrededor de su cuerpo, nutriendo su piel donde se había chamuscado y derretido.

"Súbanlo a la carreta", Murdock Kelly les ordenó a sus hombres. "Lo siento, Su Alteza", añadió, "pero su expedición para encontrar un ave se ha terminado. Debemos regresar en seguida".

Para la sorpresa de Robert, Caroline puso una mano amable en su hombro. "Usted hizo bien".

"Hice muy poco".

"Usted mostró coraje y destreza. Hablaré con Cuyler sobre su entrenamiento. Incluso si usted no puede ser un Soñador, debe aprender a defenderse a sí mismo y a los demás".

"¿Y él?" Señaló a Sebastian, recuperado y sentado, pero aturdido y confundido.

Caroline se arrodilló al lado del hombre y le miró a los ojos. "Sebastian", dijo. "¿Me puedes entender?"

Él asintió. Estaba mayormente alerta.

Ella envolvió sus brazos alrededor de él mientras las lágrimas caían lentamente por sus mejillas. "Yo he sido... No, nosotros hemos sido horribles contigo durante demasiados años. Siento mucho todo lo que te he dicho o hecho. No eres un cobarde, y ahora te veo por lo que eres. Nos salvaste, a todos nosotros, hoy, y te debo mi vida".

"Yo..." Sebastian tartamudeó, no anticipando tal amabilidad de Caroline. "Te perdono", dijo por fin.

Robert miraba mientas los dragones cargaban primero a Bearnard y luego a la Gata de la Nieve en la carreta. Caroline y Sebastian le explicó cómo mantener su burbuja durante el viaje a Eston. Asintió en silencio, serenado por los acontecimientos del día.

De repente sintiéndose muy nostálgico y solo, el príncipe joven anhelaba la compañía de Eusari, Franque, Krist, Sippen y Cedric. Pero, se dio cuenta, a pesar de que ellos tenían sus propias aventuras, los dioses lo habían bendecido enormemente por haberle dado a Sebastian. En este momento, echaba de menos a alguien más, añorando a otra amiga más profundamente de lo que nunca había creído posible.

Tara, lloró, enviando sus pensamientos a ella dondequiera que estuviera. Te quiero y te necesito conmigo. No quiero estar solo sin ti, le dijo. Aún si ella no pudiera oírlo, el esfuerzo le dio fuerza.

Él se volvió, justo cuando Caroline le susurraba al general Kelly. El hombre se quedó con los ojos muy abiertos, mirando a Robert. Luego, se arrodilló abruptamente. Caroline, Sebastian y los dragones hicieron lo mismo.

"¿Qué?", el príncipe exigió. "¿Qué están haciendo?"

"El rey Esterling está muerto", Caroline explicó. "Cuyler acaba de informarnos de que Amash colapsó durante el desayuno".

Un chillido lastimero le llegó al oído desde arriba, y Robert miró hacia arriba. Vio un águila posada en lo alto del árbol más alto. Desplegó sus alas y se sacudió, enviando otro grito triste resonando a través del bosque. Saltó hacia arriba y voló en un círculo.

"Estírele el brazo, Su Alteza", Caroline le persuadió suavemente. "Le está invitando a vincularse".

Robert Esterling tembló de miedo y emoción; luego se cerró los ojos. Extendió la mano tal como lo había hecho tantas veces antes, anhelando volar por encima de las copas de los árboles y planear en las corrientes.

Cuando los abrió, se vio a sí mismo de pie y muy diminuto en el suelo del bosque. El águila chilló de nuevo, pero esta vez fue con una risa alegre, el último sueño infantil cumplido antes de celebrar su decimoséptimo verano como rey.

CAPÍTULO CUARENTA

Krist estaba con Sven en sus aposentos mirando un cubo de agua. Hasta el momento no había hecho nada excepto chapotear de un lado a otro al compás del balanceo del barco. Lo que habían esperaban lograr con él aún estaba por decidir.

"Revuélvelo", Sven sugirió.

"Estoy tratando de hacerlo".

"Esfuérzate más".

"¡Hazlo tú si es tan fácil!", Krist espetó.

"Ríndete", Franque murmuró desde su litera. "Si tuvieras poderes, los habrías ejercido ya".

"Quizá tienes que estar bajo coacción para usarlos", Sven ofreció.

"¿Qué significa eso?", Krist preguntó con los ojos muy abiertos.

"No sé—enfermo o herido", el norteño sugirió.

Franque repentinamente pateó su pie, conectando fuerte con la oreja de Krist.

"¡Ay! ¿Para qué de la Falla de Cinder fue eso?"

Franque se encogió de hombros y le preguntó a Sven. "¿Se revolvió el agua?"

"No, nada".

"Pues, eso es lo más aproximado a la coacción que me atrevo".

Krist se giró y golpeó a su hermano en el estómago, haciendo que este se doblara en una combinación de risa y dolor.

Sven levantó el cubo. "Intentemos otra cosa. Tal vez su poder no esté sobre el agua en sí sino sobre la vida marina. Vamos a la cubierta".

"Solo manténganse alejados de Boats", Franque sugirió. "Ha estado de peor humor de lo normal, y puede que no le importe que ustedes dos estén en su tiempo libre en este momento. Si los ve con un cubo, puede que él te diga que frieguen la cubierta o vacien las ollas de orina". Se cerró los ojos y trató otra vez de echarse una siesta—la actividad que los otros habían interrumpido con su experimento.

Después de que los dos se habían ido, inspiró hondo y lo contuvo, dejándolo salir lentamente. Su mente rápidamente alcanzó el ritmo del balanceo del barco y comenzó a ir a la deriva. Esto, él había descubierto, era lo mejor de estar en el mar—el sueño más profundo y reparador que jamás había experimentado. Pensó soñadoramente en su hogar, la granja y cuántos secretos su madre había logrado ocultarles a todos. Si no la hubiera amado tan profundamente, podría haber estado resentido con sus mentiras.

Pronto se adormilaba, soñando ya no con su hogar sino con el mar. Estaba de pie en el castillo de proa de una fragata con un casco cubierto de cobre, una fragata mucho más grande que La Loba y varios nudos más rápido. Los vientos a su espalda aullaban con furia y alimentaban una corriente constante en las velas. En lo alto del mástil ondeaba un estandarte de un lobo. Levantó la vista y encontró a su madre de pie junto a él, vestida de cuero negro y con una capa con capucha. La capucha, se dio cuenta, era la cabeza de un lobo.

"Están cerca de Ataraxia", el borracho de Loganshire dijo, acercándose para mirar hacia el mar. "Estamos cerca ahora, y ella dijo que ella puede ver el barco pero que solo uno de los chicos está en la cubierta. No tiene idea alguna de cuál de los gemelos es".

"¿Ella nos puede empujar más rápido?", Eusari preguntó.

"No, señora, no sin correr el riesgo de daños estructurales, ella dijo. Pero no te preocupes; se terminará pronto".

Una mujer de aspecto severo se acercó con las manos en las caderas, exigiendo tiempo y atención de Eusari. Molesta, esta se apartó los ojos del mar y se encontró con los de esa.

"¿Has pensado en cómo obligarás que él se rinda?", la mujer preguntó. "No servirá para matarlo como al otro. Tal vez yo no pueda acusar a ella, pero seguramente puedo presentar un caso por asesinato premeditado en tu contra".

"Prometo llevarlo con vida", Eusari insistió, pero Franque dudó de su sinceridad. Él pudo oler la ira levantándose de los poros de ella. Bullía y hervía y sabía a asesinato. Él lamió su propia lengua larga sobre sus dientes afilados y saboreó la sangre.

"¡Están justo en el horizonte!", la voz de una tercera mujer gritó sobre el viento aullador.

"Pronto, entonces", Eusari dijo, respirando hondo para calmarse los nervios. Ahora ella desprendía un nuevo aroma, una mezcla de miedo, entusiasmo y venganza.

Franque la sintió tirar de su conexión, pero él se resistió, gruñendo levemente ante la intrusión. Los ojos de su madre se encontraron con los suyos de inmediato; estaba profundamente perturbada por la insubordinación repentina. Los ojos de Eusari reflejaban un lobo negro, no su hijo. El siguiente sentimiento fue más que un tirón; fue un empujón contundente.

Sus ojos se abrieron de golpe de inmediato, una vez más acostado en su litera y sintiendo el balanceo de La Loba sobre las olas. El sueño—tenía que haber sido un sueño—se había sentido mal. Sacó los pies de la litera y se calzó las botas para subir a la cubierta.

Krist y Sven se inclinaban sobre la barandilla, observando el chapoteo del agua contra el casco. Un grupo de delfines nadaba alegremente en la estela del barco, saltando y tomando el sol antes de sumergirse profundamente para repetir su diversión. Hasta el momento, todos los intentos de conectarse con las criaturas habían fallado, y Krist se sentía listo para darse por vencido.

"Es inútil", dijo.

"Sigue intentando", Sven sugirió.

Unos pasos se acercaron, y los chicos se giraron para encontrar a Zane Rogers y a Diablo Jacque cerca.

"Cuando descarguemos las cajas en Ataraxia, insista en que nos den un conocimiento de embarque firmado. Nuestro benefactor dijo que solo nos van a pagar la segunda mitad después de la entrega", Diablo Jacque explicó.

"Sí, capitán", Zane dijo con un saludo rápido, después de que se fue apresuradamente.

"¿Qué están haciendo, holganzanes?", Diablo Jacque les exigió a Krist y a Sven. "¡Boats!", grito. "¿No tienes trabajo para estos gandules?"

Krist se congeló, de todas las personas para verle haciendo tonterías, tenía que ser el capitán. Estaba a punto de abrirse la boca para protestar cuando Franque se acercó, salvando a ambos con su llegada oportuna.

"Están buscando velas, capitán", dijo. "Tan cerca de Fjorik, querían ganar la recompensa de Boats. Él dijo que le daría cinco días de trabajo ligero a la persona que viera la siguiente".

"¿Es verdad, Boats?", Jacque le preguntó al hombre mientras se acercaba para regañarles a los holganzanes. "¿Ofreciste una recompensa por la próxima vela que se viera?"

"Sí. Pensaba que sería una buena manera de agudizar la vista aquí en el norte, pero nunca soñé que lo usarían como excusa para saltarse sus literas en su tiempo libre".

"Parece que necesitan deberes extras, entonces".

Boats saludó mientras el capitán se alejaba. Dirigiéndose a los tres, gruñó por encima de su hombro. "Oyeron al hombre; agarren sus pasadores y ayusten más cuerdas".

Ambos Krist y Sven gimieron, pero Franque esperó con paciencia hasta que el contramaestre los había dejado solos. "Mamá viene", dijo.

"¿Qué? ¿Cómo lo sabes?"

"No lo puedo describir, pero es más que un sentimiento", Franque explicó. "Creo que ella está cerca. Tuve un sueño".

Krist y Sven no dijeron nada; solo lo miraron, confundidos.

"¿Qué?", preguntó, viendo sus rostros.

"¿Es esto un chiste?", Krist exigió, de repente enojado con su hermano.

"No, ¿por qué?"

"Hace semanas que intento encontrar mis poderes, si es que los tenga. Pero aquí estás tú, fingiendo haber tenido un sueño profético". Con las dos manos empujó a Franque hacia atrás, haciéndolo tambalearse. "Ni siquiera bromees acerca de que eres tú porque ¿sabes qué? ¡No eres tú! ¡Si alguno de nosotros tiene poderes, soy yo!"

"No estoy bromeando y no estoy tratando de quitarte nada", Franque respondió, devolviéndole el empujón con tanta fuerza que Krist se estrelló contra la barandilla y casi se cayó por la borda.

Krist se recuperó, su gancho de derecha golpeando a Franque en la barbilla. Los golpes empezaron a inundar a partir de entonces, cada chico olvidándose de que el otro era su hermano. Sven les gritó que se pararan, pero los golpes no dieron señales de detenerse. Boats intentó intervenir, y un gran gancho de izquierda de Krist lo envió al suelo. Ben Thompson se metió donde había fallado el contramaestre, y un cabezazo de Franque tiró al intendiente a la cubierta. Toda la tripulación se reunió alrededor, demasiado acallada por la exhibición para vitorear o abuchear o tratar de detenerla.

Diablo Jacque por fin intervino, empeñado en poner orden en su barco, pero un derechazo cruzado de Krist dio por accidente con la nariz del capitán y aplastó los huesos diminutos que la mantenían recta. La sangre que manaba se derramó imparable sobre la cubierta, aún más después de que un cabezazo de Franque no dio a su hermano sino que aplastó el labio superior del capitán. Nadie más se atrevió a meterse, excepto Sven, quien seguía gritando a los hermanos que se detuvieran.

¿Por qué?, pensó Franque. Con todo lo que los hermanos habían soportado, se merecían esta oportunidad de arreglar las cosas y ¿a quién le importaba si su madre llegaba pronto o no? Pero Krist se aprovechó del bloqueo de izquierda lento de Franque y encontró su sien con otro centro sólido de derecha. Franque rugió, pero Krist respondió al desafío de su hermano con un codazo en el ojo y una rodilla en la ingle. Todo era justo en la guerra y la familia, y Franque lo perdonaría más tarde... pero no en este momento.

Cookie intervino, esperando acabar con la pelea, pero Franque le agarró el cuello con los diez dedos. Krist, dándose cuenta de que la tripulación había atacado a su hermano, sacó su pasador y se giró para encontrarse con Boats, ahora firme sobre sus pies. El hombre rugió y atacó, pero Krist fue más rápido, hundiéndolo profundamente en la sien del hombre. Fue un error, casi una reacción, pero el hecho ya se perpetró, y el contramaestre cayó a la cubierta con los ojos fijos en el cielo.

"¡Velas!", gritó el vigía, rompiendo la sed de sangre de Franque. Sven estaba de pie al lado de los hermanos, mirando fijamente al contramaestre descerebrado y al cocinero estrangulado. Dos hombres habían caído ante su cólera, pero ninguno de ellos aterrorizaba tanto al norteño como el clima.

"¡Miren!", gritó, señalando el cielo que antes era azul y sereno.

Franque siguió su dedo y sus ojos se abrieron de par en par con asombro ante la tormenta que ahora rugía arriba. Incluso el mar se había enfurecido, sacudiendo y girando el barco en círculos. Entonces vio a su hermano, enojado y jadeando a varios pasos de distancia con la intención de atacar. Me matará, Fanque se dio cuenta, hermano o no.

Pero las velas en el horizonte se habían acercado rápidamente, y Franque se las señaló a su hermano. "Ella está aquí", rogó, "para lidiar con el capitán".

"¡Puestos de combate!", alguien rugió desde la obra muerta. "¡A navegar con una bandera de sin cuartel!"

"Conozco esa bandera", Diablo Jacque gritó con incredulidad. "¡Todos a cubierta! ¡Carguen los cañones y prepárense para luchar!"

Señaló a Franque y Krist con el dedo. "¡Amarren a esos dos! ¡Los necesito como trueque contra la loba!"

"¿Qué en el nombre de la Falla de Cinder está ocurriendo allá?", Eusari le exigió a Marita.

"Tus chicos", la mujer, siempre confiada y riéndose del peligro, respondió con un temblor en su voz y horror reflejado en sus ojos. "Están peleando, y el mar está enojado".

"¡No!" Ella levantó un catalejo y miraba mientras La Loba giraba en círculos, atrapado en un torbellino y golpeado desde arriba por una tempestad poderosa. El resto del mar alrededor del barco permanecía en calma, una serenidad que rodeaba la ira de su hijo. Pero, ¿cuál controla el agua?, ella se preguntó. "¡Llévanos allí ahora! ¡No tenemos tiempo que perder!"

Marita empujaba el barco hasta casi romperlo mientras que Longshanks y Krill preparaban las armas y la tripulación.

"¡Así no es cómo yo lo quería!", Eusari le dijo a Marita. "Quería más tiempo de preparación. ¡Él los matará antes de que lleguemos!"

La alguacilesa la interrumpió. "Solo un recordatorio que tienes que capturarlo vivo", dijo.

"Cállate", Eusari le gritó, la ira dentro de ella creciendo con su pánico.

"¡Tuvimos un trato!", Anne gritó, acercándose para enfrentar a su tía. "¡Hacemos esto con honor!"

"¡El trato no ha cambiado, pero tú, sí, te callarás mientras yo lo cumpla!" Volviéndose para dirigirse a la tripulación, la capitana añadió. "¡Disparen solo a los que nos disparan primero! No me arriesgaré a que uno de mis hijos sea asesinado por error. ¡Parumba! Estás con Marita y conmigo en la partida de abordaje. Los otros se quedarán a bordo hasta que yo sepa que los chicos están a salvo. Longshanks, tú tienes el mando".

"¡Sí, señora!", el primer oficial respondió. Los demás se prepararon con rifles mientras Krill apuntaba solo los cañones más pequeños. Parumba dio un paso adelante.

"Toma tres de los lobos", ella le dijo a él, entregándole a tres. "Marita y yo nos encargaremos de la tripulación mientras separas al capitán. Pase lo que pase, no dejes que el cobarde tome el camino fácil, y pase lo que pase, ¡no dejes que se lleve a mis chicos!"

Parumba asintió, volviéndose hacia Charleigh and tomando un puñado de sus artilugios diminutos.

"¿Qué son esos?", Eusari exigió mientras la mujer también agarraba varios otros en sus manos también.

"Sippen pensó en ellos. No han sido probados, pero él cree que funcionarán. Tíralos al suelo lo suficientemente fuerte como para abrirlos; luego haz buen uso de las plántulas en el interior".

"¿Plántulas? No entiendo".

"Hazlas crecer", Parumba le dijo a Eusari con una sonrisa. "¡Úsalas para pelear!"

Una amplia sonrisa llenó el rostro de la capitana, y ella le guiñó un ojo al hombre parado a su lado. Él asintió y volvió a trabajar ayudando a su amiga.

"¡Casi estamos allí, capitana!", Marita gritó.

Una andanada resonó de La Loba. A quemarropa no había manera de contrarrestar la maniobra. Afortunadamente, sus artilleros habían apuntado a toda prisa y solo la mitad de sus balas de cañón alcanzaron Represalia. Todo el barco tembló con el impacto, pero la línea de flotación se mantuvo y nadie parecía herido.

"¡Desperdició su oportunidad!", Eusari exclamó. Dirigiéndose a Longshanks, le añadió. "¡Prepara los garfios de agarre!"

Marita súbitamente dejó de ponerles viento a las velas, enviándolas flácidas y colgando de sus mástiles. Represalia giró y se acercó al barco más pequeño. Tomando viento momentáneamente, las velas revolotearon y amenazaron con enviar el barco a un giro salvaje. El barco se tambaleó, y la tripulación de agarre cayó a la cubierta.

"¡Corten las cuerdas!", Longshanks gritó. "¡Dejen que las velas se vayan!"

Krill era el más cercano y trepó al mástil con un cuchillo entre los dientes, sus brazos tirando del peso de su cuerpo mientras su pierna de pata colgaba inútilmente. Eusari se maravilló por un momento de la velocidad a la que el hombre se movía cuando más lo necesitaba. Él cortó la atadura de las velas mayores, enviando la lona volando en la tormenta.

La tripulación de agarre se puso de pie para lanzar sus cuerdas, pero los fusileros del otro barco estaban listos y dispararon de inmediato. Cuatro hombres cayeron a la cubierta, y el resto del equipo se apresuró para cubrirse. Krill dio una orden, gritando desde lo alto del mástil desnudo, y una andanada de sus francotiradores hizo que el enemigo se agachara.

Eusari echó un vistazo por el costado, mirando mientras la tripulación de Jacque repartía armas.

"No estaban listos para nosotros en absoluto", Eusari observó. "La pelea de los chicos hizo una buena distracción".

Por fin la tripulación de agarre lanzaron las cuerdas. Casi todos los garfios se engancharon, y la tripulación comenzó a juntar los barcos. Eusari asintió hacia Parumba y Marita. Era hora de salvar a sus chicos.

Franque nunca levantó la vista hacia el barco tirado al costado. Sabía que su madre estaba en ella. Estaba alegre de que hubiera venido, pero toda su atención permaneció en Krist. Su hermano ahora estaba completamente envuelto en su rabia, su estado de ánimo coincidiendo con la tormenta que rugía en lo alto y que agitaba los mares debajo. Era incoherente, balbuceando sobre el Padre Supremo de los Fjorik con las manos alrededor de la garganta de Zane Roger. La saliva salpicaba la cara del hombre mientras murmuraba algo acerca de ser un dios.

Varios tripulantes habían escuchado a su capitán y rodearon a los muchachos, tan temerosos como la gente que acorrala a perros rabiosos.

"Krist", Franque rogó, "favor de calmarte. Mamá está aquí". Miró a su alrededor buscando a Sven para ayudar, encontrando al hombre escondido detrás de un barril con los ojos fijos en su amigo y conmocionado por su locura. "¡Ayúdame!", Franque gritó, placando a su hermano y envolviendo sus brazos y piernas fuertemente alrededor de él para dominar la ira. Sven se acercó corriendo y ayudó a sacar los dedos implacables de la garganta del hombre muerto.

Por fin Franque lo agarraba bien y se quedaba tendido en la cubierta con su hermano mientras se producía una batalla. Vio cómo Diablo Jacque, el hombre que alguna vez ganaba su respeto, tembló, hizo una pausa y corrió a sus aposentos como un cobarde. Eusari había llegado.

Franque vio cómo varias figuras saltaban por encima de la barandilla. Primero aparecieron un hombre de piel oscura y una mujer, seguidos por su madre. Estaba vestida tal como había estado vestida en su sueño, con cuero negro y una capa de lobo negro. Fueron seguidos por seis bestias que gruñeron y atacaron salvajemente a los tripulantes que se pusieron de pie para repeler a los abordadores.

El hombre de piel oscura y Eusari se detuvieron un momento para tirar varios objetos pequeños en la cubierta. Casi de inmediato docenas de enredaderas en crecimiento cobraron vida alrededor del barco. Estos se retorcían y se arrastraban a medida que maduraban hasta alcanzar su tamaño completo ante los ojos de todos; agarraron cuellos, brazos y piernas. Una docena de tripulantes se abalanzó sobre los tres invasores, y Franque se preguntó por qué su madre no había traído a soldados a bordo. Entonces él se enteró.

La mujer al lado de su madre desenvainó espadas dobles y se recostó en la postura de un espadachín, uno de los espadachínes legendarios y artistas marciales de los que él solo había oído historias. Ella bailó ante los atacantes y derribó a cada uno de ellos mientras atacaban. Para la sorpresa de él, su madre había entrado en su propia forma de baile; era una figura borrosa entre la tripulación, una criatura de las sombras forzada a la luz del día lista para repartir la muerte.

Eusari sacó cuchillos de fundas y bosillos ocultos. Si dejaba uno dentro de un hombre, sacó hábilmente un segundo; luego recuperó rápidamente el primero y lo arrojó sin piedad hacia otra víctima. Ella era una máquina de matar. Él continuó observando, con los ojos muy abiertos y desconcertado, maravillándose de la calma en la forma en que ella mataba. Cuando ella y la otra mujer terminaron, y el contraataque fue derrotado, quince hombres habían caído muertos mientras que el resto de la tripulación yacía atado con enredaderas que se retorcían como serpientes alrededor de sus cuerpos.

El hombre de piel oscura y tres de sus lobos se dirigieron a los aposentos del capitán. Se arrodilló, estudiando la cerradura mientras una enredadera se abría paso dentro del mecanismo. Luego se hizo a un lado y giró el pomo, empujándolo y dejando que los lobos entraran corriendo. Dos disparos seguidos sonaron, ambos en lo alto ya que la persona que estaba dentro anticipaba que entrara un humano. Siguieron aullidos y gritos de clemencia.

"Está desarmado", el hombre le dijo a Eusari sin siquiera mirar dentro.

"Fue rápido", ella dijo asintiendo, y los tres lobos restantes entraron lentamente en el camarote para unirse a los otros. La madre se arrodilló al lado de sus hijos. Con voz suave, le explicó a Franque. "Krist entró en una furia de los enloquecidos, y tomará más tiempo para que se pase. Cuando finalmente se desvancece, él estará débil y necesitará comer—el azúcar sería lo mejor para la energía que él necesitará".

"Lo sé", Franque admitió débilmente. "La he experimentado también".

"Siempre temía que o uno o los dos de ustedes la experimentaran", ella admitió. "Su padre era un enloquecido".

"Sabemos que nuestros padres eran personas diferentes", Franque admitió. "Hemos aprendido mucho en este viaje".

Eusari se detuvo, el dolor llenando su rostro ante la idea de perder a un hijo. "Sé que tenemos mucho de que hablar", ella admitió. "Lamento haber guardado tantos secretos de todos ustedes".

Franque asintió. Aunque este no era el momento adecuado, preguntó: "¿Cuál de nosotros es realmente tu hijo? ¿Lo sabes?"

"Lo sé", ella dijo. "Siempre lo he sabido, aun si solo recientemente me he enterado de la verdad". Inclinándose, besó suavemente su frente y le susurró al oído: "Porque te pareces mucho más al humor más suave de tu padre".

"He matado", Franque soltó. "Incluso a mujeres".

"También yo, pero lo importante es que eso te moleste ahora". Ella se puso de pie, sus ojos dirigiéndose a los asuntos que debía atender en los aposentos del capitán. "Prometo que hablaremos de todo más tarde— después de que Krist se haya recuperado".

Franque la vio irse, una mujer a la que había conocido toda su vida, y se dio cuenta de que él no sabía absolutamente nada sobre ella.

CAPÍTULO CUARENTA Y UNO

El viaje a Eston tardó solo dos días. Lo más increíble del viaje era mirar a Marita llenar las velas de dos barcos a la vez. Ella se recostaba en el castillo de proa de Represalia, tomando el sol mientras trabajaba. Adornada con el traje de baño del Continente del Sur, vestía solo la mitad inferior, con la parte superior expuesta al mundo. De algún modo evitaba las miradas fijas, los boquiabiertos y las miradas lascivas; la tripulación por fin la respetaba o temía por sus propias vidas si miraban por accidente a su navigante. Ella podría haberse acostado desnuda, y no les habría importado ni lo habrían notado.

A su lado yacía Krill haciendo lo mismo y llevando puesto solo su ropa interior mientras le contaba a ella historias de peleas en que él había participado en aquellos buenos tiempos, como él decía. Los dos se reían y bromeaban de lo mejores que habían sido esos días.

El resto de la tripulación y los pasajeros parecían extrañamente silenciosos en sus sentimientos hacia una misión completa, y la mayoría parecía triste de que esta llegara a su fin. Sippen no se había sentido bien desde la pelea, y pasó la mayor parte del viaje a casa descansando en la enfermería de Represalia. Parumba y Charleigh resolvían problemas con sus inventos. Peter Longshanks parecía disfrutar de su espíritu renovado para navegar, liderando a la tripulación y sonriendo durante todo el camino como capitán temporal.

A bordo de La Loba, Franque y Krist fueron ordenados por su madre que no hicieran nada. Aunque se les prometió un viaje de regreso sin labor, ambos optaron por colaborar y ayudar a la tripulación de cualquier manera posible. Cada uno había llegado a ser un marinero experto y, en realidad, parecían disfrutar del trabajo. Solo Eusari y Anne parecían atareadas mientras se quedaban sentadas dentro del calabozo de La Loba con seis lobos verdaderos montando guardia sobre Diablo Jacque.

"¿Y qué de los rifles y las municiones?", Anne exigió. Ella dirigió el interrogatorio mientras que Eusari mayormente solo se quedaba sentada y escuchaba.

"No sé nada de rifles y municiones", el prisionero mintió.

"Tengo testigos, incluso tu contramaestre anterior, que juran que los llevabas a Ataraxia de contrabando a Fjorik. ¿Por qué atacabas a los inmigrantes y también proporcionabas armas a su gobierno?"

"No sé nada de rifles y municiones", Jacque repitió, apegándose al código del Gremio de los Piratas.

"No va a hablar", Eusari por fin dijo, frustrada. "Está obligado por el juramento". Ella se puso de pie, harta de todo el intercambio. "Además, es obvio que alguien más quiere que él empiece una guerra por atacar a inocentes y armar a los que quieren venganza. No te va a decir quién sin la tortura, da igual lo que preguntes".

"¡Pues, no lo voy a torturar!", Anne exclamó.

Eusari se encogió de hombros. "Entonces, no hablará". Sin otra palabra, salió del calabozo y subió la escalera alta. Una vez arriba, caminó hacia el camarote del capitán, el antiguo camarote de ella. Franque y Krist estaban sentados afuera, cerca de su puerta, felizmente silbando y empalmando cuerdas. "Síganme, chicos. Es hora de hablar", dijo, llevándolos adentro.

El camarote había conservado su familiaridad a pesar de que ella no había dormido allí durante diecisiete años. La madera parecía más desgastada de lo que ella recordaba, y más tablas crujían que antes, pero no había cambiado nada. Ella pasó los dedos por una mesa lisa en la esquina y se sentó, instándoles a los chicos que se sentaran frente a ella. Una vez ella se había sentado frente a Braen Braston en este mismo lugar. Casi lloró ante ese repentino recuerdo, pero lo empujó a un lado.

"Sé que tienen preguntas", ella dijo. "Así, háganlas".

"La chica a quien conocí", Franque empezó, "quien dijo que se llamaba Gretchen, dijo que la madre de Krist era una reina".

"¿Conociste a Gretchen?"

Franque asintió.

"Parece que Samani encontró una manera de entremeterse desde más allá de la tumba", ella murmuró, enojada. "¿Qué te dijo Gretchen?"

"Ella dijo que la Reina de Fjorik le exigió una manera de terminar el embarazo, de matar al hijo de Skander, pero ya era demasiado tarde. Ella trató de convencerle a Braen de que el niño era suyo, ella dijo. ¿Es verdad?"

"Solo aprendí esto yo recientemente, pero creo que sí", ella admitió.

Krist apareció pisoteado por las noticias. "Así que no somos... ¿no somos hermanos? ¿Tú no eres mi madre?"

"Sea lo que sea, eres mi hijo. ¿No se sienten como hermanos?"

"Pues, sí", respondió honestamente.

"Entonces son hermanos y primos. De cualquier manera, ustedes dos son mis hijos".

"¿Quién era mi madre entonces? ¿Cómo era?", Krist preguntó.

"Era una mujer fuerte y hermosa", Eusari dijo honestamente, "y, como dijo Gretchen, era una reina. Yo la admiraba en algunos aspectos y la envidiaba en muchos más".

"¿Y este Skander? Él era un rey; ¿entonces soy yo un príncipe?"

Eusari se calló, eligiendo sus siguientes palabras con cuidado. "Braen era el hijo mayor, y Skander era el menor. Pero Braen nunca se sentó en el trono ni llevó la corona".

Franque interrumpió. "Recuerdo al maestro principal diciendo que Braen mató al rey verdadero".

"No", Eusari corrigió, "ese acto fue cometido por Skander, y se culpó a Braen".

"Maravilloso", se quejó Krist. "Mi padre era asesino y ladrón".

"Él sufría de una enfermedad", Eusari explicó, aunque le dolía hablar amablemente o con detalles sobre el padre de Krist, "una enfermedad que le afectaba la mente. Se enloqueció al final, y su muerte se convirtió en una misericordia".

"¿Es eso lo que me queda a la espera?", Krist exigió. "¡Me perdí la cabeza en el barco! ¿Soy loco también?", exigió.

"Me perdí la mía en la batalla", Franque le admitió a su hermano. "Creo que esto es algo diferente".

"Los dos son descendientes de una línea de enloquecidos, como ellos que describiste peleando en el barco, Franque. Esa es completamente una cosa distinta y algo que puedes aprender a controlar la mayor parte del tiempo. No, la enfermedad era mucho peor, más peligrosa, y ninguno de los dos demuestra ninguna indicación de ella".

"¿Sabes esto? ¿Cómo?", Krist exigió.

"Lo sé porque los hemos estado observando muy de cerca en busca de indicaciones desde el día en que nacieron ambos. Sippen, Sebastian, Krill, Collette y yo—todos sabíamos qué buscar. Los dos son chicos fuertes y bien equilibrados, aunque un poco toscos a veces. Ninguno de los dos tiene nada que temer".

"¿Por qué Diablo Jacque odiaba tanto a Braen Braston?", Franque preguntó.

"Porque Braen poseía la única cosa que nunca pudo tener Jacque— mi corazón".

"¿Así que lo amabas?", Franque preguntó. "¿Querías a mi padre, y él te quería?"

"Mucho. Mi mayor pérdida a lo largo de los años fue perder a él. Él era el único hombre a quien he amado. Me enseñó a amar. Me enseñó a..." Se calló, ahogando un sollozo pequeño y secándose las lágrimas. "Me enseñó a confiar y mostrar compasión. Él realmente era la persona más compasiva que he conocido".

"¿Pero también tenía un lado oscuro?", Franque insistió.

"Sí. También tenía un lado oscuro y aprendió a equilibrar los dos. Chicos", Eusari instó, "se acerca la guerra con Fjorik. Prométanme, los dos, que no investigarán sus raíces. No tengan nada que ver con Fjorik y sus fanáticos, especialmente con ellos".

"¿Y Sven?", Krist preguntó. "Es mi amigo y ahora es parte de esta tripulación".

"Estoy segura de que una sola amistad, especialmente una formada en el mar, está bien. En cuanto a la tripulación, ya no necesitamos barcos. Intento vender Represalia y La Loba en Eston".

"Me gustaría quedarme con uno", Franque admitió. "He decidido que me gusta la vida en el barco, y si fueras a patrocinar a la tripulación y a un capitán, me gustaría seguir siendo tripulante".

"De ninguna manera", Eusari protestó. Esta vida no era para sus hijos. ¿O lo era? Ella se suavizó, reflexionando sobre ello. Ella no tendría que navegarlos ella misma pero sería dueña legal de dos barcos. Confiaba en Peter Longshanks para capitanear uno, y podría encargar el otro. "Vamos a ver", por fin dijo. "¿Y el intendente a quien capturamos, Ben Thompson? ¿Podemos confiar en él? ¿Qué tal si lo mantengo a bordo? Él ofreció sus servicios".

"Él es justo", Franque explicó. "Sabio y experimentado en los negocios y capaz de convertir una pieza de oro en varias con solo un libro de contabilidad".

"Entonces, ¿práctico?"

"Sí," Krist se puso de acuerdo, "confío en él".

"También yo", añadió Franque.

"Entonces, lo contrataré si decido patrocinar comerciantes". Ella decidió que era hora de la gran sorpresa. "Hay más que ha ocurrido, chicos, desde que ustedes se han ido en esta aventura. Su hermano, Robert, es un príncipe por derecho propio. Yo era su custodia; sabían que yo no era su madre".

"Sí, los Soñadores dijeron que era el heredero verdadero del reino".

"Pues, ahora ya no es heredero. El rey Amash falleció mientras buscábamos a ustedes, y Robert oficialmente ahora es rey aunque el canciller gobernará como regente durante un año".

Ambos chicos se quedaron con los ojos muy abiertos, y sus bocas se abrieron de par en par.

"Deberíamos llegar justo para su coronación y los bailes que seguirán".

"¿Bailes?", el entusiasmo anterior de Franque disminuyó. "¿Ciertamente no se espera que bailemos?"

"Sí, se espera y sí, bailarán. Esas lecciones empiezan hoy. Krill será su instructor de baile; deben aprender el vals básico como mínimo".

"¿Krill?", preguntó Krist. "¿No quieres decir Cedric?"

"Estamos mar adentro; así que nos manejamos con Krill", dijo, poniendo los ojos en blanco. "Ahora, vayan a prepararse para tirar ambos barcos juntos. ¡Esta es una escuela que no dejaré que salten!"

Los chicos se pusieron de pie, abatidos, y salieron, dejando a Eusari sola con sus pensamientos. Después de unos minutos, un golpe sacudió su puerta.

"Pase", ella dijo.

La puerta se abrió, y Ben Thompson entró, cabizbajo y ofreciendo una súplica.

"Capitana", rogó. "Sus hijos me han dicho que usted no ha sacado una decisión, pero yo quería hablar con usted francamente".

"Adelante", ella dijo, interesada en su oferta.

"Sé quién es el benefactor de Diablo Jacque—quién nos mandó atacar y quién le encargó entregar las armas de fuego".

"También yo lo sé", ella dijo. "Fue Percy Roan".

"¿Cómo?", preguntó, asombrado.

"Siempre ha sido él un maquinador, y esto es exactamente algo que haría él. Quería una guerra, aún cuando su rey no la quería. ¿Por qué me lo estás contando ahora? ¿Cuando ni siquiera tu capitán rompe su código?"

"Porque no soy por nada como los piratas. Yo, también, fui capturado durante un ataque hace muchos años. Me pusieron a trabajar en La Loba, y me abrí camino desde marinero. Fui instruido, así que Jacque me asignó los libros, sin darse cuenta de lo mucho que me molestaban tanto él como el libro de contabilidad torcida que me obligaba a llevar".

"¿Así que lo entregará?"

"Por supuesto".

"Puedo estar en necesidad de un hombre como tú", ella dijo, "para administrar un negocio comercial legítimo una vez que me jubile por completo. ¿Te interesa?"

"Yo... pues, ¡sí, señora!"

"Si decido hacerlo, te lo dejaré saber. En cuanto a alguna evidencia contra Diablo Jacque, ¿bajarás a tierra y testificarás contra él?"

"Señora", el intendente dijo con tristeza, "no estoy preparado para la vida en tierra. Mis piernas de marinero no me servirían de nada más allá del muelle. Le daré a usted mis libros de contabilidad y el conocimiento para encarcelar a Diablo Jacque, pero no me pida algo tan tonto como caminar sobre tierra firme".

"¿Pero las tienes, las evidencias que vamos a necesitar para encarcelarlo por delitos fuera de sus permisos autorizados como pirata de gremio?"

"Las tengo", el intendente prometió, "y más".

"Entonces, bienvenido, capitán Thompson. Puedes tener cualquier barco que rechace el capitán Longshanks".

CAPÍTULO CUARENTA Y DOS

Toda la población llenaba El Tramo, alineándose en las calles desde el palacio hasta la Plaza de Unificación. Muchos más se posaban en los techos de los edificios para disfrutar de una vista. Los ingenieros habían trabajado durante semanas construyendo una gran plataforma de revisión, con dos tronos colocados en lo alto de una escalera alta. Solo los nobles y la clase mercantil podían entrar dentro del perímetro de seguridad, e incluso ellos habían llegado temprano para tener el mejor punto de vista para mirar la ceremonia. Dado que ahora era oficialmente verano, la ciudad estaba resplandeciente de colores, con rosas carmesí en plena floración a lo largo de cada edificio, calle y acera. No había banderas, por supuesto, ya que estas estaban enrolladas en previsión de la gran revelación del blasón elegido por el rey.

Las piernas de Robert temblaban mientras subía al carruaje, listo para hacer de la procesión una exhibición propia. Percy no viajaría con él; como regente, tal sería demasiado presuntuoso, pero tampoco Eusari y sus hermanos—incluso como nobles eran demasiado bajos. Sebastian tampoco podía viajar a su lado y se sentaba en lo alto del carruaje con el conductor. Solo el general Murdoch Kelly estaba disponible para hacerle compañía y, dada su reciente aventura, era un compañero bienvenido.

"Estoy aterrorizado", Robert admitió.

"Apuesto a que sí", el general dijo con una risa. "Sin embargo, solo recuerde sonreír y saludar como si no lo estuviera".

Con gran fanfarria el carruaje comenzó a rodar, avanzando y revolviendo el estómago del joven rey aún más de lo que ya estaba. Una gran ovación se elevó de la multitud, una ovación atronadora mientras los cantos y gritos de alegría se dirigían hacia El Tramo.

"Su Alteza", el general dijo, de repente muy serio con su tono de voz. "No quiero arruinarle el día, pero tengo unas preocupaciones que quisiera compartir con usted, y este era el único lugar para hablar realmente solo sin el resto de su consejo.

El rostro de Robert cayó, repentinamente preocupado por la naturaleza encubierta de esta conversación. "¿Cuál es el problema?", preguntó.

"Nada, por el momento, pero temo que se acerque pronto".

"¿Por qué tan secreto? ¿Por qué no esperar hasta que Percy y Cuyler estén también?"

"Porque, aunque Percy es el regente, usted es, o será en unos minutos, el rey. Este asunto es entre un general y su monarca".

"¿Qué le preocupa, general?"

"Esta guerra, la que Percy Roan está por declarar, fue obra suya. Creo que él encargó los ataques piratas contra los inmigrantes y, aún peor, pudo haber estado involucrado en el tráfico de armas".

"¿Tiene usted alguna evidencia?", Robert exigió. Estas eran acusaciones serias, pero se hicieron eco de las especulaciones de Eusari y Anne. Que el general estaba dispuesto a arriesgarse la vida para decir esto en voz alta decía mucho sobre su lealtad a Eston.

"No, señor. Solo una corazonada hasta ahora. Diablo Jaque no habla, y el testimonio del intendente solo llegó hasta cierto punto. Con la muerte del primer oficial, temo que nadie excepto el capitán pirata en sí sepa la verdad. Pues, él y quienquiera que suministró esas armas".

"Entonces, ¿por qué decírmelo?", Robert pregunto.

"Porque creo que este quizá sea un año difícil para usted, y yo quiero que lo pase usted con los ojos abiertos".

Robert se rió. "El mejor consejo que se me dio cuando llegué fue no confiar en nadie".

"¿Confía en la persona que le dijo eso?"

"Pues... No, supongo que no debo confiar en esa persona".

"Entonces tome lo que le he dicho con una mente abierta. Solo sepa que si Roan es el halcón de guerra, está aliado con el Soñador Principal. No quiero que se sienta usted superado en número".

"¿Así que usted está en contra de la guerra como lo estaba el rey?"

"¿Contra la guerra? Hasta el día de mi muerte".

"Eso suena raro para un general".

"Estoy en contra pero he jurado ganar cualquiera que los políticos me echen por encima".

"Es bueno oírlo", el rey joven dijo. Admitió: "Estoy agradecido de que usted esté de nuestro lado, general".

El carruaje se detuvo, y un lacayo se apresuró a abrir la puerta. Usando el taburete porque temía tropezar con las túnicas pesadas, Robert se bajó del carruaje y comenzó la caminata hacia arriba. En la base de la plataforma se le indicó que hiciera la genuflexón para los ritos de los sacerdotes, soportando un ritual separado para cada uno de los siete cielos. Cuando terminaron, una multitud de asistentes lo ayudó a ponerse de pie, y Percy Roan se unió a él a su lado.

"Este es un gran día, Su Alteza", el canciller dijo con una sonrisa.

"Uno aterrador", Robert accedió.

Juntos, los dos subieron la escalera alta hacia los tronos colocados el uno al lado del otro.

"Y... gire... ¡sonría!", Percy dijo como habían practicado. "Y... siéntese". Ellos se sentaron al unísono, otra vez, como habían practicado. "¡Así es, Su Alteza! Oficialmente usted es rey de Estonia y el imperio que controla".

"Se siente extraño, pero me alegro de que esté usted a mi lado, Percy", Robert mintió. Este era el último hombre en Andalón en quien confiaría.

Un estallido de fanfarria sonó, resonando por las calles, y uno por uno se desplegaron los estandartes, revelando un águila con una sola rosa roja entre sus garras.

Percy levantó una ceja; el blasón se había mantenido en secreto incluso para él. "¿Escogió usted el blasón de su abuelo? ¿El águila y la rosa?"

"Parecía apropiado", Robert dijo con una sonrisa. Entonces hizo algo que no estaba planeado en absoluto. Se le había indicado que se quedara sentado hasta que el evento hubiera concluido, pero él se puso de pie desafiante como rey y se levantó el brazo derecho en el aire.

Un gran chillido rugió desde las nubes y un águila descendió llevando un anillo de rosas alrededor de su cuello y sosteniendo una única flor de tallo largo en sus garras. El ruido de la multitud estalló mucho más fuerte que antes mientras el ave de rapiña descendía lentamente en círculos, posándose en el brazo de Robert. Solo entonces volvió él a tomar asiento.

"Esperemos que eso fuera su última sorpresa, Su Alteza", Percy Roan aconsejó con una sonrisa tensa.

"Entonces, será mejor que no traigas ninguna de tus propias, canciller", el rey advirtió a cambio. El día había llegado por fin, el decimoséptimo verano de Robert Esterling, su paso a la edad adulta y su coronación.

CAPÍTULO CUARENTA Y TRES

Flaya observaba el puerto desde su balcón, esperando y rezándole a Felicima que su hija regresara pronto a Weston. El ritual no era difícil para jóvenes criados como pescari, pero Tara ciertamente tendría dificultad. Un mes había pasado desde que Teot regresó solo, e incluso él se sentía preocupado por su sobrina nieta, comentando esa mañana que ella debía de haber regresado hace mucho tiempo.

¿Y si ella yace muerta en la caldera, Flaya se preocupaba, o está deshidratada y famélica en el Páramo Prohibido?

Ella se mordía el labio y examinaba cada transbordador con la esperanza de que su hija bajara de cada uno.

"Si ella no regresa pronto", Teot dijo desde la puerta, "iré a recuperar lo que encuentre".

"¿Así que piensas que está muerta?", Flaya dijo, las lágrimas brotándose ante la sugerencia de él.

"Los pescari no se mueren durante su ritual. Si ella está muerta, entonces era más andalona que temías. Sea lo que sea, quizá es simplemente que ella decidió no regresar".

"Nunca debí haberle permitido hacer la prueba. No estaba lista".

"Estaba lista. La interrogué en el camino a la caldera".

Flaya miraba mientras otro transbordador descargaba. Dos mercaderes de Andalón desembarcaron y un niño pescari conducía un caballo con cuero trenzado. Su cabello era extraño, corto y salvaje—lleno de varios tonos de rojo, naranja y amarillo. Sus pantalones y camisa de piel de ciervo tenían un corte tradicional, pero estaban intrincadamente adornados con cuero trenzado sin curtir y huesos de animales pintados para hacer juego con su cabello. A la espalda llevaba un arco tradicional y una aljaba, esta última teñida para combinar con sus adornos.

"Es asqueroso", Teot dijo, hablando del chico. "¿Cómo se atreve este joven a desafiar a Felicima llamando la atención sobre su apariencia? Juro por Felicima que la influencia mala será la destrucción de nuestras costumbres".

"Espera", Flaya soltó un grito ahogado. "Lleva pantalones de piel de ciervo, ¡pero es una chica!" Forzó la vista y exclamó: "¡Es ella! ¡Es Tara!" La madre alegre empujó al shappan a un lado y salió corriendo para saludarla.

Tara desembarcó, conduciendo a Fuego Nocturno a través del paseo marítimo. Llevaba un arco hecho a mano sobre los hombros, como lo hacía en las Estepas de Cinder, tocando distraídamente el cuchillo de pedernal que tenía en el costado. Era basto, no tan bueno como el acero, pero le había salvado la vida muchas veces en el desierto. Ese mes—ella calculaba que era un mes por las salidas y puestas de Felicima—le había enseñado muchas cosas acerca de lo que significaba ser pescari.

Ella acarició a Fuego Nocturno, urgiéndolo a pasar a través del mar de personas que llenaban la calle. Era salvaje cuando ella lo encontró; esa era la razón por la cual había cosido unos pantalones en lugar de un vestido—es más fácil domar a un caballo a pelo si no se está frotando la parte interior de los muslos en carne viva. Estaba orgullosa del ingenio que se necesitaba para fabricar agujas de coser de un cactus y de la forma en que había derribado su primer ciervo para cosechar las pieles.

Ignorando las miradas que la observaban, se tocó el cabello. Eso había sido una sorpresa, esa primera noche cuando ella y Ascuas habían bailado en las llamas, cuando ella acabó riéndose y feliz por su habilidad nueva. Ella había sacudido su trenza hasta que se revolvía, notando los colores cuando intentaba trenzarla de nuevo. Lo corto era una necesidad ya que ella había quemado su trampa y necesitaba tejer otra a toda prisa. Sonrió al recordar el conejo asado aquella noche—su primera comida como mujer pescari.

"¡Tara!", la voz de Flaya gritó más adelante.

Mientras la multitud se separaba, vio a su madre y a Teot acercándose con sonrisas amplias. Tara saludó con la mano, encantada de encontrar a su madre sonriendo a su regreso. La contundencia del abrazo casi la dejó sin aliento.

"¡Oh, hija, me preocupaba tanto! Había empezado a temer que nunca regresaras".

"Los pescari siempre regresan de su rito", Tara dijo con una sonrisa.

"¿Así que por fin eres pescari?", Teot preguntó.

"Sí, tío. Conozco mi lugar entre la gente de Felicima. He aprendido nuestras costumbres. Me fui sola en el desierto pero regresé rica con su generosidad". Sacó un montón de pieles de encima de Fuego Nocturno y se las arrojó a Teot. "Ofrezco estas pieles como esperanza y dirección para nuestro pueblo".

Teot parecía confundido. "No entiendo. ¿Cómo encontraste tantas pieles en el páramo?"

"No lo hice. La primera noche después de mi visión, una tormenta limpió el páramo. Por la mañana, el desierto estaba inundado de colores; las espléndidas flores y la fauna que alguna vez estaban escondidas se revelaron en un solo momento. Como hizo con mi cabello, Felicima pintó el desierto como señal de su alianza. Ella quiere que expandamos al oeste y al norte a la tierra que una vez cultivábamos".

"Eso es imposible", Teot disintió. "Las Estepas de Cinder son inhabitables, hechas así por su ira el día en que tu padre llegó a ser shappan".

"Están curadas y nos esperan. Felicima las ha llenado una vez más con pastos altos y árboles, y rebosan de comida y agua como antes". Ella acarició a su caballo. "Allí es donde encontré a Fuego Nocturno".

"Un nombre pescari espléndido", Flaya comentó. "Háblanos otra vez de tu cabello, hija. ¿Dices que Felicima te has pintado? ¿La has descubierto entonces? ¿Has recibido tu bendición?"

"¿Qué sea su representante? Sí, mamá. Eso me fue revelado en la visión. Lo único es que se me dijo que yo había ejercido su regalo una vez antes. ¿Por qué nunca me lo dijiste? ¿Qué edad tenía yo, mamá?"

Flaya tocó su propio vientre y frunció el ceño ante el recuerdo. "Fue hace casi diecisiete veranos, cuando te llevaba aquí. Limpiaste el mundo del mal y cumpliste el destino de tu padre".

"Mamá, tengo otra bendición de nuestra diosa". Tara levantó el brazo y un chillido desde arriba hizo que todas las cabezas se levantaran. En una exhibición espectacular de plumaje, Ascuas descendió lentamente como una llama cayendo hacia abajo. Con un último batir de alas aterrizó junto a madre e hija, ladeando la cabeza y mirando con curiosidad a Flaya.

"¡Un fénix!", Flaya soltó un grito ahogado.

"¿Es eso lo que es?" Tara por fin sabía qué tipo de ave era, pero el nombre era extraño—seguramente no se originó de la lengua pescari. "¿Cómo sabes de su tipo?"

"Los encontré una vez, hace muchos años, cuando luchaba al lado de Eusari. De hecho, era la noche antes de que naciera Robert, y fénix era el nombre que les pusieron los de Andalón. Ellos se mueren, pero renacen sin fin. ¿Cómo? ¿Cómo lo encontraste? ¡No son de nuestro continente!"

"Mamá, él me encontró; me salvó de los vapores de la caldera, y somos vinculados. Puedo ver con sus ojos cuando cazamos, y él y yo a veces compartimos una sola mente".

"¿Cómo se llama?", Teot preguntó, curioso.

"Lo llamo Ascuas", Tara explicó, "pero ustedes lo conocían por un nombre diferente antes de su regreso. Ustedes lo llamaban Taros".

Los ojos de Flaya se llenaron de lágrimas de inmediato y felicitó el milagro de Felicima. Ella se inclinó, y el ave se inclinó también. Entonces miró a su hija y dijo en voz baja: "Eres realmente pescari, Tara, hija de Taros, y tu nombre significa renacida. Entraste en el páramo confundida acerca de tu lugar en el mundo, pero la chica se murió allí. Saliste renacida como mujer pescari".

"Tengo mucho más que decirte, mamá, y tú también, tío. Felicima no ha dejado de hablarme desde mi primera visión. Ella ha trazado un plan para su gente. Es hora de que nos despojemos de nuestro manto de vergüenza y seamos empoderados por la fuerza. Es hora de un Andalón nuevo".

Si le gustó *El Legado Andalón*, favor de tomar un momento para dejar estrellas o una reseña.
Favor de también visitar mi tienda en andalonstudios.com donde las copias autografiadas siempre están disponibles.

Una nota de T. B. Phillips...

La Saga Andalón es una cadena de series independientes. Es un futuro especulativo de nuestro mundo después de un evento apocalíptico. La saga entera abarca doce siglos de evolución rastreables a un solo científico de la genética, y cada serie autónoma dentro de esa saga ofrece nuevos personajes y ambientes singulares. Cada viaje de los que hay en los varios puntos de la línea cronológica examina cómo cambia el mundo de Andalón a lo largo del tiempo.

El concepto surgió de unas conversaciones difíciles entre yo, un padre soltero, y mis tres hijos adolescentes, además de unas charlas con mis estudiantes. Como maestro trabajando en los ambientes más difíciles, sabía yo que no todas las situaciones terminan felizmente y que el mundo nos afecta a todos de manera distinta. En *Dreamers of Andalon*, mi serie inicial, yo intentaba enseñarles a todos mis hijos y estudiantes sobre el mundo en que vivían y cómo el trauma y las circunstancias son iguales de impactantes. Más que nada, quería que entendieran que las situaciones pueden ser superadas por medio de la tenacidad y la resiliencia. Esencialmente una tragedia, escribí de unos personajes toscos y emotivos que reflejan a lectores reales que han sido magullados por la vida.

En la totalidad de Andalón, los héroes y los villanos son separados por una línea moral muy fina. Todas las acciones que resultan de sus decisiones se basan en experiencias distintas a ellos mismos, y no podemos juzgarlos de manera igual. Tampoco podemos silenciar sus diferencias de opiniones. Supongo que se podría decir que mis personajes son tan perfectamente defectuosos como cada uno de nosotros.

¡Ojalá que visite mis otras obras mientras espere el siguiente libro!

LA SAGA ANDALÓN

Andalon Origins
Andalon Project (April 2022)
Andalon Paradox (April 2023)

Dreamers of Andalon
Andalon Awakens (June 2019)
Andalon Arises (July 2020)
Andalon Attacks (December 2020)

Children of Andalon
Andalon Legacy (September 2022)

OTROS REINOS

Blossom of the Fae
Wailing Tempest (April 2021)
Howling Shadow (September 2021)

CHILLING CREATIONS
Spine-Tingling Collaborations

Ferryman (October 2022)